国家哲学社会科学规划项目

杨仁敬 著

海明威：
美国文学批评八十年

Hemingway:
80 Years of Literary Criticism in the U. S.

上海外语教育出版社
外教社 SHANGHAI FOREIGN LANGUAGE EDUCATION PRESS

图书在版编目（CIP）数据

海明威：美国文学批评八十年 / 杨仁敬著.
—上海：上海外语教育出版社，2012（2013重印）
国家哲学社会科学规划项目
ISBN 978-7-5446-2817-4

Ⅰ. ①海… Ⅱ. ①杨… Ⅲ. ①海明威，E.（1899~1961）—文学研究
Ⅳ. ①I712.065

中国版本图书馆CIP数据核字（2012）第137982号

出版发行：**上海外语教育出版社**
　　　　　（上海外国语大学内）　邮编：200083
电　　话：021-65425300（总机）
电子邮箱：bookinfo@sflep.com.cn
网　　址：http://www.sflep.com.cn　http://www.sflep.com
责任编辑：岳永红

印　　刷：同济大学印刷厂
开　　本：700×1000　1/16　印张 15.75　字数 264 千字
版　　次：2012年9月第1版　2013年8月第2次印刷
印　　数：1 100 册

书　　号：ISBN 978-7-5446-2817-4 / I・0214
定　　价：30.00 元

本版图书如有印装质量问题，可向本社调换

目录

前言 ………………………………………………………… 1

第一章 绪论 ……………………………………………… 4

第二章 20年代：海明威早期作品的现实主义与自然主义之争 … 23

  第一节 《三个短篇小说和十首诗》和《在我们的时代》 ………… 25
  第二节 《春潮》 …………………………………………… 31
  第三节 《太阳照常升起》 ………………………………… 33
  第四节 《永别了，武器》 ………………………………… 47

第三章 30年代：海明威的逃避现实与转向政治缪斯 ……… 64

  第一节 《死在午后》 ……………………………………… 65
  第二节 《胜者无所得》 …………………………………… 73
  第三节 《非洲的青山》 …………………………………… 76
  第四节 《有钱人和没钱人》 ……………………………… 84
  第五节 《第五纵队》 ……………………………………… 92

第四章　40 年代：海明威反法西斯思想的新转折 ……… 102

第一节　《丧钟为谁而鸣》 ……………………………… 104
第二节　《男人们在打仗》 ……………………………… 122

第五章　50 年代：海明威的新挫折和新崛起 …………… 129

第一节　《过河入林》 …………………………………… 130
第二节　《老人与海》 …………………………………… 139

第六章　60 年代：海明威谢世前留下的余音 …………… 150

第一节　《危险的夏天》 ………………………………… 151
第二节　《流动的盛宴》 ………………………………… 153

第七章　70 年代以来：海明威遗作的新探索 …………… 162

第一节　《湾流中的岛屿》 ……………………………… 164
第二节　《伊甸园》 ……………………………………… 168
第三节　《曙光示真》 …………………………………… 172
第四节　《在乞力曼扎罗山下》 ………………………… 174

第八章　跨越时空：海明威新闻作品和诗歌的新考量 … 176

第一节　海明威的新闻作品综览 ………………………… 177
第二节　海明威的 88 首诗述评 ………………………… 187

附录： …………………………………………………………… 193

（一）海明威生平大事记（王程辉　编译） ……………… 193

（二）海明威家族主要人物表（钱程 编译）……………… 228
（三）海明威作品改编为电影、电视、舞台剧和广播剧一览表
　　（钱程 编译）…………………………………… 229
（四）海明威研究主要参考书目（张淑芬 编选）…………… 231
（五）海明威主要作品书目（萨晓丽 编译）………………… 239

后记……………………………………………………………… 243

前言

美国小说家欧尼斯特·海明威从一个普通的高中毕业生到诺贝尔文学奖的得主,走过了艰难曲折的历程。他一生写了 11 部长篇小说、4 部非虚构小说、100 多篇短篇小说、88 首诗、一部剧作和 371 篇新闻作品,在美国文学史上占有一席之地,给人类留下了宝贵的文学遗产。

海明威其人其作,一直是美国文学批评界关注的重点之一。从上世纪 20 年代至今,各种文学批评流派都对他进行解读和评析,提出了许多不同的看法。海明威正是在这些评论的检验中成长起来的。他在巴黎短短的六年内苦苦奋斗,成功崛起,跃居欧美文坛的前沿,用自己的行动创造了迷人的神话。但他的作品并不是每一部都受欢迎。20 世纪 30 年代美国大萧条时期,经济危机波及各个角落,民众生活困苦,社会问题成堆,他却跑去非洲狩猎,追寻个人的乐趣。他受到左翼人士和读者的批评。西班牙内战期间,他亲临前线采访,勇敢地站在共和政府一边,政治思想趋于成熟,确立了反法西斯立场,不仅写了精彩的新闻报道,而且创作了一些短篇小说,特别是长篇小说《丧钟为谁而鸣》,受到批评界和广大读者的欢迎。他的声誉由降而升,出现了新转折。但《过河入林》的问世又让他受到挫折,批评界的反响与他的主观估计大相径庭。有的批评家甚至断言他已江郎才尽,写不出新东西了。

然而,作为硬汉子的海明威并不气馁。他对自己充满信心,终于写出《老人与海》而再次崛起,赢得美国国内外一片好评。最后,他梦想成真,荣获了诺贝尔文学奖。

从逃避现实到面对现实,从遭受挫折到再次崛起,海明威经历了不平凡的生涯。美国批评界对他的关注始终没有放松。有的批评对他有所促进,有的批评使他有些反感。与别的作家不同,他自己也参与评析他的作品,讲述文学创作经验。他坚持现实主义方向,倡导"冰山原则",运用生动的对话和简洁精练的文风,获得批评界几乎一致的赞扬。他塑造的硬汉子形象和"海明威风格"成了美国文学词汇库里的新话语。如今,他去世已过了半个世纪,他的作品仍受到批评界的重视。新的评论和新的诠释不断涌现,值得我们关注和了解。

本书拟探讨美国文学批评视野中的海明威研究,揭示上世纪20年代末至今各种不同批评流派对海明威其人其作的不同解读,为我国中青年学者们提供必要的借鉴,以促进海明威研究。

但是,这绝非一件轻而易举的事。主要困难是:海明威的创作分为四个时期,与美国各个文学批评流派的鼎盛时期并不一致。一个创作时期可能出现两三种不同流派的评论;一种评论也可能跨越他的创作分期。因此,我想从海明威的创作实践出发,以他的创作分期为经线,以不同文学批评流派为纬线,以他的文学作品为核心,按时间顺序组成本书的结构。这样也许脉络比较清晰,表述比较自如,读者也更容易理解和接受。

根据美国学术界的共识,海明威的创作大体可分为四个时期,如麦克尔·雷诺兹的分法:第一个时期:巴黎时期(1921—1929);第二个时期:基韦斯特时期(1930—1939);第三个时期:第二次世界大战时期(1940—1945);第四个时期:古巴时期(1945—1961)。林姐·威格纳·马丁则结合海明威的生平,按海明威四个妻子与海明威的生活分别赋予四个时期不同的名称,称第一个时期为哈德莱时期,第二个时期为葆琳时期,第三个时期为玛莎时期,第四个时期为玛丽时期。这种称法大体上也可以,年代划分与雷诺兹差别不大。

文学批评则大大跨越了这四个时期,因为海明威去世后,它仍不断发展。本书基本上围绕海明威创作四个时期的主要作品来评介评论界的不同反应,以小说和非小说为主,诗歌和新闻报道则跨时空统一评述,同时兼顾海明威去世后,不同文学流派对他的生前作品和遗作的解读,特别介绍针锋相对的观点,供青年学者和读者参考。总之,本书的体例是以时间为经线、以作品为纬线构建而成的,每10年为一小阶段,大体涵盖了海明威的所有作品。但是,由别人代编的各种文集,如《尼克·亚当斯的故事》等则不在评析之列。不过,他的新闻作品和88首诗是个例外,因为海明威生前并未结集,也不愿结集出版。学界认为这些对海明威的创作生涯是不可缺少的,所以我把它们列入本书并作了综合评述。

有关海明威的论著,就欧美而言,据不完全统计,已出版的专著近两千种,论文七千多篇。在这浩如烟海的文献中如何选择最重要的参考书成了最突出又最棘手的难题。笔者只能从本书命题出发,选择公认的最重要、最有代表性的论著,将它们介绍给读者,重点评介它们在海明威研究中的意义和影响。

笔者写过《海明威在中国》(1990,增订本2006)和《海明威:一个自学成才的文学巨匠》(1996)。与这两本书比较起来,我感到这本书难度更大,因为它涉及的范围更广,难题更多,要求更高,在国内学术界恐怕也是第一次碰到。但我感到做这个题目很有意义,值得一试。

本课题获得2005年国家社科基金入项后,我立即多方面收集资料,拟就写作提纲,在紧张的教学空余反复思考,不断修订细纲,2007年8月承院、校的大力支持,利用学术假赴美国宾州印第安纳大学访学,认真撰写了初稿。2008年6月中旬自美返校后,又在帮助博士生修改学位论文和教学之余加紧修改,使之逐渐完善。

撰写这样一部专著,笔者深感力不从心,虽尽了最大努力,仍感不足。除了再次感谢国家社科基金委员会对我的信任和资助以外,我想继续努力,也盼望专家同仁和广大读者多多赐教,以便再版时修正。

2009年12月6日
于厦门瑞景新村

第一章

绪 论

美国批评家里昂纳尔·特里宁指出:"(文学)批评在海明威创作生涯中发挥了非常重要的作用,也许没有一个美国天才作家像海明威这么受到公众关注而不断发展:他比我们时代的任何作家受到更多的注视、关切、检验、预估、怀疑和警告。他有一部分读者从他身上获得新的写作风格、新的恋爱方式和新的做人模式。"

的确,从1924年10月纽约《日晷》评介海明威《在我们的时代》至1961年9月《生活》杂志连载《危险的夏天》,海明威的作品不断受到好评。已成名的作家和批评家都给予密切的关注。这些好评和关注给海明威增添了力量,对他的成才和成名起了很大的推动作用。

海明威是个自学成才的作家。高中毕业后,他没有升入大学,而是到《堪萨斯之星》报当见习记者。他在中学时爱好文学,曾在校报《书板》和校文学刊物《秋千》当过编辑,发表了许多报道、短篇故事和诗。他对芝加哥小说家拉德纳情有独钟,先摘载他的小说,然后模仿他的风格,同学们高兴地称海明威是"小拉德纳"。这一切使海明威对当记者和成为作家产生了兴趣。因此,到了《堪萨斯之星》编辑部后,他刻苦学习,起早摸黑赶往现场采访,写了不少精彩的新闻报道和小故事。他从老编辑身上学会了简洁精炼的文风。但他感到自己生活阅历浅,又乏人指点。

1918年,海明威获准当红十字会救护车司机,奔赴第一次世界大战中的意大利战场。同年7月8日,他在奥军迫击炮火中身受重伤,不得不返回橡树园家中疗养。康复后,承朋友介绍,他到加拿大任《多伦多之星》和《星周刊》见习记者和驻外通讯员。1920年,他结识了成名作家安德森,经常与他保持联系。1921年,他娶了哈德莱·理查森。同年12月,海明威携新婚妻子,带了安德森的介绍信去巴黎闯荡,很快成了格特鲁德·斯坦因和埃兹拉·庞德的朋友。他一面继续为《多伦多之星》和《星周刊》写稿,一面潜心练习写作。他采访过希腊和土耳其的战争、洛桑的欧洲经贸会议,会见过意大利法西斯头目墨索里尼、苏联的经贸代表茨策林和希腊国王乔治等。他到西班牙看斗牛,去奥地利滑雪和德国黑森林里钓鱼,游览了巴黎各地和意大利水城威尼斯等地。他的政治视野开阔了,生活阅历增强了,新闻界和文艺界的朋友也多了。这为他的小说创作的成功创造了条件。

1923年,海明威在巴黎出版了处女作《三个短篇小说和十首诗》,但没有受到美国文坛的好评。不过,庞德和斯坦因对他很关心。不久,他被推荐到《跨大西洋评论》当福德主编的助手,进一步熟悉编辑业务,扩大了与文学界朋友的交往。1924年,他又在巴黎出版了《在我们的时代》。翌年,该书在纽约出版,吸引了美国批评家们的目光。1926年,在成名作家菲兹杰拉德的帮助下,海明威的第一部长篇小说《太阳照常升起》与读者见面,受到广泛的好评。他像一颗光彩夺目的新星从美国文坛冉冉升起。

1927年,海明威经历了家庭风波,与哈德莱离了婚,另娶了女记者葆琳。他仍不放松写作。同年10月,短篇小说集《没有女人的男人》问世,他与葆琳返回佛罗里达州的滨海城市基韦斯特定居,开始在墨西哥湾里垂钓,继续潜心写作。1929年,第二部长篇小说《永别了,武器》出版,获得巨大成功。美国批评界好评如潮。海明威一跃成为一位划时代的小说家。

20世纪30年代是美国大萧条时期,社会矛盾尖锐,工人运动此起彼伏。1930年海明威在蒙大拿州车祸受伤。1932年他发表了非小说《死在午后》,评介了西班牙传统的斗牛活动,表述了他的创作思想。1933年出版了短篇小说集《胜者无所得》。同年,他首次到非洲狩猎,写了著名的短篇小说《弗朗西斯·麦康伯短暂的幸福生活》和《乞力马扎罗的雪》。1934年他重访巴黎,并到西班牙各地访问。1935年发表了非小说《非洲的青山》。他那优美的文笔受到许多人的赞扬,但左翼人士批评他逃避现实,离开火热的斗争,到非洲原始森林寻求他个人的乐趣。

1936年,西班牙内战爆发。海明威的表现改变了批评界的看法。作为北美报业联盟的记者,他最早赶往马德里采访。他勇敢机智,经常深入前线,冒着炮火写报道。他明确地支持民主进步力量,反对佛朗哥法西斯的军事叛乱。他曾四次进出西班牙,亲自到好莱坞募捐,为民主力量购买医疗设备和药品。他与第五国际纵队,尤其是美国林肯支队的战士们成了好朋友。1938年,他为荷兰名导演伊文思拍摄的纪录片《西班牙大地》写了脚本并配音解释,广泛动员民众支援西班牙民主政府。同时,他念念不忘重操旧业,写了许多反映西班牙社会生活的短篇小说和剧本《第五纵队》。1937年他在美国作家代表大会上讲了话,题目是《法西斯主义是个骗局》,引起了热烈的反响。同年,他的长篇小说《有钱人和没钱人》问世。小说描写了大萧条阴影下基韦斯特贫富两极分化、民不聊生、失业者哈里·摩根铤而走险不幸被杀的故事。海明威感悟到正义事业不能靠个人奋斗,要靠集体力量。1938年,他出版了《第五纵队和首辑四十九篇短篇小说》。他几次会见了记者,畅谈自己的写作经验和文艺思想。1940年11月,他与葆琳离婚,娶了在西班牙内战共患难的女记者玛莎·盖尔虹。他在古巴哈瓦那郊区买了瞭望田庄。两人在那里安家。同年,他发表了长篇小说《丧钟为谁而鸣》,歌颂了美国青年讲师乔登志愿赴西班牙支援民主力量,勇敢与法西斯军队战斗,最后壮烈牺牲。小说受到大多数批评家和读者的热烈欢迎,尽管左翼批评家认为书中歪曲了国际纵队司令部的形象。海明威被誉为一位反法西斯的民主战士。

1940年正是第二次世界大战进入激烈的相持阶段。《丧钟为谁而鸣》在赴欧洲战场参战的美国官兵中几乎人手一册,鼓舞他们不怕牺牲,英勇抗击希特勒法西斯军队。1941年1月至5月,海明威作为纽约《午报》的记者陪同作为《柯立尔》报记者的玛莎来中国访问,为美国政府"搜集中国抗战的情报",并了解中国共产党和国民党对抗日的态度,日军侵华的态势和向东南亚进军的可能性等。蒋介石隆重地接待了海明威夫妇并与之进行长时间的交谈。海明威夫妇秘密会见了中共驻重庆代表周恩来。回国后,海明威发表了6篇关于中国抗日战争的报道,在纽约举行了记者招待会。他赞扬中国人民,特别是中国共产党顽强抗击日本侵略者,呼吁美国政府增加对华援助,特别明确告诉蒋介石要国共合作抗日,不许打内战。他的正确主张和敏锐的观察受到各界人士的赞扬。

返回古巴后,海明威迅速组织了以古巴渔民和码头工人为主体的"钩厂"小分队,乘他的游艇"彼拉"出海,监视德国潜艇在加勒比海的活动。

但小分队没撞上它们。同年10月,他编辑并为之写序的文集《男人们在打仗》正式出版,反应不错。但"钩厂"不久被联邦调查局解散了。欧洲正打得火热,海明威拿不准该去那个战场。他开始酗酒,无所事事,与玛莎争吵不休。玛莎催他快去欧洲,他举棋不定,留恋瞭望田庄的生活。

  1944年同盟国与协约国在欧洲和非洲好几个战场作殊死决战。5月17日,海明威轻装奔赴伦敦,到皇家空军司令部报到。许多朋友来看他。不料,有一天晚上出了车祸。海明威受伤住院,手术进行了两个半小时。玛莎赶赴伦敦,到病房看他那扎了大绷带的脑袋竟哈哈大笑,令海明威很反感。倒是他在伦敦认识不久的女记者玛丽·威尔斯常常带着鲜花去看他,不断地嘘寒问暖。两人的感情迅速升温。海明威出院后带伤登上军舰,参加6月5日的诺曼底登陆。但司令官命令将他送回英国。伤愈后,他随皇家空军登上蚊式战机,在英吉利海峡上空转了一圈,见到德军飞弹爆炸后周围一片火海。他沉着应对,喜欢冒险。飞机着陆后,他立即写了报道。7月初,海明威终于顺利到达诺曼底,见到处处留下激战的痕迹。他赶到美军装甲师所属的第四步兵师报到。他随二十二团向巴黎挺进。海明威见到法国游击队,协助法军装甲师解放巴黎。海明威一行直奔里茨旅馆,欢庆巴黎解放。随后,他又随第四步兵师进入比利时,乘胜追击节节败退的德军,直捣德军在本土的老巢。师长兰汉姆特地在苏威勒市内师部设宴招待海明威和其他十多名记者。宴会后,兰汉姆曾陪同海明威视察了前沿阵地。两人成了知心朋友,战后一直交往不断。巴顿将军提议,为了表彰海明威勇敢深入前线,及时将第四步兵师的捷报报道给全国人民,美国政府给海明威颁发了欧洲战区勋带和铜星奖章。

  12月21日,玛莎到哈瓦那与海明威正式办了离婚手续。1946年3月14日,海明威和玛丽举办了婚礼。玛丽成了瞭望田庄新的女主人。海明威开始静下心来,动手写《伊甸园》。有关海明威在二次世界大战中的神话引起了纽约报刊的重视。不久,著名评论家马尔科姆·考利到古巴采访海明威,想为《生活》杂志写一篇长文,介绍海明威的生涯。《纽约客》杂志专栏作家李丽恩·罗斯也到克茨姆访问他。《世界主义者》杂志青年记者艾伦·霍茨纳到古巴约他写稿。海明威热情接待他,对他无所不谈。两人成了忘年交。海明威的影响日益扩大。6月,美国文学艺术院来信请他入会。他傲慢地拒绝了。他带了玛丽到意大利威尼斯等地游览,然后乘船回哈瓦那,日夜赶写《过河入林》。11月初,他俩又去巴黎,霍茨纳也去了。海明威一面会友,一面写完《过河入林》。

  与海明威的预料相反,《过河入林》出版后,反映很差。批评家们的评价是令人失望,令人难堪,令人失去兴趣。海明威心里很不好受。他在给玛丽的信中说,评论家分为两类:一类贬低他的新作;一类夸奖他写了最美的散文。但后一类为数不多,他心情很不好。但这本小说的销售量却不断上升。兰汉姆等三位将军来信赞扬他写得好,这给了他莫大的安慰。他继续写完美国画家哈德森海上历险三部曲的第一部。一些大学教授纷纷给他写信,普林斯顿大学的卡洛斯·贝克甚至想写一部全面评介海明威作品的专著,纽约市立大学的菲力普·扬打算写一本海明威评传。海明威分别给他们提供了资料表示支持。但他重申,评介作品可以,为他写传记不行。他健在时,不想让任何人为他写传记,为他树碑立传。

不久,纽约传来喜讯,小说家福克纳荣获1949年诺贝尔文学奖。海明威马上打电报向他表示祝贺。他开玩笑说,如果这个大奖给了他,他会谢谢他们,然后拒绝出席授奖仪式。

1952年,中篇小说《老人与海》由《生活》杂志正式发表,评论界一片赞扬声。纽约各界人士认为它获得空前的成功。同年,它获得普利策奖。

1953年6月24日,海明威带着玛丽乘船重访西班牙。他俩先去潘普洛纳参加一年一度的奔牛节,后到首都马德里会见老朋友。佛朗哥仍在位,海明威30年代的表现早已家喻户晓,他的朋友劝他光荣地回访西班牙,闭口不谈政治。海明威则佯称,此行是为了给《死在午后》写个续集。他处处受到热烈的欢迎。8月4日,他和妻子赶往法国马赛港乘邮轮前往蒙巴萨,开始了第二次非洲狩猎行,并为纽约《瞭望》周刊写些报道。

狩猎的第三个月不太顺利。两天内意外地连续发生了两次飞机失事。海明威受了重伤,给他俩留下了难以治好的身心创伤。各国报刊纷纷以醒目的标题误报他俩在非洲空难去世的消息,许多名人发表讲话表示悼念。海明威躺在医院的病床上感到好笑。他认为他这次大难不死,是上帝送给他的礼物。但他的伤势很重,肝和肾受了伤,下身不能动弹,脑震荡使他经常呕吐。他的情绪很好,但疼痛难受,要完全休息,不能写作。伤病基本稳定后,他返回瞭望田庄休养,每天请医生来检查,希望早日恢复写作。

1954年10月28日,瑞典皇家科学院宣布将当年诺贝尔文学奖授予海明威。他的梦想成真,整个田庄气氛热烈。各地来的贺电络绎不绝。由于伤势严重,海明威不能亲自去斯德哥尔摩领奖,只好写了一篇答谢辞并配上录音,委托美国驻瑞典大使约翰·卡伯特代为宣读。

获奖后,各大报刊的记者纷纷登门采访海明威,大学生们对他更加崇拜,陆续上门求教。7月初,霍茨纳飞到哈瓦那,跟海明威商议将他几个短篇小说改编成电影的计划。8月初,《老人与海》的摄影师抵哈瓦那拍捕鱼的外景,海明威站在飞桥上指挥船队,连续干了两周。后来,他带玛丽回爱达荷州的克茨姆小镇,想在那里安家住下去。不久,西班牙的朋友来信请他去看斗牛赛,他接受了。7月24日,他在比尔的康秀拉山庄举行60大寿庆宴。亲朋好友从华盛顿、巴黎、威尼斯、马德里和潘普洛纳等地赶来。兰汉姆将军也来了。庆典隆重而热烈,宾主共同欢度了一天一夜,海明威激动得热泪盈眶。但从马拉加回国后,玛丽外出打猎时左胳膊跌断了,海明威只好中断写作照顾她。他心里又急又烦,血压升高了,晚上失眠了,又为《生活》杂志的约稿写得太长而头疼不已。

1960年1月,古巴革命胜利了。海明威感到欣慰。他连续苦写了4个月,完成《危险的夏天》,但身体不行了,思维有点乱,感到很累。霍茨纳赶到瞭望田庄帮他删改。海明威向他流露不能在古巴待下去的忧心。

7月13日,海明威夫妇赶到纽约,跟出版社谈妥尽快出版《危险的夏天》。8月初,海明威不顾妻子的劝阻,独自飞往西班牙,为该书补充一些图片。他没料到病魔像影子一样缠住他。他重返瞭望田庄的心愿竟成了南柯一梦!

到了马德里,海明威精神忧郁症加重了。他怀疑老朋友比尔想毁车杀他,担心机场扣他的行李。他整天闷闷不乐,疑神疑鬼。回到克茨姆后,他又怀疑联邦调查局特工跟踪他。他想埋头写作,但力不从心,脑袋不听使唤。给当选总统肯尼迪的献辞仅三四句话,竟花了一个多星期。他目光茫然,郁郁寡欢,不跟别人来往。他感到最痛苦的是不能正常写作。写作是他的生命,不能写作,他怎么活下去?

玛丽曾请亲友和医生帮忙,送丈夫去罗切斯特市马约诊所进行治疗,二进二出,没能治愈。她两次发现海明威站在楼下枪架旁拿枪对着喉咙,经过她耐心劝说和医生的果断出手才化险为夷,夺下他手中的枪,又将他送回医院,住了一段时间便回家疗养。

1961年7月2日清晨,玛丽在睡梦中被枪声惊醒。她走下二楼,发现海明威躺在血泊中。他用猎枪结束了自己的生命。

* * * *

海明威留下一笔丰富的文学遗产。他的遗孀玛丽与斯克莱纳出版社合作,陆续校勘出版了海明威遗作《流动的盛宴》(1964)、《湾流中的岛屿》(1970)、《伊甸园》(1985)和《危险的夏天》(1986)。后来又出版了《曙光示真》(1999)和经专家校订并由肯特州立大学出版社出版的海明威最后一部遗作《在乞力曼扎罗山下》(2005)。小斯克莱纳亲自作序出版了《海明威毕生文学作品选集》(1974)。以前出版的作品不断再版。一些专家学者协助编辑出版了海明威生前未能结集出版的作品如威廉·怀特的《海明威的副业：四十年新闻报道和文章选集》(1967)、菲力普·扬的《尼克·亚当斯的故事》(1972)、马修·布拉科利的《海明威：初出茅庐的新闻记者：〈堪萨斯之星〉的新闻故事》(1970)以及威廉·怀特的《海明威的新闻通讯：多伦多》(1985)，还有尼古拉斯·吉洛基安尼斯编的《海明威诗全集》(1979)等。

经玛丽同意，卡洛斯·贝克撰写了《海明威的生平故事》(1969)，打破了海明威生前不许别人为他写传记的禁忌，开创了海明威传记批评的先河。此书曾获普利策奖。贝克还从海明威现存的3500封信中精选了600封编辑出版了《海明威书信选：1917—1961》(1981)，为海明威研究的深入开展创造了条件。

从1972年开始，玛丽同意将海明威已发表和未发表的全部手稿和照片陆续移交波士顿肯尼迪图书馆保存。该馆1980年成立海明威藏书室，免费对国内外专家和读者开放。莱斯律师代表玛丽出席了隆重的开馆仪式。同年，美国学者发起成立了海明威学会(The Hemingway Society)，并创办了机关刊物《海明威评论》(The Hemingway Review)。学会每两年举办一次海明威国际会议，欢迎各国学者前去参加，并成为学会的成员。至今已举办了14届会议，会员从创会时140人增至近2000人，有了自己的学会和刊物，进一步推动了海明威研究从国内走向国际，扩大了海明威在世界各国的影响。

海明威生前住过的地方陆续建成了博物馆，如基韦斯特的故居保存比较完好，现在成了对游客开放的博物馆，海明威亲手栽种的花木长得很茂盛；他养过的几种猫传宗接代，仍活跃在他生前书房楼下和蓝色的游泳池旁，成了当地吸引国内外宾客的新景点。他在古巴的瞭望田庄收藏了海明威2.5万多件私人物品，成了各国学者爱去的博物馆。他的诞生地橡树园几经易手，1993年11月，当地各界人士捐款将它赎回并恢复原貌，作为新建的海明威博物馆的一部分。他读过的橡树园河林高级中学，教室里他用过的桌子上放着一块写着"海明威"姓名(Ernest Hemingway)的小牌子。虽称不上博物馆，但节假日青年游客络绎不绝。每个人都想在那个座位上停留片刻，领略海明威的风采，选好自己的人生道路。

上述一切促使海明威研究进入了蓬勃发展的60年代。

20世纪50年代初，卡洛斯·贝克的专著《海明威：作为艺术家的作家》(1952、1956、1963、1972)揭开了系统的海明威研究的序幕。同时出现了两三本编著和专著,如约翰·麦卡弗里编的《海明威其人其作》(1950)、菲力普·扬的《海明威》(1952)和查尔斯·芬顿的《海明威的学徒阶段》(1954)等,以及哈里·列文发表于《肯庸评论》的论文《海明威风格面面观》(1951)。但数量不多,研究范围也不够宽,对海明威感兴趣的学者屈指可数。

　　海明威的去世引起了美国学术界的重视。不久,各种回忆录相继问世,如海明威弟弟莱斯特的《我的哥哥海明威》(1961)、李丽恩·罗斯的《海明威画像》(1961)、海明威姐姐玛士琳·珊福德的《在海明威家里:家庭素描》(1962)、霍茨纳的《"爸爸"海明威》(1966)、康斯坦思·蒙哥马利的《海明威在密执安》(1966)和劳埃德·阿诺德的《海明威高高地站在荒野》(1968)等。这些回忆录从不同的角度回顾了海明威生前在家中、在故乡、在创作和生活中的种种活动和表现,丰富了海明威形象,加深读者对海明威其人其作的理解。

　　与此同时,美国学者纷纷对批评界关于海明威生前不同的评论进行梳理和归纳。一些论文集不断出现,如卡洛斯·贝克的《海明威与他的批评家们》(1961)和《海明威四大小说评论集》(1962)、罗伯特·威克斯的《海明威评论选》(1962)、罗格·阿舍林诺的《海明威在欧洲的文学声誉》(1965)等,为深入研究海明威提供了历史的批评参照。

　　不仅如此,一些专著陆续出版,如约瑟夫·德法尔科的《海明威短篇小说中的英雄》(1963)、罗伯特·路易斯的《海明威论爱情》(1965)、约翰·基林格的《海明威与存在主义》(1965)、菲力普·扬的《重估海明威》(1966)、谢里登·贝克的《海明威评释》(1967)、罗伯特·斯蒂芬斯的《海明威的非小说》(1968)、列奥·葛科的《海明威对英雄主义的追求》(1968)、理查德·何维的《海明威的心境》(1968)、尼古拉斯·胡斯特的《海明威与小杂志》(1968)、约翰·豪威尔的《海明威的非洲故事》(1969)和戴尔伯特·威尔德的《海明威的英雄们》(1969)等。这些专著涉及海明威的小说、非小说、短篇小说和非洲故事、他对英雄主义的追求、存在主义和弗洛伊德主义对他的影响等,研究范围比20世纪50年代宽广多了,评述也比较深入。

　　除了上述专著外,一些知名学者的论著也专章或专节评述海明威和他的作品,主要有:列斯莱·菲德勒的《美国长篇小说中的爱情与死亡》(1960,1965,1967,1975)和丹尼尔·艾伦的《左翼作家们》(1961)以及刊于重要报刊的大量学术论文。

在上述专著和论文中展现了作者们的不同视角。有的从历史文化批评理论来评析海明威；有的用心理分析批评来解读海明威；有的以新批评理论来剖析海明威小说的艺术风格和象征主义，尽管新批评到了20世纪60年代已由盛而衰。这些多视角多层次的海明威评论反映了美国文坛各种文学批评流派对海明威的重视，也为往后的海明威研究打下了基础。"准则英雄论"和"受伤论"曾影响了相当长时间。

到了20世纪70年代，海明威受到女权主义批评家的尖锐批评。在苏尼姐·杰恩的《女人与母狗：海明威两个女主人公无罪》(1972)和安娜·格列科的《玛格丽特·麦康伯：坏女神无罪》(1975)中，两位作者批评海明威对女性冷淡，抱有偏见。但帕米拉·法泽在《形式与功能：海明威与菲兹杰拉德作品中的妇女形象》(1974)则提出要公正地评价海明威小说中的妇女形象。威廉·斯帕福德在《超越女权主义观点：〈永别了，武器〉中的爱情》(1978)中为海明威辩护，认为应该从历史的、社会的和文化的背景来看待海明威对女主人公的描写。

在争论中，《永别了，武器》受到特别的重视，因此，一些评论集和专著应运而生，如吉·基林斯编的《二十世纪的解读：〈永别了，武器〉评论选》(1970)、约翰·格拉汉姆编的墨里尔《〈永别了，武器〉研究论文集》(1971)、麦克尔·雷诺兹的《海明威的第一次战争：〈永别了，武器〉的创作》(1976)、伯纳德·欧德西的《海明威的含蓄技巧：〈永别了，武器〉的写作》(1979)等。以往的评论又受到重视，涌现了阿瑟·瓦尔霍恩编的《海明威评论选》(1973)和林姐·威尔西默·瓦格纳编的《海明威五十年评论选》(1974)。奥德·汉尼曼莱先前编的《海明威参考书目总览》(1967)的基础上又编了续编(1975)。还有罗伯特·斯蒂芬斯编了《海明威的批评接受》(1977)和威格纳编的《海明威参考书目导读》(1977)。这些都为海明威研究提供了丰富而系统的资料，给青年学者和研究生带来方便。

有关海明威的回忆录和传记继续出版，如海明威母亲格拉斯·海明威的《传统：为了我的孩子们》(1974)、他的姐姐玛士琳·密勒的《欧尼》(1975)、他的妻子玛丽的《怎么回事？》(1977)、他儿子格里戈利的《回忆我的爸爸》(1977)、艾丽丝·汉特·苏科洛夫的《海明威第一个妻子哈德莱传》(1973)、詹姆斯·麦克林敦的《海明威在基韦斯特》(1972)和理查德·奥孔纳德的《海明威传》(1971)以及海明威的前妻玛莎的《我和他旅行记》(1978)。玛莎虽与他离婚已37年，海明威去世也已有17年了，但她仍真实而生动地描述了她到世界各地采访时的见闻和感想。第一章就是她和海明威的中国之行。她以赞赏的口吻回忆了她俩访华的全过程，赞扬海明威的乐观、勇敢、机智和正直。离婚后,玛莎移居伦敦,又结了一次婚,性格不合又离婚,90岁时自杀,在伦敦去世。海明威的朋友、西班牙作家霍雪·路易斯·卡斯蒂洛-布希写的《海明威在西班牙》(1974)真实地写了他与海明威的相识、海明威在西班牙的活动及其心目中的这位不平凡的美国朋友的形象。这本书揭开了"海明威在海外"的研究序幕,引起学界的重视。斯各特·唐纳尔逊的《意志的力量:海明威的生活与艺术》(1977)则面对读者的问题,结合海明威的生活和创作,论述了海明威的人生观、金钱观、写作观、爱情观和世界观以及海明威怎样将他的生活经历写进小说。劳埃德·阿诺德的《海明威高高地站在荒野》(影集,1977)则提供了许多海明威在爱达荷州的生动照片。彼特·巴克莱也编了《海明威画册》(1978)。

海明威的小说艺术吸引了众多美国学者。这成了20世纪70年代海明威研究一大特色。主要论著有:艾米莉·斯泰帕斯·瓦特斯的《海明威与艺术》(1971)、查曼·纳哈尔的《海明威小说的叙事模式》(1971)、谢尔登·诺曼·格列斯坦的《海明威的技巧》(1973)、劳伦斯·布鲁尔的《海明威的西班牙悲剧》(1973)、安东尼·伯杰斯的《海明威和他的世界》(1978)和雷蒙·聂尔森的《表现主义艺术家海明威》(1979)等。

另一些学者则致力于海明威作品的普及。阿瑟·华尔德宏的《海明威导读》(1972)比以前马尔科姆·考利编的《维京海明威袖珍本》(1944)和查尔斯·普尔编的《海明威读本》(1953)更受欢迎。它被许多大学作为本科生和研究生的必读参考书,至今历久不衰。布鲁克·沃克曼的《追寻海明威》(1979)则详细评介了在高中海明威讨论课的教学方法。

20世纪80年代,海明威研究又掀起了新热潮,研究资料进一步充实。詹姆斯·布拉斯茨和约瑟夫·西格曼合编了《海明威综合资料考》(1981),精心汇集了美国各图书馆7700本有关海明威的书,附有60页长的精彩的导言和综合索引。肯尼迪图书馆海明威藏书部出版了比较完整的《海明威目录索引》(1982),很有权威性。威廉·怀特则编了《海明威研究最新目录》(1981—1982),分别发表于《菲兹杰拉德和海明威年鉴》和《海明威评论》。查尔斯·奥里弗编了《海明威注释》(1979—1981)和《海明威评论》(1981—1992)。杰弗莱·梅尔斯编的《海明威的批评遗产》(1982)收入118篇报刊评论和4篇悼念文章,其中四分之三是美国批评家和作家写的,四分之一是英国作家写的。梅尔斯写了一篇很长的评介。每篇引文都加了眉批。此书很受欢迎。此外,还有罗伯特·李编的《海明威新批评论文集》(1983)。收了10篇新评论,其中有7篇是英国学者写的。这说明海明威已跨越大西洋,在英国学术界颇有影响。詹姆斯·纳格尔编的《批评语境中的作家海明威》(1984)则汇集1982年波士顿海明威国际会议的12篇论文。有的论文第一次探讨了20年代海明威与他父母的关系,颇受关注。拉里·菲力普斯编了《海明威论写作》(1984),系统地收集了散见于海明威作品和书信中对作家和文学创作、写什么和怎么写、人物刻画和文字增删等问题的看法,供青年作家参考,也为研究生和一般读者研读海明威提供方便。

特别引人注目的是传记批评的繁荣和发展。五种海明威新传记接连问世,蔚为壮观。它们是:杰弗莱·梅尔斯的《海明威传》(1985)、彼特·格里芬的海明威传记第一部《海明威的早年生活》(1985)、厄尔·罗威特和吉里·布兰纳合写的《海明威传》(1986)、肯尼思·林恩的《海明威传》(1987)和麦克尔·雷诺兹五卷本的海明威传的第一卷《青年时代的海明威》(1986)和第二卷《海明威的巴黎岁月》(1989)。凯恩·法列尔的《海明威寻找勇气》(1984)则为青年读者介绍了海明威的成才之路,颇受欢迎。一些回忆录又陆续出现,如杰克·海明威的《一个机灵的渔民的不幸遭遇》(1986),霍茨纳的《回忆"爸爸"海明威》加上副标题"快乐与忧愁"修订出版(1983年)。它回忆了海明威最后14年的生活及其与作者的忘年之交。古巴学者诺伯特·富恩特斯出版了《海明威在古巴》(1984),评介了海明威在古巴22年的生活,探讨了海明威小说中的古巴元素与瞭望田庄的始末。书中收入60个文件,包括海明威给儿子格里戈利、意大利姑娘阿德里阿娜的信件和早年给玛丽的情书。海明威一生曾在古巴、法国、意大利和西班牙待过不少岁月。《海明威在古巴》不仅丰富了海明威的传记,而且推动了"海明威在国外"的研究。富恩特斯还编辑出版了影集《重新发现海明威》(1988),加深了读者对海明威的认同和接受。

随着女权主义和多元文化主义批评理论的兴盛,海明威研究出现了可喜的新成果。伯尼斯·克特的《海明威的女人们》(1983)以玛莎为中心,集中探讨了海明威生活中与他母亲、他前三个妻子和几个女友的关系和他小说中的女性形象,受到批评家和读者的好评,曾获普利策奖。格里戈利·格林的《海明威对种族偏见的批评》(1981)回顾了海明威青年时代与印第安女人和黑人和平相处,在小说中描绘他们可爱的性格,有力地批评种族主义者对少数族裔的偏见。华特·威廉斯的《海明威的悲剧艺术》(1981)指出海明威小说的发展与他的悲剧意识的尖锐化是相适应的。马克·斯皮尔卡的《海明威对男子女性化的挑剔》(1982)质疑20世纪50年代和60年代盛行的"准则英雄"和"受伤"理论。吉利·布南纳的《海明威作品的隐藏手段》(1983)深入评析了海明威隐藏的艺术美学和小说试验中的含蓄技巧以及"爸爸"的定位。约翰·里伯恩的《荣誉成就了海明威》(1984)罗列了海明威对批评家们和他们评价的反应,提出20世纪50年代海明威公开形象对其个人艺术的挑战。评论家哈罗德·布鲁姆编辑出版了《欧尼斯特·海明威》(1985)以及收集有关海明威四大小说评论并加序的小册子,用来对研究生进行教学之用,很受欢迎。马修·布拉科利编的《与海明威对话》(1986)收集了海明威多次与记者谈话或书面答记者问的内容,很有参考价值。罗伯特·斯科尔斯的《解读爸爸》(1987)从文本解读的视角评价了海明威其人其作,颇有新意。苏珊·比格尔出了两本书——《海明威的省略技巧》(1988)和《海明威被遗忘的短篇小说》(1989),受到学术界的重视。霍茨纳又推出了新作《海明威和他的世界》(1989),夹叙夹议,颇引人入胜。

此外,学术界注意到海明威对电影的兴趣和他许多小说改编为电影的变化。吉恩·菲力普斯的《海明威与电影》(1980)提供了一个好影片目录。弗兰克·劳伦斯的《海明威与影片》(1987)则详细比较了海明威小说与其改编的影片的差异。对海明威四大小说的逐一评论陆续涌现,如弗列德里克·约瑟夫·斯沃波达的《海明威与〈太阳照常升起〉》(1983)和约瑟夫·弗洛拉的《海明威的〈尼克·亚当斯的故事〉》(1982)。弗洛拉认为亚当斯的26篇故事说明他不是一个"受伤"的英雄,而是一位精神康复的主人公。还有雷诺兹的《〈太阳照常升起〉:一部二十世纪的长篇小说》(1988)、丹尼斯·布莱恩的《真正的绅士:海明威熟人对他的描述》(1988)和保尔·史密斯的《海明威短篇小说导读》(1989)等都有不错的反响。

20世纪90年代,海明威传记批评仍有所发展。麦克尔·雷诺兹继续完成五卷本的海明威传的其他三本——《海明威从欧洲回国》(1992)、《海明威在30年代》(1997)和《海明威的最后年代》(1999)。作者用历史文化主义的视角审视了海明威的生平和创作。比特·格里芬的海明威传记第二卷《决不背信:海明威在巴黎》(1990)、詹姆斯·梅尔洛的《海明威:没有结果的生活》(1992)揭示了海明威性格和作品中鲜为人知的缺陷。查尔斯·怀庭的《海明威在欧洲:1944—45》(1990)、罗伯特·路易斯编的《海明威在意大利和其他国家的论文》(1990)、彼特·梅森特出的《海明威传》(1992)、斯图亚特·麦克尔维写的《海明威的基韦斯特》(1993)、罗立森写的两本海明威第三任妻子玛莎的传记《勇者不出事》(1990)和《美丽的流放者:玛莎·盖尔虹传》(2001)则从另一个侧面反映了海明威其人其作的概貌。吉欧依亚·狄里伯托写的《哈德莱传》(1992)描写了哈德莱早年与海明威的生活和对他的影响。杨仁敬出版了《海明威在中国》(1990,增订本2006)书中有两章译成英文,刊于《北达科他大学学报》2003年第二期,评述了1941年海明威和玛莎中国之行的始末,中国各界人士和美国学者对此的反应。马修·布拉科利《菲兹杰拉德与海明威:危险的友谊》(1994)回顾了两位小说家交往的历程。他还编了一本《海明威与麦克斯威尔通讯录:1925—1947》(1996),反映了海明威与他的出版商来往的记录。詹姆斯·普拉思和弗朗克·西蒙斯合写了《回忆海明威》(1999),收集了多位海明威朋友对他的怀念。传记批评仍引起读者的极大兴趣。

克利·拉森编的《海明威参考书导读:1974—1989》(1990)、林妲·威格纳·马丁编的《海明威七十年评论选》(1998)和查尔斯·奥立弗的《海明威生活和创作的主要参考书:从A到Z》(1999)重新梳理了海明威七十年来的评论,对青年学者和研究生很有参考价值。罗伯特·特洛敦编的《海明威文献集》(1999)收集了许多重要的历史文献,为年轻一代研究海明威提供了方便。耶鲁大学出版社出了弗列德里克·伏斯著、雷诺兹作序的影集《描绘海明威:一个作家在他的时代》(1999),以参加纪念海明威诞辰一百周年在华盛顿举办的全国影像展览(1999年6月18日至10月3日)。

在研究方面,性别理论、后现代主义,尤其是生态文学批评的影响更加明显。马克·斯皮尔克的《海明威与男子女性化的争执》(1990)、杰米·巴洛的《海明威的性别理论》(1992),特别是南希·康雷和罗伯特·斯科尔合著的《海明威的性别:重读海明威文本》(1994)尤为突出,它详细剖析了海明威在小说中对男性和女性的描写。还出现戴伯拉·莫德默的《重建海明威的身份:性政治、作家与多元文化教室》(1993)和许多论文,如《〈太阳照常升起〉里的女人与男人、爱情与友谊》、《〈太阳照常升起〉和〈在我们的时代〉里对男性的戏剧化》和《〈白象似的群山〉中性别联系的误导》等。戴伯拉·英格列默的《〈乞里曼扎罗的雪〉中非洲的重置:资本主义与帝国主义经济的交叉和海明威传记》(1998)考察了海明威这个短篇小说所揭示的非洲后殖民主义余毒。

更引人注目的是刚兴起不久的生态文学批评理论很快受到美国学者的重视,并应用于海明威研究。"海明威与自然界"成了1996年在克茨姆召开的第九届海明威国际会议的主题。会后,由罗伯特·弗莱明主编的会议论文集取名为《海明威与自然界》(1999)。《海明威评论》主编苏珊·比格尔教授写了《第二次成长:海明威〈父与子〉中生态的丧失》(1998),后来又写了《心与眼:海明威所接受的大自然教育》(2000)。接着又涌现了一系列生态批评的论文,如《〈老人与海〉中的生态意识》、《〈丧钟为谁而鸣〉中的生态环境》、《〈大二心河〉里的生态意象》、《印第安人——海明威对自然资源的利用》、《海明威与爱达荷的地域情缘》和《〈丧钟为谁而鸣〉中的大自然、妇女和神话》等。这些评论涉及海明威作品中人与自然的方方面面,令人耳目一新。

有的学者试用结构主义批评来阐释海明威的作品。如奥德瓦·何尔麦斯兰德的《结构主义解读:海明威的〈雨中的猫〉》(1990),但为数不多。许多学者认为结构主义批评不适于评析海明威的作品。

20世纪90年代对海明威作品的专门评论又有了发展,涌现了许多专著,如卡尔·布列德尔和苏珊·德拉克的《作为叙事发展技巧的〈非洲的青山〉》(1990)、斯各特·唐纳尔逊编的《〈永别了,武器〉新论文集》(1990)、杰克逊·班森编的《海明威短篇小说新的批评方法》(1990,保尔·史密斯写的一篇1976—1990海明威短篇小说评论的综述)、雅克林·塔弗尼尔-库宾的《海明威的〈流动的盛宴〉:神话制造者》(1991)、吉里·布南纳的《〈老人与海〉:一个普通人的故事》(1991)、罗伯特·路易斯编的《〈永别了,武器〉:词汇之战》(1991)、弗兰克·斯卡菲拉编的《重评海明威论文集》(1991)、温多林·特妥罗的《海明威〈在我们的时代〉的抒情维度》(1992)、沃尔夫冈的《〈太阳照常升起〉的悲喜剧因素》(1991)和《〈太阳照常升起〉:海明威叙事中隐藏的神》(1992)、里纳·珊德森编的《炸桥:海明威〈丧钟为谁而鸣〉论文集》(1992)、艾伦·约瑟夫的《〈丧钟为谁而鸣〉:海明威未发现的国家》(1994)、詹姆斯·纳格尔编的《〈太阳照常升起〉论文集》(1995)、弗兰克·凯尔的《海明威与后叙事条件:〈太阳照常升起〉非权威评论》(1995)、哈罗德·布鲁姆的《海明威〈永别了,武器〉评论集》(1996)、《海明威〈太阳照常升起〉评论集》(1996)和《海明威〈老人与海〉评论集》(1996)等。海明威研究日益走向深入,中青年学者崭露头角。

一些研究专著不断与读者见面,如卡思林·摩根的《海明威与荷马的见证叙事》(1990)、马克·西蒙斯的《圣地亚哥·两个世界的圣人》(1991)、杰克逊·班森的《海明威短篇小说的新批评方法》(1991)、吉拉尔德·肯尼迪的《巴黎想象:流亡、写作和美国身份》(1993)、哈雷·奥伯赫尔曼德《海明威在加布里尔·加西亚·马奎茨短篇小说中的出现》(1994)、罗伯特·弗列明的《镜中脸:海明威的作家们》(1994)、米里尔姆·曼德尔的《阅读海明威:小说中的事实》(1995)、罗斯·玛丽·伯威尔的《海明威:战前的年代与去世后的遗作》(1996)、唐纳德·比泽的《美国移居国外的人的写作与巴黎时期:现代主义与地方》(1996)、詹姆斯·纳格尔的《海明威:橡树园的遗产》(1996)、巴巴拉·奥尔森的《二十世纪权威人物:伍尔夫、海明威及其他作家的无限叙事》(1997)等。这些论著多角度多层次地解读了海明威早年在巴黎的生活和创作、他与其他作家的关系、他的不朽名著《老人与海》以及他的遗作。不论何时何地,海明威的作品总会引起美国学者的兴趣。他们总想用各种不同的文学批评理论来重新评价和阐释海明威其人其作的奥秘,给20世纪留下丰富的批评遗产。

21世纪前夕,海明威像以前一样,仍是美国文学批评关注的中心之一。2000年便出版了四本颇有分量的专著:第一本是林妲·威格纳-马丁编著的《海明威的历史导读》。它收集7篇重要论文,从当代社会的政治和文化语境探讨海明威的性别训练、青少年时代在自然界的磨练与父母的启导和身教、他小说中的重大主题——爱情与战争、友谊与失落以及作品中的互文性。书中有个雷诺兹写的海明威小传和附有图片的文化大事编年记,它与作家的生平和创作相适应,给文学专业的研究生展示了海明威在美国的全景图。

第二本是杰弗莱·梅尔斯的《海明威:将生活融入艺术》,是他以前写的《海明威传》(1985)的补充。它以丰富的资料探讨了海明威生活和作品常常被忽略的方方面面,如联邦调查局对海明威的严密监视,海明威与电影明星波加特和库柏的友谊,他对战争的描写,他与西班牙斗牛士的交往,他的公共形象的变化,他的神话为何越传越广以及对《丧钟为谁而鸣》、《过河入林》、《流动的盛宴》和一些著名的短篇小说的评论。此书问世后受到各大报刊的好评。《新闻日》认为它是"最好的单卷传记"。伦敦的《观察家》肯定它是当年最佳图书。《华盛顿书评》则指出梅尔斯的论述审慎地证明,他能够揭穿不止几个海明威神话,并解决了小说批评中一些令人困惑的问题。

第三本是科克·寇纳特的《海明威与美国流亡人士的现代主义运动》。它是盖尔《伟大文学专题研究导读丛书》之一。巴黎曾是西方现代主义运动的中心,在上世纪20年代聚集了一群美国青年作家。作者详尽地评述他们与现代主义运动的关系,现代主义运动及其代表作家和作品,海明威当时作品的情节、人物、主题和风格以及评论界的反应,现代主义从绘画、音乐到小说的发展及其特色。作者还揭示了海明威如何接触那些作家、在蓬勃发展的现代主义运动中适应新环境刻苦创作、将先锋派的艺术手法融入自己的作品,逐步形成自己独特的风格和个性的原因,经过短短的6年的努力,他终于从巴黎迅速崛起,成为美国文坛一颗光芒四射的新星。为什么他能这么快地成功呢?作者指出,"因为他是这个文学运动的一部分"。该书从历史和社会的发展大局来审视海明威的成才之道,颇有新见地。

第四本,也是最重要的一本,是麦克尔·雷诺兹的《海明威传》(单卷本)。它也是《盖尔伟大文学大师研究导读丛书》之一。作者以全新的结构和思路来展示海明威作品的特色与生活的变迁,包括海明威生平简介、创作分期,他的成名和艺术技巧,他的遗作、批评界的接受和影响,他的文艺观和海明威研究中的问题等。内容新鲜有趣,具体生动,重点突出,叙述简洁,文笔流畅优美,似为研究生和青年学者所作。虽通俗易懂,仍不乏真知灼见。作者特别指出,海明威临终前几年曾用心研读青年作家的小说,如欧文·肖的《幼狮》(1948)、诺曼·梅勒的《裸者与死者》(1948)和詹姆斯·琼斯的《从这里到永远》(1951)等。他关心二次大战后美国社会的变化和文学的困境。当时麦卡锡主义横行,造成社会精神危机,小说走进了死胡同,作家们大胆试验、寻求出路,后现代主义悄然而至。海明威是否意识到这点,尚难断定。但他后期的小说带有前期后现代主义色彩却是不争的事实。雷诺兹认为,从1946年到1960年海明威的作品,如《流动的盛宴》和《危险的夏天》都打破了体裁的界限。海明威的后现代派作品,比著名的后现代派小说家约翰·巴思要早得多。如长篇小说《曙光示真》(1999)是他未写完的"小说回忆录",后由他儿子帕特里克编辑出版。海明威是以他1953年非洲狩猎为基础于1954年写就的。他将事实与虚构相合,使真人真事与艺术想象融为一体。小说中既有海明威介绍打金钱豹和妻子玛丽打狮子的经历,几位人物保留真名实姓,又有叙事者讲述狩猎故事,同时穿插有关宗教、婚姻和叙事者早年生活的议论以及身处逆境求生的谋略。这种"跨体裁"的写法说明海明威的创作具有前瞻性和开拓性,令人深思。这是否意味着他已意识到新的文学潮流即将来临?雷诺兹是著名学者卡洛斯·贝克的高徒,治学严谨,著作等身。他是个众所公认的海明威专家。在新世纪来临之际,他第一个果断地提出海明威后期小说具有前期后现代主义因素。这是十分可贵的。虽然雷诺兹前几年已谢世,但他的论断可能拓展海明威研究的新视野,从而走上历史发展的新阶段。

随后又出现了一些传记和专著,如《玛莎:二十世纪的一生》(2003)、罗伯特·加达斯克的《海明威在他自己的国家》(2002)等。前者是玛莎传记,有专章反映她与海明威从相识到相爱的经历和共同生活了5年后分手的过程;后者是加达斯克的海明威论文集,收入26篇论文,从最早评海明威的《春潮》到他的遗作《伊甸园》的阐释,其中有几篇评《永别了,武器》特别引人注目。作者将海明威与乔伊斯、海明威与菲兹杰拉德进行对比,提出了一些新见解。罗伯特·路易斯为此书写了"前言",称赞作者是当代主要的海明威批评家。2006年杨仁敬出版了《海明威在中国》增订本,内容比初版增加了三分之一多,充实了许多新资料。美国原来在香港和韩国担任《南华早报》记者的彼特·莫列拉发表了《海明威在中国前线》,揭示了海明威和玛莎受美国政府之命到中国和东南亚收集抗日战争的情报以及两人从结缘到分手的过程。许多生动的细节吸引了读者的目光。有趣的是,书中有10次引用了杨仁敬的《海明威在中国》刊在《北达科他大学学报》的译文。2007年,林妲·威格纳-马丁出版了《欧尼斯特·海明威的文学传记》。这是一部美国学者写的最新的海明威传记。它一方面描写了海明威创作上的执着追求和探索,另一方面叙述了他与四个妻子和几位红颜知己的关系,揭示了他性格上的矛盾和一次大战、西班牙内战和二次大战的经历以及这两大方面的相互影响。此书问世后受到美国学界的广泛关注。

从1926年海明威在巴黎成名前后至1961年他去世的35年中,美国文学批评界对海明威十分关注。他也经受了新批评、左翼批评、心理分析批评、多元文化批评、女权主义批评、后现代主义批评和生态文学批评等不同时期各种批评理论的检验和阐释,以独特的形象出现于欧美文坛,获得广泛的国际声誉。

成名前,海明威得到了已成名的作家庞德、安德森、斯坦因、菲兹杰拉德、多斯·帕索斯和英国小说家乔伊斯、福德以及美国批评家威尔逊、特里宁和门肯等人的关注和帮助。当时美国的文论还不太成熟,但他的处女作受到重视。他写了诗和散文。斯坦因欣赏他诗中的抒情性,建议他往诗歌方向发展。远在纽约的威尔逊则发现他散文中独特的气质,认为他最好继续写小说,将来必有所成。海明威的处女作《三个短篇小说和十首诗》和《在我们的时代》问世后,有的赞扬它们是现实主义的,有的认为它们是自然主义的,"比照相机还精确"。菲兹杰拉德则具体帮他修改第一部长篇小说《太阳照常升起》,终于一炮打响,迅速崛起。海明威的成名和成才与这些作家和批评家的帮助是分不开的。

成名后的海明威乐于走进文学批评的园地。他时而评述自己的作品,先后于1946年、1947年、1949年、1950年、1952年、1953年、1954年、

1955年、1956年、1958年和1959年共十多次口头或书面回答报刊记者的提问。他是记者出身,乐于与他们接触,畅谈他的作品、他的人物、他的风格和他的阅读等,受到舆论界的欢迎。但他对批评他的人往往很反感,甚至会勃然大怒,如1923年他在巴黎莎士比亚公司读到温德汉姆·路易斯批评他作品的文章时大发脾气,竟随手拿起老板斯尔维亚·比茨办公桌上的郁金香花瓶往地上砸碎,碎片散落在屋里各个角落。1935年,伊斯特曼批评它写西班牙斗牛赛不准确,海明威在纽约斯克莱纳出版社帕金斯主编的办公室见到他时火冒三丈,两人竟大打出手,令同行吃惊不已。海明威早就写了小说《春潮》,以嘲弄曾举荐过他的安德森的小说《黑色的笑声》,第一任妻子哈德莱再三劝他,他还是一意孤行,坚持发表。他在《流动的盛宴》中批评早年帮助过他的女作家斯坦因和安德森等人,这使学术界对他颇有微词。后期他的态度有所改变,与批评家的关系颇有改善。他阅读卡洛斯·贝克的专著《海明威:作为艺术家的作家》手稿时,不同意书中关于象征主义的评述,每处都打个问号,但贝克坚持己见。该书出版后,两人仍是好朋友,海明威也不再计较了。菲力普·扬的"受伤理论"令他十分反感,芬顿去采访他的弟妹,令他大为恼火。他本想不予理睬,不许他们二人引用他的作品,后经妻子玛丽的反复劝说,他才勉强同意让他们引用。

海明威的主动参与,也许是海明威研究中的一大特色。但作家的意见与批评家的评论相悖是常有的事。作家有自己的意图,批评家有自己的看法,这都是允许的。海明威对不同意见难于接受,甚至暴跳如雷、视如仇敌;对帮助过他的人不知感恩,反而过河拆桥,反目相视,受到评论界的批评。后来,他比较宽容,能听取劝告,尊重别人的意见,受到同仁们的好评。

海明威一度成为美国批评界的中心。但美国文论流派繁多,莫衷一是。各个流派都想用对海明威的评论增加自己的实力。有的解读有理有据,颇有新意;有的评析牵强附会,令人难以苟同。总的来说,新批评理论的分析较多,涉及的范围较广,论著甚丰;弗洛伊德心理分析有一些偏重于海明威的短篇小说;结构主义阐释比较少,许多学者不能接受。历史文化批评的论著也很多,影响甚为深远。生态文学批评的应用则充满活力,方兴未艾,前途无量。传记批评延续几十年,常有新作问世,受到读者的喜爱,历久不衰。

美国学者重视海明威研究资料的梳理,这对深入进行研究和培养中青年是十分重要的。论文集的不断涌现为系统的研究工作提供了方便。

同时，对海明威其人其作的总体研究与对他的四大名著《太阳照常升起》、《永别了，武器》、《丧钟为谁而鸣》和《老人与海》以及短篇小说的个案研究相结合，已成了新的发展趋势。从个别到整体，从特殊到一般，必将使海明威研究不断深入，打开局面。

美国海明威研究是开放式的。许多论著的作者既有美国学者，又有英国、古巴、西班牙、中国和法国学者。这成了海明威研究的另一大特色。正如卡洛斯·贝克所说的，海明威是个世界公民，他的足迹遍及美洲、欧洲、非洲和亚洲，他是属于美国的，也是属于全世界的。他的小说反映了20世纪重要的国际事件，如第一次世界大战、西班牙内战、第二次世界大战等。他报道了中国的抗日战争，是个国际性的文化名人。他的作品成了人类文化遗产的一部分。

总的来看，大多数批评家赞扬海明威感人的硬汉子形象、精湛的叙事技巧、独特的"冰山原则"和对于时代精神和人类命运的关注。但也有少数人认为他的过分简洁的风格限制了他的想象力。他往往展现了暴力的世界，他的人物没心眼，女性形象苍白无力。在美国文学批评语境中，他的声誉经历了不同时期的起伏变化：20世纪20年代，他获得批评界几乎一致的肯定。1929年，《永别了，武器》的问世使他的荣誉达到高峰。但到了20世纪30年代，他走下坡路了。他的非小说《死在午后》、《非洲的青山》，短篇小说集《胜者无所得》和长篇小说《有钱人和没钱人》受到批评家们的严厉批评。1940年出版的《丧钟为谁而鸣》使他恢复了声誉。但他在40年代没有新作发表。1950年推出的长篇小说《过河入林》又遭到尖锐抨击。不过，两年后的《老人与海》则完全征服了评论界，1953年荣获普利策奖，1954年荣获诺贝尔文学奖。但去世前9年，海明威没有新书与读者见面。1964年问世的遗作《流动的盛宴》又受到欢迎。《湾流中的岛屿》社会反应较差。

纵观海明威一生的创作，不管他有什么不足之处，作为一位现代美国主要小说家，他的地位是不可动摇的。他在美国文学史上占有重要的一页。这也许是美国各种文学批评流派的共识。

第二章

20年代：海明威早期作品的现实主义与自然主义之争

　　1921年12月，海明威带着安德森的信，偕新婚不久的妻子哈德莱抵达巴黎。他租了一处锯木厂的二楼，安顿后便去走访女作家格特鲁德·斯坦因、诗人庞德和莎士比亚公司经理斯尔维娅·比茨。他当作家的梦想没有改变。他对巴黎抱有希望。

　　在巴黎安家后，海明威一面继续给《多伦多之星》日报和周刊写新闻报道，一面刻苦试写小说，认真练好每个真实的陈述句。记者工作使他有些基本收入，可以维持他在巴黎的经济开支并到奥地利、西班牙等地度假，了解当地风土民情；更重要的是使他有机会被派去采访一些重要的国际会议或欧洲重大事件，如1922年4月热那亚国际经济会议、1922年8月至9月希腊与土耳其战争、1922年11月至12月洛桑和平会议、1923年法国占领德国鲁尔工业区等。同年，他采访了意大利法西斯头目墨索里尼。这些经历使他对国际形势的变化和影响有了认识，扩大了视野，磨炼了思想，也积累了创作素材。不仅如此，海明威还结识了许多英美报刊驻巴黎的记者,有的成了好朋友。这为扩大他的影响创造了条件。

在与斯坦因、庞德、菲兹杰拉德和多斯·帕索斯等成名作家的交往中,海明威逐渐学到了一些写作技巧,并受到他们的关照和提携。安德森推荐他阅读世界古典文学名著,斯坦因劝导他写作要有激情,文字要精练新鲜。庞德和菲兹杰拉德为他推荐出版社,使他有机会发表作品,没有后顾之忧。莎士比亚公司的比茨则让他自由阅读各种文艺报刊,租借图书,及时了解欧美文坛的动态。这一切条件都是海明威在芝加哥时无法比拟的。

去巴黎之前,海明威在芝加哥试写过好几篇故事,主人公有老战士、拳击手、记者和赌徒,但常常给退回来。他想当个通俗小说家,但心里没个谱,又没人启发开导,帮他找找退稿的原因。他没系统读过世界文学名著,对许多名作家,包括当代作家庞德、斯坦因、乔伊斯等,连他们的名字都闻所未闻。更从来没有什么报刊来向他约稿。收到退稿时,他只好一个人待在房间里发愣。

到了巴黎,海明威仿佛置身于另一个世界。巴黎当时是现代主义思潮的中心,吸引了许多有抱负的英美青年作家和艺术家。海明威如鱼得水,一步步走向文坛。先锋派杂志《小评论》两主编之一简·希帕找他约稿,他立即送上刚脱稿的六篇速写。出版商威廉·伯德成立三山出版社,请诗人庞德主编一套当代英文散文丛书,庞德马上推荐海明威。1923年7月,罗伯特·麦克阿尔蒙出版商帮他出了《三个短篇小说和十首诗》。这是他的第一部作品。麦克阿尔蒙是他当年初在意大利结识的。不久,他的第二部作品《在我们的时代》由三山出版社出版。好的开头是成功的一半。海明威开始在巴黎塞纳河左岸有点名气。同年,成名作家菲兹杰拉德建议他写一部长篇小说,以对他的短篇小说有所促销。他接受了建议,写出初稿《太阳照常升起》。菲氏又帮他审读了文稿,提出了删去开篇十多页的建议,海明威也接受了。1924年,他又向纽约斯克莱纳出版社力荐海明威。海明威专程赶去纽约,与该社总编麦克维尔·帕金斯签了合同。该社答应出版《春潮》、《太阳照常升起》和《永别了,武器》三部小说,并预支了后两部长篇小说的部分稿酬。海明威有了这家大出版社当靠山,往后出书就方便多了。

1926年,《太阳照常升起》正式出版,获得了成功,奠定了海明威小说家的基础。1927年10月,他将《杀人者》、《白象似的群山》和《阿尔卑斯山牧歌》等14篇短篇小说汇成《没有女人的男人》出版,受到欢迎。1929年,《永别了,武器》问世,好评如潮。海明威如愿以偿,名扬欧美,像一颗光芒四射的新星从文坛冉冉升起,成了一位划时代的小说家。

从1923年到1929年短短的6年,海明威从巴黎迅速崛起。这是很不容易的,除了他个人的勤奋和努力以外,文艺界和新闻出版界朋友们的帮助,尤其是巴黎良好的写作环境都是关键的因素。对此,海明威深有感触。他喜欢巴黎,留恋巴黎。巴黎使他6年内从一个默默无闻的小记者成长为一个名作家。他在去世前写的回忆录《流动的盛宴》里称赞巴黎"对于作家来说是个组织得最好的城市,可在那里写作"。在最后一段,他又写道,"巴黎总是值得住的,不管你带给它什么,你都会得到回报的"。"对巴黎来说,绝对没有任何终止"①。成名后,他于1929年、1937年至1938年和去世前的1956年曾又重返巴黎,他割不断与巴黎的情缘。那里是他走进文艺殿堂,驰骋于欧美文艺大千世界的圣地。

第一节 《三个短篇小说和十首诗》和《在我们的时代》

1923年7月,海明威的第一部作品《三个短篇小说和十首诗》(*Three Stories & Ten Poems*)由罗伯特·麦克阿尔蒙的接触出版公司在巴黎出版。三个短篇小说包括《在密执安北部》、《禁捕季节》和《我的老头》。10首诗有6首曾发表于1923年芝加哥哈丽特·蒙罗主编的《诗歌》杂志一月号上,即《神明的磨房》、《章目》、《战死沙场》、《滑腻的天气》、《罗斯福》②和《里帕托》;有4首未曾发表过,它们是《俘虏们》、《俄克拉荷马》③、《蒙巴纳斯》④和《青年时代》。全书仅58页,献给第一任妻子哈德莱,只印了300本。诗的主题涉及青春、海洋、战争和英雄崇拜等,诗中具有诙谐和反讽色彩,流露反战情绪,嘲讽贪生怕死的将军和被俘房的幸存者。小册子显示了海明威爱写的主题和独特的风格。

小册子没有在文艺界引起轰动。1923年11月27日《芝加哥评论》(巴黎版)首先登了女作家格特鲁德·斯坦因100字的短评。她承认《三个短篇小说和十首诗》写得很漂亮,建议海明威坚持写诗,注重灵性,避免

---

① Ernest Hemingway, *A Moveable Feast*, New York: Scribners, 1964, pp. 182, 211.
② 罗斯福(Theodore Roosevelt, 1858—1919),第26任美国总统,常称老罗斯福总统。
③ 俄克拉荷马(Oklahoma),美国中南部一个州。
④ 蒙巴纳斯(Montparnasse),巴黎市中心南面一个区,位于塞纳河左岸,英美文人、艺术家寄居地。

过热的情感和更夸张的想象。她曾读过描写女佣李芝首次和男人性交的感觉的《在密执安北部》,认为是一篇可以画但不可以挂的作品,但海明威没有接受,照样收入小册子发表。海明威曾携安德森的信到巴黎不久就去见斯坦因,斯坦因对他也很热情,帮他看了好多篇稿子,提了一些修改建议。海明威成了她家巴黎市花园街22号的常客,并请她当儿子班比的教母。两人第一次见面时,海明威23岁,斯坦因48岁,相当于海明威母亲的辈分。海明威担任《跨大西洋评论》主编福德的助手时,曾部分连载了斯坦因的作品《美国人的成长》。但两人后来发生争吵,在作品里互相指责。斯坦因在《艾丽丝·B·托克拉斯自传》里指责海明威是个胆怯的扶轮社成员。海明威在《非洲的青山》里说她嫉妒、不怀好意,在《流动的盛宴》中也对她颇有微词。两人的友谊画上了句号。

　　远在纽约的青年批评家艾德蒙·威尔逊则提出了不同的看法。他在《日晷》发表的《海明威的铜版画》(1924年10月)一文指出,"海明威的诗并不特别重要,但他的散文是一流的"①。言外之意,他的小说比诗写得好,应继续往小说方向发展。后来实践证明,威尔逊是正确的。此外,1924年4月《跨大西洋评论》有篇文章署名K.J.的认为,"海明威的方法是现实主义的,但不像他流派的大多数人那样,使用肤浅而生硬的照相法,而伤害他的作品。《禁捕季节》依靠它暗示力量的影响。尽管表面上粗糙,它是一篇我见过的最佳作品之一"②。

　　《堪萨斯之星》1924年12月20日指出:"几年前,海明威是《星》报一位记者。现在,作为《多伦多之星》记者,他不仅被认为是一个记者,而且是英语界最有前途的青年作家之一。……《三个短篇小说和十首诗》用英文写成,但在巴黎出版。它包含了一些我见过的当代美国作家所写的最佳作品。三个短篇小说简短、直接、发人深思。一篇以中西部为背景,其他两篇在欧洲,三篇都是真实的故事。……他掌握了现代新闻所具有的最佳素质,并将它发展到新的高度。新闻的客观性与对事物的感觉和印象完美结合,排除了作家的意见和演员的感情……"③

　　以上评论有两大特点:(一)指出海明威的短篇小说与他新闻写作的关系。他崭新的艺术风格已渐露头角,引起学界的关注;(二)预言海明威是个很有前途的青年作家,他会写出具有自己风格的作品。这些评论客

---

① Jeffrey Meyers, ed., *Hemingway: The Critical Heritage*. Routledge, 1997, p. 63.
② Robert O. Stephens, ed., *Ernest Hemingway: The Critical Reception*. Burt Franklin & Co., Inc., 1977, p. 1.
③ Jeffrey Meyers, ed., *Hemingway: The Critical Heritage*. Routledge, 1997, pp. 65–66.

观、公正,有助于海明威的成长和发展。

1924年3月,海明威将18篇无标题的速写汇成《在我们的时代》出版。英文书名全用小写 in our time,模仿《跨大西洋评论》(Transatlantic Review)的时尚做法。《圣经·祈祷词》有"给我们的时代和平"之说,海明威选了"在我们的时代"当书名,具有反讽意义。这本小册子仅38页,由威廉·伯德的巴黎三山出版社印了170册,交给斯尔维娅·比茨的莎士比亚公司书店代售。全书18篇中有6篇曾刊于1983年春季号的巴黎《小评论》。这本小书实际上是庞德主编的一套最佳散文丛书六册之一,其余的还包括庞德的《轻率》、福德的《男人和女人》和威廉·卡洛斯·威廉的《伟大的美国小说》等。

1925年10月5日,纽约波尼·李弗莱特出版社出了《在我们的时代》,标题用 In Our Time,以区别于巴黎版,又称纽约版,两者在内容上也不太一样。纽约版的《在我们的时代》收入16篇短篇小说,每篇前面有一篇选自巴黎版的"速写",按顺序排列,将它们称为插章(interchapters)。16个短篇小说中《禁捕季节》和《我的老头》两篇选自《三个短篇小说和十首诗》,两篇选自巴黎版,7篇曾发表于《跨大西洋评论》、《小评论》和《本地区》,4篇是首次发表。这13篇是:《印第安人营地》、《医生和医生太太》、《了却一段情》、《三天大风》、《拳击家》、《小小说》、《士兵的家》、《革命党人》、《艾略特夫妇》、《雨中的猫》、《越野滑雪》和《大二心河》(上下部,可分为两篇)以及《打不败的人》。纽约版比巴黎版厚多了,印数也比较多,第一版1335册。他是海明威在美国问世的第一部作品,在文艺界产生了良好的影响。书的护封上印了成名作家福德、安德森、多斯·帕索斯等人赞美的话,如福德称海明威是"当今美国最好的作家",安德森则说,"我的海明威先生年轻、强壮、充满笑声,他很能写"。这使海明威赢得许多美国读者的好感。

值得注意的是,在16篇短篇小说中,以尼克·亚当斯为主人公的占了8篇,加上第6个"插章"也有尼克,共有9篇。这9篇是以海明威从童年到成年的经历为基础写成的。后来美国学者菲力普·扬收集这9篇,加上海明威后来写的15篇短篇小说共24四篇,汇编成《尼克·亚当斯的故事》(1972),集中反映了尼克·亚当斯的完整形象,引起学术界的重视。

艾德蒙·威尔逊认为,海明威在运用一系列简洁的叙事手法表现道德价值方面是相当成功的。他对斗牛的特写酷似西班牙画家戈雅平版印刷斗牛画一样优美和生动。像戈雅一样,他首先关注的是画一幅好画。他给你揭示了生活是怎么一回事。他觉得海明威这本小书比任何一个美国人写过的关于一次大战时期的书更具有艺术尊严①。

《纽约时报书评》的《一种基调的前奏》一文指出,《在我们的时代》并不是通常意义上的短篇小说集,而是一种基调的前奏。它是由准确和极细致的因素组成的,包括了读者的心理。海明威观察世界没有偏见或既定框框,而是精确而简洁地加以记录。正如他所看到的一样,非常直觉。每个短篇小说都是一种扩大的比喻,表达了比它字面上的意义更大的含意。海明威最值得指出的才华是对话的生动和简洁②。

左翼刊物《新共和》也关注海明威在文坛的出现。保尔·罗森菲尔德在《坚硬的大地》一文中说,海明威的短篇小说具有立体画的色彩,用原始和现代的话语展示一种正面力量的情感。他的口头散文富有抒情性。他吸取了安德森和斯坦因的优点,形成自己的风格。尽管他的风格仍然处于试验阶段,它的基本轮廓已经显现:新颖、严肃、实在、优美、令人满意,与机械化的世界和红种人的简朴息息相关③。

新批评派的批评家艾伦·塔特发表简短的评论。他强调海明威通过小心地反对各种"思想"发展了他散文的主要特色。它不是构想出他的题材,而是将它表现出来。

成名作家菲兹杰拉德热情地称赞尼克·亚当斯成了该书统一的核心。

英国小说家 D. H. 劳伦斯跟菲兹杰拉德一样,也认为尼克是这部"破碎的长篇小说"中的主体中心。不过,它并不假装是写一个人的书。……这些特写简短、尖锐、生动,大部分都很优秀。④

后来有些作家批评海明威尽写些原始主义的东西,具有反知识的倾向,温德汉姆·路易斯就是一个代表。海明威在巴黎莎士比亚公司书店里读了他的文章后非常气愤,竟当场砸碎了比茨经理办公桌上的一只郁金香花瓶。不过,他父亲的来信倒让他清醒不少。老海明威医生买了一本《在我们的时代》,很有兴趣地阅读着。母亲格拉斯给他邮寄了当地一些报刊评论,告诉他家乡父老很赞赏他的新成就。但老医生看出他儿子小说中缺少上进的精神,他在信中说:"相信你在将来的作品里会看到和描写人类更多的不同性格。你给世界展示了野蛮的一面。找一找人物快

---

① Robert O. Stephens, ed., *Ernest Hemingway: The Critical Reception*. Burt Franklin & Co., Inc., 1977, p. 2.
② 同上, p. 7。
③ 同上, p. 9。
④ Jeffrey Meyers, ed., *Hemingway: The Critical Heritage*. Routledge, 1997, p. 14.

乐,向上和乐观精神。如果找到了就写出来。记住上帝带领我们每个人有责任尽自己的最大努力。"[1]

总的看来,上述评论集中在海明威非凡的风格、技巧和道德价值,认为他是现代文学一个重要的新生力量。

到了1925年,年轻的海明威已完成了他的成名准备,开始了他的作家生涯。

应该指出,《三个短篇小说和十首诗》和《在我们的时代》(巴黎版和纽约版)引起了批评界对海明威艺术风格的关注和争论。

海明威是从新闻记者走进文艺殿堂的。1921年12月,他到达巴黎时仅23岁。他仍为《多伦多之星》日报和周刊写报道,挣几个钱维持在巴黎的生活开支,同时潜心练习写小说。他在新闻界和文艺界都没有地位。上述作品问世后,人们才发现他独特的叙事风格,将他的艺术风格与他的新闻写作联系起来。批评界就他的创作方法是自然主义还是现实主义,以及新闻写作与小说创作的关系进行了旷日持久的论争。

早在1925年前后,《跨大西洋评论》就称赞海明威写的短篇小说是现实主义的,富有感情。纽约许多批评家夸他长期努力,形成了尖刻辛辣的风格。《堪萨斯之星》则认为他分享了安德森和拉德纳开发的语言矿产资源。有的说他接受了巴黎先锋派的影响;有的指出他从18世纪英国小说家笛福、菲尔丁和斯威夫特得到了启迪。菲兹杰拉德觉得海明威是从美国文学传统的压抑中走出来而回到现代创作的新风格[2]。

20世纪50年代以来,美国学术界的争论愈演愈烈。查尔斯·芬顿在他的《海明威早年的学徒阶段》(1954)序言中指出,海明威学徒阶段的主要工具是新闻。他的记者生涯从1916年10月至1923年12月,长达7年多。这是形成他艺术风格和创作态度的强大力量,也是他后来成熟作品的一大特色。

约翰·阿特金斯和莱特·莫里斯认为,从风格上来看,海明威主要是个自然界的准确记录者。约翰甚至将他当成"记录的工具",认为他像康拉德一样,将他看到的和听到的都记录下来。莱特则称,海明威的风格犹如"精确的镜头"。厄尔·罗威特甚至说海明威比录音机或照相机更准

---

[1] Carlos Baker. *Ernest Hemingway: A Life Story.* Avon Books, 1968, p. 207.
[2] Robert O. Stephens, ed., *Ernest Hemingway: The Critical Reception.* Burt Franklin & Co., Inc., 1977, p. xi.

确。在这些人看来,海明威仿佛成了一个自然主义作家①。

卡洛斯·贝克指出,新闻写作与小说创作具有基本的区别。海明威从新闻记者走上文坛,变成小说家。他非常真实地描写了他所观察的人物行动,避免了想象中的笔误,给我们提供了最好的艺术品。

约翰·阿尔德里奇的看法则完全不同。他坦率地指出:海明威散文的质量归根到底是新闻报道的质量。事实上,这反映了他的优点和缺点。海明威的风格是从记者发展成作家的。这极大地限制了作为一个艺术家的想象范围和小说的深度。这样的风格使他只能写些易于描述的题材,而且只能描述一小部分。尤金·古德哈特觉得,海明威风格是他作为一个作家成功的因素。但他抱怨海明威的散文缺乏"戏剧的含混和多种的含义"的浓缩②。

德尔莫尔·斯茨华兹同意这种观点,认为海明威的风格极其简练、毫无掩饰,但绝不分散。他赞扬它"干净利索、严谨、简单明瞭,不加装饰,能用意义深长的缄默和含蓄的感情表现一种道德准则"③。

哈佛大学教授哈里·列文全面总结了上述各种意见,作了精辟的归纳。他认为,尽管海明威用词不够丰富,句法技巧差,形容词色彩不够,动词并不特别有力,他的风格具有"无可置疑的活力"和"没有先例的动力"④。

面对这些争论,海明威重申自己的看法。他在《死在午后》(1932)和致《绅士》杂志的信(1935年10月)中明确地说,在报纸上,只说说所发生的事,但在小说里,他想做的是,写下实际上真正发生的事究竟是怎么一回事,它使你产生所经历过的感情。他又说,"从实际经历学得越多,他的想象就越真实。如果他这么做,他的想象就真实得足以让人们以为他所描述的事情全是真正发生过的,他不过是如实告诉你吧!"⑤海明威强调,"这是创作,不是叙述"。他崇尚"写真实",认为"好作品都是真实的创作"。1958年发表于《巴黎评论》(春季号)的《答记者问》中,他进一步将自己的风格概括为"冰山原则"。他说:"我总是尽力按冰山原则来创作。它显露的每个部分有八分之七在水面下。你可以删去你熟识的任何东西,

---

① 见 J. F. Kobler, *Ernest Hemingway: Journalist and Artist*, UMI Research Press, 1985, 1968, pp. 95-96。
② 同上,pp. 96—97。
③ 同上,pp. 96—97。
④ 见 Carlos Baker, ed., *Hemingway and His Critics*, 1961, p. 108。
⑤ 见《致麦斯特罗的独白》,1935年《绅士》十月号。

它只能强化你的冰山。它就是你没有显示的部分。"海明威在巴黎苦苦奋斗了6年,终于成功地崛起,成了一名严肃的现实主义作家。他小说中有许多真实的细节描写,都是经过精心选择的,并不是照相机似的记录。他与自然主义作家具有明显的区别。他善于运用新闻采访中一些真实的素材,进行巧妙的加工,以反映具有典型意义的主题。

第二节 《春潮》

《春潮》(The Toments of Spring)的发表曾引起一场争论。小说书名袭用了俄国作家屠格涅夫1870年写的一个短篇小说,意在嘲讽安德森的长篇小说《黑暗的笑声》中的重复和多余的心理描写。它被作为海明威以怨报德的一个例子。这种嘲讽标志着海明威与帮助过他的安德森的决裂,也是与波尼·李弗莱特出版社的分手。这个出版社曾帮他在纽约出版了《在我们的时代》。安德森是该社的畅销书作家。后来,该社拒绝出版《春潮》,终止了与海明威的出版合同。海明威遂转向菲兹杰拉德为他推荐的斯克莱纳出版公司,与它签订了出版合同。该公司为他出了《春潮》和后来的两部长篇小说《太阳照常升起》和《永别了,武器》。双方从此结下了不解之缘。

《春潮》是一部较短的长篇讽刺小说。它有个副标题叫"纪念一大群同行消失的一部浪漫小说"。海明威说他在巴黎仅花了10天写成的。全书分为4个部分。每个部分都引用了英国18世纪小说家菲尔丁的《汤姆·琼斯》和其他小说的警句。第一部分"红色和黑色笑声",第二部分"为生活拼搏",第三部分"一大群同行的消失与美国人的形成和损伤"。前面主要是嘲讽安德森和他的长篇小说《黑色的笑声》,后面实际上是挖苦格特鲁德·斯坦因和她的作品《美国人的成长》,这一点往往被人们所忽略。

《春潮》的背景是第一次大战后,可能是1924年或1925年美国密执安州北部地区。小说中两个主人公是斯克里帕斯·奥尼尔和姚基·约翰逊。两人都在彼托斯基市一家水泵厂工作。奥尼尔在曼斯洛纳失去了前妻,到了彼托斯基市以后与餐厅服务员大姐戴安娜结婚。不久,他又看上一位年轻的服务员曼迪,她善于用讲文学逸事来赢得他的欢心。戴安娜知道后,常常为她丈夫读报讲故事,但收效甚微。末了,奥尼尔告诉曼迪,她才是他的女人。

姚基·约翰逊是个战时的老兵,因被一个巴黎妓女拉上床而生活被毁掉,名声扫地,终日郁郁寡欢。后来有个他的印第安朋友的妻子来到彼托斯基市那家餐馆,姚基对她一见钟情,立即坠入爱河。末了,人们看到他与那位印第安妇女脱下衣服,沿着铁路的轨道走向远方……

《春潮》的故事幽默有趣。也许读者并不关心海明威在嘲讽谁,而批评家们仅把它作为一部有趣的小说。书中叙述者或主要人物讲述的故事是否准确只有天晓得。从副标题来看,海明威可能认为他的学艺阶段已经结束了,不再需要向安德森、斯坦因等人学习创作经验了。因此,一大群同行消失了。他开始走自己的路了。

尽管如此,《春潮》在纽约问世后,仍招来不少评论。有的给予尖锐批评,有的含蓄地加以肯定。评者见仁见智,莫衷一是。但海明威从不公开承认是在戏仿安德森。

哈里·汉森认为《春潮》是个败笔之作。他认为,海明威抓住安德森一点职业天真进行戏仿,但戏仿是天神的天赋,海明威用得不当;艾伦·塔特则指出,海明威通过间接的反讽,取得了自然主义的效果。他发觉这本反讽的书比《黑色的笑声》好些,并称这部作品是美国小说中的一本杰作。大卫·加纳特曾为1933年英文版的《春潮》写过序,他认为,《黑色的笑声》属于感伤的原始主义传统,海明威不仅戏仿它的故事,而且戏仿它背后的思想和作者写作方法的虚假。彼特·昆纳尔同意大卫的看法,感到《春潮》既讽刺了安德森,又嘲讽了他的写作方法,海明威对它是很熟悉的。他称赞海明威简洁、生动和锐利的风格,并说他也许是当今用英文写作的最佳讲故事能手。

《春潮》出版前曾受到海明威第一任妻子哈德莱的反对。她认为,出这本书对安德森和对海明威都不利。但葆琳支持他发表。菲兹杰拉德也赞成他发表。出版后在海明威朋友圈中引起一些议论,海明威有点坐立不安,便给安德森写了一封信加以解释。他力图证明自己的态度是真诚的。这不过是开个玩笑,并不是不怀好意,作家之间不应互相拆台。如果像安德森这样能写大作品的人,写了一些不好的东西,海明威有责任请他注意。这本书不是为了个人攻击,所以越尖锐越好。如果安德森读一读一位青年同事的严厉批评,他的思想和风格会有显著的改进。安德森收到此信后一笑置之,两人的友谊却就此了结。

不过,从上述反对与赞成的双方反应来看,我认为批评界过多地批评了海明威对帮助过他的友人安德森和斯坦因的嘲讽和背叛,却忽略了他在《春潮》里对艺术技巧的新探索。

海明威在《春潮》里运用了电影技巧"闪回"和"作者笔记"。"作者笔记"像是海明威写给读者的信件,用以说明各部分的故事。有些"作者笔记"几乎跟一章一样长。在一篇"笔记"里他建议,如果读者有点烦,读不下去,他将乐意朗读他或她写的东西,并提出建议或修改意见。他甚至说,他每天下午都在巴黎的"圣母咖啡馆",读者可去找他,他将跟哈罗德·斯特恩斯①和辛克莱·路易斯②一起与他们讨论艺术问题。有时,他在"笔记"里说,前一章系两小时内写成,然后他去跟多斯·帕索斯共进午餐。多斯·帕索斯还夸奖海明威写了一部杰作。有时,他会说,读者,恰好在故事转折时,一天下午,菲兹杰拉德先生到我们家来了。他待了好长一会儿后,突然在火炉旁坐下,不肯起来,给火炉添了一点柴禾,以保持屋里的温暖。

由于采用了"作者笔记"新的艺术手法,大大增强了小说戏仿的效果。

值得指出的是,海明威在《春潮》里将"作者笔记"与小说的故事结合起来,跨越了体裁的界限。同时,他重视读者的作用,欢迎读者参与,不管在小说里或在实际生活中都这样。从这两方面来看,海明威受到作为现代主义运动主力的法国先锋派的影响是明显的。虽然,在后来问世的长篇小说《太阳照常升起》和《永别了,武器》里没有看到这种艺术实验的继续,但在 20 世纪 30 年代非虚构小说《非洲的青山》以及后来的《流动的盛宴》《危险的夏天》《曙光示真》和最后一部遗作《在乞力曼扎罗山下》里都有跨体裁艺术技巧的再现。因此,我认为《春潮》开了海明威跨体裁艺术试验的先河,具有重要的艺术价值和学术意义。

第三节 《太阳照常升起》

《春潮》出版后 5 个月,海明威第一部长篇小说《太阳照常升起》(*The Sun Also Rises*)问世了,小说标题语出《圣经·旧约》《传道书》,英文书名

---

① 哈罗德·斯特恩斯(Harold Stearns, 1891-1943),美国批评家,主要论著有《美国的文明》(1922)。

② 辛克莱·路易斯(Sinclair Lewis, 1885-1951),美国第一位获得诺贝尔文学奖的小说家,主要作品有《大街》(1920)、《巴比特》(1922)。

又称《奔牛节》，扉页上印着女作家格特鲁德·斯坦因的一句话"你们全是迷惘的一代"。小说描写一次大战后在巴黎的一群"迷惘的一代"青年的思想和生活。背景是海明威参加过的西班牙潘普洛纳奔牛节。人物原型大多是他熟悉的朋友，包括英国作家福德、退斯登夫人和哈罗德·罗勃等。1926年10月正式出版，初版5090册。

小说的故事是：女主人公英国人布列特·阿斯莱夫人美丽多情，一面在欧洲各国旅游，一面等待跟麦克尔·康贝尔离婚。她结识了在巴黎工作的美国记者杰克·巴勒斯和他的朋友比尔·戈顿、美国犹太作家罗伯特·柯恩和一位希腊主教伯爵米比波普勒斯。柯恩讨厌自己的女友克琳，恋上布列特。但她和她的朋友都看不上他。他们一群人到西班牙观看斗牛节的斗牛赛。布列特爱上杰克，但他在一次大战中腹下部受伤，失去正常性生活的能力。她又与青年斗牛士罗慕洛相恋并私奔。罗慕洛想娶她为妻，她却想回到康贝尔的怀抱。但她留恋杰克·巴勒斯，常与他一起消磨时光，依依难舍。他们不知道明天会怎么样，对未来感到迷惘。

《太阳照常升起》由三部分19章组成。第一部分的背景在巴黎，包括第一章至第七章，以杰克对他的网球玩伴罗伯特·柯恩的讽刺性评价开场。杰克将他当朋友，但他从浪漫小说里学了对生活的玩世不恭态度。后来在潘普洛纳奔牛节，他跟杰克和麦克尔·康贝尔（布列特的未婚夫）打了架，被他们一群人抛弃。第三章杰克曾找了一个妓女乔治特到跳舞俱乐部，后离开她，与布列特乘的士离去。布列特对他的性无能感到失望。她说："啊，亲爱的，我是多么不幸呀！"第四章介绍了一个有钱的希腊伯爵米比波普勒斯。他年仅22岁，在阿比西尼亚战役中肉体上和精神上都受了伤。他成了杰克他们中的一个，也是个流浪异国他乡的人。第六章柯恩与同居三年的女友克林打架，叫她滚开。克林告诉杰克，柯恩只要她当情妇，不娶她为妻。第七章讲杰克、布列特、米比波普勒斯等人在巴黎咖啡馆消遣。希腊伯爵迷恋布列特，同饮香槟酒。布列特跟杰克说，她要离开一会儿，但没讲跟谁走。

第二部分是全书最精彩的核心部分，从第八章至第十八章。杰克知道布列特跟柯恩出城，一起到珊·西巴斯蒂安过夜。他俩还打算6月底去潘普洛纳。小说增加了两个新人物——杰克和来自纽约的朋友比尔·戈顿。他到欧洲垂钓。麦克尔·康贝尔是来自苏格兰的布列特的未婚夫。杰克与比尔乘车去西班牙，一路上描绘了西班牙北部美丽的乡村景色。

从第十三章开始描写潘普洛纳小镇一年一度的奔牛节和斗牛。杰克、布列特、柯恩一行在旅馆里品酒聊天。杰克说他可不管世界出了什么事，只想知道怎么活下去。他们感到这世界似乎漫无目标，生活失去了意义。

第十五章是对奔牛节 7 个日日夜夜的精彩描写。连续 7 天，歌舞不断，饮酒不断，热闹非凡，古老的小城沸腾了。一切像在梦中，杰克说，"没有结果"。

第十六章里，布列特与斗牛士皮德罗·罗慕洛私奔了。接下来一章，柯恩与杰克，与麦克尔、与罗慕洛发生打架。柯恩把他们都击倒了。后来他消失了，不再在书中出现。布列特和罗慕洛一起离开潘普洛纳。杰克描述了斗牛赛的盛况，特别推荐了罗慕洛的出色表演。第二部分随着奔牛节的谢幕而结束。

第三部分仅 1 章，即第 19 章，故事回到杰克、比尔和麦克尔三个朋友。他们租了一辆小轿车到巴扬纳，然后分道扬镳。杰克去珊·西巴斯蒂安游泳晒太阳，比尔换火车去巴黎，麦克尔待在圣·简德路兹。杰克突然接到布列特自马德里发来求救的电报，马上乘特快火车赶往马德里。布列特告诉他，她决定放弃那位斗牛士，回归麦克尔怀抱。她说："决定不当个妓女，比较好吧！……这是我们一种信仰，而不是上帝。"杰克回答说，有些人有好几个上帝。最后，布列特紧紧偎依着他说："啊，杰克，我们要能这么在一起该有多好。"杰克用手搂住她说："对呀，这么想不是很好吗？"

海明威在小说的扉页上引用了两段话，一句是斯坦因说的：你们全是迷惘的一代；另一句引自《圣经·传道书》第一章第四到第七节"一代人逝去，另一代人又来了。但地球永远存在……太阳照常升起，太阳西落，匆匆回到它升起的地方，……风往南吹，又转向北。它继续不停地旋转，风又按它轨道返回……所有江河都流入大海，大海却不会满。江河从哪里流过来，仍流回原来的地方"。

上述两段引文给《太阳照常升起》定下了基调和主题。斯坦因在一次谈话中对海明威说，"你们全是迷惘的一代"。"你们"指包括海明威的大部分美国作家。他们在第一次大战中打过仗，对美国政府的参战态度不满，感到威尔逊总统所谓"为了结束一切战争而参战"的声明完全是让他们骗取美国青年赴欧洲打仗的谎言。战后，他们想尽快忘掉以前的一切，恢复正常生活。但出路在哪里？明天会怎么样？上帝没有说，德国哲学家尼采早说过"上帝死了"。没人告诉他们。美国看起来成了一片精神荒原，没有希望了。青年一代作家感到精神上异化了。

战后的美国，作家们感到不如欧洲自由，审查制度限制了他们的创作。乔伊斯的长篇小说《尤利西斯》1922 年在巴黎出版，但在美国却遭到禁售和禁读。纽约邮政当局甚至烧了从巴黎寄去的数百册《尤利西斯》。直到 1933 年，官方仍未正式同意该书入境。这种保守落后的社会氛围与巴黎成了天壤之别。《太阳照常升起》写了一群英美青年战后在巴黎、马德里等地游荡，漫无目的地混日子的情景，反映了第一次大战造成的"迷惘的一代"的无奈和悲哀。男主人公杰克·巴勒斯，一个 30 岁左右的美国记者，战后 7 年了，他没有回美国，而是留在巴黎重操旧业，对付着他认为已没有意义的世界而继续活下去。他与女主人公布列特相爱，但战争夺去了他的性能力，他无法过正常人的生活。布列特感到很不幸。她经历了两次不幸婚姻和几次不如意的风流艳事。他俩的真挚感情表现了海明威的名言"压力下的体面"，也许对于没有意义的西方世界是一帖最佳的解毒剂。

《传道书》是一篇富有诗意和神秘感的名作，但它揭示了对生活的悲观主义观点——"一切皆虚荣"，人生如梦。在一个无意义的世界上，一个人做什么都无关紧要。这种虚无主义的态度正是第一次大战后西方荒原世界的产物。海明威力图在小说里揭示如何应对这样一个世界。

美国诗人和小说家康拉德·艾肯于 1926 年 10 月 31 日在《纽约先驱论坛报》著文指出，海明威是个西班牙"斗牛迷"，又是个斗牛学专家。他的《太阳照常升起》在某种意义上说是围绕奔牛节展开的。他走出了决定性的一步，在许多方面都是当代美国小说家中最讨人喜欢的一位。他虽然受过安德森、菲兹杰拉德和斯坦因的影响，他的作品却不像他们的作品，风格上具有自己的个性。他避免平铺直叙，注重暗示，让人物用行动说话。因此，他的作品产生了诚实和真实的非凡效果。他的人物以巴黎的咖啡店为家，显示了他们失望而漫无目标的小世界，和他们古怪而忧郁的表情。他用最简洁的文字将他们展现在我们面前。他将一群流浪的青年男女和那单调的背景写得那么动人。艾肯特别强调小说中一大特点是对话的运用。对话写得太棒了。活生生的口语富有节奏感、成语、停顿、悬念、暗讽和速记的运用，表现了戏剧家的才华。小说在对话中达到高潮，人物在对话中走向结局。作者一直保持着客观公正的态度[①]。

另一位美国作家赫伯特·高曼于 1926 年 11 月 14 日在《纽约界》著文表达了同样的看法。他认为，冷漠而压郁的意识充斥了海明威的短篇小

---

① Jeffrey Meyers, ed., *Hemingway: The Critical Heritage*. Routledge: London and New York, 1997, pp. 89–91.

说《在我们的时代》,又支配了他的第一部长篇小说《太阳照常升起》,对人物采取了不偏不倚的态度,并以惊人的简洁手法刻画他们,不留任何加工的痕迹。人物本身主要在对话中演变。海明威用超常的技巧描写他们在痛苦的现实中生活。他创造了一群生动而可信的人物,它们生活在有点狂热而失望的气氛中。被感情所抛弃的布列特,遭战争伤害失去性功能的巴勒斯或追求布列特而濒于精神崩溃的柯恩都是被遗弃的人。他们被时代的理性所遗弃,留下来与灾难性的前途苦苦挣扎。因此,《太阳照常升起》是一次精神大崩溃的故事,是失去指导目标,被时代、命运或精神逼近感情枯竭而产生狂热气氛的一代人的故事。在小说的章节背后隐现着一群大失败的痛苦的人物,尽管很难说书中哪个人物受挫,不过,人物行动写得很有光彩。潘普洛纳奔牛节和斗牛赛增加了小说的戏剧色彩[①]。

艾伦·塔特于1926年12月15日在《国家》杂志著文指出,海明威写了一部成功的长篇小说,但在达到真实的时候仍不免展示暴力情景。他以伟大的技巧改变了小说散文通常最一般的规则——不选择自然背景和人类行为的细节来强化戏剧效果,而是运用最小的戏剧手法尽可能地达到他所观察的事物的强化性描述。他对客观事物的感觉是直接的和准确的,对人物的想象是单一的、间接的。他不把人物写得太多,而是让他们自己表演,仅选择一两个特点将它们漫画化[②]。

一直关心海明威文学创作的批评家艾德蒙·威尔逊在1927年12月14日于《新共和》上发表了《运动员的悲剧》。他认为,《太阳照常升起》的全部兴趣在于男女主人公都企图摆脱这个世界对他们的束缚,从而取得某种体面生活的方法。真正的故事是他们企图这么做,即在这样的世界上,除了荣誉之外,总会失去一切。他不同意有些人所说的,《太阳照常升起》里人物的行为仅对美英寄居国外一个又小又特别的阶层来说是典型的。

不过,海明威对他所描写的残暴和背叛的态度跟人们记忆中相联系的任何事件是非常不同的。他绝没有对浪漫主义作家慷慨激昂的愤怒。他不像拜伦[③]往牢洞里砸石头,向暴君和上帝呼吁,他也不像雪莱[④]徒劳地

---

① Jeffrey Meyers, ed., *Hemingway: The Critical Heritage*. Routledge: London and New York, 1997, pp. 92—93.
② 同上,pp. 93—94。
③ 拜伦(George Gordon Byron, 1788-1824),英国浪漫主义诗人,主要代表作有《唐璜》和《蔡尔德·哈罗德游记》。
④ 雪莱(Percy Bysshe Shelley, 1792-1822),英国浪漫主义诗人,主要代表作有《西风颂》、《麦布女皇》等。

为"世界的邪恶"悲叹。他甚至并不沉闷和压郁,仍然很慷慨,仍然充满激情,犹如我们在悲观的现实主义作家如哈代的《苔丝》①和莫泊桑②的《羊脂球》中所发现的,甚至在福楼拜③那些不常见的场景里,我们会因看到那农场的老仆人或一个年轻的丝织工的女儿得到资产阶级的怜悯而激动。

海明威并不是一位表演传奇剧的道德家,而是一位表现一种情境的艺术家,那个道德价值是复杂的。海明威非常喜欢斗牛,正像他喜欢滑雪、赛跑和拳击一样。他不断地认识到这个事实:从生活像一种运动的观点出发,对他看来最痛苦的一切,有点跟他看来最喜欢的事密切相连④。

《太阳照常升起》也受到英法作家的好评。英国诗人和批评家埃德温·莫尔认为,海明威是个具有非凡天才的作家,他的对话写得极其自然而精彩,他的自信和简练令人想起莫泊桑。不过,他认为海明威对人物没有平等对待,比如女主人公布列特似乎走出了"绿帽子"阴影,但她很感伤,被看成"胆大妄为的人",显得不真实。其他人物大部分是寄居巴黎的美国波希米亚人,刻画得很真实。作品的独创性优点很明显,缺点也同样明显——缺乏艺术意义。小说揭露了一群人的生活,但我们感到与我们无关。海明威先生告诉我们关于这群人的许多事,但没有谈到人类生活的重要事情。他以诚实的态度写作,可是他的叙述缺乏比例。不过,他还是个青年作家,他有创新的才华。这第一部长篇小说提高了他获得更大成就的希望⑤。

英国女作家弗吉尼亚·沃尔夫⑥则认为,海明威作品中的人物既不丰富又不像其他小说那样忠于生活。她说:"回顾《太阳照常升起》,某些场景在记忆中浮现:斗牛、英国人哈里斯,这里似乎有个小镜头在人物背后自然出现;这里一个又长又简练的短语围绕着一种心境像鞭子一抽地闪现。这个短语不时精彩地描绘出一个人物,比一个场景更好。……的确,人物似乎出了问题。如果我们将他们与契诃夫的人物相对照(这个对比不好),他们就像纸板那么平面的。如果我们将他们与莫泊桑的人物对照

---

① 《苔丝》,英国小说家和诗人哈代(Thomas Hardy, 1840-1928)的代表作。
② 莫泊桑(Henri Rene Albert Maupassant, 1850-1893),法国著名短篇小说家,名作《项链》揭露了巴黎上层社会的虚伪和世故。
③ 福楼拜(Gustav Flaubert, 1821-1880):法国小说家,主要代表作是《包法利夫人》。
④ Harold Bloom, *Blooms Reviews*, Chelsea House Publishers, 1999, pp. 28-29.
⑤ Jeffrey Meyers, ed., *Hemingway: The Critical Heritage*. Routledge: London and New York, 1997, p. 96.
⑥ 弗吉尼亚·沃尔夫(Virginia Woolf, 1882-1941):英国女作家,主要作品有《到灯塔去》、《达洛威夫人》、《奥兰多》和女权主义论著《他们自己的房间》等。

（这个对比较好），他们就像照片那样天然。如果我们将他们与真实的人物对照（这个对比也许是不合理的）。这些我们偏爱的人物是不真实的类型。他们是在咖啡馆里出风头的人。用又快又尖音的俚语谈话，因为俚语是他们一伙的口语，似乎他们用得自如。……因此，这看起来有点虚假的就是人物。海明威先生躲过牛角后就靠在那特殊的斗牛的侧翼。"

法国传记作家安德烈·毛罗伊斯在巴黎《本地区》（1929年10月号）说，海明威作品里的人物栩栩如生，他们不谈论自己的灵魂，不解释自己的感情，不，他们只是饮酒聚餐，玩得痛快，谈得高兴。海明威如实反映他们的生活，技巧完美而神秘。他写的故事总是剥得只剩下骨头，而事实总是用对话来暗示，不加任何评论。他的描述总是浓缩到最少的文字。他是个现实主义者。

安德烈·毛罗伊斯像莫尔一样将海明威与莫泊桑作比较，证明海明威对巴黎描写是真实而准确的。他不写他不熟悉的东西，赞赏运动的诗一般的价值。这对他来说高于一切。他的词汇往往是准确的、扎实的、有吸引力的，像是一位词汇的专家。他运用吉卜宁①提示式的情感艺术，不直呼其名。他分享了吉卜宁自信的语气和淡泊的态度以及异国情调和专门知识。他同时指出，小说结构的优点是简洁。海明威的对话写得很出色，虽然《太阳照常升起》有点单调，这也许是无法避免的，因为人物的词汇就是贫乏的。他的风格是明快，充满了铿锵的因素②。

面对着许多作家和批评家的评论，海明威采取了谨慎的态度。《太阳照常升起》问世不久，即1926年11月19日，他在给出版社总编麦克斯威尔·帕金斯的信中说：

"对我来说，此书的观点是，地球是永存的——对地球有许多热爱和赞赏，而对我这一代则没那么多，对虚荣更不以为然。我只是开头删去一个较好作家的作品时有点犹豫，但看来这是需要的。我并不认为此书是空洞的或辛辣的讽刺，而是一个该死的悲剧，地球像书中的主人公一样永存。"

我也发现许多人不用言词思考，如同他们现在对待每个人的作品一样，对《太阳照常升起》也是这样。批评家们忽略了他们的内心独白，感到不高兴或失望，我删掉故事的4万字，那会让他们高兴，第一夫人除外。这会让

---

① 吉卜宁(Joseph Rudyard Kipling, 1865－1936)：英国小说家，主要作品有《吉姆》(1901)，1907年荣获诺贝尔文学奖。
② Jeffrey Meyers, ed., *Hemingway: The Critical Heritage*. Routledge：London and New York, 1997, p. 98－99.

他们高兴,但它会从今以后十年看起来像假的,犹如布鲁姆菲尔德。

"《太阳照常升起》会成为,也应该成为一本较好的书,但是第一,我写初稿时,唐·斯图华特正在维茨治疗肝病;其次,我想你最好写你能写的东西,尽力使它比那些具有划时代意义的游说等等更成功。你可想象小说家们处于什么时代,写出了真正伟大的长篇小说。"①

但是,海明威的父母亲读了《太阳照常升起》后,看到一群潘普洛纳的"荒原人"(卡洛斯·贝克语)同病相怜、到处流浪、无所事事,感到很不舒服。他父亲给他寄了一本《文学文摘书评杂志》,用红蓝铅笔在一篇社论中画线,因为文中说公众强烈地反对"性小说"和"高雅的现实主义小说"。尽管老医生自己喜欢"较健康的"文学作品,但他还是宽容他儿子,只希望他儿子将来的书能写些高一点水准的题材②。

母亲格拉斯说得更直率,这是她的性格。她说,看到儿子新作在销售很高兴,不过,他写出"当年最不干净的书之一",她感到这种荣誉是值得怀疑的。她儿子对"忠诚"、"高贵"、"荣誉"不再感兴趣了吗?除了"他妈的"、"淫妇"以外,他一定要懂得别的词汇。"但我不能再保持沉默",她写道,"假如我说的任何话会帮你找到自我",生活对她来说就是个奇妙的恩惠。她通过学会创造美的事物,发现了一个人间天堂。如果海明威遇到家庭麻烦或迷上喝酒,就必须去掉身上的锁链,站起来做个上帝所希望的男人和作家。她最后说,"亲爱的,我爱你!仍然相信你将做些有价值的事。努力寻找上帝,写出你真正的作品。上帝保佑你!"

海明威对父母苦口婆心的劝告置若罔闻。他愤怒地给母亲回信,劝她管好家庭,不必过问他的声誉好不好③。

不过,菲兹杰拉德从华盛顿来信告诉海明威,他对他的第一部长篇小说受到美国读者的接受感到很开心。他还说,艾德蒙·威尔逊认为《太阳照常升起》是海明威同代人中所写的一部最好的长篇小说。马尔科姆·考利则发现海明威的影响远远超过巴黎熟悉他的人那个圈子。史密斯学院的女学生到了纽约,都模仿布列特夫人;从中西部来的聪明的青年想当海明威的主人公,嘴里说着生硬而暗示的俚语。住在纽黑文的作家桑顿·威尔德则说这部小说给耶鲁大学的本科生留下很深刻的印象。他希望正在写的一部新长篇小说将有专章描写海明威式的人物④。

---

① Carlos Baker, ed., *Selected Letters*, New York: Scribner's, 1981, pp. 229–230.
② Carlos Baker. *Ernest Hemingway: A Life Story*. Avon Books, 1968, p. 231.
③ 同上,pp. 231—232。
④ 同上,p. 232。

海明威的第一部长篇小说《太阳照常升起》一直受到20世纪四五十年代美国批评界的重视。卡洛斯·贝克、克林思·布鲁克斯、马尔科姆·考利、马克·斯科尔、马克·斯皮尔卡、麦克尔·雷诺兹、戴尔莫尔·斯茨华兹等知名学者和女作家乔伊斯·卡洛尔·奥茨都从不同的视角发表了不同的看法,就这部小说的主题、人物、结构和语言风格等方面进行了评论。

　　麦克尔·雷诺兹认为,《太阳照常升起》是一部时代性的作品,必须从它的时代语境来加以研究。他说,"自从我们看到海明威的《太阳照常升起》问世以来,半个多世纪过去了。半个世纪经历了血腥的战争和巨大的变化:喷气机时代、原子能时代和计算机时代。明年夏天在潘普洛纳,20年代的孙子们将去漫游。寻找在艾鲁尼亚游廊下陷入时代陷阱的经历。到了巴黎,他们将在巴黎圣母院红色和金色的遮篷下汲着啤酒,想象人世间早已消失的面孔。……怀旧是有感染力的,而且容易被原谅。但批评家应该了解更好些。地点和天气也许看起来是一样的,可是其他一切都变了。音乐变了,衣着变了,价格、风情、政治、价值,这一切都不可挽回地改变了。布列特·阿斯莱和杰克·巴勒斯都不再是我们的当代人。海明威,正如他提到的亨利·詹姆斯,已经去世了,像他将来一样。继续读他的第一部长篇小说,似乎它是我们的时代写的,那一定是无望的浪漫。"

　　他接着说,"诚然,《太阳照常升起》永恒的品质激励这样的行为,但坚持这么做,放弃被削弱的再现必定降低小说的价值。《太阳照常升起》是一部时代性的作品,一件历史的典型产物,像那庞贝①被掩埋而凝固的时代被准确地标明日期一样。那年是1925年,好像发生在另一个国家。这本书不可能早些年写出来,因为大战还没有产生像《太阳照常升起》中的人物受战争创伤的一代。十年后,这本书也写不出来。在大萧条期间,没有人对好喝酒的移居国外的人感兴趣。离开了社会和历史语境,我们就不再能够正确地阅读《太阳照常升起》,比如我们所看到的毕加索的《阿维尼翁的贵妇人们》,好像它是去年画的。二者都是受时代锁定的艺术作品。将任何一位艺术家看成我们的同代人,就是假装我们生活在较早的时代。那完全是愚蠢的。我们的时代不是他们的时代。史盲症的读者只看到这部作品的永恒性,可是那些人的阅读是打折扣的。"②

　　马尔科姆·考利指出,《太阳照常升起》是第一次世界大战的文学和

---

① 庞贝:(Pompeii)意大利西南部一个古城,公元79年被维苏威斯火山爆发所毁灭而埋在地下。
② Michael Reynolds, "*The Sun in Its Time: Recovering the Historical Context,*" 见 Linda Wagner-Martin 编的 *New Essays on The Sun Also Rises*, Cambridge: Cambridge University Press, 1987, pp. 43-44.

道德的产物。他说,《太阳照常升起》的背景状况是第一次大战,大部分人物都服过役,有些人受了肉体上和道德上的创伤。除了斗牛士裴德罗·罗慕洛以外,所有的人物都失去了他们原先的价值准则。他们感到迷惘,如今尽力想靠一个简单的准则生活,主要是休假中的士兵的准则。正是这种努力,使他们连成一群。"我告诉你,他是我们中的一员。"布列特提到米比波普勒斯时说。他无耻地剥光他身上的衬衫,给他们看看一枝箭完全穿透他的身体。那无耻的行为、那箭伤和那勇气显示这一切都是他们所共有的。这场大战使他们有些人感情麻木了,给他们留下只能享受最简单和最强烈的乐趣。它也给了他们对各种灾难,包括那些他们自己愚蠢造成的灾难采取一种"屈从接受"的态度。不过,罗伯特·柯恩从没受过伤,也从未学过屈从,所以他反对放走布列特,他跟他的对手包括罗慕洛打架,最后被赶出那群人。罗慕洛是他们头脑简单的圣人。布列特几乎快要毁了他,但她遵从了第一条准则悬崖勒马,"你知道我决定不当个淫妇,感觉好多了。"

考利认为,……布列特是一个勇敢而可怜的人物,但这种怜悯被布列特在生活和小说中的许多模仿贬低了。比尔·戈顿的评论现在不像以前那么好听了。他反复地告诉杰克,你是个移居国外的人,你跟大地失去了联系。你得到宝贵的东西。欧洲虚假的标准毁了你……你在咖啡店晃荡①。

第一次大战造就了身心受创的"迷惘的一代"。这一点受到 W. M. 弗洛霍克的关注。他指出,"迷惘的一代"获得了尊严,但从历史的观念来看是不真实的。人们越来越难于记住:20 年代中期美国移居国外的人是严肃的艺术家,而不是被宠坏的孩子。也许对离开美国的一群人期望太多,因为他们感到感情上不安全,在国内对另一代人看来不过小事一桩……

弗洛霍克接着说,肯定的,海明威的失望,像艾略特在《荒原》里的失望一样,是一种可以轻松而休闲地反复考虑的。它是一种没有恐怖的失望。事实上,大萧条的年代抹去了它的要害。太多的人发现一日三餐有饭吃比在当代人中间感到很适应更重要。结果就很容易失去主要的资料。《太阳照常升起》第一部分的迷惘是一种无尽的、忧郁的痛。读者也许会知道杰克的性功能丧失大部分是一般感情挫折和生活的无意义的一种象征。如果杰克身体上有能力占有布列特,那么就没多大差别。布列

---

① Malcolm Cowley, "*Hemingway in Paris*," 见 *Second Flowering: Works and Days of the Lost Generation*, London: Andre Deutsch, 1956, pp. 71–73.

特的色情狂也就真的不那么重要了①。

批评家马克·斯皮尔卡认为,海明威用战争和斗牛作为工具表达了爱情的死亡这个富有时代特征的主题。马克指出,20世纪20年代一贯的主题之一是第一次世界大战带来的爱情的死亡。所有主要作家都常常以零碎的时尚记录它,将它作为战后更大景观的一部分。但是,唯有海明威似乎完整地掌握了它,并用永恒的小说形式将它展示出来。他掌握这个主题的知识也许说明了这一点。D. H. 劳伦斯将战争的冲击以阴茎崇拜意识来了结,而艾略特则展示了对贫瘠的各色各样的视角。海明威似乎设计了一种示意广泛的寓言。因此,在《太阳照常升起》里,他的主人公被精心塑造成寓言式的人物:杰克·巴勒斯和布列特·阿斯莱是一对被战争阉割的情人;罗伯特·柯恩是挑战他俩失望的假骑士,而那高大健壮的斗牛士罗慕洛则将好生活拟人化,使他俩的失败继续存在。当然,这些人物在文本中并不抽象。他们通过美国小说里最具体的风格显得很逼真。他们对当时紧迫状况的反应展示了更大的含义②。

卡洛斯·贝克坚持认为,女主人公布列特是个妖女式的人物,像柯恩叫她那样。麦克·康贝尔则指责她"把男人变成猪猡"。贝克指出,《太阳照常升起》揭示了基督教与异教的冲突。他说,在奔牛节真实故事的背景下,象征主义在起作用。知道众人聚集在一起准备这个节日,才渐渐明显。后来,通过几种方法,它发展成异教与基督教义的一场辩证的斗争——自然而巧妙地运用奔牛节的事实:它既是世俗的,又是宗教的,而沿街跳舞的人们跟着人群往前走,那队伍犹如穿过潘普洛纳街道的保护神圣贤。这种对照通过杰克和布列特巧妙地戏剧化了。不用解释或道歉。杰克·巴勒斯是个信教的男人。作为一个自称的天主教徒,他在奔牛节那一周前后,到天主教堂参加弥撒。在奔牛节开幕前的星期六,布列特陪着他。"她说她要听我忏悔,"杰克说,"但我告诉她,那不仅是不可能的,而且不会像听起来那么有趣。此外,它用的是一种她不懂的语言。"杰克的话可以看成是双关的。布列特不懂的语言是拉丁语,也可能是西班牙语,特别是基督教的语言。当她后来不久去一个吉卜赛人营地算命时,

---

① W. M. Frohock, "*Ernest Hemingway: The River and the Hawk*," 见作者的专著: *The Novel of Violence in America*, Dallas: Southern Methodist University Press, 1957, pp. 170–172.
② 马克·斯皮尔卡,"The Death of Love in The Sun Also Rises," 见 Charles Shapiro 编的 *Twelve Original Essays on Great American Novels*, Detroit: Wayne State University Press, 1958, pp. 238–240.

布列特可能听懂她能懂的语言①。

克林思·布鲁克斯认为,《太阳照常升起》与基督教徒是和谐共存的。海明威所歌颂的美德比那些政治自由派歌颂的美德狭隘。它们也比基督教所肯定的那些美德狭隘得多。对此不要有任何幻想。但海明威所歌颂的美德归根到底是基督教所需要的。正如我们所看到的,它们期望基督教,因为作为自由精灵,他们跟人的尊严密切相关。

布列特跟杰克吐露了她的心里话,表露了否定的姿态。她告诉杰克:"你明白一个人决定不当淫妇,感觉好多了。"杰克说,"对!"她继续说:"这是我们所信仰的东西,但不是上帝。"杰克干脆说:"有人信上帝,很多人。"但他和布列特都不信上帝,其他人物大部分也不信。海明威跟他们一起关心他自己。也许这种很诚实的表达,这种缺乏感情的流露,这种混淆类别的反对,正是使海明威对信教的读者最有用的东西。

布鲁克斯认为,海明威将自己局限于他的世俗术语是完全正确的。艺术的完整性,忠于现实的想象,诚实地描写我们的世界的杰克和布列特的反应,这一切都有助于这个恰当的局限。所以,基督教读者如果看不到海明威如何忠实地敏锐地描写现存的状况时,就会缺乏感知力。如果不能欣赏以完全的意识描绘的行动的英雄气概——没有上帝赞成或支持他们,他就会表现出一种不合情理的沾沾自喜②。

女主人公布列特成了许多学者争论的中心。米米·雷索尔·格列斯坦认为,她是海明威毁灭性的女人的典型。布列特·阿斯莱可能是海明威最吸引人的毁灭性女人之一。她那非男非女的容貌强化了,而不是分散了她的性感魅力。虽然她戴上假发像个男人,它的外形被描绘成具有像赛艇的外壳那样的卷发。她不愿采用传统的女性发式,她讨厌罗慕洛要她留长发。不仅如此,她还爱穿男性服装。她是跟她一群同性恋朋友一起出场的,显得很可爱。她常自称"老兄",叫男人也是"老兄",故意混淆性别的差异。

但是,布列特并不是一个单纯的淫妇女妖。小说也强调了她母亲本性的某些积极的方面。她在大战中当过护士。她和杰克是在一所医院里认识的。罗慕洛与柯恩打架后,她"关照"罗慕洛。麦克·康贝尔评论她

---

① Carlos Baker, *Hemingway: The Writer as Artist*, Princeton: Princeton University Press, 1952, pp. 87-89.
② Cleanth Brooks, "*Ernest Hemingway: Man on His Moral Uppers*," 见 Brooks 的专著 *The Hidden God: Studies in Hemingway, Faulkner, Yeats, Eliot, and Warren*, New Haven: Yale University Press, 1963, pp. 20-21.

的母亲本性说,"她爱照顾别人。那是我们分手后又在一起的原因。她会照顾我"。她尽力想保持一群人中的和谐,小说强调了她母亲般的作用,安抚她对立的伙伴。麦克对柯恩不好时,她责备他。她对男人的影响类似一个强有力的母亲对她孩子的影响①。

南希·康姆莱和罗伯特·斯科尔斯从多元文化视角进一步探讨了《太阳照常升起》里性别作用相互关系的复杂性,剖析了布列特性格的两面性。

《太阳照常升起》以杰克·巴勒斯找了一个巴黎妓女作为当晚的伴侣揭开了序幕。这成了介绍布列特的外在框架,内在框架是淫妇用餐时的谈话和把布列特的实际介绍作为同性恋青年们花环的中心。布列特在《太阳照常升起》里的首次出现是走进一个跳舞俱乐部而受到一些同性恋男人的包围,如同她所说的,跟这群人在一起,"可以这么安全地喝酒"。杰克·巴勒斯带了他的餐伴——妓女乔治特。他不想拥抱她,也不许她拥抱他。"你病了?"她问。他说他是病了。她说:"每个人都病了,我也病了。"她被同性恋者们猛推到跳舞的地板上,他们跟她跳舞很开心。但杰克不喜欢他们。

在简洁的文本里,布列特继续付出,甚至作为一个希望的高价值的对象发挥作用。在奔牛节的高潮中,她的中心地位充分表现出来。那节日与它的斗牛赛成了古代丰富的礼仪的神的化身。布列特被那些戴着大蒜花圈的沿街跳舞的人们选为"到处起舞的形象"。这里,她在这些古代的礼仪中显示了不同的处女的贞洁。但她屈服于他们的威力,像裴德洛·罗慕洛所说明的一样。她看出这英俊的年轻斗牛士是拟人化的阴茎。

使布列特作为一个人物显得很有趣的是海明威常用的手段。他从他典型人物的性别宝库的两方面来指定她的品质,将她放在好行为与坏行为两种尺度的极端之间某个地方②。

针对一些读者将布列特妖魔化,女教授林姐·培特森·米勒提出了不同看法。她说,从海明威的《太阳照常升起》1926年发表以来,批评家和读者都把布列特·阿斯莱贬为海明威首要的淫妇,不管给她贴上醉鬼、女性色情狂还是将男人变为猪猡的现代喀尔克魔女的标签,这些解读都否认了布列特性格的复杂性和她在小说中所起的复杂的作用,特别是她那

---

① Mimi Reisel Gladstein, *The Indestructible Woman in Faulkner, Hemingway, and Steinbeck*, Ann Arbor, MI: UMI Research Press, 1986, pp. 59-61.

② Nancy R. Comley and Robert Scholes, *Hemingway's Genders: Rereading the Hemingway Text*, New Haven: Yale University Press, 1994, pp. 43-46.

令人头昏眼花的美丽。

批评家哈罗德·布鲁姆说,如果将布列特从小说中抽出来,小说就失去活力。只有当批评家将"海明威想象的女主角是个魔女"放在一边,才能发现布列特夫人具有更多的内涵。大部分批评家还没有超越那个"想象",这有助于显示布列特作为一个美女的困境,她的容貌既使她出众,也将她套住了。

受到由其他人为她决定的表面的舞蹈的形象的限制,布列特·阿斯莱越来越感到孤独。杰克懂得这点,他说布列特不能单独到任何地方,她害怕孤独,因为她是孤独的。小说中别的人物更是如此。由于杰克了解她的孤独和受困,她在摆脱那说明她和伤害她的形象的斗争中依靠他。

杰克尽力想批评柯恩的理想主义和他的假设的断言。"她是醉鬼,"杰克告诉柯恩,柯恩为自己辩解,"对不起,我不是那个意思。我只想告诉你事实。"通过与柯恩的谈话,杰克披露了他的理解:男人们将布列特理想化了,他们跟他们心中她的形象恋爱,而不是跟她的真人恋爱。他们不断地伤害她的自我意识。杰克对柯恩强调"她的名字是阿斯莱"是"布列特她自己的名字"。小说在很大程度上围绕着布列特开始形成的自信和自知展开的,而她一直为最后实现"她自己的名字"而斗争[①]。

我国学者张叔宁教授认为,布列特是个新女性而不是魔女。首先,她是个历史人物,对她的评价不能脱离当时的历史背景。正是在这样一个广阔的社会和历史背景下,西方迎来了第一代抽烟喝酒、以离婚来结束不幸婚姻、独立意识较强的妇女。她就是其中一个,她的身上充满着时代矛盾,既有追求个人幸福,独立意识较强的一面,也有自我放纵、及时行乐的一面。其次,她虽然有缺陷,甚至是严重的缺陷,但从总体上来说,仍不失为一位新女性。她具有一切新女性所具有的基本品质:思想独立,不受传统观念约束,不愿受男人支配,敢于标新立异,敢于做自己想做的事情,大胆追求个人的自由和幸福[②]。

笔者认为张叔宁的看法是有根据的。事实上,1926年前后,作为现代主义思潮的中心,巴黎出现了许多革新的事物。可以说,布列特身上已折射出追求男女平等的早期女权主义特点。

马克·斯科罗将小说中的人物与主题思想相联系起来,认为这种小

[①] Linda Patterson Miller,"*Brett Ashley: The Beauty of It All.*"见 James Nagel 编的 *Critical Essays on Ernest Hemingway's The Sun Also Rises*,New York:G. K. Hall,1995,pp. 170 - 171。

[②] 《外国文学评论》2000年第三期。

说中的人物没有信仰,跟过去的文化和国家的历史没有关系,跟将来没有意识上的联系,沉浸在自己过度的冲动中,将生活看成是一场失败的游戏、一种像斗牛的运动,可是它比运动更接近悲剧,因而死亡是不可避免的。唯有它遵守严格的规则,它才是有趣的。海明威集中表现了这个不艰难的题材。正如他所说的那样,"我了解几个很好的人,虽然他们正在直接走向坟墓,仍设法上演一场好戏"。这个好戏就是对运动的态度。它用布列特·阿斯莱夫人的姿态戏剧化了。她放弃了她的情人,"你知道我感到好极了,杰克……决定不当淫妇,令人感觉较好……这是我们所信仰的那种,不是上帝。"杰克遵守着那种道德,这是使人感觉良好的东西。①

《太阳照常升起》问世至今已有 80 多年了,而对它的评价和争论还会持续下去。

第四节 《永别了,武器》

海明威第二部长篇小说《永别了,武器》(A Farewell to Arms)于 1929 年 9 月底问世。1 个月后,华尔街银行倒闭,大萧条的风暴席卷全美国。小说的书名选自《牛津英国诗集》里的一首诗,作者是乔治·彼尔,初版 31050 册。出版后,小说上了畅销书榜,与厄里茨·雷马克的《西线无战事》并列,几个星期内卖掉 3 万多册。小说还在《斯克莱纳杂志》分期连载,海明威得了 1.6 万美元的稿费。由于波士顿指责这两本书中有"不道德的插曲和令人反感的语言"而禁售两书,因此激起了公众的兴趣,销售量大增。

《永别了,武器》描写一个志愿到意大利当救护队司机的美国青年弗列德里克·亨利少尉 1916 年冬至 1917 年秋第一次世界大战中在意大利战场与一个英国护士凯瑟琳·巴克莱相爱的故事。亨利是个沉默寡言、讲究实际的青年,在战争的恐怖中以酒浇愁,自得其乐。有一次,他在阿尔卑斯山前线服役,认识了凯瑟琳护士,两人一见钟情,亨利改变了消极的生活态度。后来敌机轰炸炸伤了他的腿,他被送往米兰医院治疗。凯瑟琳转到那里照料他。亨利接受了手术治疗,一段时间卧床休息。康复

---

① Mark Schorer, "The Background of a Style," *Kenyon Review* 3, No. 1 (Winter 1941): 101-3, 见 Harold Bloom 编的 *Bloom's Review*, Chelsea House Publishers, 1999, p. 3.

后,两人一起度过了一个惬意的夏天。他俩考虑正式结婚,但意大利法律很复杂,手续不好办。秋天时,亨利接到命令返回前线。同时凯瑟琳发现自己已怀孕3个月了。他俩决定亨利下次休假时再相会,凯瑟琳先自行安排生小孩的事。

亨利归队后赶上卡波列托意军反击战。天气又冷又湿。亨利日渐滋长反战情绪。后来,德军突破卡波列托,造成意军大溃败。亨利虽没参加实战,也随军撤退。由于大雨倾盆,他们的卡车陷入泥潭,亨利随军步行。一路上混乱不堪,他们一伙人遭到德军和意军的射击。意大利警察和游击队射杀一些掉队的官兵。亨利的外国腔被怀疑为外国间谍,在被射杀前一刹那,他跳入河中逃脱。

亨利开小差逃到米兰找凯瑟琳。两人计划乘船逃往中立国瑞士。他俩在深夜冒险划小船穿过梅兹奥尔湖到达瑞士,一起在一栋林中小屋度过了快乐时光。不幸凯瑟琳住院分娩时去世。亨利冲进病房,与她的遗体告别。他在雨中走回旅馆。

《永别了,武器》分为5大部分47章。第一部分包括9章,首先描述了主人公亨利救护队和英国医院驻地的意大利东北部的相对平静的山川景色。亨利评论说,那年冬天大雨不断,伴着大雨传来了疟疾,最后军队里仅死了7万人。这具有讽刺意味的话反映了亨利对战争的认识有了变化。

接着,意大利人打了多次胜仗,但激战主要在法国进行。第二年春天,亨利在医院所在当地的花园里与凯瑟琳相会。凯瑟琳告诉他,她的未婚夫在法国苏姆前线战死了。亨利不懂得苏姆之战(1916年7月1日至11月30日,英国士兵死亡7.5万人,是最惨烈的一次战役)发生在哪里?他更不懂得战争带给人类的灾难和打击。但凯瑟琳感到他俩的新生活快开始了。

第九章写了最重要的事件,即亨利在敌人迫击炮袭击时受了重伤。他带伤背着另一个伤兵巴西尼到救护站,然后转往陆军医院治疗。他的朋友里纳迪和牧师到医院看他。牧师痛恨战争,劝他安心养伤。一两天后,他被送去米兰美国医院。

第二部分写亨利到美国医院不久立即进行了手术,取出腿部的大部分弹片,但恢复得很慢。凯瑟琳到医院陪他。医院准他俩在米兰待4—5个月。康复后,他坐轮椅或靠拐杖在屋外散步。凯瑟琳一面工作,一面下班后陪他到市内餐厅等地走走。不久,她发觉怀孕了。她表示自己能安排生小孩的事,让他不必挂心。后来,她对亨利说,她怕雨,因为她感到她会在雨中死去。

第三部分描写亨利伤愈后如期重返前线。他不断发现战争造成的混乱,最后逃离战争,宣布与战争"单独媾和"。意军与奥军在意大利东北部山区激战,意军失利,1917年10月底从卡波列托大溃退。亨利救护车队随军撤退,到达一条河边,意军警察枪毙了几位候车的军官,怀疑他们开小差。亨利被拉出队伍盘问。他的外国腔引起对方的怀疑。他害怕他也会被枪毙,立即跳进河里逃命。他顺流而下,上岸后跳上一列西去的火车,第二天清早到达米兰。他的九死一生逃亡经历使他增长了反战意识。

第四部分写的是亨利逃到米兰美国医院后获悉凯瑟琳与朋友海伦去斯特列扎小镇度假。他赶到哪里找她,两人商议逃往中立国瑞士。小旅馆的服务员艾米丽尔提醒他俩,意大利警察第二天上午要抓捕亨利。当晚,他俩借用了艾米丽尔的小船,从斯特列扎往北划了二十多英里,第二天早上平安抵达瑞士。当局没收了他们的船,但准许他俩住在瑞士。他俩到了日内瓦湖的东边小镇蒙特罗克斯,在山区小镇租房住下。

第五部分共有四章。亨利与凯瑟琳在小城愉快生活,冬天一起滑雪,或坐火车欣赏山区雪景,或上餐厅品尝当地菜肴。3月,他俩移居洛桑市。那里有家大医院。凯瑟琳去那里体检。后来,她难产死亡。亨利走进病房,像跟个石雕像说了再见。最后,他离开医院,在雨中孤单地走回旅馆。他的幻想破灭了。他仿佛意识到任何人的死亡,不管是在战争中还是在平常生活里,都是没有意义的,在战争中死去与在恋爱中死去,结局都是一样。

《永别了,武器》由纽约斯科莱纳出版社出版后立即引起学术界的重视。《纽约时报书评》、《纽约太阳报》、《时代》、《大西洋月刊》、《纽约先驱论坛报》、《新共和》、《纽约客》、《星期六文学评论》、《国家》、《书人》、《书智》、《艺术与装饰》、《调研》、《城与乡》、《田纳西纳斯维尔》、《美国信使报》和《波士顿纪录》等近20种报刊及时发表了评论,对小说进行不同的解读和阐释。

作为海明威的第二部长篇小说,《永别了,武器》与第一部长篇小说《太阳照常升起》有何异同呢?这成了评论界首先关注的问题。

柏西·哈钦森在《海明威先生作品中的爱情与战争》一文中指出,像《太阳照常升起》一样,海明威将这部新长篇小说的背景设在欧洲。但跟第一部长篇小说不同,他不关注战后发生的事情,而关注战争本身的某些年代和某些方面,《永别了,武器》,如果分类的话,应属于快速增加的战争小说。亨利少尉对凯瑟琳护士的爱情是那么伟大,使他最后开了小差,像他说的,宣布与战争"单独媾和"。这个恋爱故事富有田园牧歌式的诗意和悲剧性。

从《太阳照常升起》和《没有女人的男人》的叙事方法来看,《永别了,武器》并没有什么改变。海明威没有发明新方法。这种方法是以句子不连贯为主要特点的(努力重建一般的会话习惯),除了最需要的描述以外,还删去多余的东西。

《永别了,武器》是不是比《太阳照常升起》的作品好些,对此又有争论。一种观点是,表面上看来,前者比后者效果好些,前者更有戏剧性,故事的节奏更紧凑,人物表现更充分。英国护士与美国救护队军官的爱情故事,像罗密欧与朱丽叶一样不幸。这是个很高的成就,可以称为新浪漫主义。因此,《永别了,武器》是一部动人而优美的作品①。

1929年10月6日,马尔科姆·考利著文认为,海明威的《永别了,武器》是他第一部爱情小说,也是他第一部关于战争的长篇小说,从严格意义上来说,《太阳照常升起》不过是一部扩大的片断。无疑地,这部作品是他所写的最重要的作品②。在这部作品里,该文作者发现了一种温柔而严肃的感情。

T.S.马修斯在《新共和》发表的《胜者不出事》一文中也表达了类似的看法。他认为海明威的新作是在《太阳照常升起》基础上的一大进步,但支配着《太阳照常升起》全书那种绝望的基调在《永别了,武器》中没有消失,也没有减弱,而被巧妙地缓和了,所以它不是我们听得那么多的作为勇气色彩的绝望的基调。现在,海明威肯定站在天使的一边,虽然他们是堕落的天使。凯瑟琳是这种改变的主要工具。《太阳照常升起》的女主人公布列特真正是处于不断失望的狂热中。凯瑟琳对她情人无私的信任似乎来自一种很像失望的知识,但它不是一种狂热③。

伯纳德·德伏特指出,《太阳照常升起》在扉页上宣称描写了"迷惘的一代"。《永别了,武器》则考虑了那迷惘的原因。用别的话来说,它是一部关于第一次世界大战的长篇小说。但它并不企图加以解释。解释不是

---

① Percy Hutchinson, "Love and War in the Pages of Mr Hemingway". New York Times, Sept. 29, 1929, p. 5. 见 Robert O. Stephen 编的 *Ernest Hemingway: The Critical Reception*, Burt Franklin & Co., Inc., 1997, pp. 72 – 74。
② Malcolm Cowley, "Not Yet Demobilized." New York Herald Tribune, Books 6, October 6, 1929, pp. 1, 6. 见 Robert O. Stephen 编的 *Ernest Hemingway: The Critical Reception*, Burt Franklin & Co., Inc., 1997, pp. 74 – 75。
③ T.S. Matthews. "Nothing Ever Happens to the Brave", New Republic, 60 (October 9, 1929), pp. 208 – 210. 见上书 p.77。

海明威的意图。他仅仅描述,极力使自己限制在一个人的经历范围内和一个人所能见到的视角内。这是一个人在混乱和非理性年代里的经历,一张强加于一个原子的路线图。它不能用判断来对付。一个原子没有任何亲同关系,最好回归太阳的轨道。

将《永别了,武器》与《太阳照常升起》进行比较是理所当然的。这部新作具有前面那部作品所缺失的感情,也具有一种庄严感。那剪裁过句子,那几乎完整保持的风格的客观性,这里用于表现更重要和结局更好的素材。在"迷惘的一代"的研究中,遇难的途径有力地证明比它的结果更有效。《永别了,武器》具有一种逐渐增加信心的力度。从退却到凯瑟琳的死亡开始逐渐进入高潮几乎是一种令人难以忍受的悬念,尽管想象得很完整,也表露得很全面。只要死亡的概念对这"迷惘的一代"是可能的,它的目标就达到了。小说最后近百页的叙述和描写大大超越了海明威先生的其他东西,更大程度地深入到神秘的生存沃土里。

这本书的内容像他的其他作品一样,可以描述为对当代表面上不讲情面而令人心碎的感情的内省。那完全是现代思想一方面的象征。在《永别了,武器》里,海明威第一次为失望辩护并赋予它悲剧感情的尊严①。

威廉·柯蒂斯说,《永别了,武器》在我看来似乎是一次很有趣的实验,从中带来一些很有价值的东西。海明威将在美国文学风格未来的发展中无疑地占有巨大的空间②。

唐纳德·戴维森关于《永别了,武器》行为主义的评论被认为是完全误解了海明威创作意图。他在《完美的行为》一文中认为,海明威起了科学家的作用。他观察了人们的行为,认为设想人们的行为是道德的或不道德的、漂亮的或不漂亮的那是错误的。问题根本不在这里,他们仅仅是行动,没有好,没有怀,没有美,没有丑,只有行动。行为主义表明:只有激励和反应,其他没有了。海明威先生的作品没有包含其他东西(表面上如此,但并不完全如此)。这部长篇小说是将科学方法应用于艺术的一种

---

① Bernard DeVoto, "A Farewell to Arms." *Bookwise*, 1 (November, 1929), pp. 5-9, 见 Robert O. Stephen 编的 *Ernest Hemingway: The Critical Reception*, Burt Franklin & Co., Inc., 1997, pp. 85-86.
② William Curtis. "Some Recent Books", *Town & Country*, 84 (November 1, 1929) pp. 86, 146. 见 Robert O. Stephen 编的 *Ernest Hemingway: The Critical Reception*, Burt Franklin & Co., Inc., 1997, pp. 91-92.

勇敢的、特别出色的尝试①。这个看法受到艾伦·塔特的反对,最后戴维森也承认,"为了按科学提出一种观点,我恐怕某种程度上牺牲了海明威。"

英国《晚间标准》专栏作家阿诺德·班纳特也没有抓住小说的要害。他认为海明威应该将小说写成一部爱情小说或战争小说,而不该两者兼而有之。他承认海明威将深深的同情的广泛性与想象的偏心结合起来,抵消了他的模糊性②。

《永别了,武器》的问世也引起了英美作家的关注。1929年12月,海明威的朋友、作家多斯·帕索斯在美国左翼刊物《新群众》发表《最好的作品》一文,盛赞海明威这部长篇小说达到了艺术性与历史性的完美结合。他认为,"海明威的《永别了,武器》是很久以来美国最好的作品,它看到了美国文学未来之光。……我指的是它是简洁、精练之作,书中每个短语、每个句子都承载着意义、感觉和情感的最大负荷。这本书是技巧一流的作品,作者深谙他的职业。……假如有人想知道欧洲第一次世界大战那个时期的历史,我不知道能否找到比《永别了,武器》前半部更好的描述。"③

1933年4月,著名诗人T.S.艾略特在《标准》杂志上著文为海明威申辩。他批驳了汤姆·马修斯关于海明威在《永别了,武器》中将他的行动改变到远离现实主义(一种刻意称之为感伤之梦的戏剧性阶段)的观点。艾略特认为,海明威是个善于表达自己最真实感情的作家,而不是什么不讲情面而感伤的作家,"充满整个气候不同的美洲大陆的幻想是不讲情面的幻想。连海明威先生——具有温柔感情和真实感情的作家,如同《杀人者》和《永别了,武器》……也被当成不讲情面的代表……海明威先生是我非常尊敬的作家。在我看来,他在适当时刻表露了他自己真实的感情"④。

总的来看,批评界认为海明威这部新作显示了他创作上的成熟和深度。它获得了比他先前的作品更多的赞扬。他的声誉在1929年底达到了高峰。这是他自己所没有料到的。

---

① Donald Davidson, "Perfect Behavior", *Nashville Tennessean*, November 3, 1929, Magazine Section, p. 7. 见 Robert O. Stephen 编的 *Ernest Hemingway: The Critical Reception*, Burt Franklin & Co., Inc., 1997, p. 92。
② 见 Jeffrey Meyers 编的 *Ernest Hemingway: The Critical Heritage*, Routledge, 1997, p. 20。
③ John Dos Passos, "The Best Written Book," *New Masses* 5, No. 8, December, 1929, p. 16, 见 Bloom's Notes, 1996, pp. 27 - 28。
④ 见 Jeffrey Meyers 编的 *Ernest Hemingway: The Critical Heritage*, Routledge, 1997, pp. 19 - 20。

不过,批评界也出现了不同的声音。第一个指责海明威的是苏格兰作家 R.B.坎宁汉姆·格拉汉姆。他在 1930 年 1 月一封信中写道:"《永别了,武器》有许多感伤的利己主义和傲慢的态度……其实写得不坏,对话也不错。但像约书亚①一样,他似乎认为他可以命令太阳停止不动,或至少集中在他自己身上。"②第二个尖锐地批评海明威的是英国小说家阿尔杜斯·赫胥黎。他在 1931 年于伦敦发表的《晚上的音乐》中说:"在《永别了,武器》里,海明威先生作了一次冒险,想命名一位老主人。有个短语,写得很漂亮(因为海明威先生是个最朴实而敏感的作家),仅一个短语,不多不少,关于曼特纳德上帝'那痛苦的指甲洞'。接着迅速地、迅速地被他自己的鲁莽所吓坏,作者写下去……写下去,羞愧地,又讲到低级的事情……如今要找到有文化的聪明人尽他们最大的努力伪装愚蠢,隐瞒他们受过教育的事实,一点也不罕见。"③赫胥黎这种攻击令海明威不安。他在下一部书《死在午后》里作了严肃的回答。他回避了赫胥黎批评的实质——指责他是个蓄意的低级作家,说明他用暗示作为揭示人物的有效方法。他说,"如果作家塑造的人物谈论老主人,谈论音乐、现代绘画,谈论文学或科学,那么他们在小说里会谈论那些话题。假如他们不谈论那些话题,作家让他们谈了,他就是个骗子。"④

然而,《永别了,武器》继续获得了英美批评界和法德舆论的好评。著名批评家艾德蒙·威尔逊在《海明威:道德规范的标准》(1939)中指出,接着《没有女人的男人》问世的长篇小说《永别了,武器》在某种意义上说写了一件不太严重的恋爱故事。当然,它写得很漂亮,十分动人。也许没有别的作品这么吸引人们关注一次大战期间一个美国人在军队里的新鲜生活。但是,《永别了,武器》是一部悲剧。一对情人被写成受害者,与折磨它们的势力没有任何关系。他们自己内心并不受个人满意与个人和别人分享的痛苦之间的折磨。海明威成功地处理了这个问题。诚如作者曾经说过的,《永别了,武器》是又一部《罗密欧与朱丽叶》"⑤。

美国作家 L.P.哈特莱认为《永别了,武器》比《太阳照常升起》要好些,认为海明威具有描写爱情和友谊的天赋。另一位英国小说家 J.B.普里斯特莱则指出,现代情人似乎是古怪的孤独的,没有任何背景,不靠任

---

① 约书亚:Joshua,基督教《圣经》中人物,摩西之后犹太人的首领。
② 见 Jeffrey Meyers 编的 *Ernest Hemingway: The Critical Heritage*,Routledge, 1997, p. 21。
③ 同上,pp. 22。
④ 同上。
⑤ Edmund Wilson, "Hemingway: Gauge of Morale" (1939),见《伤与弓》(*The Wound and the Bow: Seven Studies in Literature*, Boston: Houghton Mifflin, 1941, pp. 221–222)。

何信仰。有些东西弥补了最后一幕可怕的辛辣和力度①。

美国批评家 H.L. 门肯则对海明威的人物和风格采取批判的态度。他毫不客气地指出，一对情人是在"巨大的技术困难的条件下"相恋的，而且故事的优势在于对可怕的道德败坏与战争混乱的精彩再现②。

路易斯·加兰蒂埃第一个用心理分析来看待海明威其人其作。他认为有两个"海明威"，一个是正面的、有创造天才的海明威；另一个是负面的、惶恐的作家海明威，他具有儿童的心理障碍③。

海明威的作品受到欧洲大陆作家们的极大关注。著名小说家托马斯·曼的儿子克劳斯·曼将海明威与他的父亲进行了比较。他认为海明威是个典型的美国人，但具有欧洲人内心的经历。他用他青年一代的新鲜感看待这个世界，同时也用我们老一代害羞的态度来观察世界。另一位法国作家德里尔·拉·罗切尔也将海明威与欧洲作家比较，并得出结论说，"我们用自己的形式与美国人交换他们的生活素材……海明威深知这种愉快的交换。一个忧郁的野蛮人，细心而精巧……他懂得保持他的优势，将战利品完整无缺地留给罗马"。罗切尔曾为 1932 年法译本《永别了，武器》写了序言。他的评论引起了法国作家安德烈·基德对这部小说的兴趣。20 世纪 40 年代，法国报纸大量介绍了海明威在第二次大战中的表现，大大地提高了海明威在公众中的声誉。到了 40 年代末，基德加入对海明威赞扬的行列，将海明威与福克纳和哈米特④列在一起，并列为对话精彩的作家。他回忆说，他第一次读了《永别了，武器》，就感到它写得何等出色⑤！

英国作家福德曾为《永别了，武器》现代图书版写了一篇优美的序言。他回顾了早年海明威在巴黎出版小册子的情况，将海明威与英国小说家约瑟夫·康拉德和 W.H. 哈德森⑥并列，称他是无懈可击的三位英语散文作家之一。这是他五十年阅读经验得出的结论。海明威具有使用词汇的超人天才。这些词汇与其他词汇并列在一起，显得新鲜又活泼。

---

① 见 Jeffrey Meyers 编的 *Ernest Hemingway: The Critical Heritage*, Routledge, 1997, p. 20。
② 同上。
③ 同上。
④ 哈米特(Samuel Dashiell Hammett, 1894 - 1961)：美国侦探小说家，代表作有《马尔他的猎鹰》(1930)和《瘦汉》(1932)。
⑤ 见 Jeffrey Meyers 编的 *Ernest Hemingway: The Critical Heritage*, Routledge, 1997, pp. 20 - 21。
⑥ W. H. 哈德森(William Henry Hudson, 1841 - 1922)：英国小说家，代表作有《绿色大厦》(1904)和《牧童传》(1910)。

1948年,《永别了,武器》出了新版,海明威自己写了序言,谈到他对战争的兴趣和对战争中的人们的看法。"本书的名称是《永别了,武器》。除了三年以外,从本书写成以来,某种战争几乎没停过。有些人常说,为什么人对于战争这么入迷和缠绵,也许是指从1933年以来,为什么一个作家对于战争持续不断的、欺人的、残暴的、懒散的罪行感兴趣。我参加过太多的战争,我肯定我有偏见。我也希望,我很有偏见。但正是本书作者周密的信心,认为战争是已有的最好的人们打的,或者说,虽然你到他们打仗的地方越近,你会见到越好的人们。但他们受直接的经济对手和从中坚持谋利的猪猡们所制约、挑动和激发。我相信,所有从战争中坚持谋利的和挑动战争的人们,在战争开始的第一天,就应由参加战斗的该国忠诚的公民代表将他们枪毙。本书的作者将很乐意负责执行这种枪杀。"①海明威这番话表明他对战争的态度已有了很大的改变。从第一次世界大战,《永别了,武器》的男主人公亨利与战争"单独媾和",到美国青年讲师乔登志愿赴异国他乡,在西班牙内战中慷慨捐躯,以及第二次世界大战中他随盟军挺进巴黎,解放里茨旅馆,海明威终于认清正义战争与非正义战争的区别,勇敢打仗的人们与靠战争发横财的猪猡们的区别。

进入20世纪50年代以来,《永别了,武器》的研究有了新进展。评论界除了继续探讨这部小说的主题思想以外,特别对小说中的男女主人公亨利与凯瑟琳,对小说的艺术风格、语言和象征主义作了深入的研究。卡洛斯·贝克和菲力普·扬都有新的建树。

卡洛斯·贝克在他著名的专著《海明威:作为艺术家的作家》中指出,《永别了,武器》的主题在开篇中就巧妙地点明了。海明威的第二部长篇小说《永别了,武器》的开篇是一片普通的景色,数千人在行动。这比全书的开始包含更多的意义。它帮助构建了小说的主调(那是一种死亡),为未来的象征培育埋下一系列重要的形象,朴实地逼使读者走入冷眼观察的位置。

……

简短的第一章以冬天结束。雨被作为一种灾难的象征。"冬天开始便是下个不停的雨,随着雨来的是疟疾。但它受到了控制。最后军队里仅有七万人死于疟疾。"现在已经是冬天,七万个幽灵消失在地下。下个不停的雨抹去了灰尘,冲烂了落叶,好像它们从没存在过。连加里兹亚四周的乡下也没有好看的美景,可没给它增添几分愁情。在《永别了,武器》

---

① 见 *Bloom's Notes*, pp. 33-34。

整个第一章,很少有大自然美景。它在海明威第一次对死亡的研究中并没有多少象征作用①。

菲力普·扬探讨了小说中对"雨"的象征主义运用。这部小说有个风格上的创新。这对它很重要。那就是一种自然现象的运用:"雨"。它在某个方面不能作为凶兆的象征。以前,海明威用水作为消除过去经历的比喻。所以,亨利从那河里逃往新生活,好像是一种完全的浸礼仪式,并不新鲜。《永别了,武器》里新鲜的是不断地运用"雨"作为灾难的信号。亨利从他的实际的现实主义出发,表明他不相信信号。他告诉自己,凯瑟琳幻想她自己在雨中死去是没有意义的。但她在雨中死了。实际上,回顾结局,可以看出小说在开篇时早有个简短的导引小景展现了不同形象的不祥的联系——雨、怀孕和死亡——它为随后的故事定下基调,预示和限定了小说的一切结局,使它成为一个完美而永恒的结合物②。

神学教授约翰·基宁格进一步将小说中的"雨"与存在主义联系起来,认为存在主义为凯瑟琳之死提供了答案。他说,"有几位批评家提到海明威在小说中反复运用'雨'(或其他降水形式),特别是在《永别了,武器》里,作为灾难的预兆。由于它与死亡相联系,批评家一般都同意这个作用与T. S. 艾略特的《荒原》里降水的象征是直接对立的。但我认为海明威小说中的'雨'也是一种肥沃的象征,虽然在某种意义上与艾略特有点不同。对海明威来说,死亡意味着它出现时,存在主义英雄的再生。所以,雨作为死亡的预兆,同时预示了再生。降水——死亡——再生的联合对于《永别了,武器》里的雨和《丧钟为谁而鸣》中雪的反复运用特别有关系。这种情况可以说明一种理论:老人圣地亚哥是个大度的存在主义者(他头脑太简单了,不知道他已经很谦卑了)。他是个真实的人,因为它是个大海的老人。他既是常年记住人的限度的提醒者,又是个原始的小人物的象征。"③

弗列德·马卡斯认为,在小说中运用了大量细节,包括"雨",揭示了当时社会的混乱和非理性。他说,《永别了,武器》有许多惊人的细节。许多细节很细小,其他细节具有较重的含意。比如,几乎每个批评家和读者都提到的连续不断的雨。它可能是个死亡的象征。凯瑟琳暗示她怕雨。

---

① Carlos Baker, *Hemingway: The Writer as Artist*, Princeton: Princeton University Press, 1952, pp. 94–96.
② Philip Young, *Ernest Hemingway*, New York: Rinehart & Co., 1952, pp. 60–64.
③ John Killinger, "The Existential Hero", *Hemingway and the Dead Gods*, Lexington: University Press of Kentucky, 1960, pp. 46–48.

小说开头,雨伴着疟疾来了。在大溃败中,大部分撤退发生在雨中。但在瑞士的雨——凯瑟琳将死在那里,亨利将它描述成"快乐的雨"。更有趣的是,雨经常被认为是一种再生的象征。一场春雨给意大利平原带来丰富的谷物和水果。连带来疟疾的冬雨也有它较乐观的一面。山区的冬雨变成雪。一场雪结束了,结束了残杀、火拼和战争,直到翌年春天。冬天成了山区等待的时期,而春天则放纵了战争的坏蛋们。对亨利和凯瑟琳来说,瑞士的冬天是个等待时期。凯瑟琳死于春天。海明威让我们为那不可避免的结局作了准备。海明威的反讽,有时很辛辣,这可以从他的词组和词的并置看出来[1]。

20世纪70年代以来,美国批评界的评论越来越集中在小说男女主人公亨利和凯瑟琳身上。有的将他们两人的爱情与小说的主题思想联系起来。约翰·斯塔伯斯认为,亨利与凯瑟琳的浪漫爱情是对遭战争撕裂的无意义的世界之抗争。他说,《永别了,武器》是海明威关于在一个对人类福利不闻不问的世界上人类的渺小和软弱无力的发现以及关于他们建立保护自己不受这个发现造成的严重影响的一部长篇小说。弗列德里克·J·霍夫曼在《二十年代》书中讨论战争文学时,指明这部小说从对战争的探索展开,考虑到那一般来说艰难而无望的生活质量。其他批评家详细讨论了海明威在描绘人在艰辛世界上的自然主义和存在主义。留待更全面考虑的是海明威对亨利和凯瑟琳用"爱情"的手段来保护自己,进行抗争,反对人类无知所产生的瘫痪的处理。

不过,小说的结局平衡了凯瑟琳的仁慈和勇气,与亨利最后相信他俩的游戏不宜再玩下去成了对照。凯瑟琳死后,他回去看她,"但我从中摆脱后,关了门,熄了灯。"他告诉我们,"这并不好,就像与一尊雕像告别。"她死后,他俩的"爱情"什么也没留下。爱情对他的支持消失了。它给他的生活带来的秩序,像军队为他提供的秩序一样,已经被摧毁了。他必须直接面对外部世界跟他的私人世界所发生的事件带给他的冷漠及其所打垮的安逸。

通过角色扮演的抗争,海明威探讨了他两个人物的优缺点。如果将有关"成熟爱情"所涉及的理念放在一边,我们就能欣赏海明威对人物极度盼望秩序的心理探索[2]。

---

[1] Fred H. Marcus, "A Farewell to Arms: The Impact of Irony and the Irrational," *English Journal* 51, No. 8 (November, 1962), pp. 533–534.
[2] John Stubbs, "Love and Role Playing in A Farewell to Arms", *Fitzgerald/Hemingway Annual*, 1973, pp. 271, 282–283.

麦克尔·雷诺兹则将亨利和凯瑟琳的恋爱关系与海明威的非凡才智的描写联系起来，批驳了许多对海明威作品的误解。他指出，凯瑟琳与亨利的关系有了自然产品，凯瑟琳怀孕了，如同妓院使雷纳迪染上了梅毒。正像战争毁灭性的周期产生了死亡一样，自然肥沃的周期产生了死亡：小孩在出生时死了，凯瑟琳在手术大出血后也死了。

读者在期盼一个"圆满的结局"。凯瑟琳的死亡、战争的破坏和妓院的梅毒才明显地具有反讽意义，因为地球的四季周期是个控制模式，这个模式每年以冬天的死亡结束。肥沃的自然的爱情周期可以产生生命，但它也要以死亡结束。在这个意义上说，《永别了，武器》既不是一部战争小说，也不是一部爱情小说，因为战争与爱情是同一枚硬币的两面，而这枚硬币每面都有个死亡的头像。爱情与战争的周期模仿四季的周期，但爱情对战争来说并不是一种选择。爱情与战争都不是灾难的避难所。假如凯瑟琳不死在洛桑，就可能不久死在别处，没有死在山里的士兵会死在其他地方。正如亨利提醒读者那样，迟早"它"或"他们"将带走每个人。假如《永别了，武器》里主人公受过任何教育的话，这种自明之理就是他所学到的一切①。

南希·康姆莱和罗伯特·斯科尔斯在《海明威的性别》(1994)一书里则探讨了凯瑟琳在与亨利交往中被动的本性。凯瑟琳·巴克莱似乎显然知道亨利对她的爱情的物质基础，因为在他手术的那个早上，她像她的职业工作那样，使他里里外外干干净净，她问他关于妓女的行为，渐渐理解那游戏规则是一种妓女所说的他要她做的事。她的问题并不是徒然的，因为她在为自己探索一个性伴侣的新角色。所以，她发誓"按你所要求的去做，然后我就获得巨大的成功"。他要她跟他再上床，她同意了。他将不再是她的死亡的士兵情人，而她将是他的活生生的护士妓女。

凯瑟琳像在性与爱的游戏中发挥作用一样尽量忘记自己。这使她将爱情从她死去的男友转移到另一个男人身上。她起了一个妓女的作用。作为深刻地逃避限制性的文化准则的手段就是她那些社会准则。它们要求她具有所选职业的贞操，禁止军队里的护士与她们护理的人发生性关系。作为一个"坏姑娘"，她学会了在偷闲时享受非法的性快乐。回顾她作为护士的角色，她成了伺候人的天使、母亲麦唐娜、身体奴隶，因此演绎了现代文化幻想曲中一个主要的男性，使仰卧在快乐与痛苦床上的弗列德里克·亨利拿着大量的白兰地，享受养尊处优的快乐。

---

① Michael S. Reynolds, *Hemingway's First War: The Making of A Farewell to Arms*, Princeton University Press, 1976, pp. 261-265.

该书认为,在《永别了,武器》这部小说的"真实世界"里,各种人物表演了作者的幻想曲。这个幻想曲并不随着亨利的康复和他返回战争的成人世界而结束,因为他的希望总是回到等待他的凯瑟琳,那种忠诚而可爱的母亲和情妇身边。他是个饥饿的孩子,他会吃掉他的母亲,但凯瑟琳愿意从小自我放弃,不惜牺牲自己来满足他的欲望。他俩一起努力建立一个自己的世界、统一的世界,如同他俩进一步从社会走入一种以瑞士舒适环境母体般的保护为中心的生活[1]。

《永别了,武器》艺术风格受到艺术界的重视。沃特·威廉斯首先比较了它与《太阳照常升起》的差异,研究小说的悲剧性因素。他在《欧尼斯特·海明威的悲剧艺术》一书中指出,"作为一部表达悲剧性的作品,《永别了,武器》显然很不同于《太阳照常升起》。它不复杂,不是一个特殊案例。但它比较集中。这种较大的特定的重要性有许多原因:它的悲剧设计的清晰、更加诗化的严密和它的形象的实在以及许多艺术策略的更认真的运用。它与早期作品的重要区别也在于没有达到超然性和随后的妥协。的确,妥协是反建议的。在小说中有两个决定性的象征比喻的例子——亨利在雨中孤独地走回旅馆和营火木头上被烧死的蚂蚁。最后只有灾难,只有死亡:虚无——虚无占据了一切,没受到挑战。在海明威的悲剧平衡中,重点从所接受的灾难个人超凡的能力转移到宇宙灾难不可逃脱的事实。假如悲剧的最高形式是所谓'内心的胜利是从外部的失败费力获得的',《永别了,武器》就失败了。这种情况并不减少它的影响所带来的巨大的真诚。的确,这部小说和任何其他小说一样揭示了悲剧,尤其是强有力的悲剧。没有明显的精神胜利,没有超然性,也可能写就。"

那种力量恰好在他俩最幸福的时刻,在凯瑟琳在山中怀孕的插曲中悄悄地降临他俩身上。当看不见的攻击在凯瑟琳生小孩时去世的灾难告终。亨利与她一样被摧毁了。对他来说,没有出现妥协的超然,唯有失去一切。他的灾难是未补偿的、最终的。所以,作者在他这种悲剧性平衡的差异中主要强调的是灾难的最终性和不可避免。海明威在这里声称生活是悲剧性的,没有任何东西能改变或减轻这个事实:人被一个冷淡而起着有害作用的宇宙判处毁灭[2]。

罗伯特·路易斯研究了小说中作为描写人物性格重要手段的真假语

---

[1] Nancy R. Comley and Robert Scholes, *Hemingway's Genders: Rereading the Hemingway Text*, New Haven: Yale University Press, 1994, pp. 37 - 39.
[2] Wirt Williams, *The Tragic Art of Ernest Hemingway*, Baton Rouge: Louisiana State University Press, 1981, pp. 67 - 69.

言的效果，认为真假语言的运用的主体在有关亨利和凯瑟琳私人生活的那些插曲里表现出来。在描写亨利的性格时，已有类似例子，如他对别人撒谎或误导。当然，撒谎是故意误用语言，如果判断的标准是诚实和真实的就更当如此。但亨利是个实用主义者，不是个理想主义者。他的判断标准在取得一些实际的或所期盼的目的方面是成功的，不管是控制他的救护队或勾引凯瑟琳。

凯瑟琳从亨利获取一种撒谎或假的爱情，她暂停这种游戏，温柔地告诫他，"请勿撒谎，我们不该这么做。"她告诉他，他叫"凯瑟琳"的发音与她死去的男友方法不同，显示了自己的耐心。亨利毕竟不是语言所揭示的那样，成了她可爱的男友的替代者。他俩没有开始一起撒谎，是直到他受伤后才开始的。当时他发现自己真的爱上了凯瑟琳，两人开始做爱。在他动手术前夕，凯瑟琳跟他商议，假如不撒谎，至少隐瞒他俩相恋的实情。当时在麻醉下，他可以"进行聊天"。但亨利说他不想说话，凯瑟琳便告诫他别吹牛。这也是一种撒谎①。

詹姆斯·赖特则认为小说中的语言带有宗教色彩。小说戏剧性的紧张很大程度上是亨利少尉对每个理想的摇摆不定以及最后反对为基础的。对神父的理想，亨利的态度首先是一种同情，但又是反对。他在小说中不与其他逗弄神父的人一起逗弄神父。别的军官去附近的妓院时，他不跟神父待在一起，也不去访问高原地带又干又冷的乡下神父之家，他曾被邀请休假时去那里。相反地，他去了大城市，那具有反讽意义的"文化和文明的中心"，他在那里过着令人震撼的生活，感到"这就是一切的一切、一切，但不忧虑"。可是，他受伤和发觉真的爱上凯瑟琳以后，亨利少尉却更接近神父，所以他返回部队履职时，他反对雷纳迪逗弄神父。他不进城逛妓院，而跟神父一道走访别处。这个暗示明显地揭示亨利在凯瑟琳身上找到的爱情有点使他对神父所宣示的那种无私的爱更加同情。然而，到了小说结尾，亨利已经彻底地反对神父和他对上帝效劳的理想。他不过是对那种理想进行考验。神父早先曾为结束战争祈祷"我相信，我祈祷有些事将发生，我感到它很快了"，而此刻，亨利祈祷凯瑟琳不死。在祈祷中那些基本的、重复的语言就是人与上帝相互关系必要的暗示：你为我做这个，我为你做那个。所以，亨利祈祷着："啊，上帝，请别让她死。如果你不让她死，我将为你做任何事情……请，请，请别让她死……如果你不让她死，我什么都按你说的去做。"不过，凯瑟琳还是死了，正如同不管神

---

① Robert W. Lewis, *A Farewell to Arms: The War of the Words*, New York: Twayne, 1992, pp. 131 – 133.

父如何祈祷,战争仍在继续一样。这暗示着神父效忠上帝的理想缺乏回应。这种缺乏回应的知识对于亨利来说并不是独特的①。

《永别了,武器》的小说语言受到欧美批评界的一致好评,尤其是开篇优美的散文经常被引用。伯纳德·奥尔德西特别称赞小说开篇的语言犹如散文诗一样优美。他别出心裁地将开篇第一段按诗行排列:

> 那年的晚夏
> 我们住在乡村里一间房子
> 望着对面的平原和小河
> 直到远处的山峰
> 河床上有许多卵石和沙砾
> 在阳光中又干又白
> 河水清澈,匆匆流过
> 在河床里变成蓝色
> 军队走过那屋,上了小路
> 激起阵阵灰尘
> 染上了树上的绿叶
> 树干也布满尘埃
> 那年树叶早早飘落
> 只见军队沿小路前进
> 激起阵阵尘土
> 树叶被微风搅动
> 纷纷掉落
> 士兵们走过后
> 小路空荡荡
> 白白的,唯有那片片落叶

伯纳德指出,著名小说家菲兹杰拉德曾认为海明威的短篇小说《在异乡》的开篇第一段是他读过的最好的散文之一,从而为《永别了,武器》的开篇作了艺术构思的准备。两者都是运用英语散文诗方法的典范。它创作了一系列结构严谨的段落,具有许多现代诗的气质,如持续的节奏、意象的联结和潜在的如 T. S. 艾略特所说的客观对应物。

从结构上和意象上来看,《永别了,武器》这个诗意的开头在预示全书的主题,特别是关于世俗的与戏剧性的区分的持续性方面是很出色的。

---

① James F. Light, "The Religion of Death in A Farewell to Arms," *Modern Fiction Studies* 7, No. 2, Summer, 1961, pp. 169-170.

这部长篇小说在叙事幅度上大约涵盖了两年,将人物活动分为五编,很接近古典悲剧的幕。第一章可以称为"潮湿死亡的面具",大概包括一年,是按照季节安排三幕的。第一幕,夏天,主要由描写和叙述组成,以及对军队行动的评论。它与第二幕相结合。第二幕,秋天,秋叶飘落,树木变黑,这时负重沉沉的军队开到战区。小国王和他的将军们在又小又灰色的机动车里来来往往。第三幕,冬天,是一个被删节的寓意结局,死神以意外的形式降临,具有反讽意义,"冬天开始时迎来了永恒的雨。随着雨出现了疟疾。但它受到控制,最后军队里只死了七万人"。小说的结构以非军事的形式引入了这同样具有反讽意义的死亡,像凯瑟琳死在瑞士国内的安全堡垒里一样①。

作为海明威四大名著之一,《永别了,武器》也受到一些传记作家的关注。林恩的《海明威传》和梅耶斯的《海明威传》都有重要篇幅评述这部小说。林恩曾提到美国作家达洛西·派克1929年11月30日在《纽约客》一篇报道《侧影》里对海明威的吹捧,说他在战争中7处受伤,开始写作时常忍饥挨饿,但他非常坚强,表现出"压力下的体面",把《永别了,武器》的结尾改了70遍。梅耶斯则摘录了英国小说家赫胥黎对海明威的批评,"有文化教养的人尽量装出愚昧的样子,不让人知道他们受过教育,这是时下常见的现象"。海明威后来在《死在午后》里给予反驳和嘲讽②。

林恩还提到小说家菲兹杰拉德在给海明威的信中指出了《永别了,武器》这部小说的缺陷,即对女性写得缺乏个性。他说,你写男主人公时是用现在的眼光看的,而写女主人公时却是用你"17岁至19岁"时的眼光看的,因而显得不和谐③。这个批评很对,不禁令人想起海明威19岁时与纽约护士艾格尼斯的一段恋情。菲兹杰拉德暗示这也许是个原因。海明威在凯瑟琳身上流露了他昔日的旧情。小说中凯瑟琳对亨利十分顺从和温柔,没有个性,联系海明威的短篇小说《没有女人的男人》来看,不难看出海明威对女性的了解很肤浅。他小说中的女性形象都不够鲜明,难怪他会受到女性主义学者的尖锐批评。

* * * *

从1921年12月海明威携新婚妻子哈德莱抵达巴黎到1926年10月

---

① Bernard Oldsey, *Hemingway's Hidden Craft: The Writing of A Farewell to Arms*, University Park: Pennsylvania State University Press, 1979, pp. 63 – 66.
② 董衡巽著《海明威评传》,浙江文艺出版社,1999, p. 101.
③ Kenneth Lynn, *Hemingway*, Harvard University Press, 1937, p. 387.

第一部长篇小说《太阳照常升起》成功问世,海明威花了不到6年时间便走红欧美文坛,吸引了美国评论界的关注。有的认为他的小说是现实主义的,有的则断定是自然主义的。但有一点共识:海明威是从新闻记者一跃成为小说家的。他的小说里融入了许多真实生动的新闻素材,经过他的艺术加工,成了令读者感到真实可信的作品。他强调写真实、讲真话,如实地表现生活和体现时代精神。他的两部长篇小说《太阳照常升起》和《永别了,武器》成了划时代的作品。前者揭示了一次大战后西方"迷惘的一代"的失望情绪;后者则反映了欧美青年从亲身体验中认清了帝国主义之间战争的丑恶和虚伪,逃离战争、反对战争仍难免受到严重的惩罚。这两部小说都有他自己的影子,是以他的经历为基础撰写的。大家感到年纪轻轻的海明威竟有如此深刻的洞察力和预见性,对他未来的创作前景十分看好,且寄予厚望。

不过,批评界对小说中的人物,如杰克、布列特、亨利和凯瑟琳的刻画以及他们的爱情故事存在较大的分歧,而且一直持续到今天。从这个意义上说,海明威在这部长篇小说中塑造了具有永恒意义的人物。

应该指出,海明威20世纪20年代是从巴黎崛起的。当时巴黎是世界现代主义思潮的中心。海明威在与庞德、斯坦因、乔伊斯等作家和画家毕加索等人的接触中学到了不少东西。这些在他的《春潮》中有明显的表露。可惜欧美批评界很少注意到,没有看到他对先锋派小说家艺术技巧的试验,只关注他对安德森《黑色的笑声》的戏仿。这些新技巧虽在上述两部长篇小说里没有再用,但已成了海明威的文学资产。他在晚期作品,尤其是遗作里又用上了。这些现代派的小说技巧,丰富了他的风格。他坚持马克·吐温式的现实主义方向,但在创作实践中渐渐形成自己独特的"冰山原则"。在这个意义上说,巴黎对他的影响是终身的,这一点不容忽视。海明威在《流动的盛宴》里也坦白承认这一点,他对巴黎怀有无限深情。

第三章

30年代：海明威的逃避现实与转向政治缪斯

　　进入20世纪30年代,美国大萧条愈演愈烈。已成名的海明威继续努力创作,先后发表了非虚构小说《死在午后》和《非洲的青山》、短篇小说集《胜者无所得》、长篇小说《有钱人和没钱人》、电影脚本《西班牙大地》、剧本《第五纵队》和《第五纵队和首批49篇短篇小说》合集等。他的优美散文受到好评,但长篇小说反应平平,唯一的剧作则受到批评,很不成功。

　　1937年爆发了西班牙内战,这是第二次世界大战的序幕。从1937年3月至1938年5月,海明威作为北美报业联盟的特派记者4次赴西班牙战场采访,亲眼看到了马德里的炮击、特里尔市的陷落和托多萨市的轰炸。他冒险到前线采写第一手报道,经受了严峻的考验。这成了他一生重要的转折点。

　　1937年7月,在纽约卡耐基大厅举行的美国作家代表大会上,海明威应邀作了《法西斯主义是个骗局》的报告,受到与会者热烈欢迎。他和多斯·帕索斯等作家和历史学家组织了支持西班牙进步力量委员会,声援西班牙,反对佛朗哥的军事政变和德、意法西斯对佛朗哥的支持。海明威还亲自到好莱坞影城募捐,购买医药用品支援西班牙进步力量。他的言行受到美国文艺界、舆论界和广大民众的好评。如果说1933年8月海明威和夫人葆琳的非洲狩猎行曾受到左翼作家和读者的尖锐批评,指责他逃避现实,在大萧条的经济危机中不关心民众生活和社会问题,追求个人的安逸和乐趣,那么四年多以后,海明威对西班牙内战鲜明的态度已改变了美国同仁和读者对他的看法,人们称他是个勇敢的反法西斯民主战士。

1940年10月,海明威反映西班牙内战的长篇小说《丧钟为谁而鸣》问世后立即获得了成功,前5个月内卖了50万册。海明威的声誉达到了前所未有的高度。他成了一位具有广泛国际声誉的美国作家。

第一节 《死在午后》

从1923年6月海明威偕妻子哈德莱去西班牙观看斗牛赛开始,他就爱上了这个西班牙的传统节目,一发不可收。他先后去过7次,参观了潘普洛纳从7月1日至7日一年一度的奔牛节、马德里和马拉加等地的斗牛赛,亲眼见过勇敢的斗牛士刺杀了1500头黑牛。这令他兴奋和激动,1930年10月萌生了写一本描述西班牙斗牛的书。1932年终于成书出版,取名《死在午后》(Death in the Afternoon)。

由于大萧条经济危机的影响,图书市场很不景气,加上美国读者不了解西班牙的斗牛赛,《死在午后》销路很差。

《死在午后》是一部内容混杂的专著,全书分为20章。第一章至第六章为了回答美国读者的问题——为什么要去看斗牛?海明威谈了他对西班牙斗牛赛的认识过程。起先,他看到马匹死于斗牛场上感到可怕和震惊,认为斗牛是种运动,又是个悲剧,经常有死亡。他还分析了小说与新闻的区别。他认为,对青年作家来说,要学习的最好地方是"暴力死亡"的时刻。由于战争已结束,见证"暴力死亡"的最好地方就是斗牛场。所以他去西班牙研究它。关于西班牙斗牛赛,德国人写得最多,法国人写得少,而美国几乎无人问津。他决定写本专著,后来发现并不那么简单,整个斗牛赛相当复杂,他只好边学习边写作。在第三、四章里,他介绍了马德里斗牛的仪式、规则和过程:每天下午斗牛场上举行了隆重的仪式后,由三名斗牛士出场,每人斗倒两头公牛,但常有意外情况发生。如瓦伦西亚有头黑牛,在5年内用牛角撞死了16个斗牛士,伤了60多人,后来被送往屠宰场杀掉。按法律规定,进入斗牛场的黑牛必须满4—5岁。公牛好坏的标准和挑选都很严格。斗牛赛时最怕下雨和刮风,最喜欢晴天。西班牙5—6月多下雨,夏天较好,9月最佳。各地有些最好的斗牛场。海明威还简介了斗牛场的结构和背阳座位的选购。第五章专评首都马德里的斗牛活动,显示海明威对马德里的钟爱。第六章描述了斗牛前的准备,反映斗牛士的复杂心态。

从第七章开始,海明威以回答一个老妇人问题的方式描述了西班牙优秀斗牛士贝尔蒙特、赫斯里托、格兰勒罗、希米涅兹、茨科罗·加西亚、米拉、维拉塔、尼诺、拉兰达、密希阿斯等人的成长、搏杀、业绩和最后牺牲的经历以及公牛的饲养、训练和角斗的相关情况。海明威赞颂优秀斗牛士的勇敢冒险精神。他们被西班牙民众视为杰出的民族英雄。他描述公牛之死是不可避免的,但必须经过与斗牛士残酷拼杀的仪式。斗牛中的死亡造成了一切混乱。斗牛是唯一的艺术。斗牛中的艺术家在死亡的危险中,在表演时不同程度的精彩留下了战斗者的荣誉。它给予公牛充分的机会来抵抗或撞死斗牛士,从而造成无可挽回的悲剧。许多成功斗杀公牛的斗牛士往往最后死于公牛的尖角下,却永远活在西班牙观众心中。在第十二章插入一篇文章《死者的自然历史》,对老妇人表示安慰,她那时已厌倦再听什么动物故事了。第十三章又回到公牛的表现。接着两章分别谈了斗牛士眼中"理想的公牛"和斗牛士红披风的重要性。第十六章讲了骑马斗牛士与马的选择。末了有一大段特别叙述了海明威的省略理论,即著名的"冰山原则"。后来4章介绍了斗牛士助手的作用、刺杀公牛的方法,最后对读者表示歉意,未能全面谈及西班牙的一切,显露了作者对西班牙及其人民的深情厚谊。海明威还嘲讽了英国作家赫胥黎对他的批评。后来老妇人消失了,海明威直接面对读者叙述。书后附有81幅斗牛的精彩黑白照片、长达85页的西班牙语—英语斗牛术语解释、一些名人对西班牙斗牛的反应、关于美国斗牛士西德尼·富兰克林的简评以及西班牙、法国、墨西哥和中、南美洲斗牛赛日程表。海明威生动地记录了西班牙斗牛这个现代世界未受宗教影响的最后一个奇观。有人称《死在午后》是一本西班牙的旅游指南,尤其是一本观看西班牙斗牛的导游手册,引起了美国读者的兴趣。

此外,《死在午后》还有许多离题的议论,如关于生与死的评说、关于文学创作问题的思考等,这对研究海明威的文艺思想和人生观颇有价值。总之,《死在午后》成了一部描写西班牙斗牛的经典之作,影响了后来出现的同类题材的专著。

出版后，学术界对《死在午后》反应不一。夸它写得好的大有人在，如著名批评家艾伦·塔特；攻击它的也不乏其人，如伊斯特曼，其尖刻评论使海明威愤怒不已。两人在纽约斯克莱纳总编辑帕金斯的办公室里相遇时竟成暴力格斗，令文艺界震惊。

马尔科姆·考利在1932年11月发表于左翼刊物《新共和》的《永别了，西班牙》一文中指出，作为一个好艺术家，他做了一件好事，从来不造假、马虎或伪装。他常常谈他自己，但同时关注外部的事物、所描写的对象。他用长期关注的力量使描写的对象大于生活，使它充满他拥有的一切知识和感情，充满了他自己。因此，他关于斗牛的书变得更有意义。它是一本关于一般体育运动的书。由于这种特别的体育运动其实是一种艺术，它成了一本艺术欣赏和文学批评的书。不错，而且是关于生活、饮酒、死亡和热爱西班牙大地的艺术的书。这本书充满了不自然的残酷、鲁莽、怜悯，特别是与那些快死的马相关的一种不安，它在直接与读者沟通时结束了。《死在午后》是一本重要性不如《永别了，武器》的书，它的风格往往是过于详尽，有时很华丽（海明威并不是故意的，他曾向读者道歉。但道歉帮不了他）。书中关于斗牛的最佳描述还不如《太阳照常升起》里简洁的描述那么生动。

海明威的思想与他的叙述所引起的读者的思想是有些矛盾的。举个明显的例子，《死在午后》不是一本不道德的书，它也没有将斗牛写成一个不道德的主题。如果海明威赞扬一位伟大斗牛士的表演，几乎他所用的一切形容词的道德内涵都是丰富的。这些词汇如真实的、有感情的、不哄骗的、纯洁的、勇敢的、老实的、高贵的、坦诚的、尊敬的、真诚的。反之，他们是低级的、虚伪的、粗俗的、胆小的，甚至玩世不恭的。

除了上述的矛盾之处外，还有第二个。海明威说，"一切艺术只能由个人来做。个人就是你所拥有的一切。"但几乎自始至终，《死在午后》与这种思想是相对立的。不错，作为伟大的个体，斗牛士的艺术提供了"真理的时刻"，它成了一场好的斗牛赛的高潮。但海明威清楚地表明，如果没有许多无名的民众的合作，斗牛士的表现是不可能的。斗牛士圈子里几十人、几百人、几千人逐渐扩大到包括几乎整个国家。一种文化扩展到过去好几个世纪。斗牛士从一开始就依赖团队的工作。

斗牛确实暗示了某种对生活的态度，一种接受现存事物的意愿。尽管这些事物不好，把它们当成一种流浪汉的悲剧惩罚自己。斗牛就是这样，"他这本新书是一首西班牙的挽歌、消失的青年和斗牛士贝尔蒙特和米拉的勇敢岁月的挽歌"①。

左翼批评家格兰维尔·希克斯也给予热情的肯定和公正的批评。他说，一本书想尽力保持《打不败的人》或《太阳照常升起》关于斗牛描写的水准，无疑地变得很艰难，也可以说是荒唐的。当然，缺乏知识和经验的读者能学到他所需要的一切，或他想了解关于公牛、拼杀和斗牛士的一切。作者提供了一些精美的照片、优美的装订和一定数量的幽默。

接着，我们发觉一系列对生活和文学的观察，令人产生窥视海明威的心情。当然，还有其他预先未想到的揭示。基本的印象与从长短篇小说所得到的印象并无两样。真的，有个暗示，特别是他对他的批评家的评论，说明海明威对自己比人们所想象的更拿不准。但总的看来，这本书肯定了以前的判断。他第一次去看斗牛赛当然不令人惊讶，因为他正在努力学习写作，从最简单的东西开始，而一切最简单的东西之一和最基本的东西就是"暴力死亡"。

书里有大量幽默。但海明威总是很庄重地谈论斗牛和写作。在他与大部分后来活动有关的夸夸其谈里，他说，让想去拯救世界的那些人，如果你能的话，去清楚地看看世界的整体。那么，你所写的任何部分将代表整体，如果是写得真实的话。这显然是正确的，很难发现任何小说家，作为小说家他会不同意。用其他话说，假如世界给你添麻烦了，你就诉诸个人暴力；加入个人暴力像经常出现的那样是危险的、无效的和不光彩的，你就用饮酒来安慰自己，或用滑雪、或性交、或看斗牛来安慰自己。虽然这肯定是拯救世界的坏方法，但它无疑是去清楚地看看世界的整体的一个好方法。唷，海明威也许会说，它像个地狱②!

H.L.门肯于同年12月在《美国信使》杂志上著文评《死在午后》。他认为，在现在这本不是小说而是纪实的书中，它独特的优点与缺点都明显地显露出来。一方面，它是一部非凡的叙事作品，但另一方面，它常常降为一部粗糙的、令人不快的廉价之作。只要作者将自己限制于他合适的职业，即描写斗牛的科学与艺术，他就会永远简明、多彩而有趣。不幸的是他显然感到很难这样限制自己。他总是偏离主题，愚蠢地证明他是个淘气的家伙。而他这么做时，他几乎一成不变地陷入平庸甚至更坏。

海明威先生写《死在午后》主要目的是描写他在西班牙看到的斗牛赛。他坦率地承认，他喜欢它，并把那种喜爱之情传达给读者。这种运动

---

① Robert O. Stephens, ed., *Ernest Hemingway: The Critical Reception*. Burt Franklin & Co., Inc., 1977, pp. 120–123 "A Farewell to Spain", *New Republic*, 73, November 30, 1932.
② 同上, pp. 119—120.

是野蛮的,但没有证据说它比足球更野蛮。

门肯认为,没有比这本更好的这种用英文写的运动的专著了,也不太可能有用西班牙语写的更好的专著。这本书中的叙述充满了作者真正看到、感觉到和经历过的事情的生动性。它用英文写得简洁、不加修饰,也不够雅致。尽管如此,它是用高超的技巧写出来的。它确实是部一流的书,甚至连那些插曲也是很值得一读的。"最近许多书像这样解释许多鲜为人知的材料或描述效果这么好的是不太多的。我倒有个希望:将斗牛赛引进哈佛和耶鲁"①。

劳伦斯·斯塔宁斯在《纽约太阳报》著文指出,欧尼斯特·海明威的新书是一部关于斗牛士艺术的基础专著,也是一部论及人的自尊心的多姿多彩和变幻莫测的精巧之作。它具有粗俗和机智的巨大闪光点,野蛮的幽默和坦率的情感,写得深刻而不留情面。《死在午后》斗牛场宏大的场面,那悲剧包括三幕:对公牛的审判、判决和执行。这一切组成了这个戏华丽的装饰。这些就是海明威用来构成生与死模式的材料。

这本书提供了一个词汇表和许多精彩的插图,给读者灌输一种斗牛精神的意识,作为一种以情感人的景观。它为一切转眼即逝的悲剧保留了伟大艺术的所有因素。

它充满了人与动物的描述,具有对过去一代斗牛士的批判性的连续评论,以令人惊讶的图片展示了许多搏斗中人与兽灵巧的造型和写作风格的多样化,以适应节奏的许多变化。有时,它成了西班牙的一本导游手册;有时,它是一首西班牙昔日荣光的赞歌。最重要的是它包含了力量、热忱和诚实②。

班·雷·列德曼在《星期六文学评论》发表了《血、沙与艺术》,表达了类似的肯定意见。他说,海明威从各个不同的视角写了斗牛艺术的一切方面——历史的、批评的、感情的和美学的。他揭示了它的光荣与粗鄙。他达到了这种艺术所能达到的高度并揭示了它的深度,因为它是一种商业艺术,而海明威完全按照他自己的喜爱在写书,书里所展示这些充满粗鲁机智的东西,被有趣的离题话激活了,而且深埋于一种可以说很完美的文字里。

赫斯切尔·布立克尔在《纽约先驱论坛报》著文指出,没有其他用英文写的书可以跟它比较,也很少用西班牙文写的书可与它比较,没有一本

---

① Robert O. Stephens, ed., *Ernest Hemingway: The Critical Reception*. Burt Franklin & Co., Inc., 1977, pp. 123-124 "A Farewell to Spain", *New Republic*, 73, November 30, 1932.
② 同上,pp. 108—109。

书恰好具有这种品质。海明威先生并没有满足于每年占据千千万万人心灵好几个月的公共景观,也没有满足于用几乎令人难以置信的写真手法将被太阳熬煎的斗牛场面写进书里。他将我们带进幕后,跟斗牛士走进咖啡馆,走进他们的生活,了解他们的疾病、他们的喜剧和他们的悲剧、他们冷静的勇气、他们的虚荣和胆怯。他描绘了斗牛士最尖锐的对照:斗牛场上的斗牛士穿着丝织制服成了主宰者、观众的偶像,而同一位斗牛士在医院里胡子没刮,瘦得不成样子,即使康复后,也绝不可能再带着自尊荣誉和鼓起勇气斗牛。

《死在午后》是一本谈斗牛的书,它是一本优秀读物,充满了作者的个性和幽默,作者强有力的观点和语言,及其将没有淡化的感情传达给读者的伟大技巧所带来的活力和简朴是无限的①。

罗伯特·柯特斯认为,从《死在午后》可以看出海明威不是个古典主义者,而是个浪漫主义者。他说:"由于他相信你以为他写了好对话,他创造了一个问话者老妇人。她给他有机会对读者、对其他作家和对世界说些尖刻的话。所以,他对威廉·福克纳、T.S.艾略特、阿尔杜斯·赫胥黎和简·柯克托等人都随意说了比较尖刻的话。虽然这些篇章大部分还有别的段落有点任性,而他谈到自己写作时,反应公正些。"

这样的揭示又提醒我们:海明威是当代主要的浪漫主义者之一。不管他的文字怎样具有严厉的基调和想像,他绝不是个古典主义者。相反的,从《死在午后》我们看到他的浪漫主义观点达到了顶峰:反对死亡的思想,富于生活热情和意义。除了不幸的《春潮》以外,他以前的六本书都谈到死亡或死亡的威胁。如今,死亡似乎具有个人敌手的近似性。因为死亡是这么一种当众侮辱。他的简洁和调子平和的叙述使我们在一种新的紧张气氛中感到痛苦、怜悯和这种痛苦的不公正。

对读者和批评家来说,《死在午后》具有它的病态和痛苦。它在许多方面对于像海明威这样受读者欢迎的作家来看,几乎是一部自杀性的作品②。

克里弗顿·法狄曼同意海明威是个浪漫主义者的观点。他在1933年《国家》一月号著文指出,海明威是个美国的拜伦。他说,"他的名字比任何其他当代美国作家在文学界更常更热地提到。这是因为他为那些反对一切旧传统的人创造了一种新传统。他提供了一种现代的、更粗暴的

---

① Robert O. Stephens, ed., *Ernest Hemingway: The Critical Reception*. Burt Franklin & Co., Inc., 1977, pp. 111 "A Farewell to Spain", *New Republic*, 73, November 30, 1932.
② 同上,p. 116。

浪漫主义,以替代病态的、陈腐的19世纪的浪漫主义。他用精神抑郁感将它转译成生动而主要的,甚至是美好的东西,赋予痛苦一种连快乐都无法比拟的活力。"

假如我们将海明威与一位一个世纪多前去世的伟大诗人拜伦进行比较,我们会有趣地发现,同样的时代激励了同样的主要个性。在年轻的欧洲人中,拜伦所占的地位与海明威今天的地位惊人地相似。称《死在午后》的作者为美国的拜伦,对于内心尊敬地记住海明威先生的礼仪上斗牛士的任何人都是一种勇敢的姿态,更不用说那支杀母的步枪了。它一定将许多鸭子用作死神的礼物。

拜伦和海明威一夜醒来发现他们25岁时成名了。两人年轻时都离开了他们的祖国。拜伦接受了希腊和意大利;海明威赞颂西班牙。在希腊,拜伦找到了那致命的战场,表演了他对自由的崇拜。在西班牙,海明威发现了他崇拜暴力的神坛。两人都为军事生活的荣耀所吸引,遭遇理想破灭。两人都是具有高度男人气概的范例。两人都激发对体育运动的兴趣并取得了胜利——对拜伦来说很满意,而海明威则很讨厌。风流小生在文学界青年妇女中很受欢迎。两人都被荒凉而浪漫的地方所吸引——拜伦对瑞士山峰和希腊海岸,海明威对蒙塔那和奥渣克兹河一带的喜爱①。

除了肯定《死在午后》的优点以外,学术界也指出了书中的不足和缺点。R. L. 达福斯在《纽约时报书评》著文指出,可以直率地说,《死在午后》大部分篇章里,出名的海明威风格既不清晰,也不那么有力,不像他的短篇小说里那样。在这本书里,海明威写了一些句子,读者要读两三遍才能明白它的意思。这是他可悲的罪过②。

柯迪斯·帕特森在1932年10月15日《镇与国》发表的《古人是古人》一文中说:"我认为现代主义所犯的一个错误是过分喜欢下流的东西。够自然的。……我对《死在午后》的第二条反对意见是它比较技术化。海明威先生一度是短句子的大师。他的短篇小说《杀人者》,我认为是用英文写的同类作品中最好的。但在他最近这本书里,他放弃了短而松的句子,采用过长的太含混的、极精美的句子,极不成功。"③

这些坦率的批评,海明威并不当一回事。但麦克斯·伊斯特曼的评

---

① Robert O. Stephens, ed., *Ernest Hemingway: The Critical Reception*. Burt Franklin & Co., Inc., 1977, pp. 125, 126, 127.
② 同上,p. 112。
③ 同上,pp. 118-119。

论则使他怒不可遏。伊斯特曼于 1933 年 6 月 7 日在《新共和》发表的《午后的公牛》一文中说:"不管用充满巨大的幽默和大胆的直率的话语篇章来讲述什么是真实的,什么是不真实的,海明威关于斗牛的书也充满了对西班牙文化一种比较可悲的活动的幼稚的浪漫主义情绪化。他以一种强壮而愚蠢的动物被机灵而戏剧性的猴子们所折磨然后杀害的事实为例子,告诉我们这一幕不仅是艺术的,而且是悲剧的。"

但是,斗牛并不是艺术。它不是一种描述。它是现实生活——人折磨和杀害公牛,公牛被折磨和被杀害。因为这不是一种描述,斗牛不值得从使文明成为可能的体面行为的规则艺术里免除。它更谈不上是"悲剧"。更坏的是它成了浪漫的胡扯和自我欺骗。它是悲剧的对立面。它使刺杀更卑鄙,死亡更可耻,流血比所需的更惊人。

伊斯特曼认为,海明威说要去西班牙研究斗牛,是因为西班牙人对于牺牲或看到牺牲有种特殊的感情,也因为现在战争已结束,他要研究暴力死亡的简易性来学习如何写作,但他不了解西班牙人对死亡的感情是一种文化引起的冷酷无情的想象。我们期待一个美国诗人看得更远,比西班牙人看得更理智。说他去西班牙研究暴力的简易性只是承认,不管是否自觉,他去那里不是看死亡,而是看刺杀。不用太多的心理分析就可看出,在他谈论学会忘记公牛、马和人的痛苦的震惊,以便看到为准备死亡更大的模式,海明威确实表白了他对生和死的感情的冷漠和他对"刺杀"艺术的成见。

那么,为什么我们凶猛的现实主义者看到和描写斗牛时将自己包裹在幼稚的浪漫主义云团里呢? 事实是海明威对他是个全能的男人缺乏充分的信心。由于古怪的原因,他不断地意识到一种责任,展示血淋淋的男性气概,更甚者,他摇动他巨大的肩膀或穿上衣服,他允许将感情提到他散文的表面,形成了一种胸口戴假发的文学风格。因此,海明威允许他自己对斗牛变得浪漫,而对斗牛的实际情况视而不见。因为他对那勇敢的刺杀神魂颠倒。他比斗牛士更勇敢。他的勇敢表明他喜爱刺杀,因为刺杀使他感到战胜了死亡。

当然,海明威并没有错。他看到我们民族许多人从刺杀,至少从想象中得到乐趣。《旧约》充满了回忆:我们的祖先出于民族同情心会抛弃整个族群,从屠杀他们中取乐。最近流行的谋杀故事和海明威自己的暴力作品更加证明这种渴望事实上是有普遍性的。但是,我们也有文明的记录可表明:文明人的倾向是阻止、升华描写的艺术,甚至培育这种对暴力的爱好①。

伊斯特曼的评论否定了《死在午后》对西班牙斗牛的基本看法,嘲讽了海明威的幼稚和无知。是可忍,孰不可忍?海明威非常愤怒地对帕金斯说,有人劝他别出书了,因为对伊斯特曼这种猪是不值得去著文申辩的,他感到伊斯特曼通篇评论简直令人作呕。不过,四年后,即1937年8月,海明威偶然在纽约帕金斯办公室见到伊斯特曼顿时怒火万丈,冲向伊斯特曼,撕开他的衬衫,责问他为什么怪他冷漠?伊斯特曼不承认。海明威用一本书砸他,伊斯特曼冲向海明威,两人在地板上扭打在一起②。

第二节 《胜者无所得》

《胜者无所得》(*Winner Take Nothing*)是海明威1925年继《在我们的时代》之后的第七本书,包括14篇短篇小说,其中8篇是以前发表过的,1933年10月由斯克莱纳出版社推出。集子里的《一个明净的地方》、《怀俄明的酒》、《赌徒、修女和收音机》和《父与子》4篇最受欢迎,常常入选一些美国教科书或短篇小说选。初版共20,300册,第一个月卖了11,000册。英国作家乔伊斯曾批评海明威使用了新闻的技巧,人物肤浅,写了住在暴力荒原上的人们,缺乏感情深度。但他赞扬了其中的《一个明净的地方》写得精彩。"它的确是至今写得最好的短篇小说",不过,许多批评家同意乔伊斯的看法,认为《胜者无所得》是海明威三本短篇小说集中最差的一本。③ 此前他出过另一本短篇小说集《没有女人的男人》(*Men Without Women*, 1927),反应平平。

芬妮·布策在《芝加哥每日论坛》指出:"海明威一直被称为一个男性作家。无疑地,他作品里一点也没有女性。但它具有大多数现代作品所缺乏的男子汉气概。它不过是指生活中孤单的男人,或生或死全是男人的经历。"④

---

① Robert O. Stephens, ed., *Ernest Hemingway: The Critical Reception*. Burt Franklin & Co., Inc., 1977, pp. 130–131.
② Jeffrey Meyers, ed., *Hemingway: The Critical Heritage*. Routledge, 1997, pp. 23–24.
③ 同上,p. 94.
④ Robert O. Stephens, ed., *Ernest Hemingway: The Critical Reception*. Burt Franklin & Co., Inc., 1977, p. 135.

克里弗顿·法迪曼在刊于《纽约客》一封写给海明威的信中说:"我不敢相信你在《胜者无所得》里充分展示了你的才华。没有人怀疑过你有能力给我们提供长篇小说的震撼。为什么要麻烦再来展示它?一个人能在《永别了,武器》写出那台球室的景观,对台球的知识太丰富了,不会过度担心那名列第三位的可怕的运动方式(《死者的自然史》),不管他们做得多么完美。"

他又说,"你的反讽也是表明你将它发展到充分可能性的东西。你能够超越它。你那不协调的并置的精彩手法,将生活中两个互不相关的方面排在一起,每个方面将不引人注目地显露出另一面的恐怖。这是个好手法,受到青年作家的喜爱,但它应该只是走向更深刻、覆盖面更广的反讽的一个门厅。生活的表面是怪诞的,这是够真实的。但你肯定更适合于比仅仅给我们展示其怪诞提供更多的东西。"[1]

这些话反映了评论界对《胜者无所得》感到不满足,寄托了读者对海明威的期盼。

亨利·西达尔·康比在《星期六文学评论》发表的《永别了,90年代》中指出,海明威,像拉德纳,像欧·亨利,像吉卜宁一样创造了他的世界和使它相连接的技巧。他不再是个青年了。现在我们必须赞扬他,不是因为这么创新,而是描绘生活的长处以及生活本身的质量。

那么,从这本新的短篇小说集可以发现什么呢?特别有一点是非凡的观察力,值得与吉卜宁的观察力相比。这是一种不知道压制的观察力,但它像早期主人那样有局限——他会做出轰动的事情,但不是一种成熟文化的微妙和精细之处[2]。

霍拉斯·格里戈利在《纽约先驱论坛》上著文称赞海明威成熟了。他写道,在海明威新书的书名页上有这么一段引文:"不像斗争的其他一切形式,条件是胜者无所得,他的安逸、他的快乐、任何光荣的信念都没有。假如他大胜,他自己内心也将没有任何回报。"

在这本14篇短文组成的书里,这个年轻人已经长得很大了,已经失去了孩子气、一双拳头的中西部仪态,半个小时揭示他今天成了一个敏感的、规矩的、完全文明的人。

不过,《胜者无所得》有两个短篇小说表明海明威题材的范围突然扩大了,但两篇都很漂亮地简化了,而且很纯正。它们是《怀俄明的酒》和

---

[1] Robert O. Stephens, ed., *Ernest Hemingway: The Critical Reception*. Burt Franklin & Co., Inc., 1977, p. 136.
[2] 同上,p. 137.

《赌徒、尼姑和收音机》①。

J. R. 在《辛辛那提询问者》1933 年 11 月 4 日刊登的《海明威陈腐的菜肴》一文中写道,但必须指出,《胜者无所得》标志着作者已成名的艺术一点没进步,有丰富的反讽,大量生硬的现实主义以及有时悦人的想象笔调。可是,肯定没有跟《永别了,武器》台球室场景或《杀人者》一样的东西——它在短篇小说界仍然是杰作。也许这对他改进的期望太多,或希望跟那些特别优秀的艺术作品一样。

海明威是个现实主义者。他的故事毫无例外地在情节和人物塑造方面忠于生活。但他是个淫秽的现实主义者,喜欢展示精神上和道德上的扭曲和放肆②。

威廉·特洛伊在《海明威先生的鸦片》一文中对《胜者无所得》坦率地提出批评。他说,海明威先生最新的短篇小说集包括了他提供给公众最差劲和最没趣味的作品。人们不能不感到遗憾。比如,像《一个人的写作》就是这种看法的一例。至于书中大部分短篇小说,它们的沉闷可以追溯到既缺乏发展又只能沿着海明威不幸的新方向发展。首先,有一种过去怀旧的回归——对欧洲的怀旧(《怀俄明的酒》)、对教会的怀旧(《赌徒、尼姑和收音机》)、对青年时代的怀旧(《父与子》)和对死亡的怀旧(《一个明净的地方》)。还有与这些主题相关的题材的单调的重复——吃、喝、旅行、运动和做爱。

* * * *

只要小说满足于玩弄表面上的东西,它就是一种鸦片。行动也是一种鸦片,假如它简单地被认为是一种精神发泄,而不是一种表达。除非海明威相信过几年后以行动为基础的小说作为精神发泄像鸦片一样越来越没有影响力,他将不再能够占有先锋的地位③。

英国画家和作家温德汉姆·路易斯 1934 年 4 月在《生活和文学》上发表了《哑巴公牛:欧尼斯特·海明威研究》(后收入《没有艺术的男人》,伦敦,1934)。他在文中详细比较了海明威与福克纳两位美国小说家创作上和思想上的差异和优劣。路易斯说,他对海明威总是怀着深深的敬意,他是美国最伟大的作家和最成功的作家之一。他也曾支持海明威在《春潮》里嘲讽舍伍德·安德森是"感伤的原始主义",这使海明威感到高兴。

---

① Robert O. Stephens, ed., *Ernest Hemingway: The Critical Reception*, pp. 139–140.
② 同上,p. 141。
③ 同上,pp. 146–147。

但在《哑巴公牛》里，路易斯对海明威进行了无情的攻击。他批评海明威作品的独创性、复杂性和他虚构的主人公——这些恰好是海明威最引以为自豪的东西。他也不放过海明威最脆弱的地方——那令人尴尬的漫画式人物、对女作家斯坦因的模仿，特别是缺少政治意识——这是30年代批评界经常对海明威的批评。他批评海明威刻画的人物总是被动的，仿佛具有哑巴公牛的灵魂。他认为海明威的人物揭示海明威自己缺乏思想意识和智力。他说："很难想象一个作家，他的思想比海明威更完全接近政治……海明威一成不变地乞灵于一个智力低下的、迟钝的、单音节的傻子……一个冷漠的、结巴的哑巴……一个极天真的、古怪敏感的、只会说几句话的、思想贫乏的乡下白痴。"[1]

路易斯的评论激怒了海明威。他在巴黎西尔维娅·比茨女士的莎士比亚图书公司里读到路易斯的文章，证实了他对他的指责，气得暴跳如雷，拿起办公桌上的一只郁金香花瓶往地上砸去，碎片飞满了整个房间。

不过，海明威后来总算冷静了下来。路易斯40年代去加拿大教书，讲到《丧钟为谁而鸣》时，急需从圣路易斯图片委员会借些照片，海明威慷慨地给予担保，及时解决了问题。但海明威旧恨难消，在《流动的盛宴》里对路易斯进行了尖刻的嘲讽。他写道，"温德汉姆·路易斯有个脸，令我想起一种青蛙，不是牛蛙，而是一般的青蛙。巴黎对他来说是个太大的泥潭。路易斯表现不坏。他看起来就是令人作呕。"他还补充说，"路易斯是个成功的勾引者，具有一双不成功的强奸犯的眼睛。"[2]

的确，温德汉姆·路易斯对海明威的评价有失偏颇，前后不一，但海明威不能冷静地对待别人的批评，往往过分敏感，反应暴烈。事后虽然两人都有和好的表现，但海明威很记恨，不饶人，往往找机会报复，令文艺界的同仁不敢苟同。这成了海明威这位大作家的一大缺陷。

第三节 《非洲的青山》

《非洲的青山》(*Green Hills of Africa*)是20世纪30年代海明威写的第二本非虚构小说。它记录了1934年海明威去非洲坦葛尼克（今坦桑尼

---

[1] 见 Jeffrey Meyers, ed., *Hemingway: The Critical Heritage*, pp. 25–27.
[2] 同上。

亚)狩猎行的见闻。1935年,它先由《斯克莱纳杂志》分期连载,1937年出单行本。第一版印了10550册,销路平平。虽然书中优美的文笔受到许多人赞扬,但遭到左翼批评家希克斯和威尔逊的尖锐批评。他们认为,大萧条时期美国出现许多重大的政治和经济问题。作为一个成名作家,海明威不该逃避现实,跑去非洲狩猎。他写的《非洲的青山》主题就是逃避主义的。大部分批评家感到他过分沉迷于血腥腥的狩猎和死亡。虽然从技巧上来说写得很准确,但是,《非洲的青山》无法跟他别的小说相比。

《非洲的青山》由4部分13章组成。海明威在简短的前言中说,"跟许多长篇小说不同,这本书里的人物或事件都不是想象的。读者在读这本书时,假如发觉爱情的趣味不够充分,他或她都可以随时将自己的爱情趣味加进去。作者打算写一本绝对真实的书,以便看看一个国家的状况和1个月活动的模式,如果真实地描述的话,能否与一部虚构的作品相媲美。"尽管如此,书中的主要人物,甚至海明威本人都很难识别。

书中提到的国家是东非洲的坦桑尼亚,1个月的活动指的是大狩猎,主要是捕杀一种漂亮的大羚羊叫非洲大羚。

《非洲的青山》的四部分分为"追猎与对话"、"回忆追捕"、"追猎与失败"和"追捕与幸福"。第一部分有两章,第一章开始讲追捕非洲大羚的故事,但大部分是叙述者海明威与一个名叫康迪斯基的奥地利人的对话。此人待在坦桑尼亚,偶然碰见海明威在狩猎。他发觉海明威就是他在德国杂志上读过的那些短诗的作者,就问他一些美国文学的问题。康迪斯基丰富的文学知识给海明威留下深刻的印象。两人一起饮酒聊天,十分开心。

在回答问题时,海明威讲到马克·吐温。他认为一切现代美国文学都来自马克·吐温的一本书《哈克贝利·费恩历险记》,而这以前什么都没有。他认为,写作需要才华和磨练,像吉卜宁一样的才华和福楼拜一样的磨练。

第二章描述了白人猎手与当地追捕者和背枪者的关系以及海明威与另一个白人猎手卡尔的紧张关系。卡尔独自一人到非洲狩猎,但每次打猎归来战利品较多,海明威对他的狩猎技术或运气有些嫉妒;还写了海明威妻子葆琳射杀一头狮子的故事,但他用"可怜的老妈"(P.O.M)代替她的名字。

第二部分"回忆追捕"由第三章至第九章组成,主要是回忆早些日子在坦桑尼亚北部曼尼亚拉湖附近长达1个月捕杀犀牛的故事。作者描写了里弗特山谷地区优美的自然景色和在美景中步行狩猎的无限乐趣。作者还介绍了海明威喜欢的追猎者德鲁皮。他教海明威怎么将一只非洲大羚的肚子割开，翻出来当成一个装战利品的袋子。海明威很细心，口袋里装了四条手帕，用于打猎时擦掉眼镜上的汗水。

第四章继续回顾狩猎犀牛的经历。他们一行五人：海明威、"可怜的老妈子"（葆琳）、当地捕猎者德鲁皮和姆科拉、向导普帕在林中寻找和射杀犀牛。他们在树荫下休息时阅读托尔斯泰①的小说，争论战争的经历对作家的好处。海明威谈论了司汤达②和陀思妥耶夫斯基③，他说，作家是在不公正的气氛里炼成的，像一把剑在烈火中铸成。他不知道如果像陀思妥耶夫斯基一样将托马斯·沃尔夫④送去西伯利亚，他也可以成为一个作家。海明威还谈到爱国对一个作家的价值。他说，"我一生爱国，国家总是比人民好些。我一次只能关心一小部分人。"他终于在300码距离里打中了一头犀牛，有了收获，增强了信心，提高了声誉。但他坦承自己是个爱吹牛的人。

第五章至第九章描述他们继续去打犀牛、水牛、野鸭和非洲大公羚的故事。他们到了西兰格蒂平原狩猎，走进巴巴蒂小镇，见到一片秀丽的自然风光。狩猎营地里充满乐观气氛。卡尔射杀了两只非洲大羚，海明威一无所获，感到时光流逝，归期临近，运气不好。

第三部分"追捕与失败"包括第十和十一两章。第十章将读者带回现在时和历时1个月的狩猎行最后两天。虽然一场大雨消除了炎热，给追捕带来生机，但他们找不到猎物。海明威空闲时又谈起国家对一个作家的价值并表示，他将为一些对国家一无所知的人写些有关国家和动物之类的东西。第十一章写海明威和司机姆科拉以及其他四个土人奔往新地区。

第四部分"追捕与幸福"也由第十二和十三章两章组成，叙述了海明威在当地成功的狩猎行。他感到那里是他见到的非洲最可爱的地方。那里绿草如茵，光滑如镜，树木粗大，一片翠绿。他捕杀的非洲大羚腿长体壮，身上彩条优美光滑，弯角像尖尖的象牙。最后，他打中一只貂羚，它的双角高耸，在阳光里闪闪发亮。海明威感激他的国家让他过着一种平静的生活，用两支铅笔和几百张最便宜的纸来写作。末了，他有点痛心，感

---

① 托尔斯泰（Lev Tolstoy, 1828－1910）：俄国小说家，主要作品有：《战争与和平》（1864－1869）、《安娜·卡拉尼娜》（1873－1876）。
② 司汤达（Stendhal 1783－1842）：法国小说家，主要作品是《红与黑》（1830）。
③ 陀思妥耶夫斯基（Feodor Mikhailovich Dostoyevsky 1821－1881）：俄罗斯小说家，主要作品有：《罪与罚》（1866）、《卡拉马佐夫兄弟》（1879－1880）。
④ 托马斯·沃尔夫（Thomas Wolfe 1900－1938）：美国小说家，主要作品是《天使望故乡》（1929）和《你不能再回家》（1940）。

到他不如卡尔。卡尔打的非洲大羚又大又肥又黑,简直无可比拟。不过第二天,他的痛苦消失了。1个月后,海明威夫妇与卡尔夫妇在以色列的海法港相会,共同品酒聊天,望着水面上的鹧鹏浮想联翩。

作为一位成名作家,海明威的新作发表后,立即引起批评界的关注。约翰·钱伯莱恩1935年10月25日在《纽约时报》著文说,《非洲的青山》不是海明威的主要作品之一。海明威将他的方法这么简化,使他所有的人物都讲《太阳照常升起》里所完善的行话,不管他们是英国人、奥地利人、阿拉伯人、埃塞俄比亚人或肯尼亚的吉库尤人都那么说。

《非洲的青山》有些令人难忘的篇章,比如海明威描写的湾流与人类历史之流的相似处、或关于托尔斯泰和俄罗斯乡村的段落、或关于西班牙、意大利和密执安州北部天空的部分。无疑地,关于非洲地势的描写是准确的。但对潜步追踪非洲大羚的单调让人烦闷。海明威对动物的情景缺乏自然的爱,他只对干净利落的捕杀感兴趣。

这种对盲目行动的崇拜,对打猎和捕鱼危险生活的显耀使海明威脱离了值得帮助的人民,脱离了他时代生活的写作。[①]

纽约《星期六文学评论》编辑伯纳德·德伏托在1935年10月26日发表的《海明威在山谷里》一文中指出,《非洲的青山》不能与他的虚构作品相比,虽不是一本差劲的书,但肯定不是好书。问题是它没有多少好的或突出的篇章,很长的部分是单调乏味的;他还回到咖啡桌上谈话的日子,附庸风雅,但非洲不是个附庸风雅的好地方。

全书仅40%的篇幅描述那个国家的状况和活动的模式。这个部分不是太好。当他表露猎杀的情感时,他是极棒的。但那些篇章比那长长而混乱的过分描写少得多,这些段落过分装饰,令人厌倦。此外,他还玩了许多花招和骗局,陷入了他已经斥责的单调的修辞手法。他以善变和热衷于过去时代的文学研究夸大了许多平凡的描写。

这本书的20%写了文学讨论,20%是自我表现,20%是直接写小说技巧,表露了这种非虚构的努力。文学讨论虽然包含了一些精彩的话语,大部分是不好的。自我表现则是永恒的好。海明威不善于思想分析,他浅薄的判断特别是他的专断的规则和内部章程,显得不荒唐时都是多余的;他写了关于写作经验,也许比他同代的其他作家写得多。如果他能严格照办,他的写作会好得多,我们大家就感到更丰富了。不过,海明威是个一流的幽默家,他的逗笑是很出色的。

---

① Robert O. Stephens, ed., *Ernest Hemingway: The Critical Reception*, p. 150.

跟一些真实人物普帕、"可怜的老妈"、不速之客卡尔等人一起狩猎，作为小说家的海明威像他虚构的人物一样，总是很有成效的。他给几个土人赋予同样的生活，他们有些人甚至不说话，德鲁皮、加里克和万德洛波这些人物都塑造得很漂亮。人们见到和感觉到他们，接受他们，经历了他们。他们活着。这是一种高层次的创作，一种杰作。这一切更加出色，因为它没有运用海明威先生最有威力的武器——对话。他是个小说家，他达到了他的目的。他的书具有他告诉我们的、开始表现的生活和真实。他获得了行文的写作经验。它成功地与虚构作品相媲美，因为他运用了一个虚构的艺术家的工具和技巧①。

查尔斯·普尔于1935年10月27日在《纽约时报书评》著文强调，像他自己狩猎团队的贝尔蒙特②一样，欧尼斯特·海明威写出了一本关于非洲午后之死的好书。它是我读过的关于狩猎的写得最好的故事。它也是一本关于鲜为人知的冲突的人们和关于饮酒、战争、和平和写作的书，特别是关于写作的书，一页又一页地论述文学生活。所以，即使你是非常不赞成那些出去捕杀无辜的动物，你仍然可以欣赏《非洲的青山》里许多别的东西。但是，书中没有紧张状态，没有发展，没有冲突，不足以使它成功地跟最好的长篇小说相媲美。没有人会说它像《永别了，武器》一样好。不过事实上，没有任何理由建立比较的标准。它成了作家许多年后从大狩猎的国家带来的战利品③。

卡尔·万·杜仁在《纽约先驱论坛》发表的《海明威在非洲歌唱》一文中写道，如果他称它是一部长篇小说，那也没多大差别。他的大多数读者将它当长篇小说来读。它对非洲景色或住在那里的人和动物的习俗的描写是那么真实！从而使人怀疑故事中的人物究竟是真实的还是虚构的，以及他们的言论和行动、所表现的思想和感情是什么。全书的故事结构像一部长篇小说，开始以后从中间回顾过去，然后往前发展至浪漫的狂喜和反讽的失望的蓄意的高潮。人们谈话，像长篇小说的人物一样，那是一部海明威的长篇小说。书中所缺乏的就是情人们，正如海明威在前言中说的，"任何人在读这本书时，假如发觉爱情的趣味不够充分，他或她都可以随时将自己的爱情趣味加进去。"

那么，是什么使《非洲的青山》成了历史或自传，而不是小说呢？是海明威个人成为书中的主人公，次要人物有他的妻子、猎手、各种土人。作

---

① Robert O. Stephens, ed., *Ernest Hemingway: The Critical Reception*, p. 152-153.
② 《死在午后》中的人物、西班牙杰出的斗牛士。
③ 同注①，p. 153-154。

者用生动的技巧将他们加以塑造和区别,不仅看起来是真实的,而且听起来、闻起来、尝起来,令人感到是真实的。他运用了他所有的知识来观察它,而且与他的读者的一切感觉相互沟通。他是一切活动的中心和记录活动的神经中枢。这本关于非洲的书是一本关于欧尼斯特·海明威在非洲的书①。

《时代》周刊在《猎手的信条》(1935年11月4日)一文中也对《非洲的青山》加以赞扬,说是《非洲的青山》至少包含了他的信条的一部分,它揭示了他创作发展的一个新阶段,比他以前发表的任何作品更清楚地展现了他的个性。

表面上看,在东非狩猎大动物之行的故事描写了遭遇水牛、大羚、犀牛和狮子的传奇经历,当地向导和麦赛牧民所显露的非洲思想,尤其是展现了阳光照耀下荒芜的非洲地势。然而,书中更好展示的是海明威对政治、革命、文学和人的命运的评述。

不管是跟大部分当代"虚构作品"或与他自己的作品比较,海明威这本书都是一种成功的试验。快速的叙述、猎手之间或每个猎手内心之间的冲突、全面而细致的景色描写和海明威对狩猎的完全投入使它不仅成了一部好的长篇小说,而且是一种紧张经历的生动的直接反映。

通过这种对狩猎的活动和感情的现实主义处理,海明威阐说了他的信念。经常用半挑战的方式表示,为自己的观点申辩,反对一些看不见的批评家。他为他脱离文学和政治纷争的中心申辩,断言生活是有吸引力的,不用忧虑。尽管如此,他对文学生活的痛苦和嫉妒、对优秀的美国作家被美国的创作状况所摧毁的倾向,特别是新一代作家不得不以团队生活的工作方式,而不是在勇敢的孤独中去培养他们的才华感到忧虑。

贯穿这些讨论的基调是害怕现代文明已经变得太复杂和太混乱了,要加以控制和理解。那些改革者们仅仅表现了他们的不成熟,他们没有相信事情的复杂性。对海明威来说,解决的办法就是尽可能地了解和意识到世界的震颤,而用对一个崭新环境的回应来保持个人的距离——现在,这就是东非洲,然后,人们发现他对他尽其所能写了自己接近完美的作品感到满意。不幸的是他没有说,一个人为什么必须工作②。

虽然上述报刊肯定了《非洲的青山》的许多优点,它却受到美国左翼批评家希克斯和威尔逊的尖锐批评。

格兰威尔·希克斯在《新群众》(1935年11月19日)著文指出,传记

---

① Robert O. Stephens, ed., *Ernest Hemingway: The Critical Reception*, p. 154–155.
② 同上,pp. 156–157。

性的前言是劝导性的,"《非洲的青山》是从《安东尼·艾德默斯》①问世以来我读过的最单调乏味的书。也许有 10 页是有趣的,关于这些,我后面会谈到。全书的其他部分是简单而乏味的。狩猎也许是令人激动去做的,但不会令人激动去读。"

他说,"为什么这本书简单乏味呢?经过许多思考以后,我感到唯一的原因是它的题材……这是一本完全真实的书。我认为它简单乏味,因为它的题材是单调乏味的。……海明威所指的,我认为是斗牛或狩猎,唯一可能的评论是:虽然它们对海明威来说是重要的,对大多数人民来说却不重要。"

赫尔曼·梅尔维尔②说,"要写一部伟大的长篇小说,你必须有个伟大的主题。"全部文学史证明他是正确的。一个伟大的主题关系到生和死的问题,当它们在作家所生活的时代自己反映出来。

接下来的是关于价值的论证。海明威的判断是违反历史的判断的。书中 10 页有趣的篇章全是关于文学的性质与作家的作用的讨论。它是海明威感受最深的。他有了深深的感受,他就写得好。但他总是在申辩,正如同《死在午后》里他的文学对话时一样。

他对批评家感到很痛苦。他很勇敢地断言他是独立于批评家们的。他这么痛苦又这么勇敢,令人发觉他有种不好的意识的标志。没有人否认:运动是快乐的,甚至是重要的,但将它们完全包装起来并不是一种知识上成熟的标志。但事实是海明威并没有完全被它们所包装。他对战争、革命、宗教、艺术和其他青年人感兴趣的问题都有自己的想法。这些想法并不是《新群众》总是喜欢的。可他仍然继续写斗牛和非洲大羚。

如果海明威写写不同的主题,他会写出较好的书吗?《谁杀害了老兵?》③表明他是会写的。因为在那个短篇里,他的一切才华突然升到更高的水平。这就是一个伟大的主题那么重要的原因。它呼唤着一个作家更多的责任感。希克斯比较喜欢海明威写一部关于罢工的长篇小说,"我并不谈论他成为一个共产主义者,虽然这对革命运动有利,对他更好。我只是建议,他对生活边缘的关注是件危险的事。在长达六年的时间里,海明威没有写出一本与他的才华相称的书。他知道时间是短暂的。在这个时代和这个国家,一个作家要活下去是不容易的。世界上还有比非洲大羚

---

① 《安东尼·艾德默斯》(*Anthony Adverse*,1933),哈维·艾伦著,美国 20 世纪 30 年代的畅销书,描写拿破仑时代的传奇。
② 赫尔曼·梅尔维尔(Herman Melville,1819-1891)美国小说家,主要作品有《白鲸》(1851)。
③ 海明威的一篇作品,描写佛罗里达一次飓风摧毁了一个工作营地,造成 458 名老兵死亡。

更大的东西,他最好开始去追求它,如果他想要得到它的话"①。

艾德蒙·威尔逊曾经在海明威成名前扶持过他,称赞他的《在我们的时代》,令海明威激动不已。1935年12月11日,左翼刊物《新共和》刊载了威尔逊的评论。威尔逊在文中严肃地指出,海明威的新书对他来说是极大的失望。他认为《非洲的青山》肯定是他最差劲的书。

《非洲的青山》写了狩猎探险的故事。作者达到的目的诚如海明威所说的,"写一部绝对真实的书,以便看看一个国家的状况和一个月活动的模式,如果真实地描述的话,能否与一部虚构的作品相媲美。"照此,他是不成功的。小说家精细的技巧如果用于描述一系列真实的事件,就显得矫揉造作了。需要严格按真正发生的事件来写,就限制了作家塑造理想的人物和一部小说所需的事件。所以,《非洲的青山》是一部启导性的实验。它很难清晰地揭示了实际经验与小说虚构经验之间的差异,但它是个掌舵绕过暗礁的警告。

除此之外,也许出于那个原因,他以错误的方法选择了他的题材。海明威的文学个性在这里显得有点荒唐。他对散文写作各种高度可能性发表了自信的讲演,暗示他自己。海明威相信或希望实现这些可能性,然后从散文的观点写出肯定的东西,他生活的最坏的阶段。他以极鄙视的态度申斥了文学生活和城里的职业文学家,然后设法令人相信他是个职业文学家,最棘手的和自觉的那种文学家。

威尔逊认为,《在我们的时代》的作者已经逐渐变得更缺乏独创性、更没有趣味,因为他变得更脱离当代重大的社会问题。这是真实的,当我们谈《非洲的青山》时,有件事最令我们印象深刻和心情压抑的是:海明威对他同胞的兴趣明显地消失了。动物可以写得极有趣味,但书里的动物并没有什么趣味。我们听到的唯一的东西几乎是海明威要枪杀它们。我们也没从土人身上知道很多东西。有段关于奇特的长跑者部族的精彩描写,但给我们留下的主要印象是:土人是头脑简单的人民,他们非常崇拜海明威。我们对他的狩猎同伴除了他运气比海明威好些,引起海明威的嫉妒之外,我们没知道太多;对海明威夫人,除了她爱海明威以外,我们没知道更多。他好像对他自己也没太多真正的兴趣。

《非洲的青山》写了一次非洲狩猎探险,而不是确实已陷入失败谷底的美国阶级斗争,这不是事实。相反的,它是作者运用技术的和心理的方法表现他的题材。人们不难想象《非洲的青山》的素材曾在海明威的一部

---

① Jeffrey Meyers, ed., *Hemingway: The Critical Heritage*, pp. 214-216.

长篇小说里作为背景和几个短篇小说里十分成功地运用,但他一旦以自己的身份谈话,他好像就失去了自我批评的能力,变得愚蠢和容易伤感。也许他开始被美国公众的神话强加于身,那是人们创造出来的,但与他短篇小说里实际发现的东西没有关系。不过,在任何情况下,在他的创作中,他肯定是他自己所描绘的最差的人物,而且他也是他自己最差的评论员①。

威尔逊的批评标志着他对海明威开始不抱幻想,并直接导致了 1939 年他对海明威的又一次无情的评论。两人的友谊也画上了句号。

值得指出的是,老作家辛克莱·路易斯在《耶鲁文学杂志》百年周刊上著文评海明威的《非洲的青山》。他曾在 1930 年诺贝尔文学奖颁奖大会上致答词中赞扬过海明威。但海明威一直将他当成威胁自己的老对手,在《非洲的青山》里公开说辛克莱·路易斯没什么。路易斯批评海明威喜欢凶残,说他在书中讲了射杀许多许多野生动物,听到它们的哀鸣,看到它们被击败,内脏给挖出来,这引起了海明威的强烈不满。他在长篇小说《有钱人和没钱人》里给予回应。海明威又一次不能正确地对待别人的批评,使文艺界人士感到遗憾②。

第四节 《有钱人和没钱人》

《有钱人和没钱人》(*To Have and Have Not*)是海明威第一部、也是唯一的一部以美国为背景的长篇小说。它由 3 部分 26 章组成,其中第一部分曾作为短篇小说《一次跨海旅行》发表于 1934 年 4 月《世界主义者》杂志,第二部分以《生意人归来》为题刊于 1936 年 2 月号《绅士》上。收入《有钱人和没钱人》时,第一部分略作些改动,但第二部分改动很大。批评家们很快发觉三个部分不能有机地融为一体。1937 年 10 月,这本小说由斯克莱纳出版社出版,印了 10130 册,不久即再版多次,头 5 个月售出了 36000 册,连续 3 个月登上畅销书榜,受到许多读者的欢迎。但评论界大多数人对小说持否定的态度,海明威正忙于去马德里报道西班牙内战的消息,无暇顾及批评家们的意见。

---

① Jeffrey Meyers, ed., *Ernest Hemingway: The Critical Heritage*, pp. 216-218.
② 同上,pp. 28-29。

《有钱人和没钱人》的三部分分别以主人公摩根和季节命名——"哈里·摩根（春）"、"哈里·摩根（秋）"和"哈里·摩根（冬）"。夏天在基韦斯特不好过，所以作者没有用，但这三个季节与情节发展并没特别的联系。哈里·摩根是贯穿全书的主要人物。他是个43岁的没钱人，与45岁的妻子玛丽住在基韦斯特，两人感情很好。他原是个卷烟厂工人，后买了一条船，载客捕鱼。大萧条时期生意不好，无法养活三个上学的孩子，他不得不在基韦斯特与古巴的哈瓦那之间非法走私酒类，或替别人运送"活货"即帮人家偷渡到美国。有一次他在缉捕中一条胳膊被打掉，联邦调查局没收了他的船。但他继续走私冒险。与他俩相对照的是另一对有钱人理查德和海伦·戈登夫妇，家财万贯，但形同路人。理查德是个作家，常用金钱勾引女人；海伦则私通男人，放肆地纵欲。两人最后以离婚告终。小说还生动地描绘了许多有钱人。他们大多数人最终的结局都像戈登夫妇一样不幸。第十八章是小说的高潮，作者写摩根运送了四个偷渡的古巴人到基韦斯特抢劫银行。他们想帮助古巴没钱人反对腐败政府的有钱人。摩根认为这将是一场社会主义革命。他想，如果回到哈瓦那，他会被他们四人杀死，所以在游艇上杀死了他们，可惜他在枪战中受重伤，失去了知觉，后被海岸警卫队的快艇所救送往医院，在那里死去。他临终前向警卫队快艇艇长和水手断断续续地透露新的人生哲学，"单独一个人不行了，现在单独一个人不行了。不管一个人怎么单独去拼，真是他妈的没机会了"。海明威补充说："他花了很长时间说出了这句话，而懂得这个道理却用了他一辈子时间"①。

海明威在小说中首次写了大萧条时期经济危机中基韦斯特穷人与富人生活的差异，特别受到批评界和读者的广泛关注。阿尔弗列·卡津在《纽约先驱论坛》以《海明威关于他自己的人民的第一本书》（1937年10月17日）一文中说，《有钱人和没钱人》碰巧是海明威写过的关于他自己的国家和他自己的人民的第一部完整的书。这说明了许多东西。在早期作品里，美国成了他密执安童年时代最后的边境。在一片山峰和丛林的背景里我们看到他那好奇而沉默的青年时代，医生的儿子、暴烈的运动员，生硬、唐突，已经有些忧郁。后来，美国就从一切画面消失了，而场景逐渐移到马拉加、巴黎或非洲的丛林。

《有钱人和没钱人》中的美国背景是基韦斯特，这是很有意义的，像1925年的巴黎一样，基韦斯特立即成了一种文化的前哨及其象征。它是

---

① Ernest Hemingway, *To Have and Have Not*, Charles Scribner's Sons, 1937, 1965, 第23章, p. 225.

残疾的和失业的老兵之家,是谈论伟大作品的作家们的夜晚胜地。它又是较新型的百万富翁豪华游艇的港口。作为大陆的尖端,它是通往古巴敞开的门户,通往墨西哥湾流的窗户、佛罗里达再度繁荣的要地,虽然受点损失。

书中的主人公不像海明威的许多其他主人公,他是个反对社会的很有自我意识的男人,比较草根,像其他男人一样,他的生活有开端、中期和有意义的结局。哈里·摩根的弊病是过分地依赖自己和硬汉般的孤独中的骄傲自满,但他跟杰克·巴勒斯和亨利[①]不同。他不同于那些闷闷不乐的、沉默的男人的行动。他们在海明威的作品里起了自然人的作用、现代版的浪漫的野蛮人的作用。哈里是独特的,因为他善于斗争,对于毁灭漫不经心。经过他的努力,虽然它大部分包含了双手苦干的勤劳,夜里抓住的机会和可怕的遭遇,他懂得了孤军奋战的愚蠢。

一位新的海明威出现了吗?不全是。古老的光彩贯串了一页又一页,具有难以捉摸的节奏、虚拟的谐音、短语的庄重和精巧与这么矫揉巧妙的文体相结合,使节拍完全吻合像嘶声一样。这里有许多新的曲折,甚至有非凡的臃肿之处,因为这个海明威比平时更缺乏自信,而且更是很紧张。这种臃肿令人读起来很不舒服。一个走出了崇拜烦人的失败主义道路的真正艺术家可以写出一部与他相匹配的作品。海明威有机会成为一个有前途的青年小说家[②]。

马尔科姆·考利在《新共和》发表的《海明威:进步中的作品》(1937年10月20日)一文中认为,《有钱人和没钱人》标志着海明威"创作生活的新起点"。同时,他批评了小说存在的问题。他说,"他的新长篇小说,我感到容易读,没读完放不下,但很难评论。它包含一些他写得很好的篇章。有些场景显示了他极佳的技巧和成就。另一些场景使他走进了新的感情语域。总的来看,它缺乏效果的统一和自信。"

他接着说,"它的部分缺陷是情节结构的简单化,这是海明威一向薄弱的环节。全书在开始和结局都分散了。它以两个关于哈里·摩根很长的故事——我想,这两篇先在《世界主义者》杂志刊过,它用哈里·摩根的寡妇的一篇优美的独白来结束。在交叉的篇章里,海明威写了他的主题,那实际上是两个针锋相对的主题,一方面,它是基韦斯特渔民与哈里·摩根周围的救济工人们,另一方面是有钱人,即富有的游艇拥有者们和在基

---

① 巴勒斯:海明威小说《太阳照常升起》里的男主人公;弗列德里克·亨利:《永别了,武器》中的男主人公。

② Jeffrey Meyers, ed., *Ernest Hemingway: The Critical Heritage*, pp. 174–176.

韦斯特酒吧过冬的醉酒的作家们的生活。这两个主题从来没有很好地结合起来。"

但是,有个更严重的缺陷是人物本身,或者应该说是海明威对待他的人物的态度。他们中有些人是他在《太阳照常升起》里同样的人物,过着同样的生活。在那些日子里,海明威对他们所过的生活是不高兴的,但他怀着真诚的同情接近他们,甚至表示极大的痛苦,比如他自己说明罗伯特·柯恩为什么是个恶棍,尽管他有些可赞扬的品德。但这回,海明威真的痛恨他的人物。他描绘他们,不是作为人类,而仅仅当成欲望和愚昧的化身,像用小胡子和打字机装扮的狼、羊或猴子。但这种改变,这种变迁已经在他的人物身上有了征兆。在他很同情地描绘的很少的人物中有两个天主教徒和一个共产主义战争老兵。哈里·摩根自己作为一个为了赚钱或自己免于死,能冷酷地杀人的硬汉子开始出现,但他死去时,又如某种无产阶级英雄。

总的来看,《有钱人和没钱人》是海明威作品中最差的——也许除了《非洲的青山》以外,但它绝不是最没有前途的。从这本书的迹象来看,他刚刚开始了新的生涯[①]。

菲力普·拉夫同意并赞扬海明威转向社会缪斯,在他的创作中带来了新变化。他 1937 年 12 月在《党派评论》发表了《社会缪斯与非洲大羚》一文中指出,像海明威最近的公开活动标志着他创作兴趣的新变化一样,他的新长篇小说显示他转向社会缪斯。这并不是惊人的新闻。相反的,在文艺界左翼人士几乎十年的恳求和谴责以后,海明威重新定向,似乎更像事件的终结,而不是转变。事实上,正是西班牙内战促成了这种变化。当左翼人士的思想意识所占的地位对他来说是一种抽象的东西,也许是一种知识的迷信时,他能够拒绝它,用许多嘲讽的评论说它是人民的鸦片和世界的救星。但一旦他明白用个人的术语阐释的思想意识,他就能将新思想与他的老价值观联系起来。

在海明威的心里,老价值观就是斗争和暴力那些价值。他对世界的典型看法就是一支步枪的视野。对他来说,杀非洲大羚与杀凶残的佛朗哥士兵都是虚构同样行动的一部分。他不能理解二者的差别,这说明他的长篇小说的失败。他根本看不到个人暴力的老态势与新的社会发展方向之间的矛盾。

在海明威与他的非洲大羚身上,那些价值与老海明威融合在一起。

[①] Robert O. Stephens, ed., *Ernest Hemingway: The Critical Reception*, pp. 179–180.

他的孤独、不善辞令、过于自信都反映在猎手与猎物的相互认同上。但是非洲大羚是无法反对社会弊病的。它不是社会的一部分。在《有钱人和没钱人》里,哈里·摩根实际上仍然靠非洲大羚的价值观活着,虽然他身处在社会里。他被描绘成某种贵重的动物,但他是个被赋予传达社会习俗影响的人物。作为海明威主人公画廊中最暴烈的人物,他用杀害阻挠满足他欲望的任何人的手段典型地进行活动。当他被古巴的子弹打死时,他坦述了自己对集体行动的信念,显得虚假和欺骗性。这样一个人物只有以失去他自己的真实性为代价来改变。海明威不得不在他坦述时杀了他,以避免看着他垮下去,因为大羚价值观不能在社会气氛中幸存。

然而,由于小说的主观含意,海明威需要哈里·摩根。通过哈里·摩根,他评估了他的过去,对那个过去说再见。在这个个人意义说,摩根揭示了海明威的社会出生背景。

当然,《有钱人和没钱人》是海明威最不成功的作品,但它包含了一些他最精彩的描写。老兵们疯狂杀人的故事保持了他早期的最佳状态。但这样的描写只是强调了他的真正问题。当他超越了政治差异时,他并没有超越他的政治无知。当他脱离个人主义时,他表明了难以言喻的暴力并不能取代政治和社会意识。他将不得不懂得从资产阶级幻想解放出来仅仅是学会了解世界上物质关系和社会责任的开端[1]。

查尔斯·奥利弗特别同意马尔科姆·考利的意见,认为这部小说对海明威来说是创作生涯的新开端。海明威在西班牙内战初期从对进步势力的支持和同情获得了新的政治思想,所以他在小说里揭示了有钱人与没钱人的差别。

奥利弗还肯定了海明威在《有钱人和没钱人》中运用了多种不同的叙述角度。第一部分采用第一人称,像前两部长篇小说一样。哈里·摩根自己介绍他的故事。第二部分用一个无所不知的叙述者来讲故事。第三部分占了全书60%,开头两章是用第一人称叙述,接着转为一个无所不知的叙述者讲述四个古巴人雇哈里将他们送回哈瓦那的故事。这部分采用混合叙述的方法。这与海明威前两部长篇小说是不同的[2]。

但是,《有钱人和没钱人》受到许多人的批评。《星期六文学评论》的编辑伯纳德·德维托在《老虎!老虎》一文中认为,迄今为止,海明威的人物没有比美洲虎更有意识。他们是由腹部周围、肾上腺至生殖器组成的

---

[1] Robert O. Stephens, ed., *Ernest Hemingway: The Critical Reception*, pp. 185–186.
[2] Charles M. Oliver, ed., *Critical Companion to Ernest Hemingway*. Facts on File, Inc., 1999, 2007, p. 377.

心理体系。他们的话语是初级的。他没有分析或反应的思想。他们没有信仰,没有道德观念,没有思想。生活在一种充满激情的水准上,他们缺乏复杂的个性、感情或经验。

但是,如果他的人物不能有思想,海明威是不会的。他们的没思想本身肯定就是一种思想。它是海明威根本思想的一种,而且已经支配了他的创作。

由于海明威人物的思想已经局限于一种主要恼怒的形式,他们总是缺乏任何社会意识。《有钱人和没钱人》的社会意义也被忽略了。那些社会主张和发现是如此天真、破碎和随意,不能被看成是对现存秩序的批评①。

《堪萨斯之星》刊载了 W. M. R 的文章《海明威失败的强人》。作者指出,海明威只要写了哈里、玛丽和他们同伙,那戏剧性的尖锐斗争就显得很可信。但作者中断了叙述线索,引入小说家理查德·戈登的故事,跳到海港的景色,简短地浏览游艇的主人们和他们的宾客。他运用了这么别扭的手法,不仅失去了小说的连贯性和整体性,而且不能说明哈里·摩根与那个不同环境的关系或使这个环境适当地加以发展②。

克利弗顿·法迪曼在《纽约客》刊登的《海明威》(1937 年 10 月 16 日)认为,这本新书不能与《太阳照常升起》和《永别了,武器》相比。

事实是那个贪婪的、综合的动物哈里·摩根与他所形成的柔软的社会背景的对立———一些疲惫不堪的运动员们、干瘪的富豪们、堕落的好莱坞太太们、神经过敏的小说家们和有钱的宾馆时尚人物组成的世界。这不是一个根本的对立,而只是个不公平的对立。哈里·摩根是个亡命之徒。那些海明威几乎痛恨的富豪们和富裕的运动员们也是亡命之徒。但富豪们从事正确的赚钱行当,哈里落入错误行当。

法迪曼认为这本书由于过多的传奇式事件和松散的堆砌而进一步削弱了。哈里·摩根一生中三个插曲构成了小说的故事。它们给搞在一起,仅仅由于它们是受一个人物所支配的事实。人们怀疑它被选用,部分是它们的传奇式事件的吸引力,也因为它们给海明威提供了一个再次展示的机会。③

J. 唐纳德·亚当斯在发表于《纽约时报书评》的一文《海明威八年后

---

① Robert O. Stephens, ed., *Ernest Hemingway: The Critical Reception*, Burt Frankliu & Co., Inc., 1977, pp. 168 – 169.
② 同上,pp. 171。
③ 同上,p. 172。

的第一部长篇小说》指出，海明威没有提供展示经验实力增强的证据，结果是他这部新作成了一本空洞无物的书。

多年来，海明威先生一直是美国文学界一个主要人物，影响了比他年轻些的人。因此，他们很尊敬地模仿他。无疑地，他具有权威的才华。他的作为总是令人感兴趣的。

但亚当斯却认为哈里·摩根的故事不能获得我们的同情，尽管作者反复地请读者们同意小说家的意见：应该谴责那个社会对哈里的亡命和死亡负责。哈里要求有个职业，不管是否付工资或他想不想干。他感到对社会没有责任，社会也不欠他什么。最后，他得到他付出的东西。由于没有同情的基础，也就没有悲剧的基础。

海明威关于懒散的富人的考虑同样是青年式的，因为他们一切被精选的家伙、游艇主人和其他寄生虫都是每页出现的自私的富人。他们并不能证明反动的实业界巨头的任何罪恶。

《有钱人和没钱人》显然低于《永别了，武器》的水准，尽管它的行动叙述有优点，它根本没什么可以与早期小说里卡波列托大溃退或医院里告别的最后一幕①相比。假如他没有发表这本书，也许他的信誉会更好②。

更尖刻的批评来自老作家辛克莱·路易斯。他在《新闻周刊》发表的《光荣的活物》(1937年10月18日)里说，"最近，罗斯福总统在10月15日克利夫兰讲话中宣布：美国有了一种新哲学。欧尼斯特·海明威在10月15日由斯克莱纳出版社出版的新的长篇小说《有钱人和没钱人》里也这么说。哲学家罗斯福告诉我们，受过良好教育的男男女女对有关国家的问题比较会有些有价值的意见。哲学家海明威在描写佛罗里达列岛的硬汉水手们和更强悍的海滨流浪汉们的所谓长篇小说里显示了所有受过良好教育的男男女女是胆怯的、无聊的坠落者，而像哈里·摩根那样没文化的兰姆酒走私者则是聪明的、好样的和吸引人的。这看来使他们获得了德行，不仅因为他们走私了兰姆酒，而且因为他们在工业化的美国找不到一个老实人的位置"。

路易斯接着说，"现在，我们只能以这样的精神指导原则，不得不消除格鲁顿、哈佛和一切读物，包括海明威先生的书，以便产生一个高贵和幸福的人民的国家。"

路易斯认为，海明威如此关注地展示这种新贵族，他使他的书充满了

---

① Robert O. Stephens, ed., *Ernest Hemingway: The Critical Reception*, Burt Frankliu & Co., Inc., 1977, pp. 173-174.
② 指《永别了，武器》里两段很精彩的描写。

男子汉的屠杀,这么多,这么性虐待狂,在沙龙客厅的地板上,在小船甲板上流满了鲜血。一切变得非常乏味。这就是对这部"小说"的最后评论。它甚至称不上是一部长篇小说,而是一部相互松散联系的故事集。它不仅是乏味的,而且是令人讨厌的[①]。

沃特·威廉斯在他的专著《欧尼斯特·海明威的悲剧艺术》(1981)里提出了不同的看法。他认为《有钱人和没钱人》表明了作者有两方面脱离了早期的长篇小说:一是脱离象征主义,走向不加修饰的自然主义;二是稳步地走向"传统的"悲剧,即亚里士多德悲剧。这部长篇小说充满许多视觉意象,像通常一样,但有些势不可挡地直接指向使它的宇宙具体可见的简单目标并产生感情;不像早期书中的意象,这些不经常地表现了抽象的思想。在他所有长篇小说里,《有钱人和没钱人》是第一部相对明确的,具有致命缺陷的悲剧。

作为悲剧,正如前面所说的,这部小说从弗莱[②]的两个以前的悲剧小说的两个边界的中心移动了好一段距离。但二者都很接近那将人在敌视的宇宙面前看成无助的人的边缘地带;《有钱人和没钱人》有点接近另一类,它将人看成他自己的缺点和错误的牺牲品。从悲剧观点来看,它的主题可以这样表述:"生活是个悲剧,但人参与形成了他自己的灾难。"

在《太阳照常升起》里,重点的细微差别在于通过庄重地接受宇宙灾难的尊严和超然的可能性。在《永别了,武器》里,重点是灾难的纯粹事实、痛苦的结局和它所展现的宇宙锐不可当的力量。在《有钱人和没钱人》里,这种力量在于对灾难的共同责任,所以形成了作者看得见的世界观的另一种变化。

舆论界的魔鬼会出来将《有钱人和没钱人》列为海明威长篇小说中一个艺术的失败和最不重要或不太重要的作品。当然,它可能是那最近两部作品之一,但的确仍然是一部很好的书。它是个失败,那只是跟它前面三部海明威杰作比较而言。每个艺术家创作的作品都有高低之分。这往往扩展到个人的作品和作品的分类。一旦人们接受将它归为海明威产品中次要的一类,《有钱人和没钱人》完全是这一类中体面的一部。由此看出,它成功地成了一部优秀的、次要的长篇小说:它富有活力,语言节奏强烈,悲剧性结构有力,人物刻画非常真实,对当时经济和社会现实具有动

---

① Robert O. Stephens, ed., *Ernest Hemingway: The Critical Reception*, p. 178.
② 弗莱(Northrop Frye, 1912-1991):加拿大文学批评家,主要论著是《批评的解剖》(1957)。

人的视觉观点①。

从以上评论可以看出,尽管《有钱人和没钱人》以美国为背景,受到许多人的关注,销路不错,评价不高,但不是没有意义的。正如马尔科姆·考利、阿尔弗利·卡津、菲力普·拉夫和查尔斯·奥立弗等人所指出的,这部小说反映了20世纪30年代后期海明威创作上的新变化,从写西班牙斗牛和非洲狩猎到大萧条时期基韦斯特经济状况的恶化和贫富悬殊的社会状况。海明威转向美国社会现状,这不能不说是个进步。这部小说也许是作者的初步尝试,虽不太成功,但很有意义。有的批评家将它与海明威去西班牙报道内战消息、鲜明地支持进步力量联系起来,威廉斯认为这是正确的。这部小说的不成功也许跟海明威对美国下层人民的生活不了解、不熟识有关。但海明威初步接触了他的国家和人民,亲身体验了经济危机中基韦斯特社会矛盾的激化所造成的恶果,这对他的思想是有所触动的。因此,可以说《有钱人和没钱人》为海明威在炮火中的西班牙写报道和短篇小说,尤其是长篇小说《丧钟为谁而鸣》起了促进作用。

第五节 《第五纵队》

《第五纵队》(*The Fifth Column*)是海明威的唯一一部剧作。1938年10月14日,它第一次出现在斯克莱纳出版的《第五纵队与首辑四十九篇短篇小说》里。1940年6月3日,该社出了《第五纵队》单行本,1969年又出版《第五纵队和四篇西班牙内战的短篇小说》。

《第五纵队与首辑四十九篇短篇小说》包括海明威在西班牙内战期间写的关于西班牙反间谍故事的一个剧本和以前三部书《在我们的时代》、《没有女人的男人》和《胜者无所得》的全部作品以及4篇未收入的短篇小说,其中有两篇是在非洲狩猎行中写的名篇:一篇是《弗朗西斯·麦康伯短暂的幸福生活》,篇中的人物内心独白颇受读者赞赏;另一篇是《乞力曼扎罗的雪》,全篇由七个电影闪回(倒叙)组成,得到学术界的好评。因此,评论界认为这部综合性的作品中里,短篇小说比《第五纵队》好得多。批评家艾德蒙·威尔逊指出,《第五纵队》几乎像《有钱人和没钱人》一样差

---

① Wirt Williams, *The Tragic Art of Ernest Hemingway*, Louisiana State University Press, 1981, pp. 107, 121, 122.

劲,对海明威或对革命都没多大意义,行动比较缺乏悬念,最后的牺牲在道德观上也显肤浅。与这个剧本相比,海明威早期短篇小说的魅力在于他有能力将自己与伤害者和被伤害者打成一片。他最好的短篇小说代表了"我们时代美国作品的最大成就之一"。①

剧本为什么取名《第五纵队》呢?海明威在《第五纵队与首辑四十九篇短篇小说》的前言里说,是因为1936年秋天叛军的通告,他们有四个纵队向马德里挺进,在马德里市里有他们的同情者,从后方袭击马德里的保卫者。这些人成了叛军的第五纵队。如果第五纵队大多数人今天已在战火中死去,这些人并不亚于其他四个纵队里战死的人。他们是同样凶残的,同样决心顽战到最后。

《第五纵队》是个三幕剧,描写西班牙内战期间马德里的共和政府遭到佛朗哥叛军的包围。美国人菲力普·劳宁斯和德国人麦克斯受共和政府保卫局的派遣,勇敢地潜入叛军的侦察所,抓捕了一个重要犯人,后来却让他逃跑了,随后抓到许多第五纵队成员。在严厉的拷问下,他们交待了同伙,使其他三百人被捕。劳宁斯和他的助手麦克斯最后粉碎了叛军在马德里市内第五纵队的间谍网。

主人公菲力普·劳宁斯是个美国驻马德里的战地记者,西班牙内战前寄居古巴。他忠于共和政府,受命去破坏叛军对首都马德里的炮轰,做间谍工作。他在一家酒吧结识了德国人麦克斯,两人成了朋友,常常一起酗酒。麦克斯曾在德国受到法西斯政府的酷刑,后志愿到西班牙,成了一位坚定的反法西斯战士。他们一起住在马德里的佛罗里达饭店,经常遭到法西斯叛军枪炮的轰击。

剧中主要人物还有安东尼奥和达洛茜·布里兹斯,前者是麦克斯和劳宁斯的上级,共和政府保卫局负责人。后者是个美国女记者,后来成了劳宁斯的情人。有人说其原型是海明威的第三任妻子玛莎·盖尔虹。她成天关在佛罗里达旅馆的房间里,足不出门,除非上商场购物。劳宁斯曾批评她不好好工作。但他自己对这场战争很失望,感慨许多马德里市民背叛政府,加入第五纵队,支持佛朗哥叛军。他也责怪政府的领导人指挥无能。达洛茜计划和他战后去欧洲各地游览,但他并不真心爱她,告诉她计划决不会实现。后来,两人的恋爱关系就吹了。

海明威曾很自豪地谈到《第五纵队》的写作过程。他说:

"这个剧本写于1937年秋天至初冬。当时我们盼望一次大反攻。这

---

① Jeffery Meyers, ed., *Ernest Hemingway: The Critical Heritage*, Routledge, 1982, pp. 32-33.

年,中央前线部队计划三次重要的反攻,其中一次是勒洛莱的反攻。这仗起先打得很出色,血战到不分胜负。我们只好等待其他两个反攻之一的开始。但这两次反攻都没实现。在我们等待的时间里,我写了这个剧本。"

"每天,我们遭到来自勒加莱和加拉维达斯山里射过来的炮击。我在佛罗里达旅馆里写这个剧本。我们待在那里,干活在那里。那里曾被三十多发重磅炮弹所击中。因此,如果这个剧本写得不好,也许是周边的情况造成的。如果这是个好剧本,也许是由于那三十多发炮弹帮了我的写作。"

"你到前线去,最近的地方离旅馆近一千五百码。这剧本的原稿经常给塞在卷成一捆的床垫里边。一旦你返回旅馆找到你的房间,发现原稿没损失,你就好开心了。这剧本的原稿誊清后从马德里寄出时,已经是特鲁尔夫陷落的时候了……"

"今天重读这个剧本,我认为读起来还行,不管演出时又将怎样,我决定将它收入这部短篇小说集里。这样又添了一个故事,使这部集子里的故事更接近现实。今后,这个剧本还是有人会上演的。"[1]

《第五纵队》一发表,就引起评论界的兴趣。阿尔弗列·卡津 1938 年 10 月 16 日在《纽约先锋论坛》著文指出,《第五纵队》很难说是一部伟大的剧作。它是海明威一个有趣的具有时代特征的文物,它告诉我们更多的他写的关于西班牙的东西。其中渗入了一点西班牙的饥饿和英雄主义、一点背叛行为和现实政治缓慢的痛苦,但除了这个牺牲的背景意外,有个海明威的老英雄,聪明、生病、还有个海明威的老女英雄,她的心在马利诺防线后面,虽然这个姑娘来自瓦斯扎。

当然,场景很完美,海明威正是在佛罗里达旅馆写了这个剧本的。一个随意的美国人有效地为共和政府保密局服务,那位瓦斯扎姑娘达洛茜住在战火中的城市(连热水都很少!),因此,能为国内的杂志写报道文章;那位德国移民为他们从来没有的更大的共和国而战斗。被砸烂的世界那没有宣布的希望通过爱情和谈话增强了。轰炸的灾难性响声,像一架大班卓琴震耳欲聋地弹着;接着是炮弹的呼啸、人们的尖叫、饥饿和佛朗哥的第五纵队的侦探们、马德里非神圣联盟的间谍们,在该城战火弥漫的气氛中巧妙地构成在一块。

几乎任何人都会利用这些素材,刻画更大的场景,更令人愤怒的景

---

[1] Earnest Hemingway, *The Fifth Column and the First Forty-Nine Stories*, Charles Scribner's Sons, 1938, p. 9.

观——看到那么多妇女和儿童排队等待食品遭到枪杀时,但不是海明威。几年前,克立夫顿·法迪曼曾敏锐地提到海明威很像拜伦,他可不知道,我们的拜伦会找到他自己独立的希腊战争,而且对他漂亮的典型来说,战争意味着死气沉沉的名著中永远的失望者的冒险记。他们唱着《红旗歌》走下佛罗里达旅馆的楼梯。菲力普说"我了解得最好的人们为这支歌牺牲了",但他不是最好的人们中的一个。他可以带着他眼前一个新世界的披风去死,但很沉闷地,这是他所做的事,喝酒不再有什么趣味了。他是海明威先生的菲力普,在和平时期有病,在战争中有病,太多的手下人心中有病。它是一次好战争,是的,但战争是海明威灵魂穿越14年的东西,是反对自我克制,反对20世纪命运的战争。那是个漫长的战斗征程,通过它,海明威走遍了世界,才在马德里找到了一点英雄主义。

结果,它所达到的是这个剧本——机智、嘈杂、充满生气和内心思想情感——没有掌握,因为海明威也还没掌握当代戏剧的艺术。西班牙内战是它最暴烈的插曲①。

马尔科姆·考利在左翼刊物《新共和》的评论(1938年11月2日)中说,"剧中有太多的混乱,由于缺乏准确的时间观,有些场景效果不好。剧作家在安排人物进出门时缺乏高潮的表现技巧。但这个剧本读起来像是海明威的短篇小说之一,那就是说它读起来很不错。情节往前跳跃,对话有时生硬,有时有趣得令人沉闷。次要人物描写逼真,特别是麦克斯,心肠很软的秘密间谍,他曾被折磨得脸部可怕地变形。

主人公菲力普·劳宁斯是海明威一系列主人公中最有新意的一个。他们白天全都很野蛮而鲁莽,但晚上与他们所爱的女人单独在一起时,则显得像小男孩那么充满渴望的神色。如果与《有钱人和没钱人》里的哈里·摩根比较,他显得有点有趣的变化。孤独的海盗摩根临终时发现了穷人的合伙关系说"不管怎么样,一个人单干是他妈的没机会了",菲力普就是将这种发现付之行动。他曾是个有幻想的战地记者。他是这样度过工作时间的,不管哪里他能找到女人或威士忌。他爱喝酒,这是真的。可实际上他在反间谍工作中是个苦干的间谍,在共产党命令下进行活动,但有时,他怀疑他为之战斗的目的。他想忘记战争,带他的女友去基兹布埃尔②滑雪。后来,一个男孩突然中了埋伏死去,一条狗被炮弹炸伤在街上吼叫,菲力普再一次服从党的纪律。最后,他决定离开达洛茜,他是那么爱她,而她干预他的工作。

---

① Jeffrey Meyers, ed., *Ernest Hemingway: The Critical Heritage*, pp. 260-261.
② 奥地利泰洛尔市的一个疗养胜地。

考利说,"虽然双腿修长、头发光滑的达洛茜是主人公思家的象征,也许是我们看到她的身体时感受到我们自己的象征。我们读《第五纵队》时发觉,她根本不是那种人。她在那里被写成一个喋喋不休的多余的笨蛋,一个处于激进运动边缘、苦苦追求的青年团①的一个完美的标本。结果,她使这个戏不是一个悲剧,而爱情与责任之间的正当冲突。如果不为了西班牙人民而离开她,他也许会将她与第五频道的一个酒瓶交换,仍然会得到最好的讨价还价。"

海明威尽力表现他的时代所潜在的精神,而且这种精神有时可变成行动。海明威的暴力在战后相对比较平静的十年,似乎有些过分。可是现在,经历了在西班牙和中国的战斗以及慕尼黑的大投降②以后,它也许是对我们所住的世界的一个简单而准确的描写③。

左翼批评家艾德蒙·威尔逊在《国家》(1938年12月10日)一文中指出,《第五纵队》剧本太差了。它开场很有趣,比较有戏剧性。从人物谈话的方式来看,它是个好读物。但是人们并不感到它对海明威或对革命有多大意义。虽然主人公是个英美人士,他是个共产党秘密警察的成员,从事抓捕西班牙法西斯间谍的工作。他在全局过程中的拓展逐渐消失,旨在另一个共产党人的帮助下,一个包括七个法西斯分子——这个场景像粗野的好莱坞西方人同一种推倒和逃跑那么有趣和巧辩。但剧中所说的拓展是他与一个住在马德里遭轰炸的旅馆里的女记者和作家的艳事。海明威主人公为世界共产主义所做的是抛弃这个不幸的女人。她属于青年团,到过瓦斯扎。他跟她同居享乐了几天,又看上一个摩尔人妓女。她使他能够确定倒向她可以加强他与马德里人们的团结。他对待这位瓦斯扎姑娘一开始就显得非常鄙视她,所以这种行动比较缺乏悬念。最后的牺牲道德价值比较差劲。

这种英雄的神秘警察是海明威《太阳照常升起》和《永别了,武器》同样老式的主人公,尽管现在比较痴迷和伤感,但我们决不怀疑他将履行的义务。的确,这位令人熟悉的老人物越痴迷和伤感,他的行动就越是完全像为孩子们写的冒险作品里的主人公。这对海明威并不会更好一点,他在前言里告诉我们,他写这个剧本时,他自己所住的旅馆被三十多发重磅炮弹击中。事实上,这么说使事情更糟。

---

① 美国初次登台的女演员的一个组织。
② 指英国、美国和法国等国在二次大战前在慕尼黑与德国法西斯签订协定,默许德国吞并捷克斯洛伐克。
③ Jeffrey Meyers, ed., *Ernest Hemingway: The Critical Heritage*, pp. 263-265.

因此，海明威近年来的政治活动无疑地形成了不幸的方面：西班牙共和政府抓捕间谍给他提供了借口——在他的写作中注重残暴的冲动变得松散而不加细查。这种冲动在他的作品中往往发挥了巨大的作用。过去，这种冲动会用表现痛苦的互补冲动来保持平衡。他会使自己成为一种特别的道德不爽的主人。他的短篇小说的许多魅力的源泉来自他自己与伤害者与被伤害者同时打成一片。但是这里，他简单地摆脱了，让性虐待狂的冲动独行其是。他的主人公与那姑娘的分手或法西斯分子对共产党人的屠杀使他早期感到忧虑，与他常写的战争有很大不同。看来这都没有产生最轻的道德上的不安①。

英国评论家和作曲家 W. H. 梅勒斯在新批评家 F. R. 李维斯主编的杂志《细阅》上著文说，好莱坞和海明威先生的小说二者都真实地代表了人类感情历史上一个新时代。海明威的剧本《第五纵队》最后一场的状况本身就是好莱坞最成熟的果实之一，当然有个例外。海明威并不坚持通常十分幸运的大团圆结局。但好莱坞与海明威之间存在巨大的差别，即这些电影里的价值大多仅存在于松弛的、难以名状的、幼稚的和掺假的东西里。海明威则是一个真正的艺术家，他集中精力干净利索地表现它们。这的确是一切人在谈论海明威先生陈述的才华时所表达的意思。每个真正的艺术家都有"陈述的才华"。如果海明威的陈述看起来特别含蓄，那只是因为他具有这么一个开始的简单陈述。如果我们能这样评述海明威先生的话，这至少是一种称赞。对于社会历史学家来说，海明威使好莱坞变得多余。

海明威的价值观运用于人类行为，主要是否定的。一个人不哀诉，一个人不屈服，一个人不背叛他的信仰，但它们一旦肯定时，几乎全靠冲动——喜欢食品、酒和女人，喜欢高速度和机械技术，喜欢干净的树叶和冷漠的纸片，喜欢有质感的印象和精确明显的风景，特别是描述鲜明的阳光和迷雾②。

著名美国批评家李旺纳尔·特里宁在 1939 年《党派评论》冬季号著文说，在《有钱人和没钱人》和现在的《第五纵队》里，"第一人称"支配着一切，而且成了两部作品失败的根源。

当然，将这些失败简单地归于海明威才华的缺失，这完全是公正的。人们将海明威短篇小说的突出优点与他最新的长篇小说和他的第一部剧本比较时，尽管他们完全知道这一切必须责怪作者，但不得不考虑的是文

---

① Jeffrey Meyers, ed., *Ernest Hemingway: The Critical Heritage*, pp. 266 – 267.
② 同上, pp. 272 – 273。

化的氛围。它造成了最近的失败。我们可以为一个作家的失败而责怪批评的传统,必须为海明威这个人的非法出现和他最近两部主要作品造成的质量差责怪美国的批评界。

这种或那种批评在海明威的生涯里发挥了不平常的重要作用,这的确是真的。也许没有一个美国天才像海明威这么公开地发展。他比我们时代任何作家更多地受到观察、检验、预测、怀疑和警告。但对海明威来说,也许更困难的是沉着的支持,更加重要的是有人不断指责他攻击良好的人类价值观。因此,在海明威身上,一切即将过去的十年的好的社会感情、一切高尚的感情、一切疯狂的乐观主义、一切极端的理性主义、一切反讽和间接的鄙视都改变了。在自由而激进运动的高潮中,一切态度都成了我们文学思想的主宰。

《第五纵队》是很难评说的。提要很像批评的背叛,但跟那些称赞这部作品并将它作为一个重要事件的人们商议这个提要以后,似乎可以公正地说,它是关于一个温顺的硬汉、怀着恐惧心理的美国主人公的故事。他在马德里从事反间谍工作,虽然人人都说他不过是个花花公子。假如他继续与一个美国姑娘保持联系,他担心他不能再做好他的工作。她有双修长的腿,感觉迟钝,显得很突出。因此,出于工作责任的原因,他牺牲了爱情和资产阶级乐趣。作为一个戏剧家,海明威放弃了他定调和联想的工具,讲述了一个真实的故事——一个西班牙内战的冒险故事,甚至是个智商不太好的美国人新生的故事。

正是这部作品被许多重要的文化团体作为为海明威生涯的成就和辩护,作为西班牙内战的优秀文件,作为像有个评论员所说的"时代的象征"的一个有意义的政治事件,非常满意地接受了。特里宁认为,这好像没这些事。它并没有为海明威的生涯辩护,因为那生涯的主要部分并不需要辩护。它也没有完成海明威的生涯,因为那个生涯已经在为正确的,如果是有限的真实感情服务。我不能相信西班牙内战在任何好的意义上说由一个剧本来代表。它的象征是如此个人的伤感;它的戏剧紧张度是这么差,将西班牙当成一种非组织的外国人的心理医院,是一件粗俗的事。由于出于一种自我鄙视,他们转向"西班牙人民的理想"。特里宁不认为海明威关于反法西斯地位的声明有伟大的政治重要性或具有更加中立的优势。很难相信一个作家的反法西斯的声明今天比一个医生的防抗疾病的生命或一个火车工程师的防抗意外事故的声明再是个充分庄重的标志。这种可赞的意图本身是不够的,批评开始了,知道这种意图宣布以后才结束。

有人企图用大喊大叫地要求艺术家放弃他的基本个性,挽救人性和他自己的灵魂,用成为一个政党、一场运动和一种哲学的传声筒来解决艺术家与政治的关系问题。这种要求作为解决问题的一种方法已经明显地失败了,然而,问题依然存在。当然,这也许表明政治本身将为我们解决问题;也许在我们的悲剧时代,不可能创作出名副其实的艺术,那我们不得不与《第五纵队》的平庸或甚至更差的作品和平相处了①。

卡洛斯·贝克在他的权威专著《海明威:作为艺术家的作家》里,对《第五纵队》作了公正而细致的概括。他指出在西班牙内战期间,海明威四次访问了西班牙,第二次访问创作了《第五纵队》。尽管它有历史的趣味,但它不是个好的剧本。写于佛罗里达旅馆(一个房间一天仅一美元,低房租,高危险),暴露在加拉比塔斯山上的德国人的炮火下。1937年12月末,剧本写完悄悄地寄出,恰好在特鲁尔夫陷落前。它想表现海明威决心反映当年秋天马德里的状况。市民们在日复一日的炮轰中死去,食品短缺,解除包围的希望变得渺茫,市里的邪恶势力活动猖狂。与1937年春天快乐的情形相比,形势倒退了。

不管它有多少戏剧性缺点,《第五纵队》企图描绘1937年秋天马德里的实况,好像它会出现在一个很客观的战地记者不受新闻审查的报道里。像改编的电影一样,剧本显示战争是个地狱。跟它不一样的是,剧本由于需要在某种水平上表明战争是魔鬼发动的。虽然它名义上仍同情共和国,《第五纵队》很难被描绘成共和政府的宣传工具。当他在战争结束前的1938年出版这个剧本时,海明威回答了那些"西班牙共和国的狂热的保卫者们",他们抗议他的剧本没有充分地强调西班牙人民的高尚和尊严。这是一部关于遗憾的狂热主义的必需品。它不是为了表现高尚和尊严。要表现复杂的西班牙气质或者甚至更复杂的西班牙预言需要许多剧本和许多长篇小说。同时,《第五纵队》本质上是一个战争的现场报告和一种对即将来历临的事件的预测。海明威并不假装他的剧本里包含比这些更多的东西。

当然,不能把海明威与主人公劳宁斯混为一谈。作为一个艺术家,他的作品在法西斯意大利遭到禁读。作为许多为建立和巩固共和国而遭受重创的许多忠实的西班牙人的朋友,他有许多痛恨法西斯主义的理由。俄式共产主义是西班牙共和国的朋友,不见得好到哪里去。一旦战争爆发就没什么选择,唯有与人民阵线联合会一道工作。但作家的问题与菲

---

① Jeffrey Meyers, ed., *Ernest Hemingway: The Critical Heritage*, pp. 205, 211.

力普·劳宁斯是不同的。不管对幸运的士兵们发生了什么，在半世纪来不宣而战的战争中，海明威的义务仍然是按他所见到的写真实①。

尽管《第五纵队》问世时评论界反应不佳，但它的现实意义是不容抹煞的。1940年第二次世界大战期间，好莱坞的编剧本杰明·格拉泽首次将它改编为舞台剧，海明威不太满意，提了些修改意见，但格拉泽仍按自己的意图撰写。由李·斯特拉斯堡担任导演，主要演员是李·柯伯和弗兰索特·托恩。纽约戏剧工会支持演出。1940年3月在纽约阿尔温剧院隆重开幕，至5月18日结束，共演出87场。总的评论和观众的反应都是不错的②。

当时，《纽约客》发表的沃尔科特·基伯斯的评论（1940年3月16日）赞扬说，这是一次非常优秀的演出，有些对话比原著好，而且保留了原著中对话的病态与鄙视。总的来看，格拉泽先生处处简化了剧本，特别值得一看③。

《国家》杂志同一天刊载了美国戏剧批评家约瑟夫·克鲁特茨的文章，说《第五纵队》是欧尼斯特·海明威写的和出版的一个剧本。它由本杰明·格拉泽改编，现在已由戏剧公会在阿尔温剧院正式演出了。假如批评家们的一致意见是充分的证据，它就是一个优秀剧目，应该是个大成功④。

左翼刊物《新共和》也登载了戏剧评论家斯塔克·扬的文章，说是与出版的文本相比，格拉泽先生重写了剧本，给爱情故事增加了空间，而且补充了强奸案⑤。他还赞扬了导演李·斯特拉斯堡和他的伙伴们的出色工作，认为格拉泽的版本提供了一种多样化。

1959年12月，《第五纵队》首次上演后的二十年，海明威的忘年交A.E.霍茨纳又将它改编为舞台剧，1990年10月19日由圣路易斯德华盛顿大学表演艺术系第一次演出。这是第二次改编，受到观众的热烈欢迎。

1959年秋天至1960年春天，A.E.霍茨纳将《第五纵队》改编为电视剧，由美国哥伦比亚广播公司的布伊克·艾列克特拉剧场演出，了解《第五纵队》的观众更多了。

---

① Carlos Baker, *Hemingway: The Writer as Artist*, Princeton University Press, 1972, pp. 234, 236.
② Charles M. Oliver, ed., *Critical Companion to Ernest Hemingway*, p. 142.
③ Jeffrey Meyers, ed., *Ernest Hemingway: The Critical Heritage*, p. 291.
④ 同上，p. 295。
⑤ 同②，p. 142。

* * * *

　　1929年,《永别了,武器》问世不久,出现了华尔街银行接连倒闭的经济危机,美国走进了大萧条时期。许多作家艺术家走近民众,关注民生,深思社会问题。海明威出了《死在午后》和《非洲的青山》等,受到学界的尖锐批评。左翼批评家公开指责他逃避现实,不关心国内社会问题,追求个人乐趣。这些批评是正确的,对海明威的思想有一定的震撼作用。

　　事实上,海明威还是强调讲真话的。作为一个记者,他曾深入采访欧洲重大事件,亲身见过希士战争难民逃难时的惨状以及法国军队占领德国鲁尔区给民众造成马克贬值的困境。他重视写他所见到的和听到的。他一方面关注民众的疾苦和时局的变化,另一方面又与左翼政治党派保持一定的距离。20世纪30年代初,他以往日的生活经历作为资源,已经在他已发表的长短篇小说里用得差不多了。他显然在寻找新的创作题材。后来,他和第二任妻子葆琳回到基韦斯特,见到龙卷风夺走了数百名老兵的生命,便写文章为他们鸣不平。接着他亲身体验大萧条给基韦斯特工人和民众带来的困境,便写了长篇小说《有钱人和没钱人》。1937年西班牙内战爆发,他主动以北美报业联盟记者的身份去西班牙战地采访,同年7月,他在全美作家代表大会作了《法西斯主义是个骗局》的报告,受到与会者热烈欢迎。批评界惊呼:海明威从个人生活的小圈子转向了政治缪斯,关注社会问题和民众的困境,这对他的文学创作是个极大的推动。人们对他充满了新的期待。

第四章

40年代：海明威反法西斯思想的新转折

西班牙内战从1936年至1939年持续了4年。海明威亲临战场报道，明确地站在共和政府一边，与国际纵队的战士成了朋友。炮火中的体验使他政治上清醒了很多。荷兰导演伊文思拍摄的纪录片《西班牙大地》，请多斯·帕索斯写电影脚本，多斯·帕索斯抽不出时间，便请他的朋友海明威代劳。海明威愉快地答应了。初稿写好后，伊文思请他修改，他开始不能接受，后来，他发现写的文字与电影画面对不起来，果然非改不可。他没有写过电影脚本的经验，倒是伊文思给了他机会。他终于老老实实地修改了初稿，但找了几个演员配音，伊文思都不满意，因为他们缺乏现场的体验，真实的爱憎表达不出来。后来，伊文思干脆请海明威配音，他高兴地接受了。虽然他的口音带有美国中西部人的腔调，但感情真挚动人，效果不错。影片放映后深受各界观众欢迎。由于玛莎·盖尔虹是第一夫人的好友，海明威夫妇将纪录片《西班牙大地》带进白宫，让罗斯福总统夫妇都看了。据说总统看完后很激动，建议海明威夫妇到美国各地去放映，让更多的人了解西班牙的局势，支持进步力量，反对法西斯的进攻。可惜，保持中立的美国政府眼睁睁地看着共和政府被德国和意大利法西斯所支持的佛朗哥叛军打败了。

内战期间,海明威曾四次到过西班牙前线报道,也抽空写了一些短篇小说。第二次就冒着炮火在马德里的佛罗里达旅馆写完剧本《第五纵队》。随着局势的恶化,林肯支队有些战士牺牲。他们昔日英勇战斗的形象一直浮现在海明威眼前,他决心写一部长篇小说来缅怀他们,反映西班牙内战的始末以及留给人类的教训。

这部长篇小说终于在1940年10月21日问世,取名《丧钟为谁而鸣》(曾译为《战地钟声》),首版75000册,很快告罄。评论界和广大读者一致给予好评。这是极为罕见的现象,20世纪30年代对海明威的抱怨和攻击被一扫而光,他的声誉迅速提高。这成了他创作生涯中的一大转折。

1942年,海明威在古巴的瞭望田庄主编了《男人们在打仗:各个时代最佳战争故事集》,广泛收集了从古到今各个时代优秀的战争故事,包括长短篇小说、历史故事和回忆录,目的是为读者提供过去年代许多大战役的信息,为打赢反对德意日法西斯侵略的第二次世界大战发挥一定作用。该书1942年10月由皇冠出版公司出版,初版2万册,由于恰逢美国正式参加二次大战10个月,该书迅速荣登非虚构小说畅销书榜首,受到读者的热烈欢迎。

1942年第二次大战进入了双方僵持阶段。美国在欧亚两大战场与德国、意大利和日本法西斯进行了激烈的战斗。从5月起海明威在美国驻古巴大使馆的支持下将游艇"彼拉"改为海洋考察船,带了八名船员和一些轻武器,6月起开始在加勒比海巡逻,搜索德国潜艇的活动。1944年初,他受纽约《柯里尔》杂志委派,赴伦敦报道英国皇家空军战况。6月盟军发动诺曼底登陆,海明威随美军第四师二十二团兰汉姆上校的部队解放巴黎,后来又跟着挺进比利时和德国前线,1945年1月初他回到巴黎,3月返回美国。5月玛丽来古巴与他相会,8月玛丽去芝加哥与丈夫诺尔·蒙克斯办了离婚手续。12月21日海明威与玛莎办完离婚手续。1946年3月,玛丽与海明威正式结婚,成了瞭望田庄的新主人。

新婚以后,海明威开始继续写长篇小说《伊甸园》。战争年代,他投笔从戎,随军采访,写了不少报道,尽了一份应尽的义务。大战结束后,他返回哈瓦那瞭望田庄,解决了家庭问题,开始了新的创作生活。

海明威没有发表有份量的新作品,倒是批评家马尔科姆·考利编辑出版了维京版《袖珍本海明威文集》(1944年9月),收入《太阳照常升起》全文和《永别了,武器》、《有钱人和没钱人》和《丧钟为谁而鸣》长篇小说选段,《在我们的时代》全文,九个短篇小说和《死在午后》最后一章。考利写了一篇有价值的评论,评析了海明威作品的特色,巩固了海明威的声誉。当时海明威正忙于在战火纷飞的欧洲报道盟军的战况,无暇从事小说创作,这本书恰好令美国读者关注海明威的社会活动。

第一节 《丧钟为谁而鸣》

《丧钟为谁而鸣》(*For Whom the Bell Tolls*)是海明威最长、最雄心勃勃的长篇小说,写于哈瓦那瞭望田庄,1940年10月由斯克莱纳出版社出版。问世后,它很快入选每月读书俱乐部书目,销路很好,头5个月售出50万册。大部分批评家给予热情的肯定,公众也十分欢迎。批评家的反映与商业上的成功完全一致。许多人认为,这部小说实现了《有钱人和没钱人》里的诺言,体现了海明威新的社会意识和政治觉悟。它对他20世纪30年代前期令人失望的作品是一种补偿,重建了他的文学声誉。

《丧钟为谁而鸣》全书直接分为43章,从内容上来看,大致可分为四大部分,每个部分描写单独一天的行动,从主人公乔登午后到达山区至第四天早上,总共72个小时。第一部分包括第一章至第七章,描写乔登到达山区游击队第一天的生活,他结识老猎手安塞尔莫和巴布洛游击队的其他成员——彼拉和玛丽娅,与他们一起商议高尔兹将军布置的炸桥计划。第二部分由第八章至第二十章组成,描写乔登整天与游击队员在一起,并打算去走访另一支游击队艾尔·索多。第三部分写了第三天的活动,从二十一章至三十七章,艾尔·索多游击队被困于一个小山顶,遭敌机轰炸,安塞尔莫向乔登报告敌情,敌军朝那座桥移动准备反攻。第四部分从第三十八章至四十三章,描写游击队长巴布洛离开了又返回游击队山洞,大家一起下山,准备炸桥。乔登在桥下放了手榴弹,安塞尔莫去执行任务,不幸牺牲。乔登和游击队撤离时与敌人遭遇,他从马上摔下来大腿受伤。他掩护彼拉带玛丽娅等人撤退,最后光荣献身。

小说主人公罗伯特·乔登是个美国蒙大拿大学的西班牙语青年讲师。他志愿到西班牙为共和政府服务,参加抗击佛朗哥法西斯叛军。他受国际纵队司令高尔兹将军的派遣,到山区组织游击队炸毁一座桥梁,以阻止法西斯叛军的反攻。1937年5月,他在瓜达拉马山区的洞里暂时住下来。山洞里有游击队长巴布洛、他的妻子彼拉、父母遭杀害并受辱的少女玛丽娅、老猎手安塞尔莫以及几位青年。玛丽娅是游击队炸火车时被救下来的。在彼拉的帮助下，她与乔登一见钟情，坠入爱河。后来在炸桥时，爱塞尔莫老人壮烈牺牲，乔登也受了伤。他用机枪掩护巴布洛，彼拉和玛丽娅等游击队员撤退。最后寡不敌众，为西班牙人民流尽最后一滴血。

《丧钟为谁而鸣》扉页上引用了英国17世纪玄学派诗人约翰·多恩的一段话，"任何人都不是一个孤岛，自己成为一个整体；每个人都是大陆的一块，本土的一部分；假如有块土被海水冲走，欧洲就变小一点，犹如一个海岬，犹如你的朋友或你自己的庄园被冲走一样；任何人的死亡使我有些损失，因为我与人类息息相关，所以，决不要去了解丧钟为谁而鸣，它为你而鸣。"①

这段三百年前的引文与小说的主题相吻合。西班牙内战是第二次世界大战的序曲。它不仅关系到西班牙人民的命运，而且影响了世界各国人民的利益。德国和意大利法西斯对佛朗哥叛军的军援颠覆了民主的共和政府，恢复了专制独裁统治，威胁了世界和平。因此，支援西班牙人民的正义斗争是各国人民义不容辞的国际主义义务。海明威同情和支持志愿参加西班牙内战的国际纵队的各国青年，尤其是美国的林肯支队，小说主人公乔登的原型就是林肯支队的成员。

《丧钟为谁而鸣》问世后立即引起学术界的热烈讨论。纽约小报《午报》(*PM*)首先发表了多罗思·帕克德评论。他写道，这不仅是一本描写三天故事的书，也是描写所有时代的书。这是一本关于我们所有活着的人的书，关于你和我、我们和我们痛恨的那些人的书。

这是一本关于爱情、勇敢、纯洁、力量、诚实和荣誉的书。它也是一本关于顽固、愚蠢、自私、残忍和死亡的书。它是一本关于日日夜夜总在这个世界上发生的那些事情的书。那些事情被战争强化了，显得更突出。作者用智慧来写书，洗刷了心灵并使它冷静下来。他以对那些活着的人的同情，敞开心胸的理解来写书。他们尽最大努力做事，只有这样他们才能活下去。

不用比较，《丧钟为谁而鸣》是海明威的最好作品。它不是用他那不连贯的风格写成的。那群随着他老风格追逐的小海明威（人物）不能期望照搬他那流畅而突出的新风格。

有许多作家写了爱情，从尴尬到着迷无所不包。有许多人写了性，发了财又发了福，但他的职业黯然失色。可是，没人能像海明威那样写一个

---

① 约翰·多恩(John Donne, 1571 或 1572－1631)，引文出自他写的《祈祷文集》第十七篇(1623)。

男人和一个女人在一起,他们的完美和满足①。

霍华德·M·约翰斯几乎同时在《星期六文学评论》著文《西班牙的灵魂》,表示同意帕克的意见。他认为《丧钟为谁而鸣》比《太阳照常升起》好一些,比《永别了,武器》进了一大步。《太阳照常升起》是一本引人注目的书,但它有点噱头。《永别了,武器》是一本动人的书,但它有些伤感。《丧钟为谁而鸣》既没有噱头也不伤感,相反地,它是海明威写过的最优秀、最丰富的长篇小说;它是当年最优秀的、最丰富的长篇小说之一,也许也是上十年最优秀的、最丰富的长篇小说之一。

《丧钟为谁而鸣》中哀婉动人的爱情故事为这么生动、这么全面和丰富、这么公正和同情地记录和想象西班牙的生活提供了机会,约翰斯认为在整个英语小说的范围内,没什么书可以与它相比。

诚然,这种生活局限于战时的西班牙,尤其是那场斗争的一部分。罗伯特·乔登,一个美国的西班牙语教师,加入了共和政府方面的军事力量。他作为一个爆炸手被派去炸毁法西斯前线后面的一座桥。为此目的,他被指示去跟山里的一支小游击队接触。从乔登到达山区至三四天后他牺牲,全书时间上有点偏差。他到过马德里。从他回忆中,我们可以知道西班牙城市生活的一些情况。海明威有时插入共和政府方面一些其他人的故事。但总的来看,它写了这一小群游击战士、男人们和女人们那几天来被上下夹攻而陷于困境的生活和经历。它成了海明威想象的胜利工具。通过他们,约翰斯认为海明威为西班牙内战所做的事情,有点像托尔斯泰在《战争与和平》里为拿破仑运动所做的事情一样。

在描写和叙述部分,海明威比任何其他小说取得了更广泛的多种效果,特别是小说所包含的对话。这种对话几乎是自由地选自西班牙语,而且显得西班牙口语可以将尊严、简洁的修辞与德语中无法到达的暴烈的诗意结合起来。骂人的话也很丰富。《丧钟为谁而鸣》很大部分的活力在于它的对话的想象威力②。

有些批评家不仅将《丧钟为谁而鸣》与海明威以前的长篇小说相比较,而且发现了内容上、思想上和艺术上的新发展。约翰·钱伯林在1940年10月20日《纽约先驱论坛》上发表的《海明威讲述男人怎么与死神相会》中指出,在《永别了,武器》里,两个流浪者能够在极愚蠢的大屠杀中抓住相爱的机会,那是很重要的。在《丧钟为谁而鸣》里,保持了同样的田园牧歌,但战事不再是一个白痴的快乐,它变得很重要而且很有意义——爱

---

① Jeffrey Meyers, ed., *Ernest Hemingway: The Critical Heritage*, Routledge, 1982, pp. 314-315.
② 同上,pp. 316-317.

情往往必须从属于荣誉。海明威听到"英雄主义"和"爱国主义"时会再次为世界的虚伪感到脸红。

新的"回到武器"是一个对每个人都有些意义的故事。从一个层面上来说,它是对马尔罗的《人的命运》①并不产生什么的一部惊险小说。从另一个层面上看,《丧钟为谁而鸣》是一部政治小说。海明威相信,为西班牙打仗是这次大战中的第一仗,它目前正在东地中海和整个英吉利海峡激烈进行(书名隐含着约翰·多恩的意义,即任何地方失去一个人都会伤害每个地方的人类)。还有一个层面,小说是西班牙精神和美景的一首颂歌。西班牙是海明威比对他自己的国家更熟悉、更了解的国家。最后,小说有种淡淡的很可怕的讽刺色彩,海明威似乎暗示一切高尚的事业必须在官僚主义者、事务主义者和追逐异教主义者手中结束。尽管如此,人们必须为他们的信仰而战斗,这是人的光荣和悲剧,也是伟大艺术的素材。亚哈也许绝不可能战胜白鲸,但追捕必须继续下去。

然而,新的海明威重估了无益的十年。《丧钟为谁而鸣》的创作明显地表明海明威并不是为一个和平时期的世界造就的。他是作为一个战时的人,生为编年史作者。他必须有一场战争,在战争中相信给使世代倒退的艺术赋予尊严。它具有怀疑主义色彩。幸运地,对于海明威和他的读者来说,西班牙的共和主义者打了一场很值得的战争。因为最后看来,为安塞尔莫、弗兰多、乔登和耳聋的游击队长艾尔·索多的牺牲辩护,海明威可以以一种热情的敬意随着这些命中注定的高尚的人类透过他们的最后时刻,使他能够探测和估量在极其可怜的天空下有限的星球上人类生存的深度和高度②。

J.唐纳尔德·亚当斯在《纽约时报书评》著文(1940年10月20日),说"我知道在美国小说中没有或其他任何国家的小说很少在感情的深度和真诚方面这种爱情的场面能与《丧钟为谁而鸣》里相比"。

这本书具有海明威最好的人物描写。罗伯特·乔登是个战斗的理想主义者,刻画得很好。西班牙人也描写得很精彩,特别是妇女彼拉。她应该在小说难忘的人物中占有一席之地——坚强、温柔、世俗、聪明、拼命、一个像她自己说的女人,像是个好男人,也是为男人造就的女人。那不稳定的粗野男人巴布洛身上优缺点并存。勇敢而善良的老头安塞尔莫和一些其他人都热情地生活在这英雄的故事里。

---

① 马尔罗(Andre Malraux, 1901-1976):法国作家,他的小说《人的命运》(Man's Fate, 1937)反映西班牙内战。他曾任戴高乐政府的文化部长。
② Jeffrey Meyers, ed., *Ernest Hemingway: The Critical Heritage*, pp. 226-227.

这是海明威最长的一部长篇小说,但亚当斯认为可以像许多作品一样,缩短一点更有益。有些长的章节写乔登回忆在马德里的日子妨碍了叙述,可以删去。但更值得肯定的是:今天,海明威是个有真正身份的作家,不仅是个才华横溢的作家,他的作品与他的资质不太匹配。《丧钟为谁而鸣》是一个懂得生活意义和能传递知识的男人的书。海明威已经发现了比非洲大羚和狮子更大的猎物。这位猎手从山里回家了①。

拉尔夫·汤帕逊同年 10 月在《纽约时报》著文写道,"《丧钟为谁而鸣》是我们第二次世界大战的最好的主要长篇小说,也是今天有关西班牙内战最令人印象深刻的作品。作为一部伟大的作品,它讲述了一个精彩的故事,充满了流浪汉式的传奇:冒险、血腥、欲望、粗俗、喜剧和悲剧。对年轻的美国人罗伯特·乔登来说,欲望和冒险不久被鲜血淹没了。像在海明威其他小说里一样,喜剧出自粗俗,这回则来自丰富的、本土的农民传统。悲剧开始于四年前的马德里,今天到处都可以感觉到。"

尽管海明威总是个严肃作家,他从来没有像《丧钟为谁而鸣》那样展示一位大师的风采。他的对话是无可比拟的西班牙语习语的回响。他的人物塑造生动突出。他的写景优美,松弛多样化,从几乎是田园牧歌(虽然有时有点太甜美了)到惊醒的叫喊,到快马穿过雪地进入营地的吼声,一直到最后决战高度紧张的场景。

海明威先生从三百年前的约翰·多恩选取了他的主题——任何人都不是一个岛,丧钟为所有的人而鸣。由于这个文本与他自己的经历、信念和才华相结合,他创作了他最好的长篇小说②。

《新闻周刊》于 1940 年 10 月 21 日在一篇评论中指出,人们对海明威比对任何见过西班牙内战的其他作家抱有更多的希望。他早在内战以前就了解和热爱西班牙。他信任西班牙共和国,认为值得为它而战斗。也因为他们知道他是我们时代伟大的作家之一,大多数人民认为他不可避免地要写一本书即关于西班牙内战的书。《丧钟为谁而鸣》无疑地就是这样一本书。

在四百多页的小说里,海明威集中了悬念,展示了他的人物,像一个解剖者一样,详细分析了他们的恐惧和勇气,将一支小游击队带给读者,直到炸桥的最后行动。最后几页是这么激烈,仿佛结局是个人的经历,因此,这是一部伟大的作品③。

---

① Jeffrey Meyers, ed., *Ernest Hemingway: The Critical Heritage*, pp. 228-229.
② 同上,p. 230。
③ Robert O. Stephens, ed., *Ernest Hemingway: The Critical Reception*, p. 231.

《时代》周刊也于同一天以《西班牙的死亡》为题的评论中说,欧尼斯特·海明威开始在《非洲的青山》说明捕猎大猎物的神秘时,许多他的赞扬者担心会将他的男子汉气概的传说发展到新拜伦主义的高度。他似乎是太沉迷于为射杀而射杀、拳击、骑马、狩猎和钓鱼,而他那些思想压抑的批评家们呼唤更多的社会参与。这种情绪广泛传播,如果他不能很快地找到另一种经历,足以使他写出另一部《永别了,武器》,他的声誉会继续下降,失去了恢复的机会。他的批评家和赞扬者们都不会承认他明显地沉迷于射杀是这个时代主要经历的关键——暴力死亡。

1936年的西班牙内战成全了海明威的伟大经历。由于这个经历,他出版了他的伟大的长篇小说《丧钟为谁而鸣》。从伊丽莎白时代的牧师约翰·多恩的沉思——"任何人都不是一个岛,丧钟为全人类而鸣",引发出书名和主题。他创作的长篇小说讲了一个伟大的爱情故事、一个战争中紧张冒险的故事、一个被战争折磨的西班牙农民郁闷的悲剧,特别是一种对死亡的沉思。

如果他们炸了那座桥,情人们和农民们就能战胜他们所知道的面临的死亡。罗伯特·乔登执行了他的使命,因为他相信这么做将帮助打败法西斯。彼拉一往无前,不管一切灾难的预兆,因为她相信革命。不管巴布洛强烈的生存本能和带着雷管逃走,他相信他离开了人类的斗争是太孤独了,因此,他返回游击队帮助炸桥。与其他关于西班牙内战的长篇小说不同,《丧钟为谁而鸣》避开了含糊的英雄主义和同样含糊的国际纵队的政治,集中于西班牙人民简单的人性斗争。

海明威已经作为一个超越他那红色冒失鬼的伟大而敏锐的艺术家出现。他的丧钟为所有人类而鸣[1]。

马格列特·马歇尔同年同月在《国家》杂志著文认为,他现在这本书《丧钟为谁而鸣》也是以西班牙内战为背景。它是一部长篇小说。它虽然是以细心和爱写成的。它与《永别了,武器》是同一类的书,但比它优越。令人开心的是它不仅弃掉了《第五纵队》里人物嘴里留下的粗俗,而且对海明威来说建立了人物个性化、对话、悬念和面对死亡的人类的同情以及需要将死亡强加于人类。

在这种相对简单的情节的紧张框架里,海明威用大量细节设计了游击队的世界。我们随着罗伯特·乔登进入这个世界。乔登强行获得他们的信任,利用他们的帮助来完成他的使命,这贯穿了故事部分行动和悬

---

[1] Robert O. Stephens, ed., *Ernest Hemingway: The Critical Reception*, pp. 231–232.

念。我们变得能熟悉彼拉和她丈夫巴布洛的性格和生活,并了解他们之间所表现出来的冲突。还有关于六、七个次要人物细节不多但很生动的描写。一些景色令人一目了然——海明威不仅物质上而且精神上表露了山区一场春天暴风雪的冲击。叙述几乎是完全靠对话和行动完成的。悬念不断地得到强化。当然,最后炸桥行动的力度由于我们参与了那些投身战争的人类而大大加强了。

书中最有趣和最精彩的人物是妇女彼拉。最好的篇章之一是内战开始时发生在她家乡的可怕事件的故事。这种故事经过海明威简洁的叙述,也描绘了巴布洛的性格。罗伯特·乔登写得恰如其分,但他没有像彼拉那样贴着想象。也许是因为他是比较主观地给描写而成的。马歇尔认为,唯一不真实的人物是玛丽娅。她是被游击队从法西斯的捕获者手中救出来的。她与乔登浪漫的一见钟情令人难以信服,看来绝不是必要的。

这本书的书名选自多恩的话,"任何人的死亡使我有些损失,因为我与人类息息相关,所以,决不要去了解丧钟为谁而鸣,它为你而鸣。",这显示了这本书的精神,但海明威不能与多恩相比,读者将找不到对这个主题的任何新鲜有力的表述,也找不到这个话语所揭示的一部"革命的"长篇小说①。

《斯帕宁菲尔德共和》周刊同年同月发表评论指出,"欧尼斯特·海明威往往对处在非凡的压力下的人们比那些只在常规情况下生活的人们更感兴趣。他最著名的书是一本关于被世界大战扭曲的生活故事。《丧钟为谁而鸣》是一个被另一场战争即西班牙内战扭曲的生活故事,在许多方面优于《永别了,武器》。虽然比较不紧凑,共有 471 页,但接近古典的戏剧传统,将一切行动压缩在不足 96 小时内,全部集中在战时一对男女相爱的人们熟悉的模式,但故事超越了这两个人,作者努力描绘被邪恶势力折磨的所有人类。

小说有两大主题:个人相互之间的重要性与那座桥对人类的重要性。总的来看,像是对法西斯势力的打击,然后一起走向不可避免的冲突。这种不断增加的悬念只有大师级的小说家才能设计出来。

至于作者的同情在哪里,这是没有疑问的。这不是一部宣传小说,也不是一部战地记者的见闻报道。

文章指出,这是海明威先生一部非凡的、令人鼓舞的长篇小说。今天,很少有个严肃的小说家为战争申辩,但能从战争脱掉并传给别人一种

---

① Robert O. Stephens, ed., *Ernest Hemingway: The Critical Reception*, p. 233-234.

对人类很温柔的情感,而不是对一个国家或一面旗帜的感情的人更少。海明威将他对 17 世纪约翰·多恩所说的话的理解极好地传达给了我们①。

《大西洋月刊》1940 年 11 月发表了罗伯特·舍伍德的评论说,不同于技巧熟练的美国作家一些其他作品,这部小说说明海明威能够自我批评和自我发展,能够努力而聪明地工作,用他巨大的天才创造了形式和内容。他在新的长篇小说里获得极大的成功,而且恰好在适当的时刻。

《丧钟为谁而鸣》不仅包含了当下的新认识——海明威是以新认识闻名的,而且提供了一种永恒和高尚精神的新意义。故事中的人物都是些普通人,这些人去打仗并成了牺牲品。他们是这样的人们,对他们来说,一个失去的事业事实上决没有失去,也不是一种完全无益的牺牲。通过他们,小说正确地运用了约翰·多恩的声明,所有人的命运清楚地表现在一个人的命运里。

这部小说是关于西班牙内战的另一个故事。在这场战争开始时,海明威是积极的。他意识到它的意义——其他人太少感觉到这方面。可是如今,他客观地、无私地和一种很难说是憎恨写了这场战争。在他将感情和理智相结合中,他创作了一部艺术品。它超越了那些突发事件。

在抗击幻想方面,海明威的主人公罗伯特·乔登表面上很像他的其他主人公,但他比他们好,他更成熟,思想意识更清醒,更能全身心地恋爱。乔登与玛丽娅姑娘的爱情意识在现代文学中是不多见的。有技巧、有知识的作家能描写性,但能真实而优美地描写爱情的人却很少。

虽然他写作时不带仇恨,海明威对法西斯主义的牺牲品十分同情,包括法西斯主义者自己。在表现法西斯主义者摧残人们的精神方面,虽然不太明显,海明威创作了他最优秀的作品,消除了我们对他巨大的创作力局限的怀疑②。

艾德温·西弗 1940 年 11 月在《方向》杂志著文称,这部新小说是海明威从《永别了,武器》以来最好的作品。不仅如此,这部小说还有所超越。

《丧钟为谁而鸣》中的主人公们既不困惑,也没给打败。他们懂得为之战斗和牺牲的事业。无情的伪装已不再需要了。西弗称,"我们已经历过那种事件,因为生活本身、政治状况,如果你了解的话,比我们所能伪装的更加更加无情了。而且有个政治状况,这是最重要的,值得相信,已经

---

① Robert O. Stephens, ed., *Ernest Hemingway: The Critical Reception*, p. 239.
② 同上,pp. 243-244。

不是我反对世界,或我们二人反对世界,而是人民反对他们的侵略,共和国反对法西斯主义者们。这个事业比我自己大,甚至比我对我的至爱的感情大。这个事业是我自己和我至爱的。谁杀了它就是杀了我。"

他说,称海明威是个"不负责任的人",那是多么荒唐可笑呀!从来没有一个作家比他对艺术、对他的一代人、对他的人民、对自己和正义事业有更大的责任感。这种责任感总是在那里,但在他以前任何长篇小说或短篇小说里,海明威决没有这么清楚地理解它,或在历史的阴影里这么明白地描写它。

海明威从西班牙内战受益良多。它大大地加深了他的经验,扩大了他的视野。它把他从《死在午后》拯救出来。现在,他对西班牙作了一些回报,我们深感一切都更丰富了①。

约翰·钱伯林 1940 年 12 月在《哈泼斯》杂志著文认为,《丧钟为谁而鸣》里有些插曲令人想起《有钱人和没钱人》中的类似插曲,但二者有很大区别。哈里·摩根的诈骗纯粹是自私的和卑鄙的,虽然他自己说这么做是为了妻儿的生计。巴布洛的屠杀则与高尚的事业联系在一起。如果他最后自我背叛,那也令人思考人的悲剧命运。读者的反应是不一样的。他们感到,十年以后,战后美国文学又充满了希望。

钱伯林认为,从人物描写来说,这是海明威最忠实的长篇小说。次要人物像主要人物一样真实。从直接的思想来说,《丧钟为谁而鸣》肯定是海明威至今最成熟的作品。

在整个优美的作品里,唯一的缺陷是罗伯特·乔登与玛丽娅的恋爱故事。这个姑娘曾遭法西斯士兵的强奸。他俩的风流韵事读起来,像是一种幻想的设计。海明威将西班牙语逐字译起来很多,如"thee"和"thous"以及"小兔子"。如果你要一曲牧歌,乔登和玛丽娅就给你提供一曲很完美的牧歌。但那曲牧歌似乎是编造的,玛丽娅的性格直到最后都蒙上阴影。

不管如何,乔登与玛丽娅的幻想曲不会损害《丧钟为谁而鸣》的效果。恰好在美国南北战争以前,从前有一次赫尔曼·梅尔维尔写了一些长篇小说。它们的伟大肯定在于接受生活的悲剧意识为基础。今天,一百年过去了,海明威至少做了一个跟麦尔维尔挑战的漂亮尝试。海明威拥有他的题材和他的读者,写了战火中的世界和死亡逼近的危险。那对我们每个人来说都是可感觉到的东西。客观条件很适合他。他的实力把他从

---

① Robert O. Stephens, ed., *Ernest Hemingway: The Critical Reception*, p. 245.

《有钱人和没钱人》失败中拯救出来。也许他仅处在一个新生涯的门口①。

马尔科姆在《新共和》以《一个英雄之死》(1941年1月20日)为题的评论中写道,除了它是一部好小说以外,《丧钟为谁而鸣》也是一部有趣而很复杂的政治和道德的文献。应该更多地注意这个方面,因为许多好的评论已经接受了这本书。在他的最新的书里,他更直接地处理了这种思想。这里,他不仅尽力想写出他最好的长篇小说,而且阐明和证实对西班牙革命和对支配30年代的一整套信仰的态度。此外,它还说明他对故事结束以来所发生的事件的态度。这是个雄心勃勃的承诺。但海明威后来写了一部很长的书。如果你想找它,一切都在那里。

《丧钟为谁而鸣》无疑是一种"真实的作品"。罗伯特·乔登如果幸存下来,他会写完它的,因为他属于海明威自传性的一系列主人公。我们可以理所当然地认为他是为作者代言。作者在西班牙内战中发挥了他自己的作用,但这再一次说明它并不是故事的全部。乔登不能全部为他代言,因为他的主人公在为事业斗争中死了。从那事业失败以来,作者自己也改变了。有些他后来的哲学或他对生活已改变的感情也都融入这本书里。这就是它变成这么一个复杂文献的原因。

这种新态度从来没有直接表达出来,但它在人物和事件的选择和整个故事的基调方面有所暗示。从第一章到最后一章,人们感到一种持续不断的死亡意识,所以读这本书几乎像看着一辆特快火车以全速的速度冲向一座敞开的吊桥。出于感情的需要,主人公不得不死。因为他成了一个正在消失的事业的象征。但这一切最清楚的是,这种死亡的双重反讽揭示了海明威的新感情。罗伯特·乔登为了保证共和政府方面反攻的成功,舍身炸桥,虽然他已经知道反攻会失败。这是第一个反讽。可是,即使在他牺牲的时刻,他想进行战斗,自言自语,如果他打退了敌人一会儿,或仅仅射杀那个军官,都会使一切变得不同。他受伤很痛苦,打消了自杀的念头,避免被捕或受折磨。他躺在那里,用机枪对准那条路。这时发生了一件事:从叛军中挑选出一个军官——一个谦虚、勇敢、信教的男人,恰好是乔登赞赏的那种人。他正是乔登用最后一梭子弹杀死的那个军官。这是第二个反讽。

许多年以前,在《永别了,武器》人们常常引用的篇章里,海明威曾说,"那些字眼神圣、光荣、牺牲往往使他尴尬,这些表述是无用的。"现在很明显地,他写了一整本书来解释"牺牲"一词和"无用"的含义,即使这不是整

---

① Robert O. Stephens, ed., *Ernest Hemingway: The Critical Reception*, p. 250-251.

个故事。因为海明威似乎在说,人类不是无用的,他们比任何事业更值得为之献身。他好像在说,不用劝说,爱情不是无用的,特别是在危险面前享受享受。最后,他以极大的耐心写了这本书——肯定是他长篇小说中最好的,最丰富的一本。他似乎在说,忠实而细心的技巧并不是无用的。马尔科姆认为,"这些明显地成了他在我们时代的废墟上所坚持的原则。"①

纽约《时代周刊》报道称,《丧钟为谁而鸣》出版后那一周迅速抢占市场,成了全国销售量最高的新书,简直可以跟玛格丽特·米切尔的《飘》、约翰·斯坦贝克的《愤怒的葡萄》和理查德·莱特的《土生子》相媲美。

1940年,《丧钟为谁而鸣》问世不久,便入选每月读书俱乐部书目。在评选委员会上,著名作家辛克莱·路易斯说,它肯定是一部名著,一部经典作品,与会者一致同意,它是1940年最佳长篇小说,建议授予普利策奖。后来,由于哥伦比亚大学校长尼古拉斯·巴特勒的反对,普利策奖没有授给海明威,当年空缺。1941年有限版本俱乐部授予海明威金质奖章。在250多位文艺界人士出席的大会上,辛克莱·路易斯称海明威是最伟大的活着的作家,今天被列为最好的六位作家的金质奖章得主。他赞扬他是世界性革命一位主要的诠释者,但不是一个职业革命家。更甚者,在他的《丧钟为谁而鸣》里,人们将暴力看成人类一个主要特点,无怨无悔地转向暴力。海明威写了战争,既不含糊,也不做作,不像吉卜宁赞颂战争像年轻人的娱乐。

海明威当时正在爱达荷州的太阳谷度假,没有出席会议,但他给会议发了一个电报,说获奖使他"很开心"。②

《丧钟为谁而鸣》问世后引起了英国等国作家的重视和评论。小说家格林、批评家普利茨特、梅勒和西班牙作家巴里纷纷在伦敦的《旁观者》、《新政治家与国家》、《细阅》和《地平线》等报刊上发表文章,表达他们的看法,指出了小说中的优点和不足,受到欧美学术界的重视。

格拉汉姆·格林1941年3月在《旁观者》著文写道,海明威以常见的浪漫的两性关系讲了这个爱情故事。这是个憾事。情节呢,则推动题材。罗伯特·乔登作为玛丽娅的情人,失去了那种无个性特征的意义——相反,那意义是乔登炸桥者所依恋的。与其说他跟人类有牵连,不如说他与一个女人很缠绵。至于玛丽娅,她是个世俗的人,突出的事实主要是她遭到法西斯主义者的蹂躏。这使她成了海明威一个比较浪漫的人物。

---

① Robert O. Stephens, ed., *Ernest Hemingway: The Critical Reception*, pp. 355–356.
② 同上,pp. 268–269.

同样的，丧钟的确鸣了，带有一种朴实优美的声调：彼拉是个难看的吉卜赛女人，带有斗牛的回忆；巴布洛，凶残而不可靠的反叛者，他甚至不能坚持背叛；安塞尔莫老猎手，他痛恨杀人，怀念上帝。这些人物全都围绕着乔登，犹如永恒的雕像。对匆匆而逝的过去的长远观察和不确定的将来充满了许多面孔，像卡通画一样生动和简单。马蒂，那危险而愚蠢的共产党政委怀疑各地的背叛行为；高尔兹将军知道主意一定，反击就不能取消；还有像那西班牙上尉的许多无名无姓的脸孔、态度，和蔼的职业士兵和他对下属的关照以及所有马德里盖劳德失望的居民，会讲俄语的农民领袖巴斯旺·纳里亚等。这里也有许多像海明威曾写过的那么好的插曲：有些乡村法西斯主义者大屠杀的惊人故事，村民们穿着星期日的服装，酒鬼们破坏了一切事物的尊严；游击队长艾尔·索多和他一伙的牺牲——他们被敌机炸死在小山顶上；巴布洛的追随者们徒劳地刺激他采取行动或说些话让他们去杀人。

所有这些场面，也许以前都在海明威的掌握范围。但他从西班牙内战中表露出敏锐和同情。这是以前他书里所没有的，也表达了不再为什么打仗而害羞（也许这是一种方便，他的主人公是个美国大学讲师。他有思想、有感情、有点子，老海明威进行了严格的加工）。谁都不用担心：这首先是种宣传，其次才是文学。它与马尔罗关于共和政府空军的伟大小说并列，作为一种比历史更真实的记录，因为它描写了人类的感情和他们的理想主义、怀疑主义和嫉妒的丑态。格林认为，"它们都融合在最好的事业里，如同我们现在所了解的。人们感到乔登的态度代表了作者的态度，值得今天所有的作家铭记在心。"①

V.S.普里策特1941年3月在他任社长的《新政治家和国家》杂志上的评论中指出，对海明威来说，虽然对战争很熟悉，他对西班牙也很熟悉。他没有再去访问这个国家，回到他早年经历残留的东西。西班牙内战给了他一些新东西，给了他一种熟悉它的人民的新方法。他们特别适于使他的思想方法更成熟。《丧钟为谁而鸣》就是这种产物。它是一部长篇小说。虽然它的中心恋爱故事损害了它。它是他所写的最成熟和最人性化的作品。

普里策特认为，从劳伦斯以来，没有其他散文作家具有他的影响。它部分在于他的写作方式。它是一种方言口语的风格化，但主要是他对生活和人物的看法。他比其他作家更明白地给我们解释了我们时代的品

---

① Jeffrey Meyers, ed., *Ernest Hemingway: The Critical Heritage*, pp. 342–343.

性。这种新解释每一代都会有,因为每一代,如果社会上存在大量化学干扰,一种新人就可以创作出来并强加于文学上,直到文学使他的轮廓清晰,给所有的人观看和模仿。普里策特认为,我们在找到一种像海明威十年来的人物那么生动的典型以前,应该回到拜伦和拜伦主义。他们不那么放肆,但具有相同的、漫无方向的、颠倒的、或模糊的浪漫主义。不管如何,海明威的人物令讲英语的社会着迷,如果它没有扩展到欧洲其他地方。更严重的是:海明威的人物是个硬汉技术员、他自己是个普通人、一个没有精神生活的罗宾逊·克鲁索。对于他的冒险,往往有背叛、厌恶、自杀和死亡的挫伤之味的后果。

温德汉姆先生在一篇精彩的文章里将海明威书中的典型人物说成"哑巴公牛"或机械化社会里无助的人。他指挥不了什么,但对他来说事情都办了。这是一种普遍性,必须略加运用。与普鲁斯特①的人物相比,比如海明威的人看起来则相反,毕竟是个"实干家"。他对过去不善深思,他活在现在。他主要是不善反思,不会久坐,不会判断。他精神上受束缚,肉体上有很大的自由。他自己是个独立的人,只能行动,他不会思考、反思或理解他的地位。他的感情反应局限于什么是好的,或什么是像地狱。

但全书最精彩的一点也不是主要故事的插曲,但最精彩的是两个短篇故事,由巴布洛的妻子彼拉讲的,它们的确是短篇故事。这个女人在现实生活里可能是个天生讲故事的能手,一个很会讲述事件的人,好像她是一切人类痛苦、雄心和命运的发言人。她以自己的方式成了麦克白②和巴思老妇③的混合物,像西列斯蒂娜④一样难以对付⑤。

西班牙作家和批评家阿杜洛·巴雷亚 1941 年 5 月在伦敦的《地平线》杂志发表评论,既肯定了小说的一些优点,又对海明威有关西班牙人的生活和性格以及西班牙语的运用提出了非常尖锐的批评,轰动了学术界。

他写道,欧尼斯特·海明威的新长篇小说《丧钟为谁而鸣》被认为是成功的,现在它从左翼的批评家到好莱坞的制片人整条战线上获得全胜。

这是一本在西班牙土地上发生的暴力、战争、鲜血与雷鸣的故事;它

---

① 普鲁斯特(Marcel Proust, 1871-1922):法国小说家,主要作品是《追忆逝水年华》(1913-1927)。
② 麦克白:英国戏剧家莎士比亚四大悲剧之一《麦克白》里的主人公。
③ 巴思老妇:英国诗人乔叟《坎特伯雷故事集》(1386-1400)中一个主要的香客。
④ 西列斯蒂娜(La Celestina, 1499):弗南多·德罗亚斯作品中一个媒人。
⑤ Jeffrey Meyers, ed., *Ernest Hemingway: The Critical Heritage*, pp. 344, 345, 348.

将浪漫主义和光辉的斗牛赛与国内战争的丑恶的现实主义相结合;它是英雄的、轰动的、淫荡的、抒情的和忠实地反法西斯主义的,没有参与政治。它是用优秀的现实主义技巧写成的,但它用西班牙语的斜体文字标出最肮脏的咒骂和淫话表达了细腻的感情,因此令人关注地减少了"狗娘养的"和"混蛋"等文字垃圾。

巴雷亚说:"我自己深为此书所迷,感到它忠实地反映了海明威的真实梦想。但我发现自己孤独地相信作为一部关于西班牙人和他们内战的一部长篇小说,它是不真实的,经最后分析,它是非常不真实的,我感到尴尬。虽然实际上所有的批评家与我持相反的意见,不管他们怎样不赞成此书的其他方面。"

"作为一个西班牙人和经历过我们内战时期的人,(内战为海明威提供了小说的背景)我一点一点地得出下列不同的结论。"

海明威的确了解"他的西班牙"。但正是他对西班牙这狭小部分的黑体知识使他不能更深更广地理解它,使他很难描写"我们一直在进行的战争"。他的西班牙语对话有些写得很完美,但其他的,常常对全书结构意义重大的对话则完全不是西班牙语式的。他没掌握错综复杂的"整套的西班牙的脏话"。他在书里犯了一系列严重的语言学和心理学上的错误。

巴雷亚接着说,"欧尼斯特·海明威自己和它的书都是很重要的。我认为必须明确地说明,如果行的话,我会评述我的反对意见,尤其是它们不仅包括西班牙人和他们的内战的文学画面,而且包括海明威此刻创作的质量和总体上来看他的现实主义问题。他的艺术技巧的优势使虚构的事物读起来像纯粹的现实。"

海明威能以艺术和事实描写他从外部看到的一切,但他想描写更多的东西。他希望分享西班牙内战,但不是分享西班牙人的信仰、生活和痛苦。他只能从他所了解的西班牙形象在想象中虚构他们。他过去对暴力的迷恋将他推上一条道路,只能引导他进一步在新的照样混乱的西班牙生活里失去分享的机会。

所以,海明威小说内在的失败——它的失败使他虚构的作品里提供了西班牙内战的现实,这是因为他总是个相当于一个演员的旁观者。他想写,好像他当过演员。但旁观是不够的。如果要写真实,你必须生活,而且对你的生活必须有感情[①]。

美国30年代左翼刊物《新共和》、《新群众》、《党派评论》十分重视海

---

① Jeffrey Meyers, ed., *Ernest Hemingway: The Critical Heritage*, pp. 350–361.

明威的新作,纷纷发表著名批评家艾德蒙·威尔逊和里昂纳尔·特里宁等人的评论。他们既实事求是地肯定小说的优点,又尖锐地批评它存在的问题,在学术界产生了广泛的影响。

艾德蒙·威尔逊1940年10月28日在《新共和》的评论中写道,海明威这部新长篇小说的问世,将成为那些不喜欢《非洲的青山》、《有钱人和没钱人》和《第五纵队》的人一种慰藉。那位大猎物的猎手、水边的超人、佛罗里达旅馆的斯大林主义者,以节制而狂热的态度消失了,像酒精的幻觉一样。艺术家海明威又跟我们在一起。这有点像有个老朋友回来了。

这本书也是个新起点。它是海明威用真实的人物和虚构的故事写一部完整的长篇小说的第一次尝试。他用的方法是当代历史小说常用方法的反拨。弗南兹·何勒宁或安德烈·马尔罗都采用一般地调研一次革命的危机,在不同的人物群中来回奔跑。《丧钟为谁而鸣》里有点这种来回奔跑,但它与主要行动即炸桥都有直接的关系。通过这个插曲,作者目的在于反映西班牙内战的全过程,展示参战的各种因素的交错,从更大的视野而不仅是那危急的时刻表现各类事件。

在这个方面,海明威取得了某种程度的成功。它使那些最信任他的人们感到惊奇。《丧钟为谁而鸣》里有关社会和政治状况的想象,是他以前很少提供的证据。这种内在的幻想是没有这么高度展开的,如同在马尔罗等作家手里,但它这里结合了那些政治小说常常缺乏的其他东西。海明威在西班牙内战中用以给我们表现的,并不都是作为一种道德品质批评的社会分析。这些人们更是他们的社会和经济关系。它是海明威特别知悉的。

小说有某些缺陷。作为比较集中的短篇小说的大师,海明威在掌握精致的长篇小说形式方面显得没把握。《丧钟为谁而鸣》的形式有时是松弛的,有时则膨胀。它肯定是太长了些。你需要空间来写一部三天的史诗,但故事走向结局似乎太慢了。读者感到应该快一些。作者没有发觉怎么来塑造,或删去他的主人公的内心独白,也没弃掉主人公意识外的漫游。

不仅如此,在《丧钟为谁而鸣》里有些东西缺失了。共产主义半宗教式的狂喜使一个作家失败了,找不到新动力,虽然他曾经得过它。这就创造了一个以前没有的真空。当前需要填补它。从海明威的情况来看,有一定数量的老套传奇。《丧钟为谁而鸣》有个爱情故事,它直接走向好莱坞。主人公爱上一个小姑娘,她被法西斯叛军捕获和强奸。她以前从未谈过恋爱,她要他教她做爱。她爱他,活着仅为他效劳,不求什么,只求知道他的愿望,这样他要什么,她都可为他做。一说起她的身份,好像完全与他身份融为一体。她是那么驯服,好像吉卜宁早期短篇小说里的印第安妻子们。由于人物的对话都用西班牙语,文字上用"thee"和"thou",采用拉丁语的一切形式。乔登和玛丽娅的场景有点中世纪文学古怪的气氛,令人回想起毛里斯·休列特①。乔登继续坚持自己的好运和不平常的经历:他求得一位像玛丽娅的姑娘。因为所有评论家都知道:在西班牙是有这种情况的。但整个事件是一个年轻人性爱梦想太完美的幸福。它缺乏海明威其他一些短篇小说爱情故事里真实的疯狂的感情。一般来说,虽然环境很紧迫,一切都贯穿悬念,小说还是缺乏紧张力度、道德毛病,它使海明威早期作品令人烦恼。

威尔逊认为,海明威经过一个艺术低落的时期以后,应该回到他的艺术,并给它更大的视野。"那么,在一个普通困惑和痛苦的时代,他应该将刚过去不久的事件戏剧化,不是党派的新闻报道,而是普通人的本能。它会使人们既友好,又好斗。那将是我们知识生活健全的令人安心的征兆。"②

有的评论直接指出海明威这部小说的缺陷,甚至持否定的看法,如德卫特·麦克唐纳德1941年在《党派评论》(1—2月号)的评论中表示他对《丧钟为谁而鸣》感到失望。他说,"开篇几章许诺了很多:它们很动人,令人兴奋,在知觉的描写上非常敏锐。它们为主要悲剧提供了舞台。但舞台从来没有真正满座,许诺没有保留。我读得越久,越感到失望。我越意识到作者在四周挣扎着前进,拿不准他的价值观和意图,不能够做到符合他主题的要求"。此书有个问题是,它根本不是一部长篇小说,而更像一个短篇小说系列,其中有些是优秀的,如彼拉叙述处死法西斯分子,讲她与有肺病的斗牛士的生活;关于盖劳德旅馆的描写;安德烈穿越共和政府防线的旅程和最后的炸桥都隐含在感伤的恋爱场景里。太多的对话,离题的叙述和乔登比较沉闷的内心独白。因此,还有一些人物。他们在一个短篇故事里描写得够好的,他们都很优秀,比如艾尔·索多、尊贵的费曼多和安塞尔莫。但当海明威想更多地描写时,他失败了,比如彼拉这个人物,开始时写得够好的,但一扩展就变得空洞无物了。

最大的失败是中心人物罗伯特·乔登。像海明威以前的主人公,乔登不是客观产生的人物,而仅仅是作者的传声筒。早期的主人公至少有

---

① 毛里斯·休列特(Maurice Hewlett, 1861-1923)美国通俗历史传奇小说家和诗人,作品有:《半路之屋》(1904)、《开阔的乡野》(1909)和《停止的园耙》(1910)。
② Jeffrey Meyers, ed., *Ernest Hemingway: The Critical Heritage*, pp. 320-323.

某种戏剧的一贯性,但乔登是个怪物,想努力把海明威主人公常有的虚无主义和犬儒主义与思想比较简单的政治理想主义结合起来。那是一种海明威式的领导他一小群农民的男童子军队长的思想。因为通过乔登说话的海明威是个带有残余物的海明威、一个忏悔的海明威,他与革命接触并接受它,对他旧信念足以感到羞愧,而且不能深深地感受和理解新的价值观。结果是乔登作为一个人物是模糊不清的,受到这些无法妥协的观点连续不断的冲突而受损。

乔登的混乱被他的创作者分享了,但没有被理解。这种混乱成了这部小说失败的根源。《丧钟为谁而鸣》是一部政治小说,一方面它写了一个重大的政治事件——西班牙内战,另一个方面它的作者对这个事件采取了肯定的(虽然很大程度上是无意识的)政治态度。但这是一个失败,因为他用道德上和知识上的武装来处理这样一个主题。本能上说,他想将题材删去他能处理的一些东西,将他战争观局限于佛朗哥叛军战线后面一小股农民游击队的活动,并使他的主人公成为用卡柯夫的话说"有点政治发展的,但具有游击队员良好纪录的一个美国青年"。

然而,这样的局限否定了此书的要求。海明威的农民们被这样非政治化,看起来好像有点偶然性,他们与其说是叛逆者,不如说是共和主义者。因此,这部篇幅很长的小说就降为一部冒险故事了。

麦克唐纳德说:"我认为这部长篇小说是个失败,理由正是许多批评家似乎最喜欢它,因为它反对政治意识……这种虚假的政治与艺术之间的对照,或甚至政治与'生活'之间的对照,往往对倾向经验主义的美国已是够有吸引力了。今天,当政治信念被近几年发生的事件搞得这么失去信用时,它的诱惑力是令人怀疑的。"[①]

然而,批评家里昂纳尔·特里宁却从海明威创作的发展来评价《丧钟为谁而鸣》,充分肯定它思想上和艺术上的成功,同时指出它的不足之处。他1941年1月在《党派评论》发表的评论中写道,对海明威的生涯感兴趣的任何人来说,《丧钟为谁而鸣》首先是给了他们一种文学的情感,因为这里我们立刻感到它是一部使海明威恢复到他的才华顶点的作品,像在《有钱人和没钱人》和《第五纵队》里一样,他没有用"艺术可以当枪使"的理念来扭曲或妨碍他出名的才华。他没有用政治意识代替文学的洞察力,也没有骄傲地将他个人的愤怒当作社会责任。这并不是他现在的政治态度是首尾一致的或明朗的。不过,它至少是够灵活的或够模糊的,使得海明

---

① Robert O. Stephens, ed., *Ernest Hemingway: The Critical Reception*, pp. 257-258.

威有个比他以前所达到的更不同的印象。

然而,一些优秀的篇章处理得非常适度。艾尔·索多守在小山上和安德烈穿过共和政府防线赶路的插曲甚至可与托尔斯泰最好的战役描写相媲美。

此书的魅力几乎完全来自它风格的成功。特里宁认为,"我们记不住它的一般意义。我们可以肯定地说,海明威打算将命运交错的爱情和乔登英雄般的牺牲写成一个真正的悲剧,一个道德上和政治上的悲剧——他必须包含西班牙内战的悲剧。在这个打算方面,他太失败了。他给了我们令人惊讶的通俗剧,它有点意思,但他没给我们悲剧。这种失败给人的提示是:主人公内心主要的郁闷,因为乔登是郁闷的,因为他自己心里缺乏紧张状态。这种状态存在于历史环境里。他的故事最适于电影制作。"

这里考虑到了一个明朗的细节:海明威建立了罗伯特·乔登和他称赞的领导人高尔兹将军和记者卡柯夫的关系。这两人都是愤世嫉俗的、而且是特别有能力的男人,完全能够理解所有革命画面的含义。但他们是欧洲人,罗伯特·乔登不是,像亨利·詹姆斯的长篇小说《美国人》的主人公,他知道阴谋诡计包围他,非常错误,但十分好玩,这是他绝不能理解的。事实上,他也不像他朋友那样想去了解。像他所说的,他想留在心里挂着,直到打赢这一仗。他只想感受感情和理想,或作为一个技术员和勇敢的人,照人家的吩咐去做,他考虑的是别人。况且,又像个亨利·詹姆斯式的人物,他必须看透复杂的秘密,但他不希望利用它,只是要"经历"它,因为如他所说的,他喜欢作为一个"内部人"的感情。这就是他失去一个人的美国纯洁的思想,变成其他东西,在盖劳德旅馆跟俄国人讲政治谎言。

的确,内战期间,很少有人搞反对斯大林主义。这个事实,海明威在这方面或那方面并不公开承认。但由于某些思想或严肃性的失败,他不能允许这些政治事实变成小说的一部分,即将这些重要的观点变成主人公的思想。

小说的主要情节变化是什么呢?后来就是个失败,更加令人遗憾的失败,因为它有这么多成功的因素。但是还有另一种情节变化,它并没有失败。为了了解他的成功,你必须了解这个体裁。你必须知道这部分故事是一种社会传奇。

当我们想到安卡斯、辛加茨古克和塔米南德高尚的印第安人和艾尔·索多、安塞尔莫和其他游击队员之间有条多么清晰的线,感到海明威的社会和个人德行的浪漫意识多么像库柏①！不过，对库柏来说，社会理想化更加正式、更加坦率的"传说化"，也许这是海明威更伟大的现实主义，它使他的社会传奇令人质疑，如果不作为事实，而是作为感情。因为在爱一个国家、一个民族或一个阶级过程中，比如今天次要的但社会上感兴趣的作家，很肯定的是，迟早会出现对外国人的仇恨。甚至像海明威，爱的人自己不是那可爱的一群的一员，人们不禁意识到对人类其他地方的人民有意的反对。

最有意义的是，人们感到在海明威长篇小说里爱情总是存在，仅仅因为环境那么注定使它死亡。用不着冒险深深浸入那些没有说明的含义，就可以发现海明威的社会神话与他的爱情故事模式之间有个联系。两方面都有绝望感，它使人们很快抓住简单的完美，同时这种绝望使令人理解的强迫转变，成为救人和解决问题的善举和勇气。这些态度的全部复杂性，可以猜想，是一种对死亡思想的反应。

但在海明威对死亡的处理中，有些间接和挫折的东西，虽然他不能完全突破我们的文化禁锢，创造性地思考他的主题并使它诗化，如同像约翰·多恩充满死亡幻想的人。海明威借用了他的警句做小说的书名。对多恩来说，死亡是可怕的否定，所以也是自我的老师；而对海明威来说，它是自我的最后表述和个性的完美的保护者。多恩思想的伟大力量使他脱离这种感情错误，恰好像它所教他的，自我独自存在的机会多么少！海明威思想的本性和力量是这样的，他不能在艺术上证明人类整体的思想；不过，对他来说，它似乎是重要的、动人的。他是完全服务于对经验的崇拜，结果是一部小说想歌颂人类的整体，实际上赞美了个人自我的孤独②。

第二节 《男人们在打仗》

1942年，在二次大战的艰苦岁月里，海明威编选并出版了《男人们在打仗：各个时代最佳的战争故事集》(*Men at War*)。它包括8个部分37篇故事。从查尔斯·奥曼的《公元1066年的哈斯丁斯战役》到南北战争时期约翰·汤默逊的《一个名字和一面旗子》，时间跨度相当长，几乎涵盖

---

① 詹姆斯·范·库柏(James Van Copper, 1789 – 1851)：美国小说家。
② Jeffrey Meyers, ed., *Ernest Hemingway: The Critical Heritage*, pp. 259, 262, 263.

了欧美历史上一些重大战役,如滑铁卢①、奥斯特里斯②、哈斯丁斯③、瑟莫皮里④、斯洛赫⑤和其他许多战役。作者中有美国小说家威廉·福克纳、英国演说家和政治家温斯特·丘吉尔、法国作家维克多·雨果、英国小说家卢迪雅德·吉卜宁、有"阿拉伯的劳伦斯"之称的英国作家 T.E. 劳伦斯和英国历史冒险小说家 C.S. 福里斯特等。海明威选入自己两篇作品——《丧钟为谁而鸣》中的"小山顶的战斗"和《永别了,武器》中的"卡波列托大溃退"。

海明威不仅精选了许多名作家的名篇,而且写了一篇长达 16 页的绪论,结合他自己的经历,系统地阐述了他对战争与男人的看法。他说明了收集这些名篇的目的和意义,指出从历代伟大的军事作品来看,战争、死亡和英雄主义对于男人们的重要意义。

这篇"绪论"是海明威一篇极其重要的文章。它表达了许多海明威的新观点。可惜欧美学界不够重视,甚至有些忽视了。

"绪论"的主要内容包括下列几个方面:

(一)海明威首先强调:必须不惜一切代价,尽快打赢这场反法西斯战争,否则失败的后果是不堪设想的。他开篇时幽默地说:"此书并不告诉你怎么去死。此书将告诉你,我们所了解的、最早时代的所有男人怎么战斗和死亡。所以,你读了它时,你就会懂得没有比以前男人经历过的更糟的事情。"⑥

海明威特别指出他对第二次大战的态度和主张。他说,本选集的编者参加了上次为结束战争而进行的战争(第一次世界大战)并受了伤。他痛恨战争,痛恨一切管理不善的、受骗上当的、贪财好色的、自私自利的和野心勃勃的政客们。他们造成了这场战争(第二次世界大战),使它不可避免地发生了。但是,一旦我们面临一场战争,只有一件事可做:必须打

---

① 滑铁卢(Waterloo):比利时中部靠近首都布鲁塞尔的一个小镇。1875 年 6 月 18 日,法国拿破仑在滑铁卢战役遭到最后的失败。
② 奥斯特里斯(Austerlitz):捷克共和国东南部一个小镇。1803 年 12 月 3 日,法国拿破仑在小镇附近大败俄国沙皇亚历山大一世和奥地利国王弗兰西斯二世的联军。
③ 哈斯丁斯(Hastings):英国东南部一个自治镇。1066 年 10 月 14 日,英王威廉一世在那里附近打败了哈罗德二世领导的盎格鲁-撒克逊人。
④ 瑟莫皮里(Thermopylae):希腊中东部一个狭长地带。公元前 480 年,斯巴达人举兵反对波斯人,但没有成功。
⑤ 斯洛赫(Shiloh):位于田纳西州西南和孟菲斯东部一个地方。1862 年 4 月 6—7 日南北战争有名的斯洛赫战役北方联邦军与南方联军在那里决战,双方伤亡达一万多人。
⑥ Ernest Hemingway, ed., *Men at War*, Crown Publishers, 1942, Berkley edition, 1958, pp. 5–20.

赢,因为失败比战争中所能发生的任何事情都会带来更坏的东西。

不管这场战争如何在仅有的几个国家背叛民主中逐步进行下去,它们打仗或准备阻止它而战,现在唯一要做的一件事是:我们必须打胜仗。我们必须不惜一切代价、尽可能快地打赢这场战争。我们必须打赢它,绝不忘记我们为什么打仗,为了打击法西斯主义,我们不会陷入法西斯主义的思想和理想[①]。他还批评德国人放弃了以前一切军事理论,只注重武器的使用和战术,暴露了许多弱点,盟军可加以利用。他认为打胜仗的可能性是存在的。

(二)海明威在书中提供了过去时代许多重大战役的宝贵信息,为打赢第二次世界大战发挥一定的作用。海明威回顾自己19岁时的天真无知,很少读书,后来在意大利米兰受伤住院,幸得一位英国军官的启导,对战争的认识逐渐成熟。而这本书就是要告诉人们前人经历过的战争故事。他们和我们一样,都是人类的一部分。他们有的从牧童成了上校。文集不按年代顺序排列,而照内容分类,便于读者参阅。

(三)海明威评论了战争文学。他认为第一次大战整整四年中没有出现真正的关于战争的真实的好书。唯一真实的作品是诗歌。1915年至1917年是地球上最凶残的时期。作家只能写点宣传品、闭嘴或去打仗。战后,好作品开始出版。它们大部分是战争期间不写书的作家写的。海明威再次强调,一个作家的职责是讲真话。他对真理忠诚的标准应该这么高:他出自自己经历的创作应该产生比任何真实的事物更加真实的故事。因为事实会被错误地观察,但是一个好作家创作作品时,他有时间和机会使它绝对真实。如果战争期间出现了这样的情况:一个作家不能发表真实的作品,因为它的出版对国家有害,他就应该写,但不发表。如果不发表,他无法生活,他可以干点别的事情。可是,如果他写了一些他内心自己知道不真实的东西,不管他的爱国动机怎样,他就完蛋了。战后,人们将不会再要他了,因为他的义务是告诉他们真实,而他对他们撒了谎。他自己心里绝不会平静,因为他没有完全地尽到他的义务[②]。这里,海明威再次阐明了他写真实的文艺观,特别强调战时写真实是一个作家的义务,否则人民是不会接受的。

(四)海明威回顾了战争小说的发展脉络和优秀作家。他认为描写第一次大战唯一的一本好书是亨利·巴布斯的《炮火下》,其最大的优点

---

① Ernest Hemingway, ed., *Men at War*, Crown Publishers, 1942, Berkley edition, 1958, pp. 5–20.
② 同上。

是写作勇气。但后来的作家们写得比他更好更真实。他喜欢多斯·帕索斯的《三个士兵》,那是在巴布斯的影响下写成的,也是一个美国人写的关于第一次大战的第一本现实主义的作品。但海明威感到小说中的对话不真实,具体战役完全令人难以相信。一些俚语过时了,不便阅读。国内战争没有产生真正的文学,直到克莱恩的《红色英勇勋章》问世才使人们重视。克莱恩没有参加过内战,但他读了许多当代的资料,听了不少老战士讲故事,见到大量有趣的照片。海明威认为它是我们文学中最好的作品之一[1]。

接着,海明威肯定了托尔斯泰在《战争与和平》里对战争和人民的奇妙的、透彻而真实的描写。他认为没有比托尔斯泰小说里更好的关于战争的描写了[2]。但他不敢苟同于这位伟大的伯爵的思想。他希望有人改变托尔斯泰沉闷而最坏的思想,使他干脆真实地创作。他可以比活着的任何人写得更深刻更真实。他也赞扬法国作家司汤达对滑铁卢战役的描写,认为维克多·雨果对同一战役的悲剧作了大胆而气势宏伟的描绘,令人产生身临其境的感觉。他还谈到1805年西班牙西南部的特拉法尔格海角的海战,纳尔逊指挥的英国舰队打败了法国拿破仑的舰队,第一次大战前西班牙舰队在古巴的覆灭、杜威在岷里拉湾的海战等,但不包括日本偷袭珍珠港事件。他也不评介惨烈的珊瑚岛战役和中途岛海战。这两次海战规模太大了,不便收入此书。

(五)海明威再次赞颂中国人民的英勇抗敌,呼吁美国政府大量增加对中国抗日战争的援助,不管作出多大的牺牲。他写道:"在短篇小说里,你不能不读的一篇最佳作品是阿格尼丝·史沫特莱的《最后胜利以后》。小说里,她表示了获胜的绝对的决心,不管要经历什么挫折和多长时间,失败是不可想象的。这概括了中国人民的特点。在西方人民不能想象的条件下,他们已经奋战了五年。他们最大的梦想是我们能最后参战,那么日本将很快被消灭。现在,我们保持中立,他们几乎失去了所拥有的一切优势。他们是我们抗击日本的第二前线。这条第二前线必须给予比许诺更多的支持和一些空中援助。"

他接着说,"中国的抵抗一直被认为是理所当然的,正如俄国(前苏联)的抵抗一样。这不能用赞扬、漂亮言词或简单的金钱、几架飞机(不管飞行员多么高超!)应付了事。从他们的联盟来说,同盟国事业所面临的

---

[1] Ernest Hemingway, ed., *Men at War*, Crown Publishers, 1942, Berkley edition, 1958, pp. 5–20.
[2] 同上。

最大危险是中国和俄国人民可能产生的失望情绪。中国必须得到大量增加的援助。没有什么其他地方可能的快速而不实的成功能改变这种援助中国的长期需要,不管付出什么样的牺牲。"①

由此可见,海明威1941年春天来华访问后,一直关注中国抗战的局势。他支持中国人民反对日本侵略的态度始终没有改变。他不仅赞扬中国人民在西方人民不能想像的艰苦条件下已奋斗了五年,拖住了日本侵略军,而且指出中国的抗战成了美国的第二条前线,与美国安危息息相关。美国政府必须改变中立态度,大量增加对中国的援助,特别是空中支援。海明威对中国人民这么同情和支持的态度是十分难能可贵的。尤其是《男人们在打仗》问世时,美国朝野人士正密切关注欧洲战场与德意法西斯军队进行殊死决战,海明威提出关注亚洲战场中国人民的抗日战争,意义更加重大。

(六)海明威指出美国政府不要利用战时的新闻审查隐瞒自己的错误,而必须如实告诉人民,不管是好消息还是坏消息,取得人民的信任,才能打胜仗。他写道:"我一生见过很多战争,我深深地痛恨战争。但是,有比战争更坏的东西,一切都是失败带来的。你越痛恨战争,越懂得一旦你被迫参战,不管出于什么原因,你必须打赢。"

战争开始时,愚弄人民是很容易的,在信任的基础上打仗也很容易。但后来,受伤的人开始回来,实际的消息就传开了。最后,我们打胜了,打仗的男人们回来了。他们将有数百万人回来,知道打仗怎么回事。一个政府想在战后保持人民对它的信任,或在战争最后阶段必须信任人民,告诉他们能知道的一切,不管是好消息或坏消息。最后,他坚信,随着战争的进展,美国政府将相信有必要对人民讲真话,完全真话,除了真话没有别的。这决不会帮助敌人。如果美国要永远存在下去,政府需要所有市民的完全而绝对的信任②。

《男人们在打仗》问世后,从1942年9月至1943年3月,美国各大报刊,如《星期六文学评论》、《纽约客》、《纽约时报书评》、《纽约先驱论坛报书评》和《斯瓦尼评论》、《新闻周刊》等相继发表了评论。作者们纷纷指出,这本选集既有短篇小说和长篇小说选段又有历史故事和回忆录,组成了一部激动人心的战争文选,令人印象深刻,有时令人惧怕,有时几乎令人感动不已。从凯撒入侵英国到克拉克的珍珠港故事,海明威直接而生

---

① Ernest Hemingway, ed., *Men at War*, Crown Publishers, 1942, Berkley edition, 1958, pp. 5-20.
② 同上。

动的绪论受到读者的欢迎。他避免了感伤、摇旗呐喊的爱国主义和军事行动假冒的喜剧故事。但并不是书里所选的一切对文学都是永恒的贡献。总的来看,这本书对于男人们能够忍受最大压力的时刻是个令人印象深刻的里程碑。海明威的绪论是很有趣的,但太离题了,组织得不太好。尽管如此,这本书还是值得一读的①。

批评家卡洛斯·贝克教授认为,这是一本主题明确的选集,它的主题就是战争。从这是一种集体努力看来,它未达到海明威先生的希望;从它未达到的他的希望来看,它证实了他的标准,即构成他自己最好作品的基础的那些标准。

虽然相对而言,本选集很少文章符合海明威的标准,令人惊讶的是这么多篇是很接近他的标准的。其中有24篇的确是符合的,其中包括克莱恩的《红色英勇勋章》、海明威《丧钟为谁而鸣》里艾尔·索多的"山顶上的最后战斗"、《她私下的我们》选段、劳伦斯的《智慧的七大支柱》两段插曲、汤姆逊上校的一两段选文、司汤达的《对滑铁卢的个人看法》、比尔西的《鹰溪桥》、希拉里的《从空中掉下来》,也许还有包括一篇托尔斯泰的文章的其他12篇。这20多篇都是以事实为基础的,准确地观察,极其忠实地记录下来,但是以超越报道的内在质量加以阐明,犹如一尊好雕像超越了石头。它们在特殊性中包含了普遍性。经验与其说是个审计官,不如说是个裁判员。它们共同具有见证事件的真实色彩,但已经用超越报道水准的艺术加工使它成熟了②。

* * * *

从1937年海明威去报道西班牙内战状况到1942年主编《男人们在打仗》,海明威转向"政治缪斯",反法西斯意识明显加强,立场更坚定了。他进一步关注美国国内和国际局势的发展,改变了30年代初逃避现实的态度,受到批评界和读者的广泛好评。人们期待着他的文学创作能跨上新台阶,给读者奉献更好的作品。

尽管学界对《丧钟为谁而鸣》有这样那样的分歧,总的来说还是肯定了小说的社会意义的。艺术上也有新意,小说结构比较集中而紧凑,故事情节紧紧围绕炸桥而展开,乔登的心理描写很丰富。小说开头与结尾相呼应,最后用苍松翠柏象征乔登牺牲的不朽精神。也有人认为乔登与玛丽娅的爱情故事不真实,对国际纵队的形象和作用写得不够突出,甚至有

---

① Jeffrey Meyers, ed., *Ernest Hemingway: The Critical Heritage*, pp. 273 - 276.
② 同上, pp. 277 - 278.

所贬低,乔登的内心独白太长,等等,但小说的反法西斯主义和关注人类命运的主题深受学界和读者的好评。小说在二次大战中确确实实鼓舞了无数美国官兵为战胜德日意法西斯而英勇战斗。它是一部思想性和艺术性相结合的好作品。

第五章

50年代：海明威的新挫折和新崛起

《丧钟为谁而鸣》给海明威带来崇高的荣誉。1942年，他在玛莎的催促下，离开哈瓦那奔赴伦敦，直接投身于二次大战。他随盟军攻入巴黎，直捣德国法西斯的老窝。他又一次成了一名出色的战地记者。

二次大战结束后，海明威返回古巴住地。他与玛莎离了婚，跟玛丽重组了家庭。他终于有了稳定的家庭生活。闲不住的他又重操旧业，继续写作。

1950年9月，海明威的第六部长篇小说《过河入林》问世了。与海明威的期望相反，这部小说受到评论界的尖锐批评。尽管有些作家，如海明威的朋友约翰·奥哈拉，出于对他的敬重说了几句好话，但马克斯威尔·盖斯马在《星期六文学评论》指出，"这是一部不幸的长篇小说。任何敬重海明威才华和成就的人都不高兴评论它。它不仅是海明威最差的长篇小说，而且是他以前作品中不好东西的大杂烩，给他的未来（创作）投下了可疑的目光"[1]。这个观点得到卡津、弗莱、康诺利、查贝尔等著名批评家的认可。有的甚至

---

[1] Jeffrey Meyers, ed., *Hemingway: The Critical Heritage*. Routledge, 1997, 1982.

惊叹海明威已江郎才尽,再也写不出好作品了。海明威遇到前所未有的挫折,但他并不气馁,继续埋头写作。

令人欣慰的是海明威的作品20世纪40年代以来陆续改编为电影,如《丧钟为谁而鸣》(1943)、《有钱人和没钱人》(1944)、《杀人者》(1946)、《麦康伯艳事》(1947)、《乞力马扎罗的雪》(1952)、《太阳照常升起》(1957)、《永别了,武器》(1958)等,这些影片都很成功,一直在全国各地热映,深受广大观众欢迎。这使海明威成了百万富翁,又让他与影星褒曼和库帕等人成了好朋友,维护了他的神坛和在读者中的形象。

1952年海明威发表了中篇小说《老人与海》,令评论界异常惊喜。这部新作帮助他迅速从《过河入林》的灾难性谴责中恢复过来。他的声誉很快回升,"老狮子"再度在美国文坛崛起。《老人与海》1953年荣获普利策奖,1954年将海明威推上诺贝尔文学奖领奖台,他一生孜孜以求的梦想终于成真。

第一节 《过河入林》

《过河入林》(*Across the River and into the Trees*)出版前,斯克莱纳出版社事先作了宣传,想让读者们相信它是海明威的一部主要作品,将展示海明威在第二次世界大战中的经历,犹如《永别了,武器》和《丧钟为谁而鸣》反映了第一次世界大战和西班牙内战一样,因为从1940年《丧钟为谁而鸣》问世至1950年,海明威已经整整十年没有发表一部长篇小说了。所以出版社加大了宣传力度,唯恐广大读者忘了海明威的存在。

不论读者们或评论家们,对海明威都充满了期待。1949年1月,《生活》杂志刊登了著名批评家马尔科姆·考利的海明威访谈录,宣传了"爸爸"的神话。1950年出版了约翰·麦克卡弗利的海明威评论集。这些都增加了读者们对海明威的兴趣,尤其是对他的新作的期待。没料到,1950年2月至6月,《过河入林》在妇女杂志《世界主义者》的连载令人大失所望。

《过河入林》是海明威第六部长篇小说。书名选自南北战争时期南方军托马斯·杰克逊将军临死前的一句话——"让我们涉水过河,进入树林休息"。小说主人公理查德·坎特威尔上校是个50岁的美军正规军军官,1948年驻在意大利的特里斯特市。他患有心脏病,曾发作4次。某个星期天早晨,天亮前两个小时,他和年轻的意大利朋友巴隆·阿尔瓦里托正在威尼斯东部70公里处的塔格里阿曼托河河口附近的地方,准备出行打野鸭。他回忆了前一天发生的第四次心脏病发作的情况,这些往日的回忆占了全书三分之二篇幅。星期天晚上,在他们返回特里斯特市的路上,心脏病的又一次发作终于夺去了他的生命。

全书由45章组成。第一章和最后六章使用现在式写就。仅写了一天里发生的故事。第一章写某星期天早上,最后六章写当天晚上发生的事。从第二章至第三十九章描写主人公坎特威尔的回忆和思考。他想到威尼斯周末发生的事,比如星期六下午,他跟可能是他的女朋友、18岁的雷娜塔伯爵夫人作了最后告别。不过,除了坎特威尔的回忆以外,作者对威尼斯或雷娜塔都没有单独描写。小说的背景实际上是坎特威尔的内心世界。他尽力想消除他身上的灾难。小说描写了一个人想控制他自己迫在眉睫的死亡威胁下的内心搏斗。打野鸭之行仅仅是故事的一个框架。读者可以从中看到他在等待死亡时如何看待他的生命。坎特威尔在回忆中选择了一些比较快乐的事情,如他的军事生涯、尤其是他对雷娜塔的爱、他俩前一天一起度过的难忘时光。他面向死亡富有尊严,毫不悲观绝望。

《过河入林》于1950年9月7日由斯克莱纳父子公司出版,初版印了75000册。单行本问世前曾在《世界主义者》杂志连载5个月,受到学界和读者们的关注。由于先在杂志上连载,学界比较熟识,因此,单行本出版的第一周,《纽约时报》、《星期六文学评论》、《国家》、《纽约先驱论坛报》、《时代》、《新闻周刊》、《新共和》、《纽约客》、《纽约时报书评》、《哈泼斯月刊》、《大西洋月刊》、《美国信使》、《党派评论》、《肯庸评论》和《西璜尼评论》等各大报刊以及一些重要的地方报刊纷纷发表了评论。

最早引起人们共鸣的是前面提到的马克斯威尔·盖斯马的文章。他认为,《过河入林》不但是海明威最差的长篇小说,而且是他以前作品里不好东西的大杂烩。他还指出,这部小说的意识背景是真正浪漫传奇、超人和最后的边界的混合。上校为李克列尔的死喝一杯。他懂得达尔马提亚岸边龙虾喂养的习惯。他的伴侣、公爵夫人随便谈起她的女仆和男管家时,悄悄地将她情人家的珠宝收入囊中。但坎特威尔上校谨慎地从打野鸭到打野鸭,甚至跑到他喜爱的咖啡馆。在外交官和游客离开后,他对各种阴谋、诡计和突然死亡保持警惕,断定他的两侧都护得很好。但这里留下的一切就是像它那样,真正观察的疤与脓。遭遇和痛苦是优越性的标志,而不是人类感情交流的象征。海明威最佳作品里猎手与猎物的双重身份已变成势利者与杀手而得到解决。这是笨人的宇宙,这是"胜者得到一切",这是"有钱人和没钱人"。《过河入林》还有好东西。这小说可能给一位复杂而受煎熬的天才提供感情上的解脱,非常像海明威早期生涯的《春潮》一样①。

摩顿·查贝尔在《国家》杂志上指出,这是海明威在30年创作中的第五部长篇小说。我们已经等了10年了,当然抱着各种希望,希望它能预示一个已经给我们本世纪几本难忘的作品的天才有所创新。简单地说,它没有。故事几乎是固定不变的。谈话仅保留一点以前活泼的语调,变成令人难以相信的单调乏味和重复的怪叙,白白浪费了许多词汇。广告上将那位上校说成"可能是海明威所塑造的最复杂的人物",其实是个早期主人公的翻版、另一个无用的存在主义的男人。他仅仅忠诚于当兵和爱情的仪式。而那少女雷娜塔重复了《丧钟为谁而鸣》中屈从的童稚爱情,像个服务于人们熟悉的典型——前妻婊子的票根,一个在这种情况中野心勃勃的女记者——她解决了坎特威尔的一切怀疑,除了人类交往或性交流的最基本形式以外。

明显的事实是,这部新长篇小说是它的作者写得最差的东西:差在创新薄弱、语言单调、风格和主题上自我嘲讽,甚至超过了《第五纵队》和《有钱人和没钱人》。②

弗列德里克·叶索说,"在我看来,它的主要缺点有两点:单调和无聊的写作。这两点都不是人们对像海明威这样一位有经验的小说家的期望。他花了这么多时间去搞一种运动和作家户外的行话。曾经是他的强项的对话在这里一页又一页地处于成年幼稚型的边缘。"

在《过河入林》里,海明威企图回归到《太阳照常升起》的风格和《永别了,武器》的精神,但是结果却有点成了对这两部作品的嘲讽。他仍在与第一次世界大战的意大利运动作斗争。这一次通过代理人理查德·坎特威尔上校——他在小说里的传声筒。他作为第二次世界大战中的一个将军,也有许多话要说。在打野鸭方面——那也在画面里出现,海明威总是很优秀的③。

马尔科姆·考利在《海明威描绘了一个等死的老战士》一文中写道,这不是一本公众期待的伟大小说,尽管海明威过去十年来一直间歇在

---

① Robert O. Stephens, ed., *Ernest Hemingway: The Critical Reception*. Burt Franklin & Co., Inc., 1977, pp. 294–295.
② 同上,p. 296。
③ 同上,p. 297。

写作。

作为一部作品,它润饰得很漂亮,在这个意义上说,这是我们对海明威的期待。但它仍然低于他早先作品的水准。那些作品我们很积极地学习,而且从中学到许多东西。

死亡,或者准备好好去死,是这部长篇小说的主题。

坎特威尔上校在某些方面是海明威主人公中最完全实现愿望的一个。每个时刻,在各种新情况下,他是个老战士,热爱军事职业,热爱指挥、热爱为自己去打仗,甚至热爱他的敌人,如果他们是像隆美尔①和欧尼斯特·乌代特②那样的危险人物。但他嫉妒和痛恨自己内部的将军们。他甚至在贡多拉上拥抱女友时也不出格,因为这样犹如他在进行一次军事演习,在一个友好的海岸边登陆,但注意保密和惊讶。当他在餐厅吃饭时,他总是选在边角上的一张桌子,上校在那里护着自己的双侧,他笔直地靠在房间的拐角休息。

书中有个弱点是缺少次要人物。海明威在简略的特写方面像平常一样,总是很优秀的。人们记得上校的司机、船夫和戴眼镜的侍者以及其他人。他们一度被抓但永远被抓了,像在戈雅③的一幅蚀刻画里一样。在这部新小说里,只有上校和雷娜塔是主要的行动者,其他人物仅作为一种陪衬,可以改变而不需要改变情节。

有一场或一章从小说中消失了。甚至粗心的读者将为其消失而烦心。坎特威尔在准备去死以前不得不大吐苦水。我们感到只有他坦陈一切痛苦的原因,或至少他走进他有意识的记忆,他才能完全吐苦水。这样,他才能被承认和消除痛苦。他痛苦的一个原因是婚姻失败,那是简短而妥当地处理了。

然而,另一个更深的原因是上校总想当个美军中的将官。他只在前线先当过几个月的将军,后来被降职了。海明威常常提起这个事实,但他从来没有给我们描绘这个情景——其中或结果这次将军被重新认定。也许他由于犯了他告诉雷娜塔三种错误中的一种而被处罚了。"你能告诉我为什么和怎么样吗?"她问。上校说,"不,"坦白地说,那是事情的结局。作者补充说,他对雷娜塔保密是对的,但不该对读者保密。在威尼斯沼泽地打野鸭的第一个景观是那些带有阴沉基调的运动图片之一。海明威总

---

① 隆美尔(Erwin Rommel, 1891-1944):二次大战中的德国陆军元帅,后因涉及暗杀希特勒事件被迫自杀。
② 欧尼斯特·乌代特(Ernst Udet, 1896-1941):德国空军技术局长。
③ 戈雅(Goya, 1746-1828):西班牙画家和蚀刻画制作者。

是比任何其他作家搞得好。那通往威尼斯的路太奇妙了。在哈里酒吧里匆匆露面的人物也是如此。还有两次世界大战中美好的记忆。事实上，每章都有值得引用的东西。

人们对《过河入林》所怀念的是冒险和探索意识。那些是海明威早年小说的标志。每部长篇小说以一种新形式处理一个新主题，除了《有钱人和没钱人》以外。它们每部都是个真正的进步，所以《永别了，武器》和《丧钟为谁而鸣》都是它们相关年代的伟大小说。跟那些长篇小说比较，从它的技巧和诚实度来看，《过河入林》是一部令人厌烦的书①。

克莱德·希洛克莫顿在《广泛宣传的海明威小说达不到作者主要作品的水准》一文中直接表露了他的失望。《过河入林》不是一部完全成功的长篇小说。它也不是属于《丧钟为谁而鸣》或海明威先生一些短篇小说，例如常常再版的《乞力曼扎罗的雪》那种档次的，后者也写了临近死亡的问题。

欧尼斯特·海明威十年来发表的第一部长篇小说受到广泛宣传。从今年初它在杂志上连载以来，作者进行了重大的修改。对于那些期待一部大作品甚至可能是一部伟大的小说的他的赞美者来说，这将是一大失望。

书中也有精彩而优美的描写。开篇从特里斯特到威尼斯的汽车旅行铺设了全书沉郁的情调和不可抗拒的悲剧。人对于环境是孤立无助的，等待他的唯有毁灭②。

著名评论家阿尔弗列德·卡津在《纽约客》发表的《愤怒的肉体》一文中指出，许多报道说海明威1949年相信他可能死于一次发生在威尼斯附近的打猎事故造成的一只眼睛感染。他改变了写一部更雄心勃勃的作品的想法，而写成了《过河入林》，以便在剩下不多的时间里说说他的心里话。很显然，这本书是在非常紧张的情况下写成的，所以它具有自传的基调。但它必然使称赞海明威过去十五年作品的那些人感到失望。人们感到不安，是尴尬还是同情？这么重要的一个作家能如此扭曲自己。人们惊讶的是他能这么奇妙地赞赏世界的美丽，而且这么通俗平庸。好像是作为作者生活和创作的不成熟的总结，这部小说包括了那些情况、动机、对话、人物类型和景色描写的大部分。这些都是海明威读者们所熟识的。有时，他似乎引用了他比较有名的语句，缓解了人们较了解的他的恐怖。那生动的散文则逼着他用些肮脏的字眼，但带着盛气凌人的神态，而不是

---

① Robert O. Stephens, ed., *Ernest Hemingway: The Critical Reception*, pp. 298–300.
② 同上，p. 301.

过去嘲讽的快乐。

上校坎特威尔是海明威所有的拳击手、士兵、猎手和酒徒的混合物。在某种程度上,海明威的主人公从来没有比他在死前所描写的那么独特。但这个人,像这本书一样,看起来是由盲目的愤怒而不是抒情的情感拼凑起来的。那种情感使海明威先前一些作品显得特别深刻。坎特威尔身体的背叛和某种古怪造成他从司令降为上校的记忆激发了他的愤怒,使他的残暴扩展至他的军队司机、高级军官、美国妇女、甚至白宫。他不喜欢什么东西,也不喜欢什么人,除了他所选的圈圈几个人跟他早些好日子相关的酒和食品以外。听听他说的话,你会相信他不是反对死亡和官僚的失望之最后的化身,而是一个玄妙的、自以为重要的美国大人物。他见过一切战争,终于相信坚硬跟勇猛一样[①]。

J.唐纳尔德·亚当斯认为,《过河入林》是他读过的最沉闷的书之一,这不是因为上校生活中爱情与死亡的结合令他动了感情,而是因为一个伟大的天才已经走进了死胡同,不管是现在或永远[②]。

理查德·罗弗尔在《哈泼斯月刊》著文指出,欧尼斯特·海明威的《过河入林》是一部令人失望的长篇小说。虽然它有时显得优美而有力,它也有时显得庸俗。它是一部不可思议的夸夸其谈的书。它几乎是喋喋不休的,对于海明威小说来说是件怪事。究其原因,是海明威在这里用对话,不是作为叙事工具,而只是作为读者发表自己意见的手段。男性说话者是理查德·坎特威尔上校,一个典型的海明威主人公,但在性情和经历方面比他以前所描写的任何人物更接近作者。坎特威尔恰好是海明威当今的年龄,51岁。像海明威一样,他相信生活的全部意义和动力只有通过殊死斗争和对女人殊死的爱才能理解。这两者他碰巧知道得太多了。

小说注定失败的原因是什么?海明威的身份与他的主人公太接近了。因为坎特威尔是海明威。他是停滞不变的,书中自始至终具有一种已知的固定品格。他总是可信的,但极少有趣,因为海明威写自己,在写作过程中没有从自己学到什么。

到了这本书结尾,我们所了解的坎特威尔跟我们开始时所了解的没有多少不同。这是一部海明威小说特别令人失望的地方,因为海明威突出的才华在于往往将他的人物置于成长的激流中[③]。

---

① Robert O. Stephens, ed., *Ernest Hemingway: The Critical Reception*, p. 309-310.
② 同上,p. 312.
③ Robert O. Stephens, ed., *Ernest Hemingway: The Critical Reception*. Burt Franklin & Co., Inc., 1977, pp. 313-314.

菲力普·拉夫于1950年10月在《评论》杂志上著文指出,评论《过河入林》的第一件事是它如此异乎寻常地差劲。如果要对它进行正面评论的话,将是任何评价海明威是我们时代比较重要的散文艺术家之一和英语中最好的短篇小说家之一的任何人感到尴尬。因此,他最新的作品令人失望。它是明显地在失态中写成的,如果不是实际上士气低落的话。

这部小说读起来像是一部作者对他自己神态的拙劣的模仿。这种模仿是如此尖刻,使它几乎摧毁了海明威社会的和文学的混合神话。它至今已传播了近三十年。

事实上,作者与小说主人公理查德·坎特威尔没什么美学上的距离。他们在个人历史和战争经历有许多相同点,更不用说在意见、情趣、态度和偏见方面。这些都没有明显的差别。所以,作者到处出现,破坏了一部小说中对真实性最基本的评述。

这部小说中所阐明的爱情与死亡的主题并没有实现。上校行动结束时死于心脏病,但我们准备他死亡时只是根据事实,不是凭想象的。这是个事件,再没有别的了,缺少表述的暗示,况且故事的展开并不基于荣誉、勇气或感情等有意义的原则,正如同这些东西都投入于海明威早期有价值和有意义的叙述之中。这一切只能发生一次。作者与他的主人公以错误的方法混为一体,从创作者的角色变为简单而单纯的热爱者的角色。他不知道或仅仅模模糊糊地知道他的主人公是虚荣的或野蛮的,在他与其他人的关系上表现丑恶与好斗。在这样的竞争中不会有对性格或行为的评价,而人物的行动也没有任何明确的意义。

坎特威尔上校,像杰克·巴勒斯和亨利上尉一样,不是海明威的理想自我。他是作为海明威达到和吸收进他的自我的理想自我。所以,他变成他自己完整的理想自我。人们非常希望,在他将来的作品,这个男人会作为艺术家离去,重新获得控制[①]。

查尔斯·安格弗在《美国信使》杂志指出,未来的文学史家们都会将海明威的《过河入林》看成美国文学中"硬汉派小说"终结的标志。它是对他的方法这么一种滑稽性模仿,对于文学情趣是这么令人讨厌,它可能将结束这种方法仍然对青年作家的任何影响。

在《过河入林》里,海明威犯了很大的错误:否认人物的内心世界和他那无限的、令人迷惑的神秘。在他所希望的现实主义的描述中,他将他标榜的现实主义带进了死胡同。他的主人公不过是机械般冲动的一个装

---

① Robert O. Stephens, ed., *Ernest Hemingway: The Critical Reception*. Burt Franklin & Co., Inc., 1977, pp. 319-321.

置。他的女主人公不外是个真实的说话玩具。这么做,他将他的失败戏剧化了,以此抓住内心的现实,表现了糟糕透顶的平庸深度,而让他卑劣的小说哲学能够推进。很难相信,以这种观点为基础的小说流派在《过河入林》灾难后将幸存下去[1]。

《党派评论》于1950年11—12月号发表了罗伯特·华肖的文章《临死的斗士》。作者认为,这本书是海明威所喜欢的主题、意见和偏见的典型,即关于死亡、战争、爱情、打猎、好食物、好酒、受伤者之间的同志情、知识分子、记者和资产阶级,特别是新富豪的腐败,从酒到军事策略每个题目上的势利。它的爱情场景具有同样的假装多情,而它的"粗话"同样是含糊其辞的,像《丧钟为谁而鸣》里那些粗话一样。况且它都是这么俗气的。人们不知道作者怎么会让他自己滑得这么远[2]。

《肯庸评论》也于1951年冬刊登了艾萨克·罗森菲尔德的文章《再见了,海明威》。作者严肃地说,光说《过河入林》是一部不好的长篇小说是不够的,尽管几乎人人都这么说(事实上,它大部分是垃圾),或描述它海明威耍海明威的失败。这样的判断并不深刻。它们将人与艺术家人为地分开了。对前者来说,好像这些是表面上的差错或缺陷,但对海明威的艺术却是很主要的。在我看来,没有一个身份可以比较的作家在他的作品里对待生活采取这么虚假的态度。

坎特威尔不是"迷惘的一代"的人物,也不是我们时代不断发展的事物的代表。他没有从致命经历中学到什么。具有自然感情的人都知道从哪里开始生活:没有人是个孤岛。他是个自以为是的人,孤独、年老、从将军降到小人物。跟一个存在或不存在的少女在恋爱中空谈战争,空谈美好生活和真实的爱情,带有一种没有感情的、单调的、心脏病的自我陶醉。他还不知道他在做什么?他没有从生活中学到什么,除了他现在知道的以外,什么也没有——他快死了[3]。

著名评论家诺思洛普·弗莱也于同期在《哈德逊评论》著文参加讨论。他认为,上校在一个死亡的世界和一个未诞生的世界之间空荡荡的地狱里游荡,跟其他人没有任何关系。这种方法使他的故事不具有任何代表性的重要意义。就任何人来说,他是个完全属于自己的孤岛。

当然,这最后一点是海明威观点的一部分。他的故事旨在探索孤独

---

[1] Robert O. Stephens, ed., *Ernest Hemingway: The Critical Reception*. Burt Franklin & Co., Inc., 1977, pp. 326.
[2] 同上,p. 329。
[3] 同上,p. 329,332。

和一个老实的士兵的标准是怎样被现代战争背叛了。上校不是个作家。他所发生的事情,他断定是不可理解的,因为他发现就是如此。然而,他牢牢地支配了这本书,他不相信沟通的事情有些透到作者心理,瘫痪了他的写作意志。在这种故事里,主人公的孤独必须用作者希望讲故事并采用他自己的一种韵味,真实地讲故事来补偿。但是,这涉及作者与人物完全保持距离,如果用专业技巧来传递同情和细察,就能办到。这种分离没有达到,所以这本书技巧上保持了业余作者的水准。书里最有发言权的人物听起来像是作者的传声筒。作者实际上用平庸而错误的方法去解读这个故事,结果是令人感到不断的尴尬[1]。

在一片批评声中,也可听到个别的赞扬声。1950年9月10日,约翰·奥哈拉在《纽约时报书评》以《作者的名字叫海明威》为题指出,自从莎士比亚去世至今活着的最重要的杰出作家发表了一部新的长篇小说,它的名字叫《过河入林》,作者当然是欧尼斯特·海明威。

书并不代表作家的活动,但新小说是海明威二十七年创作生涯中的第十三本书,大约每两年出一本书。海明威并没有闲着。只要说出书名,他书目中的大部分书都会活跃起来。

在这部新小说里,很遗憾的是海明威没做什么来保护他自己免受个人攻击,或更正确地说,进行反击。他为一些人起了名字,并提到了容易辨认的其他人如巴顿[2]、艾森豪威尔[3]、蒙哥马利[4]、聂宇[5]、卡斯特[6]、杜鲁门[7]、杜威[8]和一两个作家,一两个记者,可能还有几个不出名的人。不过,他们会认出自己或猜想是自己。

这本书听起来不像一本小说,更像是一部自传(海明威还活着,狄克·坎特威尔以死结束了这本书),但这没关系。有关系的是海明威写出

---

[1] Robert O. Stephens, ed., *Ernest Hemingway: The Critical Reception*. Burt Franklin & Co., Inc., 1977, pp. 333.

[2] 巴顿(George Patton, 1885-1945):美国将军,二次大战中曾在摩洛哥和突尼斯抗击德军,后率美国第三军在诺曼底登陆,直捣柏林。

[3] 艾森豪威尔(Dwight Eisenhower, 1890-1969):美国将军,曾任二次大战中盟军欧洲战区司令。退役后曾当选美国总统(1953-1961)。

[4] 蒙哥马利(Sir Bernard Law Montgomery, 1887-1976):英国陆军元帅,二次大战中曾率英军将德国隆美尔兵团赶出埃及、利比亚和突尼斯等地。

[5] 聂宇(Michel Ney, 1769-1815):法国革命时期当过拿破仑军队的士兵,后来成了法国陆军元帅。

[6] 卡斯特(George Custer, 1839-1876):美国内战时的军官。

[7] 杜鲁门(Harry Truman, 1884-1972):第33届美国总统。

[8] 杜威(George Dewey, 1837-1917):美国海军上将。

了一本新书①。

随着时间的推移,美国学者对《过河入林》渐渐有了正面的评论。如菲力普·扬在其论著《重新思考海明威》(1966)里指出,也许有一天,它会揭示给这小说投以至今人们所观察的、更吸引人的目光。它常常被描绘成"抓住飘浮的瞬间"的一种象征性手段②。

卡洛斯·贝克教授在他的专著《海明威:作为艺术家的作家》(1972)里认为《过河入林》是个寓言。一个较小的《冬天的故事》或《暴风雨》③之类的寓言。它的基调是挽歌式的,像一首爱情抒情诗那么动人。

到了上世纪 80 年代,学者们又发现了《过河入林》的悲剧性意义。华特·威廉斯在他的论著《海明威的悲剧艺术》(1981)里指出,坎特威尔是他自己命运的部分设计者和策划者,所以像但丁一样,他也是他自己地狱的设计者和策划者——正如同他部分是上了十字架的耶稣基督④。

吉里·布林纳在《海明威作品中的隐藏手段》(1983)里认为,那特别适合于深藏记忆的坎特威尔,可能是列思河。那忘却的水流冲去了记忆,因此走向"永恒的树林",世俗天堂的圣林。另一方面,坎特威尔对过去在威尼斯的两天生活和他的战争经历以及最近心脏病的发作都有很好的记忆⑤。

查尔斯·奥利弗从小说的主题分析中得出了肯定的结论。他说,人们往往倾向于隐藏真情,特别是关于他们自己迫在眉睫的死亡的真情。因此,坎特威尔上校,一个 50 岁的男人,经历了最近一系列心脏病发作的痛苦,对他自己死亡的环境进行一些控制,保持了某种尊严。这是海明威所有作品中最有力、最动人的人物描写⑥。

第二节 《老人与海》

1952 年 5 月 6 日,《生活》杂志发表了海明威的新作、中篇小说《老人

---

① Robert O. Stephens, ed., *Ernest Hemingway: The Critical Reception*. Burt Franklin & Co., Inc., 1977, pp. 302–303.
② Charles M. Oliver, ed., *Critical Companion to Ernest Hemingway*. New York: Facts on File, Inc., 1999, 2007, p. 33.
③ 这两部剧作都是莎士比亚的作品。
④ 同注②,p. 33.
⑤ 同注②,p. 33.
⑥ 同注②,p. 37.

与海》(The Old Man and the Sea),几乎受到学界和读者的一致热烈欢迎。这期杂志在两天里卖了 500 万份,销路极好,前所未有。有些人给海明威写信或打电话祝贺,家里电话不绝,海明威感到无比兴奋和激动。他没有想到经历了《过河入林》的挫折后,能这么快地重新崛起。他的声誉迅速地攀升,达到了他创作生涯的高峰。

《老人与海》是海明威以先前一篇通讯为基础写成的。那是 1936 年刊于《绅士》杂志 4 月号的《在蓝色的海洋上:湾流来信》。这篇通讯写了一个老人独自在卡瓦尼亚斯港口外驾着一只小船打鱼。他捕到一条大马林鱼。它把小船拖到外海远处。鲨鱼发现并袭击了他的马林鱼。老人单独在湾流里与鲨鱼搏斗,鲨鱼将马林鱼的肉都吃光了。渔民们找到老人时,老人给气得抱头大哭。

这个真实的故事给海明威留下深刻的印象。1939 年 2 月,他在给斯克莱纳出版社总编辑帕金斯的信中曾说他想将这个故事写成小说。他还打算乘卡洛斯的船出海体验一下渔夫的经历。后来,《过河入林》遇到了挫折。他又想起这个古巴海滨发生的故事,仅花了八个星期的时间就完成了《老人与海》的创作。

《老人与海》与《在蓝色的海洋上》故事有点类似。但主题深化了,细节充实而丰富了,情境大大改变了。它写了古巴老渔民圣地亚哥接连八十四天捕不到鱼,常陪他出海的男孩曼诺林的父母以为他交上厄运,不再让曼诺林跟他上船了。但他并不气馁,独自驾着小船到外海,终于捕到一条大马林鱼。返程途中,他撞上一群鲨鱼。它们拼命吃掉马林鱼的肉。老人勇敢地与鲨鱼搏斗,寡不敌众,回到岸边时,马林鱼仅剩下一副骨架。老人累瘫了,不久就睡着了。他在梦中见到了非洲的狮子……

《老人与海》问世后受到广泛的好评。1953 年它荣获了普利策奖,1954 获得了诺贝尔文学奖。海明威如愿以偿,登上世界文学的巅峰。诺贝尔文学奖评奖委员会在授奖词中指出了海明威获此殊荣是由于他精通现代叙事艺术,突出地表现在他的近作《老人与海》中,同时也由于他对当代文风的影响。瑞典皇家文学院秘书安德斯·奥斯特林在颁奖词中说得更明白,这一类杰作,特别是《老人与海》(1952),令人难忘地叙述了一个古巴渔民和一条大西洋巨鲨搏斗的故事。当渔民出海捕鱼时,一场人与命运搏斗的戏开始了。这篇故事讲的是即使弹尽粮绝,仍坚持斗争到底的动人一幕。它是道德上获得全面胜利的赞歌。这个戏剧性情节在我们面前逐渐展开,一个个富有活力的细节积累起来,产生了震撼人心的力量。正如小说中所写的,"人并不是生来被打败的。人可以被毁灭,但决不能被打败"。

但是,在一片赞扬声后出现了冷静的评析。围绕着小说的主题思想和艺术手法,尤其是主人公圣地亚哥,出现了多种不同的解读,并引起了热烈的争论。有趣的是海明威本人也卷入了这场论争。这些争论围绕着以下几个中心:

(一)《老人与海》有象征主义吗?

《生活》杂志在发表《老人与海》时的前言中指出,小说中的老人就是年老的作家海明威。老人捕到的大马林鱼就是他高雅的杰作。鲨鱼群暗指诋毁他的作品和声誉的评论家们。小说反映了一个作家的生存状况。一句话,小说具有明显的象征主义。持这种看法的人不在少数。这成了小说首先引起争论的焦点。

海明威对这种近乎猜测的"象征主义论"十分反感,不久便给予坦率的反驳。他在1952年12月13日致伯纳德·伯仁森的信中直截了当地回答说,没有什么象征主义。海就是海,老人就是老人,孩子就是孩子,鱼就是鱼。鲨鱼就是鲨鱼,不好也不坏。人家说的象征主义全是胡扯[1]。海明威特别否认鲨鱼群是影射攻击他和他的作品的评论家们。

尽管如此,人们联想到海明威与某些评论家的紧张关系,往往难以接受他的表白和澄清。不少评论家仍将圣地亚哥老渔民与海明威的个人经历联系起来,作出不同的评析。

美国学者吉里·布兰纳不同意海明威的意见。他认为不能用海明威的意图代替对《老人与海》的评论。海明威上述信中的说明是:"一个作家意图的直率的声明,但是按照作家本人宣称或指明的意图来阅读文本,很可能误导。读者懂得对作家宣称的意图特别谨慎……此外,作家有意识的打算也许跟他们揭示给读者的无意识的叙事模式相矛盾,他们在文本中的含意可能与他们想做的大相径庭。最后,作家的意图还受到读者在文本中所发现的文化视野、意识背景、阅读策略、文学经历、历史倾向、个人偏见和有关价值或缺乏价值的其他因素的限制。"[2]

另一位美国杰出的学者哈罗德·布鲁姆坚持认为圣地亚哥老渔民很明显是海明威自己。他年仅52岁,但太浪漫化了,看起来他是老多了。小说的寓意是显而易见的。作家努力工作,想写出一部真正的大作品,甚

---

[1] Carlos Baker, ed. *Selected Letters of Ernest Hemingway 1917－1961*, New York: Scribner's 1981, P. 780.

[2] Gerry Brenner, *The Old Man and The Sea: Story of A Common Man*, New York: Twayne, 1991, p. 13.

至我们不必将鲨鱼当成文学批评家(虽然这种提法并不都是不正确的)①。

像布鲁姆一样,将圣地亚哥的经历与海明威的生平联系起来的大有人在。印度学者乔根德拉·库沙尔便是一例。他认为《老人与海》揭示了海明威关于艺术家的概念。海明威常常认为一个艺术家为了创造真正优秀的作品,必须超越常规的界限,必须到远方去。《老人与海》展现了海明威决心写出最佳作品的形象。圣地亚哥的种种表现严格地体现了海明威作为作家的职业选择。对海明威来说,生活是一场大搏斗。他像个好猎手,要放长线接近它。他精心选材,像圣地亚哥一样勇敢、耐心、坚持和忍受。正是基本的生活搏斗使这位伟大的小说家经受了磨练,克服了生活中不可战胜的主要势力,成为一位勇敢的普通人。如果他能战胜它们,他就能单独地获得最大的奖赏。《老人与海》最后成了海明威最大的奖赏、他的艺术高峰和最终的成就。

因此,《老人与海》可以看成海明威作品中最乐观的一部,以"虚无"开始,又以"虚无"结束。它既是一部大失败的故事,也是一部大成功的故事。但,正是失败,被真正打败的感觉在结局里显示出来。又一次说明"胜者无所得",仅留下他的后人的几句好话:"他们看到圣地亚哥在时代的沙滩上留下的脚印。他身后留住的是愤怒不息的大海和贪得无厌的鲨鱼群,在等待其他出海的人们"②。

美国学者比克福德·斯尔维斯特则专门论述《老人与海》中的象征主义特色。他认为,圣地亚哥老人在海上遇到的各种海洋生物的行为,揭示了小说对于力量价值的肯定、对于活动的完全投入和对于逆境的探索。有几种生物对抗大自然的宣示:大马林鱼被捕获时一直逆湾流而行,至死不屈。但他身上的蓝条是大海的颜色,它比其他顺湾流而行的鱼更贴近大海,其他的生物也具有大海一样的颜色。蓝眼睛的老人在他与大海之间只有他一双手,没有救生圈,也没有机器。大海为他提供了食物。他身上被太阳晒焦的地方也显示大海对他的恩惠。像马林鱼一样,蓝背鲨随心所欲地游弋。金色的海豚身上紫色的条纹则表明它真的饿了,很想冒险去猎物。圣地亚哥在湾流里急速前行。他乐于在9月飓风横行的危险季节出海,终于捕获了最大的马林鱼。他成了人类与自然界的主要联系人。像那条马林鱼和大鲨鱼一样,他在寂静的孤独中忍受了可怕的熬煎,成了唯一与大自然真正沟通的人。他在痛苦中重获浅水作业的渔民们拿

---

① Harold Bloom, ed. *Bloom's Notes*, Chelsea House Publishers, 1996, p. 5.
② Jogendra Kaushal, *Ernest Hemingway: A Critical Study*, New Delhi: Chandi Publishers, 1974, pp. 115–116.

不到的回报,而那些人构成了人类的大多数。

所有的暗示最后揭示了一个基本的自然准则:和谐的对抗,即有同情心的暴力、舒服的痛苦、死亡中的生存、年老而旺盛的精力和失败中的胜利。这些形成了故事的结构。斯尔维斯特最后强调指出,认为圣地亚哥的个人经历只有作为孤独活动蠢事中的教训才是有价值的,那是完全错误的。因为他的回报是在他回到人群中航程结束时才获得的。他的回报不是在陆地上,而是在他航行的最远处,即在他远离别人最孤独时获得的。当他将鱼叉刺入他的猎物时,他获得了回报①。

(二) 神话批评:圣地亚哥像耶稣基督

卡洛斯·贝克是美国已故的权威海明威学者。他早就竭力主张海明威小说中有象征主义。不过,他受到海明威另眼看待。他的专著《海明威:作为艺术家的作家》(1952、1956、1963、1972)有专章评述《老人与海》,在美国国内外影响很大。此书问世前,贝克请海明威亲自过目。1980年11月,贝克教授在普林斯顿大学火石图书馆三楼他的办公室接受笔者访问时曾说过,凡是他书稿里提到象征主义的地方,海明威都在旁边打了个问号,表示不同意。但贝克教授说,海明威是个大作家,而他是个评论家,两人是好朋友,各人可以保留各自的看法,相互尊重,对保持友谊更好。所以,尽管他了解海明威的意见,他仍坚持自己的观点。专著出版后,海明威也不再计较了。

卡洛斯·贝克在书中指出,从圣地亚哥的遭遇和勇气来看,海明威是个耶稣基督式的人物。他说,圣地亚哥所表现的某些身心素质明显地与福音书故事里耶稣基督的品德和个性有密切联系。主要有勇敢的言行,一种战斗精神。有种支撑的力量帮助他决心坚持到底,不管出现什么情况。他有能力无视身体的痛苦,而将精力集中于即将获得的更大的目标上。海明威确如某个评论家写的那样,"是老人的形象",当他面对着森林般的弓箭时,他遇到了苦难,忍受了苦难,便对自己说:"现在从容地背靠森林,什么也不想。"这种苦难,这种从容和所说的森林,奇特地融成耶稣在十字架上的形象。所以,很可能是这样。当老人进入或贯串第二阶段的行动时,殉难思想的力度就越来越强了②。

不仅如此,卡洛斯·贝克还将圣地亚哥老人与海明威其他长篇小说

---

① Bickford Sylvester, *Hemingway's Extended Vision: The Old Man and the Sea*, PMLA 81 NO. 1, March, 1996, pp. 131-132.
② Carlos Barker, *Hemingway: The Writer as Artist*, Princeton: Princeton University Press, 1952, pp. 297-299.

里的人物进行了比较。他认为,在《老人与海》故事的发展中,尤其是在鲨鱼群即将出现时,圣地亚哥与其他海明威的"准则英雄"具有一种意义上的关系。在《老人与海》成书前许多年,海明威自己蛮有兴趣地提出,自然界万物中,即在作为人类儿子人性方面,耶稣基督在基督教世界的历史上属于"好人"之类,与我主信徒的那些无数无名无姓的万千凡人之间有一定相似之处,不管他们对基督教的接受程度如何。《永别了,武器》里亨利中尉的朋友,那年轻的牧师就是他早期的一例。《丧钟为谁而鸣》中乔登的朋友,西班牙老猎手安索尔莫又是他近作的另一例。圣地亚哥爱鱼又捕鱼和杀鱼,在追捕大马林鱼和跟鲨鱼群殊死搏斗中双手伤肿,累得眼睛几乎看不见。他仍信心十足,认识了自我,坚持拼搏,直到最后一刻。他的艰辛的经历、他的勇气和忍耐,可以被看成一个基督式的人物。

另一位美国学者约瑟夫·弗罗拉探讨了《老人与海》中《圣经》式的暗指,发现这部小说肯定了一个实实在在的基督徒的价值,进一步发挥了卡洛斯·贝克上述的观点。

弗罗拉指出,《老人与海》明显地揭示了《永别了,武器》中弗列德里克·亨利的最佳想法:"正是在失败中,我们成了基督徒。"有意义的是,小说中青年牧师没有抓住亨利发现的真理。教会没有给海明威的人物指出他们许多人所盼望的方向。圣地亚哥的故事对西蒙·彼得和其他渔民的故事来说是个具有反讽意义的对照。这并不是说基督教对人们的需要来说是无关紧要的。相反地,正好说明海明威越来越相信人必须单独做点他所能做的事。

在《老人与海》里,海明威展现了一个实实在在的基督徒的寓言。基督教神学也许不再灵了,但圣地亚哥的生活——一个实实在在的基督徒的经历也许是对人类开放的最好一课。谦逊、忍耐、到远海去、有信心、有希望、有爱心——这些好品德仍然是最得益的。《老人与海》揭示了基督教信徒的本质,并用特殊的《圣经》式术语表达出来[①]。

西班牙学者安格尔·卡皮芝则认为,圣地亚哥这个名字并不是海明威随便选的。许多人常常忽略了这一点。其实,他是用耶稣基督一个使徒、渔民圣詹姆斯命名的,具有西班牙的背景。按照传统的做法,圣詹姆斯将基督教从查拉戈查传入伊伯里亚的据说是他的葬身之地加里西亚的

[①] Joseph M. Flora. *Biblical Allusion in The Old Man and the Sea*. Studies in Short Fiction 10, NO. 2. Spring 1973, pp. 145 – 147.

圣地亚哥。所以,《老人与海》里的圣地亚哥是个原型英雄[1]。

(三) 小克林顿·伯汉斯:圣地亚哥是个悲剧英雄

美国学者小克林顿·伯汉斯认为,圣地亚哥老人是个悲剧英雄,他的一系列行动造成了不可避免的失败。

伯汉斯在《〈老人与海〉:海明威对人的悲剧想象》一文中说,纵观《老人与海》,圣地亚哥具有英雄的匀称。他是个"奇特的老人",他在行当各方面精力旺盛,聪明机智。他勾住大马林鱼后,以史诗般的耐心和技巧跟它搏斗,表现了"一个人所能做的和一个人所能忍受的一切"。当鲨鱼群冲过来时,他决心"跟它们拼了,直到我死",因为他知道"人并不是生来被打败的。……人可以被毁灭,但决不能被打败"。

除了圣地亚哥与大马林鱼搏斗和勇战鲨鱼群的个人英雄主义以外,除了他对感到必须捕杀的高贵生物所表现的爱心和兄弟情以外,在老人的经历中还有另一面。它使这一切具有最终的意义。因为在捕杀大马林鱼和它被鲨鱼群吃掉后,老人懂得了犯罪。人们出远海,到了深海的地方去,超越他们生活中真正的位置,不可避免地要犯罪。在与大马林鱼搏斗的第一个晚上,老人开始感到孤独,几乎是一种他捕到大马林鱼的犯罪感。他刺杀了大马林鱼后,他并没有一种成就的自豪感,也没有胜利感。相反地,他似乎感到他好像背叛了大马林鱼。"我只是在用计上比它好些,"他想,它对我无害[2]。

另一位美国学者艾德温·莫斯雷则认为,《老人与海》是一种个人悲剧,没有社会含意。他在专著《现代小说中基督的假名:动机与方法》里指出,《老人与海》很显然是一部个人的悲剧,而不是社会悲剧。在海明威的故事里,一个人走那么远去追捕大马林鱼。"他走得太远了,因为他选择这么做:'它(大马林鱼)选择待在黑色的深水里,远离一切罗网、圈套和危险。我的选择是远离所有的人,到那里找它,远离世界上所有的人。此时,我们会合了,中午以来一直会合。没有人帮助我们任何一方。"在这一点内省里包含了悲剧的所有因素:一种超越,即不是任何人或任何事物的过失,而是一个人或生物自己的选择;一种从超越的人来看,当他深情地参与他的超越时他则实现了道德上的自由;一种对他惯例地拼搏的认同;一种对那庞然大物的成熟的屈从,而不是幼稚地唾弃它。小说用一个又

---

[1] Angel Capellan, *Hemingway and the Hispanic World*, Ann Arbor, MI: UMI Research Press, 1985, pp. 109-111.

[2] Clinton S. Burhans, Jr, "*The Old Man and the Sea*: Hemingway's Tragic Vision of Man", *American Literature* 31, No. 4, January 1960, pp. 447-449.

一个细节指出了古典悲剧的本质,从个人的肢体伤残、失去安全感、不被承认,比如说旅客分不清马林鱼与鲨鱼等这些肉体上的失败中将道德上的胜利戏剧化了。在他搏斗快结束时,圣地亚哥老人表达了对鱼作为海上男性生活准则和女性生活准则的直接的接受,用一种方法揭示了大自然和宇宙多种因素的和谐和一致性。他正是在自然界和宇宙里与它们作斗争的。正是他最后的斗争形成了一种智慧,犹如伊狄帕斯只有通过长期的斗争经历才能取得的智慧。

莫斯雷从悲剧理论的视角进一步剖析了《老人与海》的象征主义与圣地亚哥的耶稣基督模式的关系。他认为,悲剧的艺术概念是人通过受苦受难获得尊严,老渔民的神话式结构,从他精神上的开始到体力上的结束,当然包括了基督的模式。海明威的意象比人类学上的意象更广泛,但一些参照清楚地表明他将基督作为许多象征中的一种。实际上是说,像希腊人一样,受苦出智慧;像基督徒一样,受苦带来道德上的胜利[1]。

美国学者查尔斯·泰勒则从德国哲学家尼采的悲剧观进一步剖析圣地亚哥作为悲剧英雄的特点。他认为圣地亚哥出海太远,犯下了罪行。他受到惩罚,又得到宽恕,没有再犯罪。这个寓言源自柏拉图对基督教的双重思想:"如果我们自由的选择'出海太远',我们只能靠住在另一个现实中的上帝的恩惠来解脱我们的罪行。在阅读这篇悲剧性的寓言中,我们作为旁观者经历了这种明显地存在的另一个方面。诚如亚里士多德告诉我们的,我们是旁观者,完全脱离了'舞台的行动',戏剧的效果是一种感情的净化,它使我们摆脱、超越和离开生活的罪恶、灾难和痛苦,回归安全。"

泰勒用尼采的观点分析圣地亚哥的言行,指出老人出海太远,但他以尽可能的最高姿态,参与了生活,因而肯定了生活。圣地亚哥与酒神狄俄尼索斯的联系贯串了全书。尼采认为每一部真正的悲剧都创造了酒神狄俄尼索斯的形象,揭示了存在同一性的感觉,给旁观者留下超自然的安慰,即从一切变革的精神来看,生活是不可毁灭的,因而是富有活力的,令人愉快的。圣地亚哥关于杀鱼的想法,清楚地表露了这种感觉[2]。

(四)罗伯特·路易斯:圣地亚哥是个孤独而仁爱的好人

原美国海明威学会会长罗伯特·路易斯在专著《海明威论爱》里指

---

[1] Edwin M. Moseley, *Pseudonyms of Christ in the Modern Novel: Motifs and Methods*, Pittsburg: University of Pittsburg Press, 1962, pp. 206-209.

[2] Charles Taylor, "The Old Man and the Sea: A Nietzschean Tragic Vision", *Dalhouse Review* 61, NO. 4, Winter, 1981-1982, pp. 638-640.

出,圣地亚哥的故事第一句就引起人们对他的孤独的注意:他是个老人,在湾流里独自驾着小船捕鱼。虽然他住在渔村里,只有曼诺林来看他和关照他。他甚至拿掉他亡妻的照片,因为它使他感到太孤单了,不忍看它。由于小船没有同伴,他自言自语,与海里的生物说话,"老年人,没有一个不是孤独的……但,这是不可避免的。"当他想到自己的命运和马林鱼的命运时,内心确实有些冲突。

像海明威其他主人公一样,圣地亚哥仍然不得不对付孤独,但跟其他人不同的是,他相信他的自尊心部分地给自己造成孤独。这点自知有力地改变了他的感情。使他懂得他的罪过,控制它。那丰富而起伏的女性之水使他的精神焕然一新。

视觉和灯光意象的持续运用显示:老人的奇特在于他超自然的视觉、他与各种动物的契合(包括马林鱼和马)以及他与闪亮的星星、太阳和月亮的友谊。他希望搏斗和忍耐,直到他意志和力量的极限,但只要他能庄重地忍耐,结果将无大碍。也许杀鱼是一种罪过,因为自尊心是他长时间搏斗的一个原因。不过,对马林鱼的爱是对他的罪过重要的减轻,如果他将马林鱼让鲨鱼群啃光了肉,他就要付出代价。他会从他的航程里回归地狱(那里一切处罚都是自我处罚)与人们生活在一起。像尤利西斯、但丁、伊斯梅尔和古代水手一样,他是个悲伤者,但他是个较明智的人和曼诺林的老师。

《老人与海》是一篇人的信仰和忍耐胜利的故事。他爱大的和小的。不管一个人发生了什么事,如果他有了爱,他就能克服自我,忍受苦难,甚至肉体上的孤独。人将很好地"调整",不必牺牲个性,屈服于专制的群体。他将成为他的世界的一部分,而不是他的添加物。他不是个局外人,也不是他可怜的赘疣。他不是亚当,也不是可怕的被抛弃的该隐①。他将爱他的兄弟,甚至爱鸟和他所爱的大海里的鱼。爱神厄洛斯帮他学习。当他梦见青年时代的狮子时,爱神在他身上长存了②。

(五) 女权主义批评:圣地亚哥代表当代厌恶女性的怪物

女权主义者经常批评海明威小说中女性形象苍白无力。马丁·斯旺指出,在《老人与海》里的人物唯有一个真正的女性,她是个美国游客。通过简单的误解,海明威想将她写成女性的代表:轻率、无礼、柔弱、嘲笑男人的成就,尽量贬低圣地亚哥。小说的末了写道:

---

① 该隐(Cain):基督教《圣经》里亚当的长子,他曾杀害他的弟弟阿伯尔。
② Robert W. Lewis, Jr. *Hemingway on Love*, Austin:University of Texas Press, 1965, pp. 210-212.

"那是什么?"她问侍者,指着大马林鱼那长长的骨架。它现在恰好成了一堆垃圾,等着潮水冲走。

"它是条鱼。"侍者答道,"一条鲨鱼。"他想说明刚发生的事。

"我不知道鲨鱼有这么漂亮、优美成型的尾巴。"

"我也不知道。"她的男伴说。

海明威的厌女癖当然得到充分的控制,以避免产生危险,但同样的神话在起作用——女人对于男人来说是危险的,因为她能够削弱男子汉气概,因为她是有罪的、不纯洁的;因为她水性杨花。这是个反讽的扭曲,简单的道德观允许海明威吸取这个神话。长久以来,《老人与海》被肯定认为是适合孩子们阅读的书。它的这种特别的性别毛病终究被接受了。

圣地亚哥代表了当代厌恶女性的"青面獠牙"的怪物。厌恶女性的"好人",其最极端的形式可能是个本性不暴烈的男人,但他这么严肃而直率地倾听他那一代人和《圣经》的声音。这些声音使他在极度中感到困惑。但海明威选择了把我们自己文化里狡诈的猛犸变成圣人①。

(六)生态批评:圣地亚哥是大自然"整体精神"的探求者

近几年来,随着生态批评的兴起,美国学者用新视角评析海明威其人其作。论文不算多,最引人注目的是苏珊·比格尔的《眼与心:海明威作为大自然热爱者的教育》。她从海明威父母从小对他的教育、老罗斯福总统的影响和橡树园社会的熏陶等全面地剖析了热爱大自然传统在海明威创作中的反映。苏珊·比格尔是耶鲁大学女博士、爱达荷大学客座教授,现任美国海明威学会主办的《海明威评论》主编。主要著作有《海明威的省略技巧》(1988)和《海明威被遗忘的短篇小说:新视觉》(1998)等。

比格尔认为,《老人与海》展示了海明威猎人和热爱大自然者的教育这个方面。他那原始的古巴渔民圣地亚哥类似达尔文像野蛮人一样的科学家,或威尔逊森林里部族人般的田野生物学家。海明威在湾流多年捕鱼和为费城自然科学院收集马林鱼和金枪鱼标本所获得的知识,使圣地亚哥观看、注视和检验:"他看到飞鱼——再跃出水面"。圣地亚哥并不迷信宗教,而是走近自然,如他好奇地看着马林鱼所表现的。圣地亚哥想从大自然寻求"整体精神"问题的答案:"为什么他们使鸟儿长得这么漂亮,像那些海燕一样,而大海却这么残忍?"他不记下他观察的结果,而带回他的标本:马林鱼的大骨架,让专家们丈量,使游客们乱议论。因此,圣地亚

---

① Matin Swan, *The Old Man and the Sea: Women Taken for Granted*, Visages de la feminite, ed. A, J. Bullier and J. M. Racault Denis, France:Universite de Reunion, 1984. pp. 155-156, 163.

哥所想象的大自然是由"朋友和敌人"组成的：移居的鸣禽和从陆地飞来与它们相会的鹰群、海龟和它们所喂养的水母、大马林鱼和毁灭它们的大鲨鱼。这种将动物放在伦理道德非相对的分类上的传统，只有对进化知识局限于杰克·伦敦的那些人才有可能。这就给阿加斯兹俱乐部所训练的科学提出了一个特别的问题：如果热爱大自然的人是为了探求上帝"创造人类的计划和目的"和研究出"整体精神"，那么怎样解释自然界明显地存在罪恶？怎么说明像自我毁灭的土狼和贪婪的鲨鱼一类的动物？为什么上帝使它成了鲨鱼[①]？

* * * *

综上所述，不难看出：《老人与海》问世后，一方面获得学术界的一致好评，海明威的声誉又节节上升；另一方面它引起了一场热烈而持久的争论。不同的文学流派纷纷对它进行了不同的解读。海明威也参加了争论，但批评家们坚持各自的看法。这些给了我们有益的启迪，拓展了我们的视野。

从《过河入林》到《老人与海》，海明威经历了从意外的挫折到重新崛起的过程。这对一个名作家来说是很不容易的。他在挫折时并不灰心失意，仍充满信心，继续精心创作，终于用新作征服了学界和读者，体现了一个硬汉子的风采。

[①] Linda Wagner-Martin, ed., *A Historical Guide to Ernest Hemingway*. New York: Oxford University Press, 2000. p. 78, pp. 86 - 87.

第六章

60年代：海明威谢世前留下的余音

从1952年《老人与海》一鸣惊人到1961年7月初饮弹自尽，海明威这九年里没有再发表什么长篇小说。学界有些人颇有微词，但海明威并未放松写作。

从《生活》杂志刊载《老人与海》后，好评如潮，老朋友、新读者常来电来信祝贺，评论界一片赞扬声。1953年《老人与海》荣获普利策奖，第二年又获诺贝尔文学奖。海明威取得了空前的成功。海明威尽力想避开这热闹的欢呼和庆祝，常乘游艇"彼拉"出海兜风捕鱼。

1953年6月24日，海明威偕妻子玛丽乘船去西班牙，先去潘普洛纳观赏奔牛节斗牛赛，后到马德里转法国马赛港，从那里乘船去蒙巴萨开始他的三个月非洲狩猎行。他俩在狩猎地与当地土人一起欢度了圣诞节。

没料到，1954年1月24日，海明威和玛丽从内罗毕飞往西南部的"无花果树营地"时接连发生了两次空难，幸亏他俩命大，死里逃生，但留下难以治愈的伤病。海明威躺在医院的病床上，听到各国报刊报道他俩遇难的消息和许多知名人士的悼念文章，感到很好笑。他戏称这是上帝赐给他俩的"圣诞礼物"。

但是，海明威确实受了重伤，肝、肾和脊椎骨下半部都出了毛病，脑震荡令他寝食不安，左眼暂时失去视力，左耳听力不灵。这一切给他造成极大的痛苦，严重地干扰了他往后的文学创作。

经过 13 个月的治疗和休养，海明威才顺利返回古巴的瞭望田庄。1954 年 10 月 28 日，瑞典皇家科学院宣布授予海明威当年诺贝尔文学奖。但他的健康情况不好，医生不同意他去斯德哥尔摩领奖。他只好委托美国驻瑞典大使约翰·卡伯特代他宣读他自己写的答谢词并代他领奖。

两次飞机失事留下的后遗症成了海明威写作的绊脚石。但这位顽强的硬汉子采取站着写的办法，坚持一字一句的写作，完成了《危险的夏天》和巴黎回忆录《流动的盛宴》。这两部非小说成了他谢世前的告别之作，给学界和读者留下抹不掉的余音。

第一节 《危险的夏天》

《危险的夏天》(*The Dangerous Summer*)是一部描述 1959 年西班牙斗牛节的作品，重点介绍西班牙当时最有名的两个斗牛士，27 岁的安东尼奥·奥多涅兹和 33 岁的路易斯·米格尔·多明吉的"一对一"对抗赛中的出色表演。为了写好这本书，1959 年海明威特地独自带病赶往西班牙，亲自补充了许多图片和资料。他运气很好，正赶上两个兄弟在进行持久的对抗赛。他完满地实现了自己的愿望，却患上了多疑病，怀疑他最亲密的朋友，怀疑自己能否活下去。回国后不久，他便给送进了医院。

查尔斯·奥利弗指出，《危险的夏天》描写了 1959 年西班牙斗牛赛季的七次斗牛赛。奥多涅兹和多明吉同时出场，七场中有四场是"一对一"的对抗赛。书中有许多段落令读者想起海明威曾去看过斗牛赛，但不太多。当然，从总体上看，这本书展示了一个人在他创作生涯处于低潮时的图画。1960 年 9 月，《生活》杂志连续三周刊登了这篇长文。它成了海明威生前发表的最后一部作品。两个多月以后，他第一次走进明尼苏达州罗切斯特的马约诊所。7 个月后，他就去世了①。

《危险的夏天》原先是《生活》杂志约海明威写的一篇文章，大约 1 万

---

① Charles M. Oliver, ed., *Critical Companion to Ernest Hemingway*. New York: Facts on File, Inc., 1999, 2007, p. 94.

字左右。海明威初稿竟写了 12 万字。他身体不好,一直难以动手删节,急电 A.E. 霍茨纳飞到哈瓦那帮他删改。霍茨纳到了瞭望田庄后多次与海明威商议删节,但海明威有点舍不得。霍茨纳是他的忘年交,当了他 13 年的朋友了。他在 1959 年曾飞到西班牙陪海明威观赏斗牛赛。所以,海明威最后写了几条意见请霍茨纳操刀删改。《生活》杂志 1960 年发表的《危险的夏天》是从 65000 字原稿删改为 45000 字的。这个 65000 字原稿也许是霍茨纳帮海明威删改而成的。

《生活》杂志发表时全文分成三个部分,标题分别是:《危险的夏天》、《魔鬼的骄傲》和《预约灾难》。斯克莱纳出版社出单行本时,总编辑麦克尔·匹特茨删去了上述三个标题,改分为 13 章。他还收入海明威在《死在午后》里的斗牛术语汇编和索引。它包括介绍进行斗牛赛的城市。加上有个詹姆斯·米切纳写的前言。前言开始的一句话令人难以苟同:"这是一位精力旺盛的六十岁男人写的一本有关死亡的书。他有理由害怕自己快死了。"不过,斯克莱纳出版社拖了 25 年,直到 1985 年才出了单行本。

詹姆斯·米切纳在前言中指出,《危险的夏天》是西班牙一个斗牛赛季里发生的残忍、精彩而引人兴趣的事情的一篇记录。

海明威在报道那兄弟俩之间的对抗赛时,滥用了作家的身份,过分偏袒他们中的一个,即他非常熟悉、十分崇拜的奥多涅茨。在这篇文章发表后很久,海明威承认,他对待多明吉不太公正,并且多少表示了歉意,但是伤害已经造成了。《危险的夏天》成为对多明吉的一篇无法辩解的攻击。

米切纳说,"我本人当时和现在的看法都是,海明威试图重返他的青年时代是不明智的;他还想把过多的分量悬挂在一系列斗牛赛这么一根纤细而深奥的线上。不过,他写了一部展示美国文学中一位主要人物多种风格的手稿。这是一份值得保存的记录。"

米切纳认为,对于爱好斗牛文学的人来说,海明威在第十一章里对 1959 年 8 月 14 日在马拉加举行的、具有历史意义的那场斗牛赛的叙述,是一篇最形象化、最精确的斗牛概述。它是一篇杰作[①]。

小说家威廉·肯尼迪 1985 年 6 月 9 日在《纽约时报书评》著文认为,《危险的夏天》是海明威最后的悲剧中最重要的东西。它可以单独挺立。它具有中篇小说的长度,45000 字,还有詹姆斯·米切纳的前言。关于斗牛界所需的术语,海明威作品有很好的描述。他同意米切纳的观点,米切

---

① 见主万译《危险的夏天》,上海译文出版社,1999,第 15、16、17 页。

纳看过了全部原稿,说海明威把细节写得太细,大多数读者不愿看完。海明威知道它太长了。霍茨纳先生去哈瓦那看他,报道说海明威不相信《生活》杂志编辑能删他的作品,自己苦干了整整21天,仅仅删掉了278个字。

海明威悲伤地恳求霍茨纳先生帮助他删改,但后来奇怪地写条子给他进行解释,反对霍茨纳建议删掉的地方,而霍茨纳恰好跟他同在一个房间里。海明威的思想已失去控制,而且越来越糟。他自夸的删改能力不能适应了。他综合的伟大天才不起作用了。

但米切纳认为,不管怎么说,《危险的夏天》是他读过的最好的运动书籍之一。这恰恰说明为什么这是一本重要的好书。价值从副文本里体现出来。它似乎具有两大因素:写这本书的魄力与作家报道和写作的行动①。

著名海明威专家麦克尔·雷诺兹则将《危险的夏天》和《流动的盛宴》进行了比较,从艺术风格上看出它的特色和意义,令人耳目一新。他认为,这部回忆录采用了一切小说技巧,抹去了体裁之间的区别。《危险的夏天》具有同样的效果:半是报道,半是思考,半是游记,半是传记。体裁之间的围墙就这么打破了,最后,"非虚构"小说几乎空了,客观性的伪装全消失了②。

《危险的夏天》具有跨体裁的后现代主义小说技巧,它的意义就大大超越一般的介绍西班牙斗牛赛的运动书籍。

第二节 《流动的盛宴》

《流动的盛宴》(*A Moveable Feast*)是海明威谢世前完成的最后一部非虚构小说,又称《巴黎回忆录》。生前,海明威曾与好友霍茨纳商议先出版《危险的夏天》还是这部《流动的盛宴》。他还亲自跑去纽约与出版商讨论,后来把决定权交给了出版商。结果,《危险的夏天》1960年由《生活》杂志先发表,《流动的盛宴》拖后。海明威来不及看到自己心爱的作品问世

---

① Robert Trogdon, ed., *Ernest Hemingway: A Literary Reference*, New York: Carroll & Graf Publishers, 1999, pp. 345, 348.

② Michael Reynolds. *Literary Masters: Ernest Hemingway*, The Gail Group, 2000, p. 85.

就于1961年7月2日与世长辞了。

海明威去世后,他的第四任妻子玛丽便与霍茨纳策划《流动的盛宴》的出版事宜。两人合作,共同编辑海明威留下的原稿。书名是霍茨纳出的主意。他对玛丽说,海明威曾告诉他巴黎是个流动的盛宴。玛丽同意这个书名并建议书的扉页上印一句诗文"假如你有幸年轻时在巴黎待过,那么不管你一生中后来去过哪里,巴黎都与你在一起,因为巴黎是个流动的盛宴",题释有"海明威致友人 1950 年"的字样。霍茨纳表示同意,其实,海明威"致友人"就是写给霍茨纳的。

有趣的是编辑过程出现一个小插曲。书名 *A Moveable Feast*,斯克莱纳出版社起先坚持用 *Movable*,玛丽认为海明威在写作中常常多加了一个"e",moveable 是他所喜爱的。这种拼写是可以接受的,最后出版社同意了①。玛丽还加上"说明",指出海明威此书于 1957 年秋在古巴动笔,1958 年至 1959 年冬天在克茨姆续写,1959 年 4 月去西班牙又带上稿子,后捎回古巴,同年深秋又带往克茨姆,1960 年春才在古巴写完。他曾中断本书去写《危险的夏天》,该书写的背景是 1921 年至 1926 年在巴黎的岁月。

书里也有一篇海明威写的序。他在序里提到略去了一些人物、地点、事件和感想。他还说,如果读者喜欢的话可以把本书当作一部虚构小说来读,尽管小说多少写到了一些事实。这个说明对读者是很重要的。因为这本书经常给当作小说来读。人们可以考虑到作者所讲的故事如果不是拼凑的,多少有点夸张。

《流动的盛宴》由 20 篇上世纪 20 年代巴黎生活的特写组成。从 1957 年秋至 1960 年春历时近三年才完成,在海明威去世前一年多一点才脱稿,成了他的谢世之作。

1921 年至 1926 年在巴黎的一段生活对海明威来说是难以忘怀的。1921 年 12 月,海明威偕新婚三个月的首任妻子哈德莱赴巴黎寄居。当年,他是个默默无闻的青年,靠写稿为生,稿酬是按篇计算的。从 1920 年至 1924 年他大约给多伦多报纸写了近 200 篇稿子,妻子每年有三千美元的遗产利息,所以他俩不穷也不富裕。他俩很节俭,生活清苦。海明威有时甚至忍饥挨饿去公园看画展,节省一顿午餐。住房比较简陋,冬天没有暖气,有时在床上写作。但夫妻恩恩爱爱,身心愉悦。他俩还抽空去奥地利、瑞士、西班牙和意大利滑雪、看斗牛、赛马、赛车和游览观光。海明威

---

① Charles Oliver, ed.,"Critical Companion to Ernest Hemingway," *Facts On File*,2007,1999,p.260.

怀着依恋的心情回忆他与哈德莱那段温馨的爱情生活。1926年他的第一部长篇小说《太阳照常升起》问世,他在文坛上迅速崛起。他和哈德莱的婚姻结束了。他把分手的原因归罪于哈德莱,但也深感内疚,终于决定将《太阳照常升起》作为献给哈德莱的书,把稿酬也赠给她。

海明威在书里描绘了他与斯坦因、安德森、庞德、菲兹杰拉德、乔伊斯、福德等英美作家交往的情景。

海明威对巴黎有深厚的感情,短短的六年,他从巴黎迅速崛起,成了欧美文坛一颗闪闪发光的新星。1929年,他的第二部长篇小说《永别了,武器》使他奠定了划时代小说家的声誉。巴黎当时是现代主义运动的中心。海明威深受其益,难以忘怀。他对这段巴黎生活的回忆特别有意义。《流动的盛宴》意味着巴黎这个闻名全球的文化古都人才济济,文人沙龙,聚散依依,艺术探讨,蔚然成风,欧美作家纷纷汇集,推陈出新,你追我赶,年年不同,曲高众和,历久不衰,犹如一个流动的盛宴。

《流动的盛宴》问世后引起各大报刊的评论。《每月读书俱乐部新闻》1964年5月发表了克里弗顿·法迪曼的文章。作者指出,这些对20年代初巴黎生活的回忆似乎是一篇长长的内心独白的一部分,它在《太阳照常升起》使他成为一个世界人物以前,在他的神话形成任何明确的形式以前,唤起对他青年时代岁月的怀恋。没有什么概括比这本书的结局写得更好了,这就是巴黎早年的状况,当时我们很穷困,但很快乐。

在这些坦率而动人的回忆里,不管怎么说,为我们保留了早年的打拼、穷困、充实的生活和幸福的婚姻爱情。后来,他写了很好的书,也许甚至有一两部大作品,但正是在20年代初期,他过着幸福的生活。正是在当时他发现了他美学信条的核心:"你该做的一切就是写一句真实的陈述句"①。

乔治·普里姆顿在《纽约先驱论坛报书周》上著文说,这些巴黎特写控制得很好,时间都在遥远的过去,所以人物和景观作者冷静地进行观察,不过具有惊人的直觉性——这是他惊人的才华,因此,这些特写有许多具有他最佳小说的大亮点。的确,在一篇简短的前言里,海明威说这本书可以当作小说来读。他的意思是所描写的事件不是虚构的,而所运用的技巧是小说家的那些技巧;他所说的并不是一个社会学家对那个时期的看法,也不是文学史家的观点——那将使期待发现对乔伊斯或斯坦因

---

① Robert Stephens, ed., *Ernest Hemingway: The Critical Reception*, Burt Franklin & Co, Inc., 1977, 9. 379.

或其他人有深刻描写的人感到失望。他并不假装在探索他们的复杂性①。

华尔特·哈维赫斯特在《芝加哥论坛今日书评》著文认为,别人也写20年代的巴黎,但本书的主人公海明威比任何人写得更好。对于了解流亡者文学的人来说,这是一本比以前对熟悉的地方和人们看得更清楚、写得更真实的书。如果这个主题是新的,这里就是我们文学令人快乐的一章。

虽然包含对庞德、艾略特、菲兹杰拉德和其他人精彩而尖锐的特写,但这不是一本关于"迷惘的一代"的书。从大部分来看,这是一本关于海明威学习写散文全职作家时的书。他也许是写一本小说创作的手册,但这里是诚实地、坦率地、细心地讲述一个青年作家学会做他的工作的故事②。

弗兰克·柯摩德在《纽约时报书评》发表的《海明威的最后一部长篇小说》里说,《流动的盛宴》在某些方面来说是海明威20年代以来最好的书。事实上,它是一部关于20年代他在巴黎的学徒生活的书,当时他正在训练与生活搏斗,也与屠格涅夫③和司汤达④竞争。它讲述了他怎样学会为了创作,而不是描述,为了删节,而不是发明而清理自己写作。它也讲述了他如何学会清理他的熟人和他的散文。但是,尽管他讲了他所了解的福德·麦道克斯·福德、温德汉姆·路易斯、格特鲁德·斯坦因和司各特·菲兹杰拉德,但有一点恶意。它大部分是关于他为风格而拼搏的英雄般的努力。这是老海明威写了他年轻时自己的事,但用的是后者的散文写的⑤。

左翼批评家格兰维尔·希克斯在《星期六评论》发表的《啊,巴黎的穷日子》中说,至于幸福,人们可以看出。有许多幸福的时光,但这绝不是一本幸福的书。有许多章节是海明威对他见过的人冷淡或最后对他们幻灭的感情拼凑起来的。

希克斯说,在对待福德·麦道克斯·福德的问题上,他特别恶劣,虽然他似乎从未见过 T.S.艾略特,他对他进行了令人不快的抨击,像他在其

---

① Robert Stephens, ed., *Ernest Hemingway: The Critical Reception*, Burt Franklin & Co, Inc., 1977, 9. 379, p. 380.
② 同上,p. 382。
③ 屠格涅夫(Ivan Sergeevich Turgenev, 1818-1883):俄罗斯小说家,主要作品有《猎人笔记》、《父与子》。
④ 司汤达(Stendhal, 别名 Marie Henri Beyle, 1783-1842):法国小说家,主要作品是《红与黑》。
⑤ Robert Stephens, ed., *Ernest Hemingway: The Critical Reception*, Burt Franklin & Co, Inc., 1977, 9. 379, p. 399.

他地方所做的一样。他讲了关于欧尼斯特·华尔斯的令人不快的故事。他将他写成《日暮》的一个编辑。

书中最烦人的部分写了司各脱·菲兹杰拉德。

虽然他不止一次地讲了20年代初期巴黎一切事物是多么美好,但唯一令人真正怀旧的,真正动情抓住过去的却与巴黎无关,那是在奥地利滑雪的故事。

海明威对许多种运动的强烈关心常常受到评论,但更强烈的是他作为一个作家的职业的偏见。虽然他这里关于他学徒时期的状况说得不透彻,人们可感到他的严肃、他的决心和他有能力规范自己。他的生涯开始时被看作是一个原始主义者、一个自然崇拜者,现在他似乎已成为一个高于一切的老练的艺术家。

希克斯又说,无论如何《流动的盛宴》的确有助于我们理解海明威。它说明20年代初,他在自己迅速成长为作家的过程中充满了许多不确定性。他对人们一直感到担心,而且随着他的知名度越来越得到广泛地承认,这种担心的确越来越厉害。他变得越来越自觉。所以,如果阅读这些篇章,我们可以看出他才华的发展使他走得那么远,但我们也可以看出那限制他成长的品质。人们对这本书至少可以说,用句老话来说,没人对海明威想怀念的东西感兴趣①。

左翼刊物《新共和》刊载的斯坦利·库夫曼的文章《春天里的巴黎和海明威》指出,加缪②在他的《笔记》里的观察"即使没有浪漫主义,人们也可以对失去的贫困感到怀旧"也许可作为海明威的回忆录遗作的一个引文,20年代的巴黎是海明威流动的盛宴。他在50年代末回到这个盛宴,写了这本令人感动的、传记式的、非常宝贵的书。作为文学中有些是破格的表现,这是一个作家早期伟大的、令人回忆的东西。他在写作生涯最后的日子里抽空给予评价。

格特鲁德·斯坦因和舍伍德·安德森认为,海明威的内心独白的写作将会出一本与他写的那些作品十分不同的一本书。但它应该是写给另一些读者。这本书可能不是斯坦因和安德森所期待的,但他们的直觉是很不错的。这是一本为不同的读者写的。这些20年代的特写明白地观察了一个为形成自己著名风格的青年作家的成长过程。它提供了海明威

---

① Robert O. Stephens, ed., *Ernest Hemingway: The Critical Reception*, Burt Franklin & Co., Inc., 1977, 9. 379. pp. 386, 387.
② 加缪(Albert Camus,1913-1960):法国作家,主要作品有《陌生人》(1942)、《瘟疫》(1947),曾获1957年诺贝尔文学奖。

毕生不曾透露过的信息和见识。

这本书虽达到了海明威的最佳水准,但事实上在某些方面存在尴尬的、笨拙的错乱。如海明威与他妻子的对话、穷人看不起富人、懦夫和小商人骑士般的势利,但其他人成了描写中的一座"小金刚石矿"——朋友、熟人和敌人。有些是几乎忘却的人物,他们被记住只是因为海明威和其他几个回忆录作者知道他们。比较著名的人物像福德·麦道克斯·福德、温德汉姆·路易斯、格特鲁德·斯坦因、埃兹拉·庞德、司各脱·菲兹杰拉德给描写得令人头昏眼花,带有点恶意,不可宽恕的屈尊和偶然的感恩。

无疑地,海明威有点自私。他承认当时脾气有点不好。他对格特鲁德·斯坦因的嘲笑,在斯坦因的《艾丽丝 B·托克拉斯自传》里骂他黄色以后,至少可以被理解,也可能被判断是非与否。但对待菲兹杰拉德方面,这位年长他三岁的成功作家曾将他举荐给斯克莱纳出版社,赞赏他的才华、最后嫉妒他的不断成功。这些举动只能解释为他深深地脱离了帮助过他的那些人①。

这种批评引起了一些学者的共鸣。马克斯威尔·盖斯马认为,海明威的巴黎是各种艺术和令人兴奋的文学运动的大汇总。阅读一本优秀作家论他自己的生活和时代的书是一种令人兴奋的期待。这本书放射出时代的光芒。

但在明显的光芒以后,我们懂得了本书真正的基调。比如在谈论格特鲁德·斯坦因的色情流言和色情丑闻时,我们认识到在怀旧的背后有一种无情的、讽刺的、完全以自我为中心的、缺乏怜悯的思想在起作用。对不是他竞争对手的斯尔维娅·比茨那些人,海明威能够写得准确有趣。关于巴黎的食品、渔民和侍者,他写得很好。但是,他写到老对手时,就暴露出他性格上恶意和虚伪的一面。这位老海明威感到他自己衰落了。他并不是个那么受死亡和凶杀压抑的人,像老生常谈那样。但这位作家明显地沉迷于他的杀手。在他对福德和菲兹杰拉德的有趣而残凶、有破坏性的特写中,他写了一本奇特的,最后让人失望的书②。

布鲁克斯·阿特金森在《纽约时报》上著文进一步为斯坦因和菲兹杰拉德申辩,反对海明威对他们的攻击。他说,海明威关于 20 年代巴黎的回忆录一书特别拙劣。他对斯坦因和菲兹杰拉德的描写是残忍的,侮辱性的,而他们对这位青年作家是友好而热情的。如果海明威承认自己描

---

① Robert O. Stephens, ed., *Ernest Hemingway: The Critical Reception*, pp. 387, 388.
② 同上,pp. 395, 396。

写有缺点,这样对待他们看起来比较不那么伪善。但他将自己描绘成一个骑士式的人物,耐心地遭受他们的缺陷造成的痛苦。在一篇特写里,他描写福德担心会成为无赖。福德明确表示过他不是无赖,这书恰恰说明海明威成了一个无赖。

背叛朋友对于海明威来说并不新鲜。他的姐姐玛士琳在她的书《在海明威家里》讲到她发现两个亲密的家庭朋友成了《三个短篇小说和十首诗》中一篇故事里的人物时感到痛苦和惊讶。也许菲兹杰拉德发现他自己的名字被用在《乞力曼扎罗的雪》里时并不感到意外,如果他现在还活着,看到自己在这本回忆录里被恶毒地对待,也不该感到意外[1]。

斯坦利·艾德加·海曼在《新领袖》刊登的文章《带刀的海明威》里指出,从海明威留下的 50 磅草稿整理后出版的第一本遗作《流动的盛宴》是他最没有意义的一本书。但从最好的方面来看,它是一个主要作家的一本次要作品;从最极端的方面来看,它是有趣的,当你在一个聚会上听到不愉快的评论时会有这样的感觉。

那不幸的书名混淆了术语"流动的盛宴",它意味着一个可提着的盛宴,而不是每年不是同一天举办的盛宴。这并不是说这本书完全没有一点好东西。他生动地讲述了他在一家咖啡馆遇见的一个可悲的职业食火者的故事,重新创作了与一个青年作家有趣而奇妙的对话。他想将这个人变成文学批评家。

《流动的盛宴》显然降低了海明威的声誉。像这样的书将破坏他的地位[2]。

马尔文·麦道克斯在《海明威的巴黎神话》里说,这部回忆录的可悲之处在于它是一本特别可悲的书,在于他那失败的、酸溜溜的个人关系。海明威对他第一任妻子和一两个其他人,比较典型的是一个侍者和一对自行车选手夫妇是非常浪漫的。他对大部分人都很苛刻,特别是其他美国作家,而不太出名的埃兹拉·庞德也许是个例外[3]。

本杰明·德莫特在《哈泼斯月刊》著文称,很明显,《流动的盛宴》是一部感伤的作品。同时,它讲话的声音可以追溯到《永别了,武器》早期草率的伯叔般的声音。它具有一种对海明威作品自我嘲讽的气势[4]。

---

[1] Robert O. Stephens, ed., *Ernest Hemingway: The Critical Reception*, p. 402.
[2] 同上,pp. 390, 391。
[3] 同上,p. 391。
[4] 同上,p. 401。

《西璜尼评论》1965年春季号发表了安德鲁·李特的文章《流动的盛宴：来来往往》。文章认为，"第一次读了《流动的盛宴》以后，我认为出版商们损害了他。现在，我感到这本书极其透彻，从一开始公开的特色就在那里，甚至在他的学徒阶段，它也在那里，自我与人造制品的变化之间的斗争。大部分艺术家遭受这种冲突之苦。很明显，海明威没有做出选择，即使他知道一种选择是存在的。海明威给读者这种选择：把《流动的盛宴》作为一种回忆录或作为小说来读？很明显，这是一种虚假的选择。"

现在，为什么海明威要成为唯一的艺术家和唯一的男人？他为什么要一个没有人的巴黎？他也不同意成为活着的人们和他的长者的监护人。但是，只要他承认他所考虑的那种成年人，他所要的过去也是封闭式的。他注定自己要过永远的旅游者生活，永远在外国，到处流浪，去观赏广告上宣传的各种奇观。没有风景，没有山峰，没有任何城市，甚至可以巴黎为家。这是悲哀的。他与巴黎融为一体，与餐馆、街道、公园融为一体，好像它们是为他的快乐和唯一的欣赏而布置的。他在这本书里给街道命名，指出到一个既定方向的两条路，表现的知识和控制力，防止那些旅行者闯入他流放的地方。他仅用这种方法来揭示他的孤独[①]。

《新闻周刊》也在1964年5月11日发表文章指出，对于那些想寻找文学闲谈的人来说，这本书是一大失望。它对大家太熟悉的"迷惘的一代"的闲谈写得很少。它对格特鲁德·斯坦因的个人生活和艺术上退化泛泛而过，对福德的描写带有恶意，但很有趣。对温德汉姆·路易斯的看法是很厌恶，将他作为他所了解的最糟的男人。不是他们自己的判断，而是他们之间的紧张关系那么令人吃惊[②]。

在巴黎认识海明威的新闻记者李维斯·加兰蒂尔在《纽约时代书评》著文说，比任何事情更重要的是，这本书是献给他第一任妻子的爱情之歌。他知道在她真诚坦率的不可征服的保护物里，她具有比他自己更大的力量，而且永远拒绝接受他。

虽然乍看来，这是一部不完整的书，其实不是这样。它应该作为一部长篇小说来读。它属于作者较好的作品，作为海明威上乘之作的"唯一著作"[③]。

麦克尔·雷诺兹深入研究了海明威的《流动的盛宴》等作品，发现了

[①] Robert O. Stephens, ed., *Ernest Hemingway: The Critical Reception*. pp. 406, 407.
[②] 同上，p. 389。
[③] Robert W Trogdon, ed., *Ernest Hemingway: A Literary Reference*, New York: Carroll & Graf Publishers, 1999, p. 336.

它们在艺术风格上的重大意义和深远影响。他指出,海明威的作品继续影响了美国作家,直到20世纪末。他的回忆录《流动的盛宴》看起来像一部短篇小说集,混合了叙事者描写优美的细节,但往往是他巴黎岁月忘却而著名的报复性的特写。这部回忆录运用小说一切技巧,抹去了体裁之间的区别。体裁之间围墙的倒塌一直持续到"非虚构小说"的目录几乎空白。客观性的伪装已经全消失了。海明威的遗作也许没有影响诺曼·梅勒的《夜间行军》(1968)①或杜鲁门·卡普特的《慧血》(1965)②,但他肯定创作了比约翰·巴思③等人更早的后现代派小说。海明威写于1946年至1960年的遗作走在他时代前面的一两步④。

雷诺兹从新的视角肯定了《流动的盛宴》,揭示了它的意义和影响,受到美国学术界的重视,对我们具有一定启迪作用。人们不难发现,海明威到了晚年,仍孜孜不倦地探索新的表现手法和艺术风格,关注着美国小说艺术的发展和变化。

---

① 《夜间行军》(*The Armies of the Night*)描写1967年反对越南战争向五角大楼和平进军的经历和感想,曾获普利策奖和美国国家图书奖。
② 《慧血》(*In Cold Blood*):非虚构长篇小说,描写小康农民何尔孔伯、他妻子和两个孩子1959年被两个惯犯盗窃时杀死的故事。
③ 约翰·巴思(John Barth, 1930-):美国后现代派小说家,主要作品有《飘浮的歌剧》(1956)、《茨默拉》(1972)和《信件》(1979)等。
④ Michael Reynolds. *Literary Masters: Ernest Hemingway*, Gale Group Inc. Book, 2000, p. 85.

第七章

70年代以来：海明威遗作的新探索

海明威去世后，他的遗作陆续发表。除了前面提到的《流动的盛宴》以外，1970年10月又推出了长篇小说《湾流中的岛屿》。后来陆续问世的还有长篇小说《伊甸园》(1986)、《曙光示真》(1999)和《在乞力曼扎罗山下》(2005)。这些遗作又引起学界和读者的兴趣。不管评论界褒贬如何，它们毕竟是一位名作家留给世人宝贵的文化遗产，令人倍加珍惜。

这些作品大都是二次大战后海明威断断续续写成的。有时他一部没写完就开始写另一部。有的初稿比较臃肿，来不及仔细润饰或修改，所以海明威生前没有出版。也许是他最后几年里身体多病，脑子不听使唤，没法控制自己，难以定稿。总之，这些遗作的原稿曾在银行保险箱里待了好多年，海明威去世后才找到的。《湾流中的岛屿》是他的遗孀与斯克莱纳出版社的编辑一起商议定稿的；《伊甸园》由该社编辑删改后出版，曾引起较大的争议。当时玛丽已去世，无法参与讨论定稿。《曙光示真》则由他第二个儿子帕特里克编辑定夺。《在乞力曼扎罗山下》由罗伯特·路易斯和罗伯特·弗莱明两位教授根据原稿编辑而定，由肯特州立大学出版社出版。总之，海明威这些遗作是经过斯克莱纳出版社、他的家属和海明威专家共同努力才问世的。

提到海明威的遗作，不能不谈一谈海明威与肯尼迪家族的关系。海明威去世前曾受到肯尼迪总统邀请他参加在白宫举办的登基典礼文艺盛会，海明威因病未能赴会。他给肯尼迪发去了热情洋溢的贺信。海明威去世后，肯尼迪为海明威夫人玛丽安排了古巴之行，让她去取回海明威在瞭望田庄的遗稿。玛丽顺利地做到了。因此，1963年，肯尼迪前总统在达拉斯被刺杀后，玛丽就表示：她丈夫的遗稿将存放在波士顿的肯尼迪总统图书馆。1980年，设立于该图书馆的海明威藏书部正式对外开放。里面收藏了海明威的所有手稿、信件、图片和相关的资料，免费向美国国内外读者开放。

与海明威长期合作的斯克莱纳出版社也格外重视海明威遗作的出版。1963年，它宣布将出版海明威写于20世纪50年代末的巴黎回忆录《流动的盛宴》，并于1964年正式出版，受到读者和学界的欢迎。1970年10月6日推出了第二本遗作《湾流中的岛屿》。它描写画家托马斯·哈得逊的故事，大部分批评家感到高兴看到它的问世，但很多人认为它不平衡，全书三部分中只有"比美尼"部分写得最好。

1985年6月24日，该社出版了先前在《生活》杂志上发表过的《危险的夏天》。它大体选用了《生活》刊载的版本，而不是海明威的原稿。评论界指出，这本书比同类内容的《死在午后》和海明威其他作品略为逊色。

不到一年之后，即1986年5月28日，该社出版了海明威另一部长篇小说《伊甸园》。作者大约写于20世纪40年代末和50年代中。书里描写了凯瑟琳·布尔纳和她丈夫大卫的两性关系，引起了一阵轰动。但画家尼克与巴巴拉的故事被删去了。许多海明威学者批评出版社汤姆·金克斯编辑胡乱删节，曲解了海明威的意图。他们认为，这是对海明威文本的最糟的破坏。不过，海明威去世后的遗作都经历过删节和编辑才出版。

1999年7月21日，为了庆祝海明威诞生100周年，斯克莱纳出版社出版了海明威另一部长篇小说《曙光示真》。这是作者描述他1953年至1954年非洲狩猎行的故事。全书由海明威第二个儿子帕特里克编辑。他也删去了原稿一些较长的文字。出版前，这部小说曾以《非洲日记》为题于1971年12月至1972年1月分三次在《插图运动》杂志上发表过[①]。

2005年，受美国海明威学会和肯尼迪海明威基金会委托，由前海明威

[①] Robert W. Trogdon, ed. *Ernest Hemingway: A Literary Reference*. New York: Carroll & Graf Publishers, 1999, p. 329.

学会会长罗伯特·路易斯教授和罗伯特·弗莱明教授负责编辑,由肯特州立大学出版社出版了海明威最后一部遗作《在乞力曼扎罗山下》,受到学术界的广泛重视。

海明威的遗作问世后引起美国评论家和知名作家的关注。评论家约翰·阿尔德里奇、小说家约翰·厄普代克和 E.L.多克托罗分别在《星期六评论》、《新政治家》和《纽约时报书评》发表文章加以评论,指出了这些遗作的优点和缺陷、编辑中的删节问题以及晚年海明威不顾重病缠身坚持探索、坚持写作的硬汉子精神。

第一节 《湾流中的岛屿》

《湾流中的岛屿》(*Islands in the Stream*)是玛丽和斯克莱纳出版社合作编辑出版的。她在"一点说明"里强调指出:"除了改正拼写、规范标点符号这些例行的编辑事务外,我们对原稿做些删节,因为我相信如果让欧尼斯特自己来办的话,他肯定也会这么做的。本书每个词每个句都是欧尼斯特的手笔,我们没增添一个词。"

出版后,《湾流中的岛屿》没得到什么好评,但被《纽约时报》列入畅销书榜达 24 周之久。全书分为海洋、空中和陆地三部分。海明威原先打算写成三卷,包括海、陆、空的大部分或全部故事。《老人与海》将作为海洋小说的第一部。他的手稿用《海洋小说》为题拟包括第二部和第三部。后来计划改变了,那些手稿放在一起成了《湾流中的岛屿》。

《湾流中的岛屿》的三部分中,第一部分"比美尼"包括 15 章,大约 200页,背景是 1934 年至 1935 年初夏 6 至 7 周。主人公哈得逊是个成功的比美尼风景画画家。他送作品去纽约一个画商处展览和拍卖,收入不菲。他还从祖父那里继承了一笔财产,在比美尼岛建屋,在蒙塔那办农庄,在哈瓦那郊外还有别墅。他有过两次婚变,要给两个前妻生活费。他的三个儿子全归前妻抚养。他们三兄弟名叫汤姆、大卫和安德鲁,一起到比美尼看他,跟他老爹去海上捕鱼。后来,孩子们离岛去巴黎看他们的母亲。不久,哈得逊从纽约银行巴黎分行得知他们两个孩子在一次汽车事故中死了。他急忙乘船赶往巴黎。

第二部分"古巴",背景是 1944 年 2 月哈瓦那,约 125 页,仅 1 章,写两三天里发生的事。哈得逊等待哈瓦那美国大使馆的命令,准备去追寻德国潜艇。他们共有八个人。他回家后与许多爱猫团聚。他又去美国大使馆要求接受新任务。

第三部分"在海上",分为两章,约 135 页。时间为 1944 年 5 月两三天。写的是哈得逊和他八个人在卡马奎群岛周围的湾流里寻找德国潜艇的故事。他们最后发现了德国人。德国人首先向他们开枪。哈得逊不幸被子弹打中,他手下的人立即反击。哈得逊左腿受重伤,他感到可能死去。后来,他们消灭了德国人,凯旋回到离古巴最近的凯巴里安市。哈得逊安卧在甲板上望着蓝色的山峰说,他不会再画画了。

查尔斯·奥立弗认为,小说未完成的三部分编在一起缺乏整体性。托马斯·哈得逊虽然忍受丧子之痛,顽强投入反对德国法西斯的斗争并负了重伤。他是个成功的艺术家、好父亲,拥有许多朋友,但他的艺术和朋友后来突然消失,他成了一个孤独的人,与爱猫为伴。在第三部分他有英雄行为,表现了"压力下的体面",但由于小说是碎片式的,他的行为缺乏海明威更有意义的主人公的性格深度[①]。

约翰·阿尔德里奇在《星期六评论》的《在胜利和灾难之间的海明威》一文中将这部小说与《丧钟为谁而鸣》进行比较,认为托马斯·哈得逊的情况是很不同的。这种不同帮助说明了这部新小说最糟糕的是什么东西。哈得逊主要是他过去的损失、悲伤和错误的产物。他已经活了很久,而且在这个过程中受了很多伤害。他不再对海明威价值具有正面的反应,但他保留了早期的怀疑主义。在他来说,很快就变成酸溜溜的孤立无援。简单的事实是他不再相信生活,不再享受生活。到那个时候,他被迫面对着自己某种死亡。他对他三个儿子的死,他婚姻的失败,除了悲伤什么也没有。一切感情,他不再能感觉到。除了一种模糊的责任感的固执意识,没什么能推动他采取行动。他不相信这次战争或任何战争。生活、自由和追求幸福的思想对他来说的确变成一种悲伤的玩笑。结果,哈得逊面对死亡,像一台自动机。因此,他的行动没有任何意义[②]。

约翰·厄普代克在《新政治家》发表的《爸爸的忧伤自白》一文认为,这是对他出版社不信任,连个说明《湾流中的岛屿》被抢救时海明威后期受煎熬的生涯到了什么阶段,或者估计它的完成计划可能是什么,或者坦言在准备出版这部手稿时编辑部的选择是什么都没有。还有,一部长篇小说的巨大破坏被演变成一件真实事件,好像公众是那么笨,去想象一

---

① Charles M. Oliver, ed., *Critical Companion to Ernest Hemingway*. Facts on File, Inc., 1999, 2007, p. 320, 321.
② 同上,pp. 448, 449。

个伟大作家的鬼魂完整地从天上交下这些书。

不管具有多少自传性色彩,只要是一部成功的作品,都会使作者感动,将我们的注意力引向他的身外。《湾流中的岛屿》甚至是最有影响的、激励我们对写书的名人给予一种忧虑的关怀[①]。

另一位作家欧文·豪在《哈泼斯月刊》刊登的《伟人走下坡了》指出,同样困难的是,那折磨海明威遗作的长篇小说《湾流中的岛屿》是一部充满乐趣和灾难性东西的很古怪的书。它的书名对海明威来说正说明到现在为止,他只能对一部小说仅仅进行蹩脚的串联起来,至多是将所表现的文字分为几个部分,所以,他必须退回到这种要求:生活的混沌为他不能达到一部完整统一的艺术品提供一个理由。

他说,现在我们可以看出原因了。这些手稿的一部分由他最后一任妻子玛丽校成一本书。虽然它包含了一些好东西——我们毕竟谈的是一位大作家,但《湾流中的岛屿》不会增加多少海明威的声誉[②]。

马尔科姆·考利认为,《湾流中的岛屿》虽有缺点,但仍是一本有趣的书。海明威晚年在严重伤病的折磨下坚持写作,展现了伟大的品格,令人敬重。他在《大西洋月刊》发表的文章《一种双重生活,只说了一半》里说,对托马斯·哈得逊来说,海明威是在神话,而不是在传说的基础上来加以刻画的。一个人的传说是他与世界相处关系中形成的个性。托马斯·哈得逊不能提供那些早期英雄人物的回声。除了令人失望以外,他很少展示那些我们所期待的深层品德。虽然我们理解他的失望是因为他失去了他三个儿子。他的失望似乎是长久的。儿子们的死似乎是对小说要求的一种血的牺牲。

尽管有这个缺点,《湾流中的岛屿》仍是一部大胆的、不失有趣的,往往是虚张声势的书,使人们对海明威晚年的努力表示尊敬。他带着他所有的伤病,不断努力想唤回那些早年的活力。他在一张写字台边站了一天后,因为伤势太重了,仅仅写了一个那魔幻般的句子,他继续他私下困惑的、失望的和有序的探索。比他出色的人格更令人称赞的是,他具有一种伟大的品格,那跟他最后一个真正的英雄圣地亚哥是相匹配的[③]。

艾德蒙·威尔逊则认为这部小说不完美,应该继续出版海明威留下的手稿。他1971年1月在《纽约客》发表的《一种自我揭露的努力》中说,

---

① Charles M. Oliver, ed., *Critical Companion to Ernest Hemingway*. Facts on File, Inc., 1999, 2007, p. 453.
② 同上,pp. 459, 460。
③ 同上,pp. 468, 469。

要用小说中所发生的事情的观点来描述海明威的遗作《湾流中的岛屿》,而不使它看起来荒谬可笑几乎是不可能的。它给我们展示了作为一个最爱出风头的自我表现的幻想作品的编造者。

这部不完美的作品《湾流中的岛屿》具有各种荒谬可笑的因素。它使人感到有一种对抗不可战胜的怪事的关键游戏的紧张,是一部很不能跟他以前三部刚完成的长篇小说《丧钟为谁而鸣》、《过河入林》和《老人与海》相提并论的作品。一切都写得太长,连最精彩的插曲也是如此:那男孩与魔鬼般的剑鱼搏斗,结果他输了。二次大战中在暗礁之间追捕德国人,结果哈得逊被敌人的子弹打伤。酒吧里的谈话被允许拉长,那根本没什么真正的思想,令我们兴趣索然。

威尔逊说:"我不同意那些认为出版这本未完成的书对海明威的记忆是个损害。我也不同意那些人,他们被正确地重视文本的学术狂热所支配,宣称海明威夫人和出版商应该按照海明威留下的手稿印刷,不必像她所说的进行删节。作者不会因手稿的缺陷受到指责,因为他并没有选择出版,正因为如此,他现在不能负任何责任。他的编辑们使那些编辑工作更一致,如果编辑基于正确判断的话,也不用负责任。我想,这本书从长远来看,将来会显得比现在的情况更重要。我相信应该鼓励海明威夫人继续进一步出版海明威手稿。"①

在20世纪70年代初报刊的评论也有些正面的评语,如《文学月刊》发表的查尔斯·小曼因的文章《大家熟悉的海明威再次与我们在一起》。作者认为,那些想找毛病的人可以找到一些毛病。他们会抱怨小说三个部分不是完美的组合,有些场景偏向自我戏仿,他的前妻吃得太胖。托马斯·哈得逊与其说是个画家,不如说更像海明威。但他们都错了。这是一本令人印象深刻的、萦绕心中的大作品,它也许不是我们所期待的名作,但威明威奇特的世界在这些篇章里常常与我们在一起。这部长篇小说肯定是所有图书馆所需要的。它获得了许多读者②。

卡洛斯·贝克教授指出,这个故事虽然有的细节带有自传性,主要是虚构的。它是海明威利用他战时的冒险经历的第二次尝试。他在《过河入林》里提到第一次尝试,是在欧洲大陆随第四步兵师进军经历的一种"蒸馏",假如他没有时间更广泛地描述陆地上的战争。这将战争留在空中,关于这方面,他只写过一篇报道皇家空军的文章,别的什么都没写。

---

① Charles M. Oliver, ed., *Critical Companion to Ernest Hemingway*. Facts on File, Inc., 1999, 2007, pp. 469, 470, 471.
② 同上,pp. 439。

关于海上战争,诚如他在 1942 年至 1943 年间登上"彼拉"号到处追寻德国潜艇。他很迫切想利用这些海上的资料。

哈得逊黑暗的心是他的损失的双重感。因为他不仅在战争中失去他唯一留下的儿子,他也失去了他的感情幻想:也许有可能成熟地重新获得他孩子妈的爱情,因为他很久以前在青年时代就知道这件事了。虽然他没有采取什么行动从他的过去带回任何东西,在这个海上命令中,他为有些事可做而感到高兴。他从拥有这么好的人一起干找到乐趣。任务如今成了他对付沉郁袭击的盾牌[1]。

罗丝·玛丽·伯威尔认为,《湾流中的岛屿》是个没有女人的男人世界。小说源于 1945 年秋天海明威开始写的一个潦草的原始文本,回忆了二次大战中欧洲战场上他与师长巴克·兰汉姆相处十个月的战斗岁月。但这个原始文本也写了一个变化自如的艺术家的创作问题。他有时是个名叫罗格·代维斯或大卫·布尔恩,有时是画家托马斯·哈得逊或尼克·希尔顿[2]。

总的来看,上述评论反映了美国学界的不同意见,但有一点是共同的,这就是《湾流中的岛屿》结构松散、新意欠缺、思想深度不够,不如海明威生前的四大名著。这样的共识是比较客观公正的。有的批评家也肯定了海明威在伤病困扰下坚持写作的硬汉子精神。

第二节 《伊甸园》

《伊甸园》(*The Garden of Eden*)是海明威最为有趣的一本长篇小说,1986 年出版以来引起很大的争论。海明威的手稿被编辑从 48 章 20 万字砍成 30 章 7 万字。在肯尼迪图书馆读过手稿原件的人认为编辑下手太重,破坏了原著。有人甚至责怪斯克莱纳出版责任编辑汤姆·金克斯,认为这不是海明威的小说而是金克斯的小说了。

海明威 1946 年初动手写《伊甸园》,至同年 6 月写了 800 页,但此后断断续续,去世时未能完稿。出版社发现第一部分已完成,未写完的是第二

---

[1] Carlos Baker. *Hemingway: The Writer as Artist*. New Jersey: Princeton University Press, 1952, 1956, 1963, 1972, pp. 403, 407.

[2] Rose Marie Burwell. *The Postwar Years and the Posthumous Novels*. Cambridge University Press, 1996, p. 51.

部分。可是，至出版时已近 40 年了。小说的背景是在法国，时间可能是 1923 年 3 月至 9 月底大约半年左右。主人公大卫·布尔纳是个二十多岁的作家。第一部长篇小说获得成功，第二部刚出版。小说开始时，大卫与凯瑟琳在巴黎结婚后三周，到法国南部地中海岸边某小城度蜜月。他俩在海边吃喝做爱、裸泳，又吃喝和做爱。凯瑟琳理短发，扮男孩，将她丈夫改名为"凯瑟琳"，自己更名为"彼得"。这使大卫感到灾祸临头，不愿也不敢乱动，以避免招惹麻烦。但他心里想与妻子分手。他俩驾车游西班牙，妻子有些失控，凯瑟琳对他说："你开始摆脱你自己去生活，那是太危险了！"她不想改变。大卫认为他别无选择。

他俩回到法国南部另一个小城，遇到理男发的姑娘玛丽塔。她穿着渔民的衬衫和短裙，黝黑的皮肤引人注目。她离开了旅伴厄娜，加入大卫和凯瑟琳的行列。玛丽塔说她爱上了他俩。三人一起上床，凯瑟琳第一次将玛丽塔作为"礼物"送给大卫，三人玩起了荒唐的性爱游戏。

大卫正在写一篇关于他与凯瑟琳结婚的故事。他回忆了他童年时代与朋友去东非洲捕到一头大象的故事，引起凯瑟琳的不快，但玛丽塔很喜欢，支持他写下去。凯瑟琳发觉他俩越来越亲密，由嫉妒变成仇恨，便烧掉他的手稿乘火车逃走，离开那牧歌式的伊甸园。末了，大卫继续成功地写完他的非洲故事，又返回伊甸园，与玛丽塔过着田园牧歌式的生活。

据说海明威曾想将《伊甸园》作为他的关于艺术家三部曲的一部。第一部是关于画家托马斯·哈得逊的《湾流中的岛屿》(1970)，《伊甸园》(1986)是第二部，《流动的盛宴》(1964)是第三部，讲了海明威自己艺术创作的经历，但它是一部非小说，尽管作者要求读者将它当作小说来读。书中有不少精心夸大的事实。但这部三部曲最后没有出现[①]。

查尔斯·奥立弗指出，评论过《伊甸园》的大部分批评家的矛盾心情是容易理解的。海明威在以前的作品里塑造了许多男主人公，为什么会突然塑造了大卫·布尔纳？他看起来与他以前的主人公杰克·巴勒斯、弗列德里克·亨利、罗伯特·乔登，甚至坎特威尔上校和哈里·摩根完全相反。布尔纳的非洲故事是一个反狩猎的故事。对一些批评家来说，也许更糟的是，大卫允许自己被一个女人所控制。海明威究竟怎么想的呢？

在谈到这部小说的早期阶段，海明威曾说明了小说的主题——这是一个男人必须失去的伊甸园的幸福。由于大卫和凯瑟琳之间与亚当和夏娃有明显的联系，玛丽塔成了小说中撒旦的因素，所以批评家们对海明威

---

① Charles M. Oliver, ed., *Critical Companion to Ernest Heminway*, Facts on File, 2007, 1999, p. 172.

这个观点不得不小心。或者凯瑟琳在伊甸园里有重要的坏影响？或者读者们更实在地看待海明威的观点，相信这是由于大卫接受了凯瑟琳的性嗜好而使他失去了"伊甸园的幸福"①。

罗丝·玛丽·布威尔认为《伊甸园》是对男性文本的保护。她说，这部小说最重要而常常被忽略的一点是：海明威也允许作家改善自己的说话能力，像大卫承认凯瑟琳需要创作的成功和她具有潜在的雌雄同体幻想潜力并实现它。这也是他自己的一方面。因为在她理发试验和两性体的性活动的介绍中，凯瑟琳都诉诸行动。对海明威来说，这些都是性心理变态的象征。

凯瑟琳的技巧是对话。海明威在《伊甸园》里运用危险的技巧让女性声音沉默。它是这部作品后现代性的另一个方面，因为凯瑟琳尽力想在大卫的小说里永远保留自己的声音，引起了双方的殊死冲突。

凯瑟琳是小说中被刻画得最复杂的人物。她是海明威女性中独特的一个。因为她坚持要有她自己的成就。小说展示了她想象的失败。手稿清楚地说明，不但艺术创作是她最高的优先权，而且是她极讨厌的孩子。大卫怀疑她想象的失败，也许是他创作荒废的结果。海明威揭示了另一种后现代基调——提出对文本原作者的忧虑。那是珊德拉·吉尔伯特和苏珊·顾巴在《角楼里的疯女人》里提出的：读者认识到"获得"的含义时，大卫越来越明白凯瑟琳强加于他的优越感的威胁。波伊尔上校在马德里警告过大卫。那对大卫来说，不是个小孩，而是个文本——凯瑟琳分享的蜜月故事。在手稿里省略的说明显示后现代文本的读者在第一次阅读《伊甸园》时意识到全部小说是蜜月故事的一部分。大卫用休止她的声音，将他的创作精力转向非洲故事，将他的性关注转向玛丽塔，以此结束凯瑟琳在雌雄同体建构的故事中的作用②。

罗伯特·加杜杰克认为，由于当前许多对《伊甸园》的评论集中在人物动机和定义的不确切，因此急需问一问这些消失的人物动机和定义在手稿里是否存在。正在进行的争论提出必须将一个主题的两个版本，在已出版的《伊甸园》小说和在肯尼迪图书馆所发现的手稿里进行有价值的对照。

小说和手稿都集中于创作的冲突、创作潜力的冲突。大卫的抽象人

---

① Charles M. Oliver, ed., *Critical Companion to Ernest Heminway*, Facts on File, 2007, 1999, p. 171.
② Rose Marie Burwell. *The Postwar Years and the Posthumous Novels*. Cambridge University Press, 1996, pp. 110, 111.

物、这个作家的思想处处显露在反对潜力,即凯瑟琳未出生的孩子上。她宣布她自己不能写作,不能画画。海明威紧盯着大卫的能力、艺术家的能力、生理上忽略了他没有小孩和他不称职的妻子以及她对他选择抽象的职业的嫉妒而有罪过。因此,生活被大卫改变了,经历了变态,好像它重新在小说艺术中重建。凯瑟琳热情地寻找与她丈夫同样的美学上的满足,开始巧妙地操作生活,让它融入不自然的虚构心态,试验剪短发、身体味道和性交的姿势和模式。她的配偶变成这种狡诈的变态的物质需要:主动的男人被她的欲望变成被动的女性伴侣;而她呢,她一直是个被动的女性,却变成有进攻性的主动的男性。她命令大卫改称"凯瑟琳",她则叫自己"彼得"①。

著名作家E.L.多克托罗1986年5月18日在《纽约时报书评》的评论中称它是一部很耐读的小说,如果不是他所想象的一本书。像已出版的那样,它由30个短章组成,大约7万字。出版者说明作了删节。

这是一部令人惊喜的小说,从美国文学伟大的室外运动员那里得来的小说。他以前没有自己展现他是个卧室训练的健身者。甚至更有趣的是他的作家主人公的被动,证据说明他痛恨狩猎大动物。他被描写成完全屈服于女人的力量,在诱惑面前无能为力,面对对方的反对,不能够采取行动。故事是由大卫·布尔纳的男性观点讲的,用了海明威喜欢的亲热的或假第三人称,但它的主要成就是凯瑟琳·布尔纳。此前,没有一个女性人物这么支配着海明威的一篇小说。事实上,凯瑟琳也许是海明威作品中令人印象最深刻的一个女性人物,比《丧钟为谁而鸣》中的彼拉和《太阳照常升起》里的布列特更实在、更丰富,尽管她是从天真的前提上提出,性幻想是一种疯狂的形式。她喜欢自我煎熬的浮士德式的身份。她被描绘成一个陷于共鸣地参与别人创作的出色的女人。她代表了海明威给予任何女性最灵通、最精美的阅读②。

多克托罗的观点得到学术界许多人的认同。不管已问世的《伊甸园》与海明威原来的手稿有什么不同,小说女主人凯瑟琳是令人印象最深刻的一个女性形象。她与海明威生前小说中的女性形象是截然不同的。以前,读者和学者批评海明威小说中的女性形象苍白无力。凯瑟琳则完全是另一种脸孔。她是否反映了海明威二次大战后对女性社会地位变化和

---

① Robert E. Gajdusek. *Hemingway in His Own Coutnry*, University of Notre Dame Press, 2002, pp. 178, 179.
② Robert. Trogdon, ed., *Ernest Hemingway: A Literary Reference*, Carroll & Graf Publishers, 1999, pp. 351, 352.

思想意识革新的新认识？可以说凯瑟琳是海明威笔下一个奇特的新女性。《伊甸园》的意义就不言而喻了。

第三节 《曙光示真》

《曙光示真》(*True at First Sight*)是海明威去世后由他第二个儿子帕特里克编辑、斯克莱纳出版社出版印上麦克米伦出版公司的四部小说遗作之一，1999年问世，以纪念海明威100周年诞辰。

小说主要描写海明威和他妻子玛丽1953年末至1954年初非洲狩猎行的经历。他俩雇了当地土著居民当助手和向导，追猎一头凶恶的狮子，途中路过丛林射杀了一些瞪羚、豹子和沙鸡，收获巨大，满载而归。"我"是小说的叙述者，一些人物保留了真名实姓，既有狩猎的真实记录，也有虚构的故事，同时穿插了海明威谈写作和关于人生与社会的各种议论。作者写了非洲土著居民的纯朴友好的感情和他对他们的同情和热爱，也写了玛丽刻苦学狩猎的好学和勇敢精神以及他俩夫妻间欢快和谐的气氛。海明威如实地写了他对一位当地漂亮姑娘黛芭的喜爱，两人成了好朋友。玛丽称她是丈夫的"未婚妻"，但她与丈夫海明威依然恩爱如初。

《曙光示真》正式出版以前曾在《插图运动》杂志从1971年12月20日至1972年1月3日和1月30日分三期连载过，题目是《非洲日记》，摘登了手稿的片断。有趣的是，这些片断包括了海明威和玛丽两次飞机失事的细节。但没有任何地方显示海明威心里想好了一个长篇小说的书名。

帕特里克给《曙光示真》写了一篇序言。他谈到他在东非洲度过了成年前的一半时间，作为老二，跟随其父多年，了解他父亲的写作习惯和脾气。海明威这部手稿长达20万字左右，没有标题，很明显不是一本真实的日记，虚构的部分约占一半。由虚构与事实交替组成的复杂的对位复调构成了这本回忆录的核心。作者在许多章节里大量运用了这种复调，这无疑会令能欣赏这种音乐的读者感到开心。

帕特里克还提到海明威读过黑人作家拉尔夫·埃立森的小说《看不见的人》，该书使他和玛丽从两次飞机失事严重伤痛中振作起来。海明威多次逢凶化吉，转危为安。他善于精确地描写日常生活中的事物，给人亲切的感觉。"因为他懂得政治与艺术的差别以及对一个作家而言二者的联系，因为他的全部作品——这一点极其重要——都充满了一种超越我在国内体验到的悲剧性的东西。它非常接近布鲁斯音乐给人们的感受。这种感情也许恰恰是美国人所表现的最大限度的悲剧精神了①。

柯克·克纳特认为《曙光示真》也背叛了海明威神话和人物角色强加于它的作者的自我意识。的确，这本书最令人着迷的方面在于两个海明威之间含蓄的斗争：一个是男性勇猛的精神获得肯尼亚当地人尊敬的镇定而淡泊的"猎手"，另一个是越来越迷恋当地姑娘黛芭的年老而感伤的"作家"，而他那有进攻性的妻子玛丽小姐则在平原上独自射杀一头狮子。尽管它的文学优点值得怀疑，《曙光示真》里的自传性的魅力可大大补偿这个缺陷。像《流动的盛宴》、《湾流中的岛屿》和《伊甸园》一样，它揭示了一个作家奋起反击他辉煌的消失，尽力使他自己和他的读者相信：他的洞察力并未消逝。这种努力海明威七年后用手枪自杀才放弃②。

麦克尔·雷诺兹很重视《曙光示真》。他肯定了小说跨体裁、事实与虚构相结合的后现代主义小说特征，说明海明威创作的超前性和开拓性。这一切凸显了海明威创作的新贡献。这是很有意义的。他指出，这本书是多种体裁的混合物。它有的部分是叙事者"爸爸"讲的狩猎的故事。他带领读者走过玛丽猎杀狮子和他猎杀豹子的故事情节。但书里有许多是欲望与记忆的混合，具有喜剧性的严肃的对宗教、婚姻和叙事以及早年生活的思考。这本书也是对从体面掉下来以后怎么生活、在坠落状态的伊甸园怎么生活的一种沉思。它在这里也是1924年《大二心河》问世以来海明威作品所存在的一个明显的主题③。

同时，雷诺兹又说，《曙光示真》是以海明威1953年非洲狩猎行为基础的。它充满了特定的细节，它运用了真人真事，他们的名字在未完成的手稿里都没有改变。但许多人物行动是虚构的，是按照海明威所经历的事情为基础的④。

不仅如此，雷诺兹还将小说与海明威的晚年生涯联系起来，强调指出，在"小说回忆录"《曙光示真》里，海明威回到了以非洲为背景的作家/猎手状态，这个时候已接近他生命的尾声。在那里，过去的记忆与古老的欲望交织在非洲伊甸园的现在时。如果《流动的盛宴》里的青年作家是巴黎一个天真的小伙子，那么《曙光示真》里的老海明威就生活在一个坠落

---

① Ernest Hemingway, *True at First Sight*, William Heinemann：London, 1999, p. 7.
② Kirt Curnutt. *Ernest Hemingway and Expatriate Modernist Movement*, Gale Group. A Manly, Inc. Book, 2000, p. 154.
③ Michael Reynolds. *Ernest Hemingway*, Gale Group, A Manley Inc. Book, 2000, p. 65.
④ 同上，p. 80。

的世界,因为约翰·多斯·帕索斯曾告诉过他,所有的人都被赶出伊甸园了①。

第四节 《在乞力曼扎罗山下》

与《曙光示真》不同,《在乞力曼扎罗山下》(*Under Kilimanjaro*)是一本没有删节的海明威遗作"非洲之书"。它描写1953年9月1日至1954年1月21日海明威和妻子玛丽去东非狩猎行的故事。2005年9月由肯特州立大学出版社出版,而不是由海明威老朋友的斯克莱纳出版社出版。这是海明威最后一部遗作。

另一点不同的是这本书不由出版社编辑或海明威亲戚进行编辑,而是由美国海明威基金会和海明威学会理事会(它们拥有版权)于2001年委托路易斯和弗莱明两位教授负责编辑的。海明威没有留下任何笔录,说明他喜欢的书名。所以,书名《在乞力曼扎罗山下》是两位教授提供的。从书稿来看,跟前面提到的《湾流中的岛屿》、《流动的盛宴》和《伊甸园》等其他作品一样,海明威并没定稿,准备交付出版。所以,学界和读者都认为,如果海明威有时间对此书加以润饰的话,它也许可成为他最好的作品。

一些书评广告称《在乞力曼扎罗山下》是一部"自传体小说"。但海明威的大部分作品通常被认为是描述实际经历的小说或由作者想象的很感人的非小说。但雷诺兹认为,对海明威来说根本没有非小说这种东西,只有不同程度的小说。

查尔斯·奥立弗指出,海明威曾被南肯尼亚命名为"荣誉动物监护员"。他讲述了1953年末和1954年初,他和第四位妻子玛丽在乞力曼扎罗山下5个月狩猎行的经历。除了东非洲的背景以外,这本书一个不断的因素是海明威与玛丽之间的狩猎竞争。她因一头狮子捕杀当地牲畜而发愁,海明威则在追打一头豹子。在狩猎场景之间是各种关于离题的议论,如论非洲和非洲人、死亡、杀人和杀动物、爱情、生活、在狩猎中不诚实、世界政治、海明威所了解的作家等等。

许多评论提到海明威与非洲姑娘黛芭的关系,因为她或许成为海明

---

① Michael Reynolds. *Ernest Hemingway*, Gale Group, A Manley Inc. Book, 2000, p. 93.

威的第二位妻子。他提到她是他的"女朋友"。玛丽无疑地对她很生气。但没有进一步的证据说明她比当地一个年轻漂亮的女性有更多的身份。这位55岁愚蠢的海明威能随时挑逗她。

《在乞力曼扎罗山下》有闪光的地方。它令读者想起年轻的海明威，也有些时候让读者想起或立刻想起，这是一部未完成的作品，也不是一部作者准备出版的书①。

路易斯和弗莱明两位教授在"绪论"中明确指出，这本精彩的书的读者们可以经历重返熟悉的作家和发现新事物的双重快乐。他们将此书与海明威的其他作品联系起来，从《春潮》沙哑的幽默和《太阳照常升起》和《永别了，武器》讽刺的喜剧到《老人与海》充满哲理的沉着。但这部作品并不只是往后看。像海明威的所有遗作——从《流动的盛宴》到《湾流中的岛屿》(1970)和《伊甸园》(1986)，《在乞力曼扎罗山下》展示了海明威在形式上和风格上的实验。海明威在这本近作里所发现的灵活而幽默的声音充满太多的内在价值，也许只局限于能接近手稿的少数学者。虽然这部书结束时像它开始时一样，略去了媒体报道的两次几乎致命的飞机失事，它的主要冲突解决了。它的主题完全得到了探讨。两位教授称，"在这个意义上说，它并没有不完整或有什么毛病。它也许是一位文学大师留给我们的最后礼物。"②

的确，这是海明威留给读者的最后一份礼物。这部"非洲之书"写了海明威喜爱的非洲狩猎行，反映了他对勤劳朴实的非洲人的真挚感情和人文关怀。揭示了他的原始主义特征，也许还体现了他对非洲和非洲普通人寄托了他的乌托邦理想。

另一方面，从这本书中不难看出海明威在艺术形式上和风格上做了许多试验。他不但集中发挥了以前写的四大名著的讽刺和幽默的特点，而且尝试运用了跨体裁、事实与虚构相结合的后现代派小说技巧，展示了小说多声部的复调组合，使他优美的散文更加多姿多彩，对美国文学作出了新贡献，正如麦克尔·雷诺兹所说的，海明威的作品并没有过时，他仍然是美国年轻一代作家的学习榜样。

---

① Charles M. Oliver, ed., *Critical Companion to Ernest Heminway*, Facts on File, 2007, 1999, p. 172.
② Ernest Hemingway. *Under Kilimanjaro*, edited by Robert Lewis and Robert Fleming, Kent: The Kent State University Press, 2005, pp. xiv, xv.

第八章

跨越时空：海明威新闻作品和诗歌的新考量

作为一位自学成才的小说家，海明威是从新闻记者走进文学殿堂的，像其他美国著名的作家富兰克林、惠特曼、马克·吐温、豪威尔斯、克莱恩和德莱塞等人一样。成名前，他当过多年报刊记者，到过欧洲各国许多地方采访，写了大量新闻作品。它不仅帮助海明威维持了在巴黎等地日常生活的经济开支，而且成了他小说创作丰厚的文化资源，为他在短短的六年内迅速崛起，成为美国文坛一颗新星铺平了道路。

海明威的记者生涯，从1916年至1958年，长达四十多年。他的足迹遍及四大洲：美洲、欧洲、亚洲和非洲。据美国海明威学者卡洛斯·贝克估计，海明威一生为报刊写的作品超过一百万字，其中有些成了宝贵的历史文献；有些后来演绎成中短篇小说。

然而，海明威一直认为新闻报道不是文学作品，并且从不把他的新闻作品收入他的小说集和非小说集。20世纪30年代初，他曾写信给一个资料编纂者，指出新闻写作和其他作品无关，只有时间性，没有永恒性。他认为，"任何人都无权去开发这些东西，并将它们跟你所写的最佳作品对立起来"①。因此,海明威从来不把成名前后所写的新闻报道结集出版,或跟他的小说和非小说收集在一起,也不许别人这么做。后来,他的看法有点改变。1958年,他在回答《巴黎评论》记者时说,"在《星》报工作,你被迫学习写个简洁的陈述句。这对任何人都是有用的。新闻工作并不伤害青年作家。如果他及时跳出来,这对他是有帮助的。"②所以,虽然斯坦因曾劝他放弃新闻写作,专事小说创作,但他并未接受。成名后,他对以往的新闻工作感到很自豪。

海明威从小喜欢文艺,初中时英文成绩突出,任课老师推荐他去校刊当小记者。他经常写报道,后来学写诗。但他从未想当个诗人,他爱小说,想成为小说家。他成为著名小说家以前写过一定数量的诗。其实,他写的诗比人们所知道的要多得多。他一生总共写了88首诗,其中有73首写于1929年他的长篇小说《永别了,武器》问世以前。

成名以后,美国民众感兴趣的是海明威的传奇经历和他小说,没有多少人记起他的诗。他的幽默感也许只有供他自己欣赏。他成了一个充满矛盾的人物。后来,他不再是"迷惘的一代"的代表,他的作品反映了时代的特征。到了中年和老年时代,他支持西班牙内战正义的一方,在二次大战中,他参加了反抗法西斯的激烈斗争。他一度感到生活的孤独,一旦他投入火热的斗争,他浑身都是力量。在这些诗里,他成了一个真正的人,而不是以讹传讹的传奇经历。像他的短篇小说一样,这些诗揭示了他自己的内心感受,而不是小说的对立面。

他去世后,他的诗又受到人们的重视,先后被汇编出版为《海明威的88首诗》(1978),后来又出版了《海明威诗全集》(1979),读者从中可窥见海明威的诗才和理想以及对现实生活的关注。

第一节 海明威的新闻作品综览

生前,海明威没有让他的出版商将他的新闻作品与他的小说和非小

---

① Arthur Waldhorn, *A Reader's Guide to Ernest Hemingway*, New York: Farrar, Straus and Giroux, 1972, p. 73.
② Matthew J. Bruccoli, ed. *Conversations with Ernest Hemingway*, Clinton: University Press of Mississippi, 1986, pp. 116, 125.

说汇编出版,也不同意将它们单独结集出版。这个问题直到 1961 年海明威去世后才得到解决。从 1967 年至今,美国学者陆续将海明威的新闻作品整理出版,目前主要有四部专集:《海明威的副业》(*By-Line Ernest Hemingway: Selected Articles and Dispatches of Four Decades*,威廉·怀特主编,1967 年出版)、《海明威:初出茅庐的新闻记者》(*Ernest Hemingway, Cub Reporter*,马修·布拉科利主编,1970 年出版)、《欧尼斯特·海明威的学徒阶段:橡树园,1916 年至 1917 年》(*Ernest Hemingway's Apprenticeship: Oak Park*,1916 - 1917,马修·布拉科利主编,1971 年出版)和《海明威的新闻通讯:多伦多》(*Dateline: Toronto*,威廉·怀特主编,1985 年出版)。这些专集问世后受到学界和读者的热烈欢迎,影响深远。诚如著名学者卡洛斯·贝克所说的,新闻写作与文学创作的差别并不像海明威有时所想像的那么大。威廉·怀特则指出,海明威的新闻作品也是创新之作。它帮助说明了为什么这些作品多少年以后仍然成了新鲜而生动的读物[1]。

这四部专集,大体反映了海明威新闻作品的概貌。

《海明威的副业:四十年新闻报道和文章选集》包括 5 个部分,共选了 77 篇报道,约占海明威所写的新闻作品三分之一。威廉·怀特是威恩州立大学的一位新闻教授。他在前言中指出,从新闻专业的角度来看,海明威写的新闻是一流的。他的技巧是小说的技巧,不是纯事实的报道。他突破了何时何地何人的新闻套式。有时,他在小说里则采用了新闻资料。

第一部分,巴黎时期(1920—1924):20 世纪 20 年代海明威寄居巴黎后,为《多伦多之星》日报和周刊写了 154 篇报道,书中选了 29 篇。海明威在文中介绍了欧洲的夜生活、巴黎的选举、波希米亚人、俄罗斯人、巴黎的香槟酒、土耳其的火鸡、西班牙的斗牛赛、奥地利的滑雪等,以及德国货币马克的大贬值给民众带来的艰辛、多伦多圣诞节前数百名儿童和盲人流落街头的惨状。海明威的如实报道反映了他对平民百姓的关注和同情。在这些报道中,有些不寻常的政治报道很受关注。当时,海明威多次被派去采访一些国际会议或欧洲重大事件,采访了意大利法西斯头目墨索里尼、希腊国王乔治、俄国外交官特茨策林等国际政坛的重要人物。他所写的报道和专访及时介绍了当时国际形势的变化和欧洲重大事件所产生的影响。

第二部分,基韦斯特时期(1933—1936):海明威已成为著名的小说家。他重操旧业,当个业余记者,为纽约《绅士》等报刊写了不少文章。他

---

[1] Robert O. Stephens, ed. *Ernest Hemingway: The Critical Reception*, Burt Franklin & Co., Inc., 1997.

以"古巴来信"、"西班牙来信"、"巴黎来信"、"坦葛尼克来信"、"基韦斯特来信"和"湾流来信"的形式报道了他的非洲狩猎行、打狮子野牛、深海捕鱼以及《西班牙的朋友》、《白头街见闻》、《下一次战争笔记》等。

第三部分,西班牙内战时期(1937—1939):海明威冒着炮火硝烟,深入前线报道西班牙民主力量如何顽强抗击佛朗哥的军事叛乱,及时反映了支援民主力量的国际纵队各支队抵抗德意法西斯援军,在被困的马德里首都英勇奋战。编者从海明威写的28篇西班牙内战报道中选了9篇,还从他给反法西斯杂志《视野》写的14篇文章中选了两篇和一篇刊于《时尚》的作品,它与西班牙内战无关,但反映了海明威对捕鱼、打猎和户外活动的兴趣有增无减。

第四部分,二次世界大战时期(1942—1944):海明威访华后写了关于中国抗日战争的六篇报道和一篇关于印尼的报道。六篇报道是《苏日签订条约》、《日本必须征服中国》、《美国对中国的援助》、《日本在中国的地位》、《中国空军急需加强》和《中国加紧修建机场》。海明威在报道中指出,苏日签订和约并不影响前苏联援助中国抗日,美国对中国的援助要加强,尤其是空军和大炮以及药品;要促使中国一切政治派别联合抗日,特别是促进国共两党一致抗日,同时制止亲日派的活动;中国数万工人用手推肩背的原始方法在建造机场跑道,他们唱歌聊天,日夜苦干,情绪高昂;日本不可能征服中国。1944年,海明威飞往伦敦,及时报道了盟军诺曼底登陆、突破希特勒防线、挺进巴黎、解放全法国、直捣德国纳粹老窝等事件,其间所写的《伦敦痛击机器人》1962年被历史教授斯奈德选为"战争报道的杰作"之一。这些报道比较长些,但文字简洁生动,观点鲜明,鼓舞了广大欧美读者和盟军官兵。它们集中反映了海明威敏锐的观察力、中肯的评述、丰富的军事知识、夜以继日的苦干和深入前线的勇敢精神。

第五部分,哈瓦那时期(1949—1956):海明威和第四任妻子玛丽在古巴安家后,他为《观察》、《视野》等报刊写的新闻故事有《大蓝河》、《射击》、《圣诞礼物》和《情况通报》,共四篇。其中最引人注目的是描述他俩在非洲两次空难的《圣诞礼物》。身负重伤的海明威躺在医院的病床上读着许多大报刊关于他俩不幸遇难的"讣告",显得非常幽默有趣。海明威的乐观自信精神跃然纸上,令人赞叹。

《海明威:初出茅庐的新闻记者》包括1917年至1918年海明威为《堪萨斯之星》写的12篇新闻故事和几篇可能出自他手笔的文章,反映了他在该报当了七个月见习记者,接受该报严格的新闻写作训练的收获。

《欧尼斯特·海明威的学徒阶段:橡树园,1916年至1917年》收入了海明威在橡树园和河林高级中学所写的39篇新闻报道、3篇故事、4首诗和高年级时的班级预言等，充分体现了海明威少年时代对写作的兴趣和爱好。他刻意模仿芝加哥成名作家拉德纳，被同学们美称为"小拉德纳"，那些练笔的习作成了他走向文学殿堂的良好开端。

《海明威的新闻通讯：多伦多》包括1920年2月至1924年9月海明威在多伦多、芝加哥和巴黎为《多伦多之星》所写的全部新闻报道和小故事172篇，其中有一半多是1922年至1923年在欧洲，尤其是在巴黎写的，涉及政治、体育、战争和旅游等题材。这对怀特早年编的《海明威的副业》是个很好的补充。

上述四部专集中，影响最大的是第一部。但它没有收入海明威早年写的新闻作品，其原因编者未加说明。这个欠缺由其他两部专集给补上了。四部新闻作品相辅相成。《欧尼斯特·海明威的学徒阶段：橡树园，1916年至1917年》和《海明威：初出茅庐的新闻记者》发掘了海明威青年时代在中学当小记者的习作和到《堪萨斯之星》报社工作写的12篇新闻故事，有助于展示海明威成长过程中拼搏的轨迹和奋发向上的精神。这些新闻专集问世以来，一直受到学界的好评。海明威的新闻报道和小故事，尤其是怀特精选的77篇，内容丰富多彩，文字简洁优美生动，大多是海明威的上乘之作，形成了他文学艺术风格的一部分。它们不仅值得新闻界人士好好学习，同时也为传记作家研究海明威的生平和创作，提供了珍贵的资料。与海明威的顾虑相反，它们并不会与他的严肃文学作品相对立，而是给他的美誉锦上添花。

海明威的新闻作品包括新闻报道、新闻故事、新闻速写和报刊特约文章。新闻报道有时政要闻，人物专访和篇幅仅六七行的简讯。新闻故事长些，可达八九页，但不同于我国的新闻通讯或特写。新闻报道通常要求写明何时(when)、何地(where)、何人(who, whom)、发生何事(what)过程和效果如何(How)，即常见的新闻五要素。但海明威不受这些传统规则的限制，写出了自己的特色：

1. 开门见山，直接破题，不绕弯子。

不论写人，写事或写景，海明威总是直截了当地扣紧主题，开头第一句就涉及报道的主体。以《奥芬堡之"战"》的开头为例："[奥芬堡讯]奥芬堡是法国占领德国鲁尔区的南部界限。它是个清静的小镇。黑森林的山峰屹立在一侧，另一侧是一望无际的莱茵河平原。"[1]《花一百万马克并不

---

[1] William White, ed., *Ernest Hemingway, Dateline Toronto*, New York: Charles Scribner's Sons, 1985, p. 271.

难》的第一行就写道:"[缅因兹—卡斯特尔讯] 125 美元在德国可买 250 万马克。"①一句话点出了德国货币马克的严重贬值。有时,海明威以设问的修辞手法,一开始就破题,比如《政府为新闻付钱》这么开头:"[巴黎讯]法国人对鲁尔和整个德国问题怎么看?你读读法国报刊就不难找到答案。"②

2. 突出动作的描写,尽量省去可有可无的形容词,达到传神的目的。

《七月的潘普洛纳》写了奔牛节开幕的情景:"接着,它们过来了。八头公牛奔过来了,身体又矮又胖,黑黑的,闪闪亮,凶恶地露着双角,晃着脑袋,猛地冲过来。跟它们一起奔跑的三头小公牛,脖子上系着铃铛。它们互相紧跟着。在它们前面奔跑、冲刺、猛闯、狂追的是潘普洛纳的男人和男孩的后卫。他们让自己被牛群沿街追赶,以追寻清晨的乐趣。"③

3. 经常使用对话,改变平铺直叙的老套式,多角度地展示不同的看法。

在《奥芬堡之"战"》里,海明威借与一位德国青年摩托车手的对话反映民众对法国占领鲁尔区的不满:"'嘿,加拿大,'司机说,'你以为法国人在奥芬堡将待多久?''也许三、四个月。谁知道?'司机抬头望望白色的小路,躲开后面的灰尘。'那就会有麻烦,很大的麻烦。工人们会找麻烦的。这里四周的工厂都已经关门了。'"有的报道和故事则几乎都用对话构成,如《日本地震》④。

4. 坦率表态,穿插个人感受,避免纯客观的报道。

在《斗牛是个悲剧》里,海明威坦率地表露了他的看法,"不管怎么说,斗牛不是一种运动。它是个悲剧。它象征着人与动物之争。每一次斗牛常常有六头牛"。⑤后来,海明威的看法有所改变。他赞扬斗牛士的大无畏精神,与西班牙从公元 1126 年以来兴起的这个传统活动结下不解之缘,将它写进《太阳照常升起》和《死在午后》等作品里。

5. 用真实生动的细节充实报道,吸引读者的兴趣,使新闻更有说服力。

在《捕鲑鱼点滴》里,海明威罗列了各种诱饵及其特点,讲鱼线怎么放和提,整个过程写得很细。他 5 岁时随父亲学会钓鱼,曾获哈瓦那钓鱼赛

---

① William White, ed., *Ernest Hemingway, Dateline Toronto*, New York: Charles Scribner's Sons, 1985, p. 282.
② 同上, p. 267.
③ 同上, p. 349.
④ 同上, p. 308.
⑤ 同上, p. 344.

冠军。他的经验之谈深受读者欢迎。他写道,蚯蚓、蛴螬、甲虫、蟋蟀和蚱蜢是最好的诱饵的一部分。但是蚯蚓和蚱蜢用得最广,"蚯蚓有三种。两种用作钓鱼的诱饵,很好,另一种是非常没用的"①。

6. 运用成语、典故和民歌,增加新闻报道的文化色彩。

在《希腊的反抗》里,海明威最后写道:"穿过绵延起伏的、荒芜的棕色萨拉斯乡村,沿着小道长途步行,我从早到晚从那些士兵们身旁走过。他们又累又脏,没有刮胡子,经受了风吹雨打。没有乐队,没有救援组织,没有休假地,唯有臭虱、脏毯子和晚上的蚊子。他们是过去希腊光荣的余晖。这是他们第二次包围特洛伊的结局。"②最后这两句不禁令人想起英国诗人拜伦的《哀希腊》。拜伦是海明威敬仰的作家之一。此外,在《中国加紧修建机场》里,海明威用了民工们的打夯歌:"不平的地呀,他们把它搞平。他们把跑道压得光滑滑的,像金属片一样。重重的压路机压,压不垮他们的肩膀。大家齐心拉呀,压路机不在话下!"③

7. 简洁的字里行间富有反讽、幽默和喜剧色彩。

在《墨索里尼:欧洲了不起的恐吓者》里,海明威在描写这位意大利法西斯独裁者时充满反讽和幽默色彩:"研究他的天才,怎样用大话包装小思想。研究他的好斗习性。真的勇士,不用好斗,而许多懦夫却不断好斗,以此使自己相信他们是勇士。那么请看看他的黑衬衫和白鞋罩。这就有些不对了。从历史上来看,一个人穿黑衬衫,戴白鞋罩更不对。"④在《爱好体育运动的市长》里,海明威嘲讽这位市长嘴上爱体育,其实心里爱的是选票,"如果达到选举年龄的选民去看打弹子比赛、跳背比赛和画连城游戏比赛,市长总会热情地到场。"⑤

以上几个特点说明海明威是用小说的技巧写新闻,不是纯事实的报道。新闻作品为他的艺术风格的形成奠定了牢固的基础。

漫长的记者生涯对海明威成为著名的小说家有什么影响和作用呢?笔者认为,影响是多方面的,作用是巨大的,尤其是在巴黎短短的六年。

1921年,海明威去巴黎以前,试写过多篇故事,主人公有老战士、拳击手、记者、赌徒和玩牌者,但意义不大,常遭退稿。他对文学有兴趣,也有

---

① William White, ed., *Ernest Hemingway, Dateline Toronto*, New York: Charles Scribner's Sons, 1985, p. 22.

② 同上,p. 245。

③ 杨仁敬编著:《海明威在中国》增订本,厦门:厦门大学出版社,2006年,第80页。

④ William White, ed., *Ernest Hemingway, Dateline Toronto*, New York: Charles Scribner's Sons, 1985, p. 255.

⑤ 同上,p. 8。

抱负,想当个作家,但心里没个底,要求也不高,只希望做一个通俗小说家。他不懂小说该从何着手,许多世界文学名著都没读过,连当代成名作家庞德、乔伊斯和斯坦因的名字都没听说过。后来,舍伍德·安德森劝他读屠格涅夫和乔伊斯等人的小说,写信推荐他去巴黎见庞德、乔伊斯、斯坦因等人和莎士比亚公司的经理斯尔维娅·比茨。在现代主义思潮中心的巴黎,他仿佛置身于另一个世界。不仅有名家可咨询和商议,而且随时可以去比茨的书店借书看报刊,了解欧美文学动态。他一面忙于采访和报道,一面抽空读书,充实自己,果然进步很快,仿佛长了翅膀,在文学的天地里自由翱翔。他给《多伦多之星》日报和周刊写稿的收入使他能维持在巴黎的日常生活,并到邻近的瑞士、西班牙和奥地利等地休假旅游。他勤俭过日子,勤奋写作,时刻不忘当作家的理想。

  记者工作拓展了海明威在巴黎的生活空间,使他获得许多朋友的提携,一步步走上文坛。以前,他在芝加哥收到退稿时,就在家里发呆,没人告诉他该怎么办,更没有人上门向他约稿。在巴黎就完全不同了,他广交朋友,接触英美驻巴黎记者和作家,渐渐地打开了发表作品的门路。先锋派杂志《小评论》两主编之一简·希帕约他投稿,他马上送去刚写好的六篇速写。出版商威廉·伯德成立三山出版社,请诗人庞德为他挑选六位作家出一套当代英文散文丛书,庞德立即推荐了海明威。同年8月,他的第一部作品《三个短篇小说和十首诗》就由罗伯特·麦克阿尔蒙出版商帮他出版。这位作家是海明威1923年在意大利认识的。不久,三山出版社出了他由12篇速写组成的《在我们的时代》。海明威开始在巴黎塞纳河左岸有点名气。虽然他这两本书并未引起美国文坛的重视,但好的开头是成功的一半。1923年,成名作家菲兹杰拉德建议他写一部长篇小说来促销他的短篇小说。后来他又帮他看了《太阳照常升起》的文稿,建议他删去开篇十多页,海明威接受了。1924年,他又将海明威推荐给纽约斯克莱纳出版社总编麦克维尔·帕金斯。海明威专程赶往纽约,与该社签了合同。从此双方结下不解之缘。海明威有了固定的出版社,此后就不用烦心了。1926年由该社出版的《太阳照常升起》获得了成功。三年后,《永别了,武器》问世,好评如潮。海明威如愿以偿,成了一位名扬欧美的划时代的小说家。

  采访活动使海明威走出小天地,有机会到欧洲各地,了解一些重大历史事件的内幕,扩大了视野,磨炼了思想。在巴黎期间,海明威受委派去采访热那亚国际经济会议、希腊与土耳其战争、洛桑和平会议和法国占领的德国鲁尔工业区等。这使他接触了许多外国记者和重要人物,了解国际政治和经济斗争的棘手问题,使学生出身的海明威增长了见识,提高了认识,改变了不闻政治的偏见。在热那亚,他第一次见到首次出席国际会议的前苏联代表,目睹欧洲与前苏联恢复经贸往来。在希腊与土耳其交战地区,他见证了排长队的难民带着妻儿和破烂行李想从枪口下逃命的惨状。在洛桑,他看到一些政要妄图维护已失灵的旧政治体制。在鲁尔区,他报道了法国强行占领的情况,揭示掠夺意味着一场新战争的来临。他还采访了意大利法西斯头目墨索里尼,指出法西斯独裁的危险性。通过这些采访活动,海明威逐渐懂得准确地提出问题,抓住关键的细节,及时地报道民众关注的热点问题。他一度华丽的文风变成简洁生动的句子。在新闻报道里,他往往将自己当为观察者摆进去,同时也写在现场民众的反应。因此,他的报道真实性和可读性很强,深受读者欢迎。

　　新闻写作磨炼和强化了海明威的文字功夫。1922年冬天,他妻子哈德莱在巴黎火车站一只手提箱被盗,箱内海明威的多篇手稿全丢了。他不得不另起炉灶。他不急不躁,致力于"写一句真实的陈述句"。"真实",从意象主义者的意义上来说,是见证和寻找说明情景的"意象"。不久,他从真实的陈述句发展到简短的真实的段落,砍去可有可无的形容词和副词,后来有的成了《在我们的时代》里的"速写"(Vignettes)。海明威称"速写"是"未写好的故事"。每篇速写抓住一瞬间的感触记下来,篇幅仅1页长。它往往只写现代社会生活一个小侧面,如描写一次令人触目惊心的血腥事件,着墨不多,让读者透过精选的细节了解事件的真相。后来,这种技巧逐渐融入海明威的短篇小说,成了他艺术风格的一大特色。这与海明威形成写真实的创作原则也是息息相关的。他指出,"(作家)从实际经历学得越多,他的想象就越真实。如果他这么做,他的想象就真实得足以让人们以为他所描述的事情全是真正发生过的,而他不过是如实报道吧!"由此可见,新闻写作的大量实践大大提高了海明威的文字水准,使他运用简洁的对话,写出优美的文字,为他的短篇小说创作打下了扎实的基础。

　　记者工作使海明威养成了在艰苦条件下,随时随地搞创作的好习惯。记者采访活动,流动性强,报道及时快速。1924年前,海明威是个自由的特约记者,任何情况下随时可写报道。在巴黎时,他常常在旅馆的信纸或简易的法国学生笔记本上用铅笔或钢笔写写划划。他经常在自家床上,在咖啡店里,在火车上写稿。他几乎在任何地方都能很快写好报道,或用手写写完初稿,再用手提打字机修改打字定稿。后来,他写小说也这样,不像有些作家,需要有个安静的写作环境。《太阳照常升起》初稿大部分是在西班牙各地的旅馆里写成的,当时海明威正陪第一任妻子哈德莱观看夏天的斗牛赛。第二部长篇小说《永别了,武器》,作者动笔于巴黎,后带着它乘船回基韦斯特,又送第二任妻子葆琳回皮格特老家,再去堪萨斯市生孩子。他曾去医院看妻子剖腹产,再开车去希尔登旅馆写作,在到处奔波中写完 650 页初稿。他还常常将写作与打猎、钓鱼等活动结合起来。在 20 世纪 30 年代非洲狩猎行中,他写了著名的非小说《非洲的青山》(1935)、影响最佳的短篇小说《弗朗西斯·麦康伯短暂的幸福生活》和《乞力曼扎罗的雪》等。这种独特的写作习惯与海明威的记者生涯是分不开的。

不仅如此,有些新闻报道的素材经过艺术加工和提炼,成了海明威的短篇小说。如他在马德里炮火中写的战地报道,后来被他写进好几篇短篇小说和剧本《第五纵队》。他的不朽名著《老人与海》则脱胎于 1936 年他给《绅士》写的一篇钓鱼的新闻故事《在蓝色的海洋上:湾流来信》。诚然,中篇小说《老人与海》在主题思想和艺术手法上比原先的新闻故事有了质的飞跃。它最终将海明威推上诺贝尔文学奖的领奖台,圆了他一生孜孜以求的美梦。新闻作品的艺术特色成了海明威小说风格的一部分。用写小说的手法写新闻,将新闻报道中的真实事例融入小说,成了生动的插曲,这成了海明威独特的艺术风格。

1921 年 12 月,海明威第一次到达巴黎时年仅 23 岁。作为一个青年记者,他在新闻界和文艺界都是默默无闻的。在他看来,为《多伦多之星》写新闻报道无非是为了挣几个钱糊口而已。评论界也没人关注他写的新闻报道和新闻故事。直到他的小说处女作发表后,人们才将他的小说创作和新闻报道联系起来,发现他独特的叙事风格。

《三个短篇小说和十首诗》和《在我们的时代》早在出版前,《跨大西洋评论》就赞扬海明威写的故事真实生动,富有感情,但更多的是关注他简洁而崭新的叙事风格。马佐里·莱德认为,《在我们的时代》细腻的叙述完全适合于讲一个故事关键时刻的变化,将别的留给读者去想象。艾德蒙·威尔孙则强调,海明威的特写可与戈雅的名画相媲美。《时代》周刊在评论纽约版《在我们的时代》(1925)时宣称"一位新作家来了"。许多批评家认为海明威那尖刻辛辣的风格是他长期努力的结果。斯楚伊勒·阿斯雷在《堪萨斯之星》报上称,海明威分享了舍伍德·安德森和宁格·拉德纳从前开采的语言矿产资源。许多作家给予热情肯定。艾伦·塔特认为海明威得益于 18 世纪初的英国作家,如斯威夫特、菲尔丁、斯特恩和笛福。有的指出他受巴黎先锋派艺术的影响。菲兹杰拉德觉得海明威相信美国的文学创作要从传统的压抑中走出来,回到现代创作的新风格。海明威并不总是成功的,但他很有前途①。他的风格可定义为客观、辛辣、冷淡、简朴、栩栩如生、细节真实、个性化、独创等。这种风格的形成与海明威的新闻作品有什么关系呢?这引起了美国批评界的热烈争论。

查尔斯·芬顿和罗伯特·斯蒂芬斯将海明威的小说与他的新闻作品联系起来,认为后者为前者鸣锣开道。J.F.柯伯勒则将海明威的新闻作品、小说和非小说三者结合起来研究,指出海明威在小说创作中如何将新闻报道或非小说里的真人真事演绎成真实的插曲,以及他对事实和虚构的巧妙处理和不同的整合。约翰·阿特金斯和莱特·莫里斯认为,从风格上来看,海明威主要是个自然界的准确记录者。约翰甚至将他当成"记录的工具",像康拉德一样,他将他看到的和听到的都记下来。莱特称海明威的风格犹如"精确的镜头"。厄尔·罗维特甚至称赞海明威比录音机或照相机更准确。在这些批评家看来,海明威仿佛成了一个自然主义作家。卡洛斯·贝克指出,新闻写作与小说创作存在基本的差异,海明威是从新闻记者走上文坛的。他非常真实地描写了他所观察的人物行动,避免了想象中的笔误,为我们提供了最好的艺术作品。约翰·阿尔德里奇则持不同的看法。他一针见血地指出,海明威散文的质量归根到底是新闻报道的质量。事实上,这反映了他的优点和缺点。他认为海明威的风格是从记者发展成作家的。它极大地限制了作为一个艺术家的想象范围和他小说的深度。这样的风格使他只能写些易于描述的题材,而且只能描述一小部分。尤金·古德哈特觉得海明威风格是他作为一个作家成功的抑制因素。他抱怨海明威的散文缺乏"戏剧的含混和多种的含义"的浓缩。德尔莫尔·斯茨华兹同意海明威风格极其简单,毫无虚饰,但决不分散。他赞扬它"干净利索、严格、简单明了、不加装饰,能用意义深长的缄默和含蓄的感情表现一种道德准则"。哈里·列文精辟地总结了上述各种意见,作了巧妙的归纳。他认为,尽管海明威用词不够丰富,句法技巧差,形容词色彩不够,动词不太有力,他的风格具有"无可置疑的活力"和"没有先例的动力"②。

海明威对他的新闻作品和小说创作的差别有他自己的看法。他在《死在午后》(1932)和《致〈绅士〉杂志的信》(1935年10月)中明确地说,在报纸上,你只说说所发生的事,但在小说里,他想做的是,写下实际上真正

---

① Robert O. Stephens, ed., *Ernest Hemingway: The Critical Reception*, Burt Franklin & Co., Inc., 1997, p. xi.

② J. F. Kobler, *Ernest Hemingway: Journalist and Artist*, UMI Research Press, 1985, 1968, p. 96.

发生的事,究竟是怎么一回事,它使你产生所经历过的感情。他又补充说,如果一个作家从经验中学得越多,他的想象就越真实,足以使人们以为他所描述的事情全是真的发生过,而他仅是如实告诉你。他强调,"这是创作,不是叙述。这就像你的创作能力和你的知识所能表现的程度一样真实"。他崇尚"写真实",认为"好作品都是真实的创作"。1958年发表于《巴黎评论》(春季号)的答记者问中,他进一步将自己的风格概括为"冰山原则"。他说,"我总是尽力按冰山原则来创作。它显露的每个部分有八分之七在水下面。你可以删去你熟识的任何东西,它只能强化你的冰山。它就是你没有显示的部分。"[①]

由此可见,海明威的新闻作品是他艺术风格的一部分,为他成为小说家创造了条件。但海明威并不就此止步。他不断阅读古典文学名著和现代欧美名作家的佳作,努力充实自己,使自己的艺术风格日益丰富。他成了一位严肃的现实主义作家。

海明威用写小说的手法写新闻,不仅开创了新闻的新形式,而且促进了20世纪60年代美国新新闻主义小说的产生和发展,影响了邹恩·狄第恩和诺曼·梅勒等一批作家。如狄第恩用小说手法写的新闻报道《萨尔瓦多》和融入新闻素材的长篇小说《民主》,梅勒曾获国家图书奖和普利策奖的《夜间行军》(1968)等。他们纷纷成了风格独特的后现代派小说家。这也许是海明威对美国文学的又一大贡献。

第二节　海明威的88首诗述评

海明威以小说家著称,很少美国读者知道他也是个诗人。1921年,他携第一任妻子哈德莱去巴黎时曾想当个诗人。成名以前,他曾试写过几首诗。他在巴黎出版的第一本书《三个故事和十首诗》并未引起学界的重视。作为小说家,他成名以后,仍继续试验写诗。除了中学时代的作品以外,他生前只发表了25首诗。他一生共写了88首诗。这些诗大体可分为四个时期:(一)青年时代的习作:1912—1917;(二)到处流浪:1918—1925;(三)其他感受:1926—1935;(四)再会:1944—1956。这88首诗中

[①] Matthew J. Bruccoli, ed. *Conversations with Ernest Hemingway*. Clinton: University Press of Mississippi, 1986, pp. 125.

有 73 首诗是 1929 年以前完成的,当年恰好是他的第二部长篇小说《永别了,武器》问世,从而奠定了他的小说家地位。

早在橡树园河林中学当校刊小记者时,海明威就学写了几首诗,在《秋千》上发表,如《运动会开幕式》、《献给 F. W.》、《芭蕾写作怎样影响我们高年级学生》、《工人》和体育诗四首。诗的内容主要是抒发他对校园生活的感受。他写得很认真,似乎想将从课堂内外学到的东西都用上去。有些诗明显地流露他对英国作家吉卜宁和美国小说家拉德纳的模仿。在诗歌韵律上,他吸取芝加哥桂冠诗人卡尔·桑德堡的风格;有的诗则是他对乔伊斯·基尔默、詹姆斯·里雷、罗伯特·斯蒂文森等作家诗歌格律的戏仿。

1920 年至 1921 年,海明威从意大利负伤回家疗养仍不忘写作。康复后,他在芝加哥试写了一些诗,抒发了他对战争的亲身体验和感触,后刊于女诗人蒙罗主编的《诗刊》,共 6 首,加上未发表的 4 首,收入在巴黎出版的《三篇短篇小说和十首诗》。他去了一趟意大利,在战火中受重伤,视野开阔多了。他开始关注周围的现实世界,观察林林总总的城市生活和男男女女的不同反应。不久,他在芝加哥一次派对上认识了圣路易斯姑娘哈德莱。两人一见钟情。初恋成了海明威写诗的动力。他给她写了许多情真意切的小诗,狂热地抒发对她的爱慕和思念之情。他的诗歌大大地增加了抒情性。

1922 年,海明威携哈德莱到巴黎以后,在女作家斯坦因和诗人庞德的影响下又写了一些诗,如《他们都在讲和平——什么是和平?》(1922)和《西班牙的灵魂》(1923)等。1924 年,他承朋友之助,在德国文学刊物《交叉点》上发表了几首诗。他对社会现实了解多了,明辨了是非,增强了正义感。他在诗中跳出个人感情的小圈子,嘲讽以权谋私的政客和损人利己的出版商。庞德欣赏海明威的诗才,常推荐他的诗作去一些杂志发表。斯坦因则认为他的诗写得比小说好,大有前途。后来,海明威想走自己的路。与斯坦因渐渐地疏远。1926 年,他在《女士的画像》里借用斯坦因自己的声音讽刺她的作品,他们之间的友谊终于划上句号。

1935 年至 1944 年,海明威暂停写诗近 10 年,专注于小说和非小说创作,直到 1944 年 5 月,他在伦敦偶遇美国驻伦敦女记者玛丽。两人一见钟情,立即坠入爱河。海明威与妻子玛莎的婚姻亮了红灯,心里很苦闷。不久,他在伦敦给玛丽写了长诗《致玛丽》,倾吐对她的恋情。同年 9 月至 10 月,海明威随盟军攻入巴黎。他也从里兹饭店给她写了一首长诗《致玛丽第二首诗》(上述两首诗同时刊于 1965 年 8 月《大西洋月刊》)。这些诗是海明威内心忧郁的流露。他仿佛自言自语,不断倾诉自己难以忍受的孤独和痛苦。后来,他又写些短诗。在《致二十一岁生日后五天的少女》(1950)里,海明威祝福他的青年朋友、意大利姑娘阿德里亚娜·伊凡茨奇生日,劝她别空谈工作,要真的干起来。诗里借用吉卜宁的诗《获胜者》的节奏,仿佛还有他的回声,"她走得最快/她走得孤独"。

海明威写诗往往很快。许多诗稿留下修改的痕迹。一半以上的诗稿不止一份草稿。海明威喜欢保存他写过的片言只语,所以,这些不同的诗稿都保存了下来。它们跟随主人走遍天涯海角。有的曾平静地藏于巴黎里兹饭店地下室一只被遗忘的箱子里;有的积存于基韦斯特斯洛皮·何酒吧的后屋;有的被带到克茨姆他生前最后的住处的卧室,还有的从瞭望田庄的书房里找出来。这些幸存的诗稿如今都汇集于波士顿肯尼迪图书馆的海明威藏书部。经海明威基金会同意,1979年由尼古拉斯·吉洛基安尼斯编辑出版了《海明威诗全集》。

海明威的诗以前大都发表于欧洲的刊物或流亡者的小杂志上,距今已80—90年了,所以美国读者不太熟悉。有几首诗曾入选当时的选集,但那些选集已绝版。不过,海明威的诗曾被选译为法语、俄语、意大利语和日语,拥有一些读者。在美国,他的诗则被学者用来作为研究他的生平和作品的参考资料。

海明威对自己的诗作是很重视的,不像对新闻报道那么不屑一顾。他在《非洲的青山》(1935)里叙述1933年去非洲狩猎时曾遇到一个奥地利人康迪斯基。两人有一段简短的对话:

"海明威这个名字我听说过。在哪里?我在哪里听说过呢?啊,对啦,《作家》杂志。你认得诗人海明威吗?"

"你在哪里读过他的诗呢?"

"在《交叉点》(Querschnitt)杂志上。"

"那就是我,"我很开心地说,"《交叉点》它是一份德国杂志。我为它写过一些比较淫秽的诗,发表过一部长故事。那是我能在美国卖作品以前几年。"①

在分手时,康迪斯基说:"能见到一位伟大的老杂志诗人是很荣幸的。"这是海明威的诗受到承认和欢迎的难得的一次,而且是远在肯尼亚平原狩猎场。康迪斯基是个欧洲人,对当代文学很感兴趣。这实在太有趣了。

---

① Ernest Hemingway, *Green Hills of Africa*, p.7.

不过,在《流动的盛宴》里,海明威坦言并不认为在那家德国杂志发表的诗有什么意义,他当时只想靠投稿拿点稿酬来维持生活。事实上,海明威的《三个短篇小说和十首诗》问世后,格特鲁德·斯坦因认为他的诗写得比小说好,但批评家威尔逊则说,"海明威先生的诗并不特别重要,但他的散文是一流的。"后来,海明威集中精力写小说,只为小杂志写些讽刺诗或不供发表的个人抒情诗。事实证明,威尔逊的评估是正确的。海明威也选对了发展方向。

《海明威诗全集》的主编尼古拉斯·吉洛基安尼斯在绪论中指出:"尽管批评界的注意力是有限的,海明威的诗达到一定声誉,被称为'亵渎',这个术语甚至连他自己也常常描述过。他不遗余力地保持语言的干净,但他的讽刺是粗暴的。尊敬来之不易,风度并不神圣。他讽刺的方法倾向于将伪装变成性的困难,如《欧尼斯特对自由的哀怨》(1922)。但'亵渎'的运用和性联想往往变成更像障碍的幽默。这些诗中有些反映了海明威青年时代的感觉。作为一个男孩,他感到痛苦,但是,经历了第一次世界大战以后,他那带有传统的道德观及其效果欠佳的语言变得成型了。离开前线的世界赋予了它帮助创造的战争以荣誉,但海明威看不出有什么理由,为什么一方面精细要虚伪地存在,另一方面愚昧则成了生存的条件。他给社会带回一个战争的小作品。"①

查尔斯·芬顿指出,像他几个同代人如菲兹杰拉德、福克纳和多斯·帕索斯一样,海明威在成为一个散文作家的过程中写了一定数量的诗歌。1923年,海明威提到《诗刊》是用这样的话来描述他的作品的:他是"一位现在正在国外的芝加哥青年诗人,他会很快在巴黎发表他的第一本诗集。事实上,直到1923年4月《小评论》出版了《在我们的时代》第一批6篇特写,海明威所发表的作品几乎全是诗歌。在他诗歌的形式变化上明显地可看出他对巴黎社团、对埃兹拉·庞德、对斯坦因小姐和作为一个流派的意象主义多样化的反应"。

一般来说,这些诗歌是最少成功的,因为它们似乎是最自觉地来自海明威对意象主义理念的忠诚。当他运用令人深深感觉到的意识,而不是文学经验时,比如在短诗《俘虏们》里,他的应用规则是比较有力的。至少那些分词令人想起,不管他是写散文或写诗,他是在格特鲁德·斯坦因的氛围中工作的。对她像对庞德一样,两种方法主要都是客观的。庞德说过,"在普通的诗里不要讲在好散文中已经做过的事"。较好的诗也要简

---

① Nicholas Gerogiannis, ed., *Complete Poems: Ernest Hemingway*, University of Nebraska Press, 1979, p. xx.

洁、押韵,有时还有吉卜宁或胡斯曼的韵律和叠句。最少松弛的是那些有关不同主题的材料——它们这么有力地出现在他早期的小说里。关于战争、政治和童年生活往往存在于他的特写、他的短篇小说、他的诗歌和微型速写里。

芬顿指出,这些诗歌作为一种早期创作动机的介绍是特别有趣的,因为它支配了海明威第一阶段的大部分小说。这就是1925年问世的《在我们的时代》里出现的命题。书里一个密执安的男童与成人犯罪、暴力和痛苦又密切联系。经验的两个方面,过去与现在缺乏平衡而重叠的精妙之处。它使《在我们的时代》的复调是如此强烈,但这些诗有技巧上闪光的、灵巧的润饰和他的短篇小说独特的魅力①。

芬顿特别回顾了批评家艾德蒙·威尔逊当初在《日晷》上对《在我们的时代》的评论大部分集中在海明威的特写和故事。至于诗歌,威尔逊总结说,海明威先生的诗并不特别重要。在1923年秋天给威尔逊的信中,海明威自己并未提及他的诗。他也没有详细评说他自己的诗或一般的诗。他对小说散文集写过许多前言,但从没给他的诗歌写过。在认真说明的基础上,他的态度好像是个负责任的人。像庞德所说的,好诗像好散文一样重要,但甚至更少。总的来说,他的诗往往缺乏所需要的浓缩。这种情况在小说里更容易看出来。海明威用正面回应T.S.艾略特和埃兹拉·庞德的诗歌,放弃了他在当代诗歌中自己的情趣。海明威宣称庞德是个大诗人。许多年以后,海明威谈到艾略特时说他也是个公正的批评家,但除了亲爱的老庞德、可爱的诗人和愚蠢的卖国贼以外,他似乎不用存在。

威尔逊认为,正是将庞德关于意象主义的原则应用到他自己的诗里,海明威从写诗的实践中大大受益了。他的诗,像《在我们的时代》里的特写和故事一样,是他完成学徒阶段的最后实践。它植根于新闻写作,但现在已越来越超越它了②。

* * * *

海明威,像其他英美著名小说家乔伊斯、福克纳和菲兹杰拉德一样,在致力于小说创作过程中也写了一些诗。这些诗是他在巴黎学徒阶段的重要实践,同时也使他对庞德的意象主义和T.S.艾略特的"客观对应物"

---

① Charles Fenton. *The Apprenticeship of Ernest Hemingway*,The Viking Press,1954,pp. 284-285.
② 同上,pp. 226,227。

等理论有了更深的体会,并促使他把二者与新闻写作结合起来,逐步融入他的长短篇小说,构建自己独特的"冰山原则"艺术风格。因此,在他小说生涯中,写诗对他艺术风格的形成发挥了重要作用。

附录

（一）海明威生平大事记[①]

年份	海明威生平大事	作品与出版	其他文坛事件
1896	克拉伦斯·海明威和格拉斯·霍尔（作家海明威的父母亲）10月1日结婚，他们与格拉斯·霍尔的父亲一起搬进伊利诺斯州芝加哥郊区西部橡树园北橡树园大街439号。		
1898	姐姐玛士琳·海明威1月15日出生。		
1899	欧尼斯特·米勒·海明威（以下简称海明威）生于伊利诺斯橡树园（7月21日），他是家中六个孩子中的第二个。9月海明威一家前往密执安北部华伦湖，在那里他们有个消夏的田舍。1918年1月在赴意大利北部参加美国红十字会的救护队以前的这段日子里，海明威和他的家人每年夏天都要到这个温德米尔田舍来。		亨利·詹姆斯的《尴尬的年代》、列夫·托尔斯泰的《复活》和弗兰克·诺里斯的《麦克提格》问世；哈特·克莱恩出生；弗列德里克·加西亚·卡洛尔出生；詹姆斯·威尔登·约翰逊出生；霍拉旭·阿尔杰去世（1832年出生）。

[①] 选自 Charles M. Oliver 编著，"Critical Companion to Ernest Hemingway," *Facts on File*, 1999, 2007。

(续表)

年份	海明威生平大事	作品与出版	其他文坛事件
1900			西奥多·德莱塞的《嘉莉妹妹》、弗兰克·鲍姆的《绿野仙踪》和约瑟夫·康拉德的《吉姆爷》问世;托马斯·沃尔夫出生;安东尼·德·圣埃克苏佩里出生;玛格丽特·米切尔出生。
1901			托马斯·曼的《布登勃洛克一家》和卢迪雅德·吉卜宁的《吉姆》问世;左拉·尼尔·赫斯顿出生。
1902	海明威妹妹厄秀拉·海明威4月29日出生。		约瑟夫·康拉德的《黑暗的心》、《台风集》和《青春集》问世;布赖特·哈特去世(1836年生);埃米尔·左拉去世(1840年生)。
1903			亨利·詹姆斯的《专使》、杰克·伦敦的《荒野的呼唤》和杜波伊斯的《黑人的灵魂》问世。
1904	海明威妹妹玛德琳(珊尼)·海明威11月28日出生。		克鲁特·汉姆生的《梦想者》问世;凯特·肖邦去世(1851年生)。
1905	海明威开始在橡树园小学上一年级。		伊迪丝·华顿的《欢乐之家》问世;儒勒·凡尔纳去世(1828年生)。

(续表)

年份	海明威生平大事	作品与出版	其他文坛事件
1906			约翰·高尔斯华绥的《有产者》和厄普顿·辛克莱的《屠场》问世;保罗·劳伦斯·丹巴去世(1872年生)。
1907			亨利·亚当斯的《亨利·亚当斯的教育》问世。
1908			爱·摩·福斯特的《有风景的房间》和小约翰·福克斯的《寂寞的松林小路》问世;乔·钱德勒·哈里斯去世(1848年生)。
1909			格特鲁德·斯坦因的《三人传》问世;萨拉·奥恩·朱厄特去世(1848年生)。
1910			列夫·托尔斯泰去世(1828年生);马克·吐温去世(1835年生);欧·亨利去世(1862年生)。
1911	海明威之妹妹卡洛尔·海明威7月19日生于密执安的夏季田舍。		伊迪丝·华顿的《伊坦·弗洛美》和安布劳斯·比尔斯的《魔鬼词典》问世。
1912			托马斯·曼的《威尼斯之死》和赞恩·格雷的《紫艾丛中的骑士》问世;布莱姆·斯托克去世(1847年生)。

(续表)

年份	海明威生平大事	作品与出版	其他文坛事件
1913	海明威和玛德琳·海明威开始在橡树园和河林中学上一年级。		马塞尔·普鲁斯特的《追忆逝水年华》、D. H. 劳伦斯的《儿子和情人》和威拉·凯瑟的《啊,拓荒者!》问世。
1914			詹姆斯·乔伊斯的《都柏林人》和罗伯特·弗洛斯特的《波士顿以北》问世;《小评论》杂志创刊(1914—1929);埃德加·赖斯·巴勒斯的《人猿泰山》问世、安布劳斯·比尔斯去世(1842年生)。
1915	海明威的弟弟莱斯特·海明威4月1日出生;海明威开始向校报《秋千》投稿;以后备队员身份一起与校足球队踢足球。		弗朗茨·卡夫卡的《变形记》、萨默塞特·毛姆的《人生的枷锁》和埃德加·李·马斯特斯的《斯蓬河诗集》问世;卢伯特·布鲁克去世(1887年出生)。
1916	海明威给学校文学刊物《书板》撰稿;入选校足球队。在中学学报《秋千》上发表第一篇文章《音乐会取得成功》(1月20日)、在中学文学刊物《书板》发表第一篇小故事《神灵的裁决》(二月号);该年,他又在《书板》上发表两个短篇故事和一首诗,在《秋千》上共发表了19篇文章。		卡尔·桑德堡的《芝加哥诗集》和 R. 拉德纳的《艾尔,你知道我》问世;亨利·詹姆斯去世(1843年出生);杰克·伦敦去世(1876年出生);肖勒姆·阿莱汉姆去世(1859年出生)。

(续表)

年份	海明威生平大事	作品与出版	其他文坛事件
1917	海明威在学校上演的戏剧《花花公子博布鲁梅尔》中扮演角色;他和玛士琳高中毕业(6月);他前往堪萨斯城(10月)做《堪萨斯市之星》见习记者。	在《秋千》上发表18篇文章,在《书板》上发表3首诗以及文章《班级预言》。	威廉·巴特勒·叶芝的《库尔的野天鹅》、汉姆林·加兰的《中部边地的农家子》和萨拉·蒂斯代尔的《爱之歌》问世。
1918	海明威和泰德·布拉姆拜克加入美国红十字协会(5月),任务是去意大利开救护车;到纽约体检;乘"芝加哥号"轮船离开美国前往法国;到达意大利(6月4日),驻扎在意大利北部城市斯奇欧,属于救护四分队;海明威(6月22日)主动提出将巧克力和香烟运送给意大利前线部队(部队驻地为皮亚韦河边,威尼斯东北,靠近福萨塔)。在前线观察哨被奥军迫击炮击中受伤(7月8日夜),成为一战中第一个挂彩的美国人;这一年的其余时间在米兰的红十字医院度过,与护士艾格尼丝·冯·库劳斯基相爱,艾格尼丝被派往特雷维索后,海明威曾去访问(12月9日),这是两人最后一次见面。		威拉·凯瑟的《我的安东尼娅》问世;亨利·亚当斯去世(1838年出生);乔伊斯·基尔默去世(1886年出生);威尔弗莱德·欧文去世(1893年出生)。
1919	海明威因伤退出红十字会救护工作(1月4日);乘坐"威尔迪号"到达纽约(1月21日),与此前离开美国赶赴意大利的时间相距不到8个月;回到橡树园;艾格尼丝给海明威发来一封信,两人不再交往;海明威到密执安北部(5月);12月重回橡树园。	(夏季)在华伦湖写了许多短篇小说,但没有一篇在有生之年发表。	舍伍德·安德森的《小城畸人》和H.L.门肯的《美国语言》问世;弗兰克·鲍姆去世(1856年出生)。

(续表)

年份	海明威生平大事	作品与出版	其他文坛事件
1920	海明威到多伦多(1月8日)找临时工作,同行的是19岁略跛的小拉尔夫·康内保,其父为《多伦多每日之星》的编辑。海明威夏季大部分时间在华伦湖和洪顿湾;到芝加哥(10月)遇到了哈德莱·理查逊。哈德莱(1891年11月9日生)来自圣路易斯,29岁,海明威和她在接下来的一年中一直保持信件联系。海明威在《合作共同体》找到一份工作。这个杂志的读者主要是中西部农民。为《多伦多之星》自由撰稿(1至4月);发表的第一篇文章为《给多伦多外科医生带来荣誉的新乙醚》(1月27日);在《合作共同体》当编辑,并撰稿(1920年12月至1921年10月)。		伊迪丝·华顿的《纯真的年代》、辛克莱·路易斯的《大街》、D. H.劳伦斯的《恋爱中的女人们》、司各特·菲兹杰拉德的《人间天堂》和凯瑟琳·曼斯菲尔德的《幸福和其他故事》问世;威廉·迪恩·豪威尔斯去世(1837年出生)。
1921	海明威与哈德莱在密执安的洪顿湾结婚(9月3日);两人住在芝加哥北克拉克大街1300号的一个公寓里,海明威继续为《合作共同体》撰稿,直到它的创办人被控在一个合作项目中欺骗农民杂志停刊(10月);海明威得到《多伦多之星》驻欧洲特写记者的职位,于是夫妇两人乘"利奥波德纳号"轮船前往巴黎(12月8日),到达巴黎(12月20日),住在雅戈宾馆。	夏天在华伦湖写了短篇《在密执安北部》、继续为《多伦多之星》写特写;继续为《合作共同体》做编辑和撰稿工作(直至其10月停刊)。	玛利安·穆尔的《诗集》问世;约翰·巴勒斯去世(1837年出生)。

(续表)

年份	海明威生平大事	作品与出版	其他文坛事件
1922	海明威和哈德莱在勒穆瓦纳主教街79号租了房(1月9日)，前往瑞士蒙特雷市查姆比小镇，开始为期两周的滑雪度假；回到巴黎(2月2日)；访问格特鲁德·斯坦因(3月8日)；海明威前往热那亚报道在那里举行的欧洲经济会议(4月6日)；返回巴黎(4月27日)；海明威和哈德莱返回蒙特雷市查姆比。在那里，他们和朋友齐克·道曼-史密斯徒步经过圣伯纳德山口到达意大利；他们在意大利北部参观了海明威记忆中的地方，包括福萨塔。海明威曾在那里受过伤；返回巴黎(6月18日)；海明威离开巴黎(9月25日)去君士坦丁堡，为《多伦多之星》报道希腊土耳其战争；他看到希腊军队撤退情景(10月14日)；回到巴黎(10月21日)；前往瑞士洛桑(11月21日)报道和平会议。	从欧洲发回发表在《多伦多之星》的第一篇文章《瑞士游览胜地游客稀少》(2月4日)；1922年，这份报纸还刊登海明威发自欧洲的86篇文章；《两面派》发表了他的寓言《神圣的姿态》、完成了短篇小说《我的老头》(9月2日)；哈德莱手提箱被盗(12月2日)，里面放着海明威几乎全部短篇小说手稿和一部小说的开始部分。	詹姆斯·乔伊斯的《尤利西斯》、T. S. 艾略特的《荒原》、辛克莱·路易斯的《巴比特》、赫尔曼·海赛的《悉达多》、卡明斯的《巨大的房间》、威拉·凯瑟的《我们中的一个》和凯瑟琳·曼斯菲尔德的《园会》问世；马塞尔·普鲁斯特去世(1871年出生)。
1923	海明威和哈德莱1月间在瑞士滑雪度假；去意大利拉帕洛访问埃兹拉·庞德(2月7日)。在那里，他们遇上麦琪·亨利·斯特雷特(他给海明威画了肖像画)和爱德华·奥布莱恩(年度短篇故事选的编辑)；他们在意大利柯蒂纳度假，海明威前往德国鲁尔山谷(3月30日)报道法国和比利时"占领"，哈德莱留在柯蒂纳；海明威返回柯蒂纳(4月12日)；离开柯蒂纳前往巴黎(5月2日)；前往	在《诗刊》上发表6首诗(1月号)；在意大利柯蒂纳完成6篇速写(3月10日)，发表在《小评论》上(春季号)。这些速写后来成为《在我们的时代》(1924年)里的前六篇速写；他的第一本书《三个短篇小说和十首诗》由巴黎接触出版公司的罗伯特·麦克阿尔蒙出版	D. H. 劳伦斯的《美国文学研究》、卡利尔·纪伯伦的《先知》、雷纳·马利亚·里尔克的《杜伊诺哀歌》和华莱士·史蒂文斯的《簧风琴》问世；凯瑟琳·曼斯菲尔德去世(1888年出生)。

(续表)

年份	海明威生平大事	作品与出版	其他文坛事件
	西班牙(5月末)，海明威在阿兰基埃兹第一次看到斗牛(5月30日)；6月中旬返回巴黎；前往潘普洛纳(7月6日)，他们第一次逛奔牛节；乘"安德尼亚号"离开欧洲(8月26日)，抵达蒙特利尔(9月4日)；海明威成为《多伦多每日之星》专职记者；签了在巴斯和斯特街一个公寓的房屋租赁合同；海明威去纽约报道英国前首相劳埃德·乔治访问加拿大；哈德莱分娩(10月10日)，约翰·哈德莱·尼卡诺·海明威诞生；海明威辞去星报的工作(12月末)，以便返回巴黎写小说。	(时间不明，可能是7月末8月初)；海明威在纽约仔细阅读了《在我们的时代》的校样(12月20日)。	
1924	海明威和哈德莱乘火车离开多伦多(1月10日)前往纽约；乘"安东尼亚号"(1月19日)到达瑟堡(1月30日)，签了房屋租赁合同，租了巴黎左岸圣母玛利亚大街113号一个没有暖气热水设备的公寓；他们的儿子，昵称"班比"被洗礼(3月16日)，教父是齐克·多曼-史密斯，格特鲁德·斯坦因和爱丽丝·B·托克拉斯为教母；海明威离开(4月6日)，独自一人历时六天穿过普罗旺斯；返回巴黎(5月1日)；海明威和哈德莱前往潘普洛纳(6月25日)。在那里，他们与道曼-史密斯、约翰·多斯·帕索斯、唐纳德·奥格登·斯图尔特和乔治·奥尼尔会合；奔牛节开幕(7月6日)，比尔、萨里·伯德	在巴黎发表《雨中的猫》和《了却一段情》(2月20日前)，开始撰写《印第安人营地》，后来这篇文章发表在《跨大西洋评论》(4月号)；他的第二部书《在我们的时代》由巴黎三山出版社的威廉·伯德出版(时间不能确定，可能是3月中旬)；完成《医生和医生的妻子》、《士兵之家》、《艾略特夫妇》、《越野滑雪》(4月25日)；为福特·麦道克斯·福特编辑8月份的《跨大西洋评论》，完成《大二心河》(8月中	E.M.福斯特的《印度之行》、托马斯·曼的《魔山》、威廉·福克纳的《玉石雕像》、佩布洛·聂鲁达的《二十首爱情歌曲》和I.A.理查兹的《文学批评原理》问世；《星期六(文学)评论》创刊；约瑟夫·康拉德去世(1857年出生)。

(续表)

年份	海明威生平大事	作品与出版	其他文坛事件
	和罗伯特·麦克阿尔蒙到来；哈德莱和朋友们到了西班牙伯基塔（7月13日）到伊拉提河钓鱼；海明威和哈德莱返回纽约（7月27日）；他们前往奥地利的斯克伦斯（12月20日）度寒假。	句）；十四个短篇小说写就，1925年刊发于《在我们的时代》。约翰·多斯·帕索斯将打印文稿带到了纽约，以便找到一个出版商；《跨大西洋评论》刊登了海明威的《向康拉德致敬》和《潘普洛纳信札》（10月号）；《截面》杂志刊登了他的两首诗（10月5日）；《哈泼斯》拒绝了他的《士兵之家》（10月27日）；《跨大西洋评论》刊登了《医生和医生的妻子》（11月号）；《哈泼斯》拒绝了《越野滑雪》（11月），但是《截面》接受了这篇文章（12月）。	
1925	海明威和哈德莱一周时间（2月中旬）在斯克伦斯南部山区麦德纳村庄滑雪；返回巴黎（3月14日）；经过双方共同的朋友哈罗德·罗比和凯蒂·坎耐尔，海明威结识了葆琳和弗吉尼亚·吉尼·帕费弗；海明威结识司各特·菲兹杰拉德和他妻子泽尔妲·菲兹杰拉德（5月），把他们引荐给格特鲁德·斯坦因（6月）；海明威和菲兹杰拉德到里昂（6月）；海明威以3500法郎买下琼·米罗的画作《农场》（6月12日）；海明威和哈德莱前往潘普洛纳（6	《在我们的时代》被两家纽约出版商拒绝（1月5日前）；《打不败的人》被《星期六晚邮报》拒绝（1月中旬）；《艾略特夫妇》发表在《小评论》（秋冬号，1924—1925）；波尼·李弗莱特出版社接受了《在我们的时代》，但坚持换掉《在密执安北部》并删除《艾略特夫妇》中令人反感的段落；海明威将签署的合同邮寄给波	西奥多·德莱塞的《美国的悲剧》、司各特·菲兹杰拉德的《了不起的盖茨比》、T.S.艾略特的《空心人》、弗吉尼亚·弗吉尼亚·伍尔夫的《达洛威夫人》、埃兹拉·庞德的《诗章》、舍伍德·安德森问世；《黑色的笑声》、奥尔·罗尔瓦格的《地球上的巨人》、威廉·卡洛斯·威廉斯的《美国性格》、约

(续表)

年份	海明威生平大事	作品与出版	其他文坛事件
	月25日),遇到比尔·史密斯、唐纳德·斯图尔特、哈罗德·罗比、达夫·特维斯敦女士和她的未婚夫派特·古特利;奔牛节开始(7月6日),每一天都有公牛的狂奔(海明威只是观看,并不参与)和看下午的斗牛;海明威和哈德莱去马德里(7月13日)看更多的斗牛赛,参观国立普拉多美术馆;哈德莱返回巴黎(8月11日);海明威返回巴黎(8月18日);海明威和哈德莱前往斯克伦斯(12月11日);两个人共同的朋友葆琳·帕费弗到达斯克伦斯(12月25日)。	尼·李弗莱特出版社,同时附上《打不败的人》以替换《在密执安北部》(3月31日);《大二心河》发表在《本地区》杂志(5月号);《截面》发表了《打不败的人》德语译文(6月);海明威开始写《太阳照常升起》(7月中旬);完成第一稿(9月中旬);开始写《五万元》和《十个印第安人》(9月末);《本地区》发表《打不败的人》、海明威的第三本书《在我们的时代》由纽约的波尼·李弗莱特出版社出版(10月5日);完成《五万元》(11月8日);开始写《春潮》(11月末);波尼·李弗莱特出版社拒绝《春潮》(12月30日),允许海明威终止合同,与查尔斯·斯克莱纳之子出版社建立出版关系。	翰·多斯·帕索斯的《曼哈顿中转站》和米哈伊尔·肖洛霍夫的《静静的顿河》问世;《纽约客》杂志创刊,创刊人哈罗德·罗斯;艾米·洛威尔去世(1874年出生)。
1926	葆琳返回巴黎(1月中旬);海明威在巴黎暂停(1月末),然后去纽约和霍拉斯·李弗莱特签订图书出版合同;哈德莱留在斯克伦斯;海明威乘"毛里塔尼亚号"离开瑟堡(2月3日);到达纽约(2月9日);李弗莱	海明威在斯克伦斯过冬期间修改《太阳照常升起》;接到乔纳森·凯普希望获得《在我们的时代》英国发行的版权请求(4月7日);将《太阳照	威廉·福克纳的《士兵的报酬》、埃德娜·费伯的《演艺船》和亨利·W·福勒的《现代英语用法词典》问世;每月读书俱乐部成立;雷纳·

(续表)

年份	海明威生平大事	作品与出版	其他文坛事件
	特认可合同已无法挽回(2月10日);海明威在斯克莱纳与帕金斯会面(2月11日),确定《春潮》和《太阳照常升起》的合同;海明威与斯克莱纳出版社签订合同(2月17日);乘"罗斯福号"前往法国(2月20日);到达瑟堡(3月1日);与葆琳同在巴黎(3月2—3日);返回斯科伦斯(3月4日);海明威和哈德莱返回巴黎(3月末);哈德莱、葆琳和詹尼·帕费弗同行,穿过卢瓦尔山谷(4月初到5月末);哈德莱获悉海明威与葆琳的私情;海明威一个人到西班牙(5月14日);海明威、哈德莱、墨菲和葆琳到达潘普洛纳(7月1日),迎接奔牛节;海明威和哈德莱前往马德里(7月15日),欣赏更多的斗牛赛;在安迪普斯(8月),他们给墨菲夫妇、斯图尔特夫妇透露两人准备离婚的消息;哈德莱同意离婚,(9月24日),条件是海明威和葆琳必须分开100天;葆琳前往阿肯色州皮格特的家;在哈德莱和温尼弗莱德·默勒前往夏特斯旅游期间(11月8日),海明威照看班比;哈德莱不再坚持葆琳和海明威必须分开100天(11月16日);哈德莱从夏特斯返回巴黎(11月17日);海明威提交离婚文件(12月8日);与詹姆斯·乔伊斯、诺拉·乔伊斯、阿达和阿齐鲍尔德·麦克利什在西尔维亚·比茨家就餐;葆琳	常升起》打印稿邮寄给帕金斯(4月24日);将《阿尔卑斯山牧歌》寄给《斯克莱纳杂志》(5月6日);在巴黎完成《今天是星期五》以及《杀人者》(5月14日);斯克莱纳出版社出版海明威的第四本书《春潮》(5月28日);《小评论》刊登《陈腐的故事》(春夏号);稳定出版公司出版短剧《今天是星期五》(夏季);在司各特·菲兹杰拉德的提议下,海明威给帕金斯写信,删去《太阳照常升起》的前十六页(6月5日);《斯克莱纳杂志》同意刊登《杀人者》(9月8日);斯克莱纳出版社出版海明威的第五本书《太阳照常升起》(10月22日);《斯克莱纳杂志》接受《美国太太的金丝雀》(11月11日)和《在异乡》(12月4日)。	马利亚·里尔克去世(1875年出生)。

(续表)

年份	海明威生平大事	作品与出版	其他文坛事件
	从纽约乘"新阿姆斯特丹号"回来(12月30日);海明威前往瑞士格施塔德(12月末)与麦克利什共度一周假期。		
1927	海明威和葆琳在瑟堡见面(1月8日);两人到达格施塔德(1月12日);海明威在巴黎与舍伍德·安德森见面(1月20日);哈德莱离婚,属于非过错一方,得到班比监护权;海明威、葆琳与詹尼从格施塔德的罗斯利宾馆转移到卫根的埃杰宾馆(2月末);海明威返回巴黎,带班比到瑞士旅游10天;海明威、葆琳和班比同回巴黎(3月8日);哈德莱和温尼·默勒回到夏特斯(3月11—13日);哈德莱与班比乘船前往纽约(4月16日);海明威得到巴黎大主教管辖区可以再婚的允准;海明威与葆琳在巴黎结婚(5月10日)。离开巴黎(5月11日)到地中海度蜜月;哈德莱带班比到橡树园(5月25日),这是海明威父母第一次见到孙子;海明威和葆琳返回巴黎(6月7日);到西班牙(7月1日)观赏奔牛节(7月6—12日);海明威给父亲写信,谈与哈德莱离婚及与葆琳结婚之事;海明威和葆琳回巴黎(9月24日);到了菲洛6号新公寓;两人骑自行车参观柏林6天(11月3日),遇到辛克莱·路易斯;回到巴黎(11月12日);与班比和吉尼·帕费弗到格施塔德。	《斯克莱纳杂志》发表《杀人者》(3月号)、《在异乡》和《美国太太的金丝雀》(4月号);《新共和》刊登《意大利1927》、《大西洋月刊》刊登《五万元》(7月号);《过渡》刊登《白象似的群山》(8月号);斯克莱纳出版海明威的第六本书《没有女人的男人》(10月14日)。	辛克莱·路易斯的《艾尔默·甘特利》、弗吉尼亚·伍尔夫的《到灯塔去》、赫尔曼·海赛的《草原之狼》、桑顿·怀尔德的《圣路易·莱之桥》、堂·马奎斯的《阿尔奇与梅希塔贝尔》和威拉·凯瑟的《死亡来找大主教》问世。

(续表)

年份	海明威生平大事	作品与出版	其他文坛事件
1928	海明威仍然在格施塔德（1月15日），因为眼睛被班比抓伤，既不能工作，也不能滑雪；海明威回到巴黎（2月12日）；因为不慎使得天窗掉落到头上，缝合数针（3月6—7日）；海明威与葆琳乘"奥里塔号"经哈瓦那前往基韦斯特（3月17日）；入住西蒙顿街基韦斯特公寓；海明威和葆琳在亚利桑那州的皮格特（5月31日）；因葆琳分娩，驱车前往堪萨斯城（6月17日）；葆琳的第一个孩子帕特里克·海明威出生（6月28日）；乘火车回皮格特（7月29—30日）；海明威回堪萨斯城（7月25日）会见芝加哥的朋友比尔·霍恩，随后乘火车到怀俄明；葆琳到达怀俄明的谢尔登旅馆（8月18日），返回皮格特（9月26日）；海明威动身前往芝加哥，继续向东（10月）；到纽约（11月8—12日）看斗牛，在斯克莱纳出版社会见帕金斯；一起看耶鲁—普林斯顿足球赛（11月17日）。见到司各特·菲兹杰拉德和泽尔妲；访问了菲兹杰拉德的住所：特拉华州威明顿附近埃勒斯利大宅；取道芝加哥前往皮格特（11月18日）；到基韦斯特南大街1100号（11月末）；海明威去纽约会见哈德莱和班比，准备带班比回基韦斯特（12月6日）；在新泽西的特兰顿，海明威在火车上接到发自橡树园的电报，知道父亲去世；海明威将班	海明威开始撰写《永别了，武器》（3月）；完成初稿（8月20—22日）。	D. H. 劳伦斯的《查特莱夫人的情人》、斯蒂芬·文森特·贝内的《约翰·布朗的尸体》和 A. 米尔恩的《小熊维尼角落的房子》问世；最后几卷《牛津英语词典》出版；托马斯·哈代去世（1840年出生）。

(续表)

年份	海明威生平大事	作品与出版	其他文坛事件
	比托付给一个列车员,并给他100美元,让他将班比送到基韦斯特,自己前往芝加哥;父亲克拉伦斯·海明威自杀(12月6日);葬礼结束后,海明威回到基韦斯特(12月7日)。		
1929	海明威让母亲把父亲自杀用的手枪存进银行保险库(3月6日);海明威从斯克莱纳出版社和葆琳父处借到50000美元为格拉斯·海明威建立信托基金(3月11日);海明威、葆琳、班比和帕特里克乘渡船由基韦斯特到哈瓦那(3月16日);前往法国(4月5日);入住巴黎菲洛公寓6号(4月21日);为庆祝奔牛节(7月6—14日),海明威、葆琳、葆琳父亲、加斯叔叔和吉尼到潘普洛纳昆塔纳宾馆;海明威买了三幅戈雅的平版画,作为送给哈德莱的礼物(9月16日);他与葆琳受邀参加詹姆斯·乔伊斯和诺拉举办的聚会(10月8日);海明威、葆琳和几个朋友,包括菲兹杰拉德夫妇,到达瑞士的蒙大拿-佛马拉。杰拉德与萨拉·墨菲的儿子在那里的一个疗养院。海明威夫妇返回巴黎(12月31日);	《永别了,武器》在《斯克莱纳杂志》上连载(5月,6月,7月,8月,9月,10月),5月号和6月号在波士顿遭禁;斯克莱纳出版社出版海明威的第七本书《永别了,武器》(9月27日)。	埃里克·马利亚·雷马克的《西线无战事》、威廉·福克纳的《喧嚣与骚动》、托马斯·沃尔夫的《天使望故乡》和 I.A.理查兹的《实用批评》问世。
1930	海明威与葆琳乘"布尔德奈号"前往美国(1月10日);到达哈瓦那(1月22日);在外出钓鱼时,因为风暴,海明威、葆琳、麦克斯韦尔·帕金斯和朋友们被困在干海龟岛(3月16日);然	黑模特出版社出版《蒙帕萨斯的犹太佬》,内有海明威的导言(1月22日);海明威开始撰写《死在午后》(3月);《斯克莱	T.S.艾略特的《圣灰星期三》、W.H.奥登的《诗集》、达希尔·哈米特的《马耳他猎鹰》、埃德娜·费伯的《西马龙》、凯瑟琳·

(续表)

年份	海明威生平大事	作品与出版	其他文坛事件
	后被"营救"(3月30日);海明威、葆琳和班比到达蒙大拿靠近库克城诺德奎斯特的L-Bar-T农场(7月13日);与多斯·帕索斯一起打猎(11月)时,海明威遇到汽车交通事故,折断手臂,需两三次手术手臂才能修复正常;海明威夫妇离开比林斯的圣文森特医院前往皮格特(12月21日);到达目的地(12月24日)。	纳杂志》刊登《怀俄明的酒》(8月号);由劳伦斯·斯道林斯改编的话剧《永别了,武器》在纽约上演(9月),为期3周;《永别了,武器》改为电影的版权以80000美元售给培拉蒙电影公司(11月15日)。	安·波特的《开花的紫荆树》和哈特·克兰的《桥》问世;阿瑟·科南·道尔去世(1859年出生);D.H.劳伦斯去世(1885年出生)。
1931	海明威和葆琳返回基韦斯特,在怀特海大街907号租房(1月3日);帕金斯到来,众人一起去钓鱼,又被困在干海龟岛(3月1—13日);葆琳、帕特里克和保姆前往法国(5月初);海明威乘"沃得姆号"离开哈瓦那(5月4日);夏天欣赏西班牙斗牛,包括潘普洛纳奔牛节(7月6—14日);葆琳将巴黎公寓的物品运送到基韦斯特的住处;海明威与葆琳买下J.格里斯的画作《吉他弹奏者》(9月7日);海明威、葆琳和帕特里克乘"法兰西号"到巴黎(9月29日);在船上,海明威遇到了格兰特和简·梅森;葆琳剖腹产生下格里戈利·海明威(11月12日);前往皮格特(12月12日);重回基韦斯特(12月19日)。	《本地区》刊登《沧海巨变》(12月号);海明威完成《死在午后》(12月);蓝登书屋出版由路易斯·亨利·柯恩编辑的海明威作品书目,这是此类图书首次面世。	威廉·福克纳的《圣殿》、赛珍珠的《大地》和艾德蒙·威尔逊的《阿克瑟尔的城堡》问世;阿诺德·贝内特去世(1867年出生);瓦切尔·林赛去世(1879年出生);奥尔·埃德瓦特·罗尔瓦格去世(1876年出生);卡利尔·纪伯伦去世(1883年出生)。
1932	海明威到哈瓦那钓鱼(4月20日);在安波斯·曼多萨住两个月,钓马林鱼。见到简·梅森;	《世界主义者》刊登《暴风雨之后》(5月号);海明威撰写《世	阿尔都斯·赫胥黎的《美好新世界》、威廉·福克纳的《八月

(续表)

年份	海明威生平大事	作品与出版	其他文坛事件
	简前往纽约(5月10日);又返回(6月11日);葆琳到达哈瓦那(6月6日);海明威和葆琳到达蒙大拿靠近库克城诺德奎斯特农场(7月12日);海明威回到基韦斯特(10月27日前)。	界之光》(8日);斯克莱纳出版他的第八本书《死在午后》(9月23日)。	之光》、欧斯凯恩·考德威尔的《烟草路》、詹姆斯·法雷尔的《青年朗尼根》和艾伦·格拉斯哥的《在我们的生命中》问世;哈特·克兰去世(1899年出生)。
1933	海明威到纽约又返回(1月20日);前往古巴(4月初);在与班比和帕特里克同行时,简·梅森在汽车交通事故中受伤(5月27日)。其后,她从哈瓦那旅馆二楼摔下或者跳下,背部受伤,被送往医院,进行手术;哈德莱和保罗·司各特·默勒在伦敦结婚(7月3日);海明威返回基韦斯特(7月20日);古巴革命推翻马查多总统。此时,海明威、葆琳、帕特里克、班比和吉尼·帕费弗前往哈瓦那;海明威前往西班牙(8月7日);海明威在巴黎(10月26日);宴请詹姆斯·乔伊斯夫妇(11月20日);海明威、葆琳和朋友查尔斯·汤普森一起到非洲狩猎。到达内罗毕的新斯坦利宾馆(12月10日);和打猎向导菲力普·帕西瓦尔出发,进行为期两个月的塞伦盖蒂平原狩猎行(12月20日)。	《斯克莱纳杂志》刊登《一个明净的地方》(3月号);斯克莱纳刊登《向瑞士致敬》(4月)和《医生,请给我们开处方》(5月);海明威同意给一个新杂志《绅士》撰写系列"信札"(4月3日);《书斋》杂志刊登《先生,祝你们快乐》(4月中旬);《绅士》创刊号(8月)刊登海明威的《岬角的马林鱼》、斯克莱纳出版他的第九本书《胜者无所得》(10月27日)。	詹姆斯·希尔顿的《失去的地平线》、格特鲁德·斯坦因的《艾丽丝·B·托克拉斯自传》和欧斯凯恩·考德威尔的《上帝的一小亩地》问世;约翰·高尔斯华绥去世(1863年出生);乔治·穆尔去世(1852年出生);R.拉德纳去世(1885年出生);萨拉·蒂斯代尔去世(1884年出生)。
1934	海明威患阿米巴痢疾,被飞机送到内罗毕医院(1月14日);又开始狩猎(1月22日);和葆琳乘船经苏伊士运河前往巴黎(2月28日);乘"法兰西号"	《世界主义者》刊发《一次旅行》(4月号),后来这篇文章成为小说《有钱人和没钱人》的第一部分;	F.司各特·菲兹杰拉德的《夜色温柔》、詹姆斯·M.凯恩的《邮递员总是按两次门铃》、罗伯特·格

(续表)

年份	海明威生平大事	作品与出版	其他文坛事件
	前往纽约(3月27日);海明威在布鲁克林"维拉造船厂"订购了一艘渔船(4月4日);回到基韦斯特(4月中旬);海明威在迈阿密取回自己的新船"彼拉号",驾驶着向基韦斯特(5月11日);驶向哈瓦那(7月18日);回到基韦斯特(10月26日);海明威、葆琳和帕特里克在皮格特过圣诞节。	海明威开始撰写《非洲的青山》(5月)。	雷夫斯的《克劳狄乌斯一世》、阿加莎·克里斯蒂的《东方快车谋杀案》和马尔科姆·考利的《游子归来》问世。
1935	在去比米尼捕获金枪鱼途中,海明威用小口径的步枪射击船边的一条鲨鱼,不小心击中自己的双腿(4月7日);回到基韦斯特(8月15日);飓风袭击马提卡姆岛(9月2—3日),夺去地方资源养护队458名老兵的生命;海明威参与飓风之后的清理工作;为《绅士》杂志报道在纽约举行的最重量级拳王争霸战(9月24日);在基韦斯特和葆琳及孩子们过圣诞节。	《斯克莱纳杂志》连载《非洲的青山》(5月,6月,7月,8月,9月,10月,11月);斯克莱纳出版社出版他的第十本书《非洲的青山》(10月25日)。	约翰·斯坦贝克的《托蒂亚平地》、C.S.福雷斯特的《非洲皇后》和托马斯·沃尔夫的《时间与河流》问世;埃德温·阿灵顿·罗宾逊去世(1869年出生);乔治·威廉·拉塞尔去世(1867年出生)。
1936	海明威情绪低落、失眠,谈及自杀(1月);格兰特和简·梅森到了基韦斯特(3月初);海明威乘"彼拉号"(4月24日)到哈瓦那外捕鱼数月;葆琳带孩子到皮格特,海明威和葆琳见面,前往蒙大拿诺德奎斯特农场(8月1日);两人到皮格特接回孩子,返回基韦斯特(10月末);海明威在基韦斯特的炒牛肉酱快餐柜台遇到玛莎·盖尔虹(12月末)。	《绅士》刊登《生意人归来》(2月号),后来这篇文章成为小说《有钱人和没钱人》的第二部分;《绅士》刊发《在蓝色的海洋上:湾流来信》(4月号)。文章里的特写后来被海明威用于《老人与海》、《绅士》刊登《公牛的角》(6月号)和《乞力马扎罗的雪》(8月号);《世界主义者》	威廉·福克纳《押沙龙,押沙龙》、玛格丽特·米彻尔《飘》、约翰·斯坦贝克的《胜负未决》、范·维克·布鲁克斯的《新英格兰的繁荣》、艾奈斯·宁的《乱伦之家》、多萝西娅·帕克的《没有一口井深》和安·兰德的《我们生者》问世;《生活》杂志创刊;卢

(续表)

年份	海明威生平大事	作品与出版	其他文坛事件
		刊登《弗朗西斯·麦康伯短暂的幸福生活》(9月号);海明威同意就西班牙内战为北美报业联盟撰写系列文章(11月)。	迪雅德·吉卜宁去世(1865年出生);佛德里克·加西亚·洛尔卡去世(1899年出生);马克西姆·高尔基去世(1868年出生);A.E.豪斯曼去世(1859年出生);G.K.切斯特顿去世(1874年出生)。
1937	海明威在纽约签约(1月13日),为北美报业联盟撰写关于西班牙内战的报道;前往西班牙(2月27日);马德里被围困。入住马德里佛罗里达宾馆;玛莎·盖尔虹、西班牙斗牛士西德尼·富兰克林和多斯·帕索斯也在佛罗里达宾馆居住(3月末);海明威返回巴黎(5月9日);回到基韦斯特(5月26日);与电影制片人J.伊文思从纽约飞到好莱坞(7月10日),为战争纪录片《西班牙大地》宣传并筹集资金;海明威前往法国和西班牙(8月17日);与玛莎·盖尔虹在巴黎(8月末);海明威、玛莎和《纽约时报》记者赫伯特·马修斯在马德里佛罗里达宾馆(秋季);海明威与葆琳在巴黎(12月末),海明威肝部不适。	北美报业联盟刊发第一篇海明威发自西班牙内战现场的报道《弗兰克林护照》(3月12日);海明威参加电影《西班牙大地》的摄制工作(4月);在纽约的美国作家大会上发表演讲《法西斯主义是个骗局》(6月4日);《新群众》刊登了演讲稿(6月22日);斯克莱纳出版社出版他的第十一本书《有钱人和没钱人》(10月15日);开始撰写剧本《第五纵队》(10月15日)。	约翰·斯坦贝克的《人鼠之间》、左拉·尼尔·赫斯顿的《他们的眼睛盯着上帝》、艾萨克·迪内森的《走出非洲》、J.R.托尔金的《霍比特》、J.P.马昆德的《已故的乔治·阿普利》、肯尼思·罗伯茨的《西北通道》和川端康成的《雪国》问世;伊迪丝·华顿去世(1862年出生)。
1938	海明威和葆琳乘"格里斯肖姆号"前往纽约(1月12日);回到基韦斯特(1月29日);乘"彼拉号"回到哈瓦那;乘"法兰西号"从纽约到战火中的西班	《有钱人和没钱人》在底特律被禁(5月14日);《桥头老人》发表在《视野》杂志(5月19日);海明威配音	乔治·奥威尔的《向加泰隆尼亚致敬》、理查德·赖特的《汤姆叔叔的孩子们》、格雷厄姆·格林的

(续表)

年份	海明威生平大事	作品与出版	其他文坛事件
	牙(3月15日);回到纽约(5月30日),前往基韦斯特;在纽约报道乔·路易斯和施梅宁的最重量级拳击对决战(6月22日);海明威和葆琳离开基韦斯特前往蒙大拿诺德奎斯特农场(8月4日);海明威和盖尔虹在巴黎(9月初和10月的大部分时间);海明威、玛莎、赫伯特·马修斯和文森特·希恩前往西班牙(11月3日);海明威到纽约(11月24日)与葆琳会合;为执行《柯立尔》的报道任务,玛莎去捷克斯洛伐克;海明威和葆琳返回基韦斯特(12月5日)。	的《西班牙大地》电影脚本在克里夫兰由J.B.塞维奇公司出版(6月15日);斯克莱纳出版社出版他的第13本书《第五纵队和首批49篇短篇小说》(10月14日);《绅士》刊登《告发》(11月号)、《蝴蝶和坦克》(12月号)。	《布莱顿棒糖》、马杰里·金南·罗林兹的《一岁崽》和达夫妮·杜莫里埃的《丽贝卡》问世;詹姆斯·威尔登·约翰逊去世(1899年生);托马斯·沃尔夫去世(1900年生)。
1939	海明威乘"彼拉号"到哈瓦那(2月14日);玛莎和他会合(4月10日);玛莎在哈瓦那附近租了瞭望田庄,海明威也搬了进去;葆琳将孩子留在夏季营地,和朋友赴欧洲(6月12日);海明威和玛莎驱车向西。玛莎到圣路易斯的家,海明威到诺德奎斯特农场;在怀俄明科迪附近,遇到哈德莱和保罗·默勒(8月29日);到达农场见到三个孩子(8月30日);海明威和玛莎作为不用付费的客人居住在爱达荷州的太阳山谷住地(9月20日至12月);玛莎到芬兰完成《柯立尔》给她的采访任务;海明威将基韦斯特的物品打包,搬到哈瓦那(12月);驾驶"彼拉号"到古巴。	《绅士》刊发《决战前夕》(2月号);《新群众》刊登《献给在西班牙牺牲的美国人》(2月号);海明威开始撰写《丧钟为谁而鸣》(2月14日);《世界主义者》刊发《无人牺牲》(3月号)和《山脊下》(10月)。	詹姆斯·乔伊斯的《为芬尼根守灵》、约翰·斯坦贝克的《愤怒的葡萄》、雷蒙·钱德勒的《沉睡》、威廉·福克纳的《野棕榈》、T.S.艾略特的《老负鼠讲讲世上的猫》、凯瑟琳·安·波特的《灰色骑士灰色马》、C.S.福雷斯特的《赫拉旭·霍恩布劳厄上尉》和托马斯·沃尔夫的《网与石》问世;福特·麦道克斯·福特去世(1873年出生);詹恩·格雷去世(1872年出生);威廉·巴特勒·叶芝去世(1865年出生)。

(续表)

年份	海明威生平大事	作品与出版	其他文坛事件
1940	玛莎到哈瓦那（1月中旬）；三个孩子到哈瓦那度假（3月到4月）；葆琳提出离婚（5月）；海明威每月支付500美元赡养费；海明威与玛莎离开古巴到圣路易斯和太阳谷（9月1日）；玛莎接受《柯立尔》的采访任务，报道中国的抗日战争（10月）；葆琳办妥离婚的手续（11月4日）；海明威和玛莎结婚（11月21日）；海明威和玛莎用12500美元买下瞭望田庄（12月28日）。	由李·斯特拉斯伯格执导的三幕剧《第五纵队》在纽约开始拉开帷幕（3月7日），演出87场；斯克莱纳出版社出版了这个剧本（6月3日）；斯克莱纳出版社出版他的第14本书《丧钟为谁而鸣》（10月21日）；培拉蒙公司以10万美元购得将《丧钟为谁而鸣》电影版权（10月25日）。	理查德·赖特的《土生子》、威廉·福克纳的《村子》、托马斯·沃尔夫的《你不能再回家》、阿瑟·凯斯特勒的《中午的黑暗》、卡森·麦卡勒斯的《心灵是个孤独的猎手》、萨默塞特·毛姆的《刀锋》、格雷厄姆·格林的《权力与荣耀》和沃尔特·冯·梯尔伯格·克拉克的《黄牛惨案》问世；埃德温·马卡姆去世（1852年出生）；F.司各特·菲兹杰拉德去世（1896年出生）；汉姆林·加兰去世（1860年出生）；纳珊尼尔·韦斯特去世（1903年出生）。
1941	海明威和玛莎乘"迈特索尼亚号"从旧金山到夏威夷（1月31日）；前往香港和中国大陆访问（2月中旬）；玛莎一个人到滇缅公路；海明威与玛莎飞往广东战区，蒋介石的部队驻地最前沿（3月24日）；后由桂林飞重庆，再去成都。后来经缅甸分别飞回美国；在哈瓦那会合（夏季大部分时间）；作为联合太平洋铁路的宾客，乘火车返回太阳谷（9月15日）；圣诞节前返回古巴。	有限版本俱乐部因为《丧钟为谁而鸣》取得的成就授予海明威金质奖章（11月26日），大会主持人为辛克莱·路易斯，但海明威没有参加仪式。	詹姆斯·希尔顿的《鸳梦重温》、托马斯·沃尔夫的《远处的山脉》、巴德·舒尔伯格的《什么使萨米跑起来》、埃德娜·费伯的《风尘双侠》、达夫妮·杜莫里埃的《贵妇与海盗》和弗吉尼亚·伍尔夫的《幕间》问世；詹姆斯·乔伊斯去世（1882年出生）；弗

(续表)

年份	海明威生平大事	作品与出版	其他文坛事件
			吉尼亚·伍尔夫去世（1882年出生）；艾萨克·巴别尔去世（1894年出生）；泰戈尔去世（1861年出生）；舍伍德·安德森去世（1876年出生）。
1942	海明威在古巴（这一年的大部分时间）；美国大使和古巴总理赞同海明威提出的反情报计划。海明威建议将自己的"彼拉号"改为一艘神秘船，追踪德国潜艇（5月中旬）；帕特里克和格里戈利达到瞭望田庄；海明威开始了针对潜艇的巡逻（6月12日）；玛莎就德国潜艇对加勒比生活的影响给《柯立尔》写报告（7月中旬）；玛莎回到哈瓦那（10月末）；海明威将巡逻任务交给其他人，开始酗酒（11月—12月）；玛莎到圣路易斯看望母亲（12月30日）；海明威编辑并作序的选集《男人们在打仗》，由皇冠出版社出版（10月22日）。		阿尔伯特·加缪的《西弗斯神话》、阿尔弗雷德·卡津的《在本国土地上》、詹姆斯·瑟伯的《我的世界，欢迎你》、玛丽·麦卡锡的《她的伴侣》和纳尔逊·阿尔戈伦的《永远不会到来的早晨》问世。
1943	海明威在古巴（全年）；与玛莎的婚姻每况愈下；海明威又开始驾"彼拉号"进行为期两个月的针对德国潜艇的巡逻（5月21日）；帕特里克和格里戈利到达哈瓦那避暑（6月7日）；海明威和孩子们巡逻归来（7月18日）；玛莎乘船从纽约去里斯本报道欧洲战争（10月25日）；海明威对玛莎的任务感到嫉妒，拼命喝酒，帕特里克和格里戈利圣诞节访问哈瓦那。		威廉·萨洛扬的《人间喜剧》、安东尼·德·圣埃克苏佩里的《小王子》、安·兰德的《源泉》、贝蒂·史密斯的《布鲁克林一棵树》、让-保罗·萨特的《存在与虚无》、肖勒姆·阿施的《使徒》和沃莱斯·史达格纳的《大糖果山》问世；比埃

（续表）

年份	海明威生平大事	作品与出版	其他文坛事件
			特里克斯·波特去世（1866年出生）；斯蒂芬·文森特·贝内去世（1898年出生）。
1944	海明威同意为《柯立尔》撰写战地报道（3月）；玛莎乘船离开纽约（5月13日），海明威飞到伦敦（5月17日）；见到记者玛丽·韦尔什·蒙克斯（5月中旬）；海明威因为汽车事故得了脑震荡（5月24日）；玛莎到达伦敦医院（5月28日）；海明威周围是朋友和香槟。离开医院（5月29日），但头痛持续两个月之久；海明威登上记者运输船"多萝西·L·狄克士号"亲眼目睹了开始进攻诺曼底海滩的盟军登陆（6月6日）；玛莎悄悄登上驶向奥马哈海滩的医疗船上岸（6月7日）；她被部队军官遣返英国，但很快又偷偷前往意大利前线；海明威获准登上执行轰炸任务的英国皇家空军飞机（6月19—20日）；访问位于桑尼岛的英国皇家空军总部（6月28日）；随飞两次，拦截德国导弹（6月29日）；海明威跟随乔治·巴顿将军的师行动（7月18—23日）；"改编"到第四步兵师（7月24日）；加入查尔斯·巴克·兰汉姆的第22团（7月28日）；这一年的其余时间一直跟随22团执行报道任务；吉普车发生交通事故（8月5日），脑震荡、复视加剧；在南布莱的指挥所	《柯立尔》刊登《胜利之路》（7月22日），《星期六文学评论》对读者的抽样调查显示，公众将海明威视为美国最重要的小说家；《柯立尔》刊登《伦敦与机器人作战》（8月19日）；《维京袖珍图书馆：海明威》由马尔科姆·考利编辑，由维京出版社出版（9月18日）；《柯立尔》刊登《为巴黎而战》（9月30日）、《我们怎样进入巴黎》（10月7日）、《美国士兵和将军》（11月4日）和《齐格菲防线的战斗》（11月18日）。	霍华德·法斯特的《自由之路》问世；安·弗朗克去世（1929年出生）；安东尼·德·圣埃克苏佩里去世（1900年出生）；罗曼·罗兰去世（1866年出生）。

(续表)

年份	海明威生平大事	作品与出版	其他文坛事件
	工作一周时间（8月18—23日），协助审问战犯；海明威进入巴黎（8月25日），和朋友一起"解放"了旅游者俱乐部、佩克斯咖啡馆、里兹饭店酒吧；玛丽·韦尔什也在里兹饭店；海明威"解放"了（8月26日）图卢兹尼格拉饭店、里普女子内衣店和西尔维亚·比茨的书店；他离开巴黎（9月1日），回到驻扎在比利时边境的22团，看到美国坦克进入德国（9月12日）；海明威被要求到第三军军事调查法庭（10月初）就自己在南布莱携带武器和作战身份问题回答质询；法庭认定海明威并无不当行为（10月8日）；战报称海明威长子杰克·海明威在战斗中失踪（10月27日），后来证实被俘；海明威回到22团，报道赫特根森林攻势（11月15日）；兰汉姆22团到达卢森堡（12月4日）；海明威因肺炎回到巴黎（12月7—8日）；希望重返前线，报道德国对22团进行的反攻（12月17日），但身体状况不允许。		
1945	海明威在巴黎（1月大部分时间），得知大儿子杰克被德军俘虏；海明威前往纽约（3月6日）；在伦敦停留（3月7日），见到玛莎，开始办理离婚手续；与帕特里克和格里戈利到达古巴（3月中旬）；玛丽到达哈瓦那（5月2日）；海明威在开车送玛丽到机场途中发生事故，		乔治·奥威尔的《动物农场》、诺曼·梅勒的《裸者与死者》、约翰·斯坦贝克的《罐头厂街》、杰瑟米恩·韦斯特的《友好的说服》、理查德·赖特的《黑孩子》、辛克莱·路易斯的《王

215

(续表)

年份	海明威生平大事	作品与出版	其他文坛事件
	轿车损坏(6月20日),海明威断了4根肋骨,玛丽脸部擦伤;玛丽飞到芝加哥(8月31日),办理与诺尔·蒙克斯的离婚手续;回到哈瓦那(10月);海明威办妥与玛莎的离婚手续(12月21日);海明威为约翰·格里斯的《演播室:欧洲》写序言(8月);将《杀人者》的电影制作权出售给环球影视公司,将《弗朗西斯·麦康伯短暂的幸福生活》的电影制作权出售给培拉蒙公司(11月)。		孙梦》和《卡斯·梯姆伯伦》问世;西奥多·德莱塞去世(1871年出生);保罗·瓦勒里去世(1871年出生);艾伦·格拉斯哥去世(1874年出生);罗伯特·本奇利去世(1889年出生)。
1946	海明威与玛丽在哈瓦那结婚(3月14日);玛丽怀孕,但出现并发症;玛丽生命危在旦夕(8月19日);在医生认为无生还希望的时刻,海明威用静脉滴注救了玛丽的命;海明威和玛丽在卡斯帕,直到9月中旬;他和三个孩子搬进爱达荷州克茨姆地区租的房子(9月13日);海明威回到哈瓦那(12月中旬)。	海明威开始写《伊甸园》(1月)。	约翰·赫西的《广岛》、罗伯特·华伦的《全是国王的臣民》、威廉·卡洛斯·威廉斯的《佩特森》、埃里克·马利亚·雷马克的《凯旋门》、卡森·麦卡勒斯的《婚礼的成员》、尤多拉·韦蒂的《三角洲的婚礼》、肖勒姆·阿施的《东河》和丹尼斯·勒弗托夫的《双重映像》问世;H.G.威尔斯去世(1866年出生);布斯·塔金顿去世(1869年出生);康蒂·卡伦去世(1903年出生);戴蒙·鲁尼恩去世(1884年出生);格特鲁德·斯坦因去世(1874年出生)。

(续表)

年份	海明威生平大事	作品与出版	其他文坛事件
1947	帕特里克到达哈瓦那（1月），准备大学入学考试；帕特里克生了重病（4月14日），昏迷、直到7月才痊愈；葆琳到达哈瓦那（4月16日）帮忙；海明威因1944年在法国的英勇行为，被授予铜星勋章（6月13日）；经密执安以北前往爱达荷（8月），玛丽、葆琳和帕特里克留在瞭望田庄。		约翰·斯坦贝克的《违章的公共汽车》、詹姆斯·米彻纳的《南太平洋故事》、A.B.古斯利的《烽火弥天》、马尔科姆·罗利的《火山下》和巴德·舒尔伯格的《他们跌得更重》问世；威拉·凯瑟去世（1873年出生）。
1948	海明威与玛丽回到哈瓦那（2月中）；乘坐"亚盖洛号"前往意大利（9月7日）；抵达热那亚（9月20日）；访问意大利北部；海明威带玛丽到自己在一次大战中受伤的福萨塔；海明威遇到了阿德里安娜·伊凡季奇（12月初）；海明威与玛丽租了柯蒂纳的"四月别墅"（12月15日），以便度过滑雪季节。	海明威开始写《湾流中的岛屿》（春天）；拒绝美国艺术和文学学会的会员资格（6月）；将短篇小说《我的老头》以45000美元的价格将电影制作权给20世纪福克斯公司（12月末）。	威廉·福克纳的《寓言》、艾兰·佩顿的《哭吧，我亲爱的祖国》、杜鲁门·卡波特的《别的声音，别的房间》、伊夫林·沃的《苦恋》、桑顿·怀尔德的《三月十五日》和B.F.史基纳的《桃源二村》问世。
1949	海明威与玛丽在柯蒂纳直到3月中旬；玛丽滑雪脚踝受伤（1月20日）；海明威眼部感染，被诊断为丹毒（3月）；入住帕多瓦医院；海明威与玛丽离开热那亚，前往哈瓦那（4月30日）；巴克·兰汉姆在赴欧洲执行新任务前到了哈瓦那（6月）；杰克·海明威巴黎结婚（6月25日）；海明威和玛丽乘"法兰西号"前往欧洲（11月19日）；到达巴黎（11月末）；与朋友A.E.霍茨纳动身，参观法国南部和意大利（12月24日）。	《生活》杂志刊登马尔科姆·考利的文章《爸爸先生肖像》（1月10日）；海明威开始写《过河入林》（4月）；《纽约客》"剪影"专栏记者李丽恩·罗斯采访海明威（11月17—18日）。	乔治·奥威尔的《1984》、雪莉·杰克逊的《彩票》、纳尔逊·阿尔戈伦的《金臂人》、伊丽莎白·鲍温的《正午炎热》、尤多拉·韦尔蒂的《金苹果》和汤姆·利尔的《勇敢的公牛》问世；西格里德·温赛特去世（1882年出生）；玛格丽特·米彻尔去世（1900年出生）。

(续表)

年份	海明威生平大事	作品与出版	其他文坛事件
1950	海明威和玛丽到达科蒂纳(2月初),度过滑雪季节。亚德里安娜·伊凡季奇也到了科蒂纳;海明威与玛丽乘"法兰西号"从勒阿弗尔前往纽约;到达哈瓦那(4月7日),度过这一年其余的时光;海明威在船只事故中伤了头部(7月1日)。战争中进入身体的弹片因为船只撞击而导致头痛复发,左腿肿胀,足部麻木,阿德里安娜和她母亲到达瞭望田庄(10月28日)。	《世界主义者》连载《过河入林》(2月,3月,4月,5月,6月);斯克莱纳出版海明威的第15本书《过河入林》(9月7日);完成《湾流中的岛屿》(12月24日);开始撰写《老人与海》(12月初)。	雷·布雷德伯里的《火星人编年史》、奈威尔·舒特的《爱丽丝城》、埃德娜·费伯的《如此之大》、多丽丝·莱辛的《野草在歌唱》和里昂纳尔·特里林的《自由想象》问世;国家图书奖设立;乔治·奥威尔去世(1903年出生);埃德娜·文森特·米莱去世(1892年出生);埃德加·李·马斯特斯去世(1868年出生);埃德加·莱斯·巴勒斯去世(1875年出生)。
1951	伊凡季奇夫妇离开古巴前往纽约(2月6日),回到意大利;海明威母亲格拉斯·海明威在孟菲斯市去世(6月28日);葆琳在洛杉矶去世(10月1日);海明威在拒绝了传记作家查尔斯·芬顿之后,又拒绝了菲力普·扬希望引用他小说中部分章节的请求(12月9日)。	《节日》杂志刊登两个寓言——《雄狮》和《忠实的公牛》(3月号);《真实》杂志刊登《射击》(4月号)。	J.D.塞林格的《麦田里的守望者》、玛丽安·穆尔的《诗集》、詹姆斯·琼斯的《从这里到永远》、赫尔曼·沃克的《凯恩号兵变》、威廉·福克纳的《修女安魂曲》和威廉·斯泰伦的《躺在黑暗中》问世;辛克莱·路易斯去世(1885年出生);安德鲁·纪德去世(1869年出生);哈罗德·罗斯去世(1892年出生)。

(续表)

年份	海明威生平大事	作品与出版	其他文坛事件
1952	海明威和玛丽开始(1月10日)环绕古巴为期一个月的航行;出版社的查尔斯·斯克莱纳去世(2月11日);古巴的巴蒂斯塔发动军事政变,夺得古巴的权力(3月);海明威允许菲力普·扬引用自己的小说(3月6日);玛丽飞到纽约(9月25日),参加斯克莱纳出版社为庆祝《老人与海》成功而举办的活动;海明威没有去;他计划另一次非洲狩猎行(10月)。	《生活》杂志刊登《老人与海》(9月1日);斯克莱纳出版社出版海明威的第16本书《老人与海》(9月8日);普林斯顿大学出版社出版卡洛斯·贝克的著作《海明威:作为艺术家的作家》(10月)。	拉尔夫·埃里森的《看不见的人》、约翰·斯坦贝克的《伊甸之东》、伯纳德·马拉默德的《天生运动员》、E.B.怀特的《夏洛特的网》、迪伦·托马斯的《诗集》、谢尔比·弗特的《斯洛赫》和弗兰纳·奥康纳的《慧血》问世;克努特·汉姆生去世(1859年出生)。
1953	海明威因《老人与海》获得普利策奖(5月4日);海明威与玛丽前往欧洲(6月);到潘普洛纳(7月4日)过奔牛节;离开马赛(8月6日)到非洲狩猎(9月1日到1954年1月21日)。	海明威同意就自己非洲狩猎行撰写系列文章(4月4日);斯克莱纳出版社出版由查尔斯·普尔编辑的《海明威读本》(9月)。	詹姆斯·鲍德温的《向苍天呼吁》、雷·布雷德伯里的《华氏451度》、索尔·贝娄的《奥吉·马奇历险记》、威廉·斯泰伦的《漫长的征程》和J.D.塞林格的《九个故事》问世;迪伦·托马斯去世(1913年出生);伊凡·布宁去世(1870年出生);马杰里·金南·罗林兹去世(1896年出生)。
1954	海明威与玛丽飞到比利时殖民地刚果;在去默契森瀑布途中(1月23日),飞机撞上电线坠毁,报纸刊登海明威讣告;一行人被船只救起(1月24日),送到阿尔伯特湖附近的布提阿巴;送他们到恩德培的飞机(仍然是1月24日)起了火。为了	《观察》刊登"狩猎行"文章,封面人物为海明威(1月25日);《观察》刊登《圣诞礼物》(4月20日);《时代》杂志刊登《美国故事讲述者》,并以海明威为封面人物(12月13日)。	J.R.托尔金的《指环王》、威廉·戈尔丁的《蝇王》和路易斯·博根的《诗集》问世;詹姆斯·希尔顿去世(1900年出生);科莱特去世(1873年出生)。

(续表)

年份	海明威生平大事	作品与出版	其他文坛事件
	逃脱,海明威用头顶破飞行员座舱玻璃;报纸又发了很多讣告;在一次钓鱼中,他被困在他竭力扑灭的灌木林火中(2月2日),导致2度灼伤;海明威在威尼斯疗养,伤痛逐渐痊愈(4月);A.E.霍茨纳开车和他离开威尼斯(5月6日),前往西班牙;玛丽在西班牙和他们会合(5月12日);海明威和玛丽乘"法兰西斯克·莫罗西尼号"离开热那亚,前往哈瓦那(6月6日);回到哈瓦那,海明威得知荣获诺贝尔文学奖的消息(10月28日);他写了接受文学奖的答谢辞(11月30日),由美国驻瑞典大使约翰·卡波特在斯德哥尔摩代为宣读(12月11日)。		
1955	海明威与玛丽在古巴水域巡游(4月),一半原因是为了躲避记者,一半是为了海明威身体康复;回到瞭望田庄(5月4日);荣获古巴圣·克里斯托巴尔勋章(9月17日);脚部肿痛,伴有肾部感染(9月19日)。海明威住在田庄直到1956年1月第二个星期。		鲍里斯·帕斯捷尔纳克的《日瓦戈医生》、弗拉迪米尔·纳博科夫的《洛丽塔》、麦金莱·坎特的《安德森维尔》、詹姆斯·唐利维的《眼线》、弗兰纳·奥康纳的《好人难寻》和肖勒姆·阿施的《先知》问世;詹姆斯·艾吉去世(1909年出生);华莱士·史蒂文斯去世(1879年出生)。

(续表)

年份	海明威生平大事	作品与出版	其他文坛事件
1956	海明威寄出1000美元支票给纽约圣·伊丽莎白精神病院的诗人埃兹拉·庞德(7月);海明威和玛丽乘"法兰西号"前往欧洲(9月1日);到达巴黎里兹旅馆(9月7日);前往西班牙(9月17日);到巴黎(11月17日);1956年其余时间均在里兹宾馆;海明威在请愿书上签名(12月21日),要求将庞德从圣·伊丽莎白精神病院释放。	海明威撰写《花园一侧的房间》和《买只导盲犬》(6月);《生活》杂志刊登《采访海明威:实地报道》,内有他在瞭望田庄的大幅照片。海明威负责撰写文章和图片说明(9月4日)。	纳尔逊·阿尔戈伦的《走在狂野的一边》、马克·哈里斯的《慢些击鼓》、詹姆斯·鲍德温的《乔万尼的房间》和艾伦·金斯堡的《嚎叫及其他诗》问世;M. L.门肯去世(1880年出生);A. A.米尔恩去世(1881年出生);麦克斯·比尔博姆去世(1872年出生);路易斯·布鲁姆菲尔德去世(1896年出生)。
1957	海明威和玛丽乘"法兰西号"轮船前往纽约(1月末);海明威向致力于将庞德从精神病院救出的基金会捐款1500美元(6月);玛丽母亲去世(12月31日)。	海明威撰写巴黎回忆录(9月);《大西洋月刊》刊登"两则黑暗的故事"(11月号)——《世故的人》和《买只导盲犬》,继续写《流动的盛宴》和《伊甸园》(12月)。	詹姆斯·艾吉的《家庭中的一次死亡事故》、杰克·凯鲁亚克的《在路上》、威廉·福克纳的《小镇》、安·兰德的《阿特拉斯耸耸肩》、阿兰·罗布·格里耶的《嫉妒》和詹姆斯·古尔德·科金斯的《情铸》问世;乔伊斯·卡里去世(1899年出生);克里斯托弗·莫利去世(1890年出生);多萝西娅·塞耶斯去世(1893年出生);肯尼思·罗伯茨去世(1885年出生);肖勒姆·阿施去世(1887年出生)。

(续表)

年份	海明威生平大事	作品与出版	其他文坛事件
1958	海明威在古巴待到10月,直到卡斯特罗开始革命;海明威和玛丽前往克茨姆(10月初);A.E.霍茨纳和加里·库柏到克茨姆(11月)。	《巴黎评论》刊登乔治·普利普顿的专访《小说艺术 XXI:欧尼斯特·海明威》(春季号)。	奇诺瓦·阿切比的《四分五裂》、杜鲁门·卡波特的《蒂凡内早餐》、布伦达·贝汉的《教养院男孩》、利昂·尤里斯的《出埃及记》和雪莱·安·格劳的《无情的蓝色天空》问世;罗斯·麦考莱去世(1889年出生);多萝西·坎菲尔德去世(1879年出生);詹姆斯·布兰奇·卡贝尔去世(1879年出生)。
1959	海明威和玛丽在克茨姆买了房子;返回古巴(3月29日);前往纽约(4月22日);乘"宪法号"轮船前往西班牙(4月26日);海明威夏季欣赏斗牛联赛;在马拉加附近比尔·戴维斯的家"康秀拉",海明威庆祝60岁生日(7月21日);海明威与玛丽前往巴黎;玛丽飞往古巴(10月16日);海明威乘"自由号"往纽约(10月末);海明威和玛丽在克茨姆的新家(12月末)。	哈特出版社刊登两个圣诞故事——《意大利北部的圣诞节》和《巴黎的圣诞节》(12月);海明威开始写《危险的夏天》。	艾伦·特鲁里的《建议与同意》、艾兰·西利托的《长跑者的孤独》、威廉·福克纳的《大宅》,朗斯顿·休斯的《诗选》、罗伯特·洛厄尔的《人生研究》、菲力普·罗思的《再见,哥伦布及五个短篇小说》和 E.B.怀特的《风格的要素》问世;雷蒙·钱德勒去世(1888年出生)。
1960	海明威饱受高血压和失眠之苦(1月12日);海明威和玛丽乘火车前往古巴(1月16日);霍茨纳到瞭望田庄帮助删改《危险的夏天》,供《生活》杂志刊登(6月21日);海明威极度忧		哈珀·李的《杀死一只知更鸟》、约翰·厄普代克的《兔子,跑吧》、约翰·诺尔斯的《分开的和平》、威廉·斯泰伦的《燃

(续表)

年份	海明威生平大事	作品与出版	其他文坛事件
	郁;他独自经巴黎飞到西班牙(8月4日);在马拉加戴维斯的家,他有神经忧郁的症状,行为古怪;他给玛丽写信(9月3日),说自己精神崩溃(9月3日);因脾气无法控制而导致偏执狂(10月);他飞到纽约(10月8日);乘火车到克茨姆(10月22日);用假名到明尼苏达罗切斯特的马约诊所就诊(11月30日);治疗症状包括高血压、肝肿大、血压不稳、偏执和情绪低落。为治疗忧郁,用了电休克疗法(12月和1月);《生活》杂志连载了《危险的夏天》(9月5日,9月19日),但斯克莱纳出版社直到1985年才出单行本;九个未经证实"盗版"的海明威诗歌版本中第一个版本问世,所有版本都未标注出版商和出版日期。		烧的房子》、弗兰纳·奥康纳的《狂暴者反而得逞》和约翰·巴思的《烟草商》问世;鲍里斯·帕斯捷尔纳克去世(1890年出生);理查德·赖特去世(1908年出生);奈威尔·舒特去世(1899年出生);左拉·尼尔·赫斯顿去世(1901年出生);阿尔伯特·加缪去世(1913年出生)。
1961	海明威受邀在约翰·F·肯尼迪(1月21日)的就职典礼上朗读自己的作品,但因健康原因不能成行;离开马约诊所(1月22日),返回克茨姆;试图用手枪自杀,被玛丽制止(4月21日);又想用猎枪自杀,在扳机扣响前枪被夺走(4月23日);第二次坐飞机到马约诊所进行电休克治疗(4月25日);离开诊所(6月26日);开车回克茨姆(6月30日);用猎枪自杀(7月2日早上7:30)。	斯克莱纳出版社出版《乞力马扎罗的雪和其他故事》(1月)。	姆利尔·斯帕克的《珍·布罗迪小姐的青春》、约瑟夫·海勒的《第22条军规》、J.D.塞林格的《弗兰妮和卓埃》、约翰·斯坦贝克的《我们不安的冬天》和甘特·格拉斯的《猫和老鼠》问世;达希尔·哈米特去世(1894年出生);詹姆斯·瑟伯去世(1894年出生);希尔达·杜利特尔去世

（续表）

年份	海明威生平大事	作品与出版	其他文坛事件
			(1886年出生)；路易斯－弗迪南德·塞利纳去世（1894年出生）。
1962		《马克·吐温》杂志刊登了海明威1954年接受诺贝尔文学奖时写的答谢词讲稿（夏季）；戴尔出版公司出版由G.Z.汉拉汉选编、海明威为《多伦多之星》写的七十三篇文章，选集名称为《狂放的岁月》（12月）。	
1964		《生活》刊登《流动的盛宴》的部分段落（4月10日）；斯克莱纳出版社出版了海明威的第17本书《流动的盛宴》（5月5日）。	
1967		斯克莱纳出版社出版了《海明威的副业》（3月）。这个选集选了76篇报刊文章，由威廉·怀特主编；普林斯顿大学出版社出版由安德鲁·汉尼曼整理的《海明威：完整书目》。	
1969		斯克莱纳出版社出版了《第五纵队和西班牙内战四个故事》（8月13日）。	

(续表)

年份	海明威生平大事	作品与出版	其他文坛事件
1970		匹兹堡大学出版社出版由马修·J·布鲁克利选编的、海明威为《堪萨斯市之星》写的文章,选集名称为《欧尼斯特·海明威:初出茅庐的记者》(5月4日);斯克莱纳出版社出版海明威的第18本书《湾流中的岛屿》(10月6日);《绅士》杂志发表了《湾流中的岛屿》中的《比美尼》部分(10月号)。	
1971		微缩卡出版社出版由马修·J·布鲁科利选编、海明威在橡树园和河林高中写的文章,选集名称为《欧尼斯特·海明威的学徒阶段》(7月2日);《体育画报》连载《伊甸园》中的《非洲日记》部分(12月20日,1月3日,1月10日)。	
1972		斯克莱纳出版社出版了由菲力普·扬编辑的《尼克·亚当斯的故事》(4月17日)。	
1974		斯克莱纳出版社出版由小查尔斯·斯克莱纳编辑的选集《永远的海明威》。	

(续表)

年份	海明威生平大事	作品与出版	其他文坛事件
1975		普林斯顿大学出版社出版由安德鲁·汉尼曼整理的《海明威:完整书目补编》。	
1979		内布拉斯加大学出版社出版由尼古拉斯·基罗基埃尼斯编辑的《海明威诗全集》。	
1981		斯克莱纳出版社出版了由卡洛斯·贝克选编的《海明威书信选:1917—1961》。	
1984		斯克莱纳出版社出版由拉里·W·菲力普斯选编的《海明威论写作》。	
1985		斯克莱纳出版社出版海明威的第19本书《危险的夏天》。斯克莱纳出版社出版《海明威:多伦多通讯》(3月),这个选集收录172篇海明威为《多伦多之星》报写的文章,由威廉·怀特编辑。	
1986		斯克莱纳出版社出版海明威的第20本书《伊甸园》(5月)。	
1987		斯克莱纳出版社出版《海明威短篇小说全集》瞭望田庄版(12月2日)。	

(续表)

年份	海明威生平大事	作品与出版	其他文坛事件
1993		橡树园和河林高中出版由辛西娅·玛兹阿克和小唐纳德·沃格尔编辑的《海明威:橡树园 1916—1917 高中作品》。	
1999		为纪念海明威诞辰 100 周年,斯克莱纳出版社出版由帕特里克·海明威编辑的长篇小说《曙光示真》(7月)。	
2000	海明威的大儿子杰克·海明威 12 月 1 日因心脏手术并发症去世。		
2001	海明威最小的儿子格里戈利·海明威因有伤风化的暴露被逮捕,关进迈阿密的戴德县立监狱,10 月 1 日去世。		
2002	海明威最后一位在世的妹妹卡洛尔·海明威 10 月 27 日在马萨诸塞州舍尔伯恩福斯小城去世。		
2005		肯特大学出版社出版《在乞力曼扎罗山下》,本书由罗伯特·W·路易斯和罗伯特·E·弗莱明根据海明威 1953—54 年非洲狩猎行写的手稿编辑而成,版本未经删节。	

(王程辉 编译)

（二）海明威家族主要人物表[1]

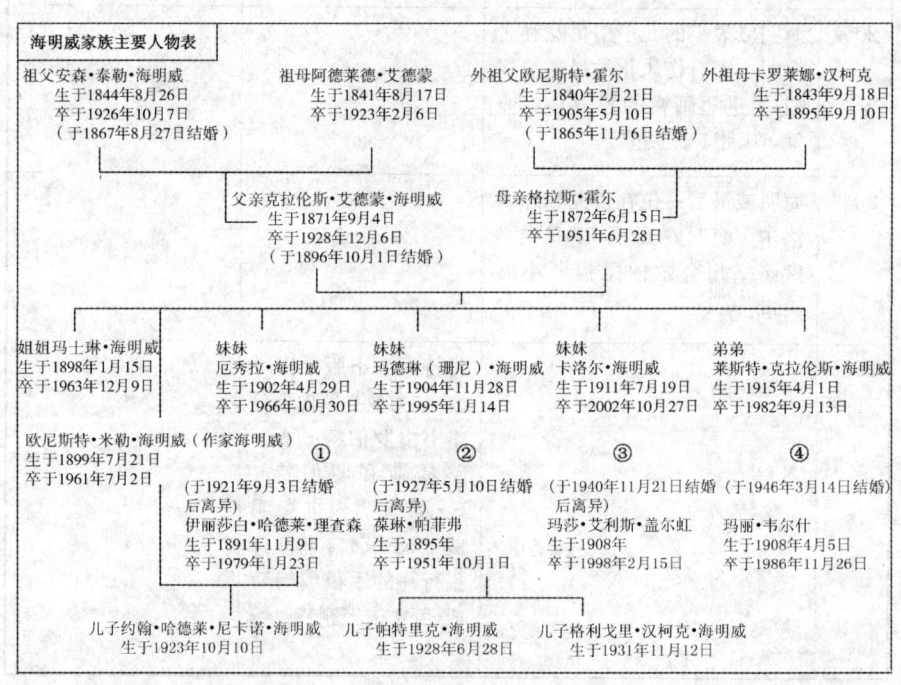

（钱程 编译）

---

[1] 选自 Charles M. Oliver, "Critical Companion to Ernest Hemingway," *Facts on File*, 1999, 2007.

（三）海明威作品改编为电影、电视、舞台剧和广播剧一览表[①]

《永别了，武器》，法国电视制作，改编自小说《永别了，武器》，1961年。
《暴风雨之后》，A. E. 霍契纳根据海明威短篇小说改编的电影剧本的录像带。圣莫尼卡，加利福尼亚：三角家庭视频公司，2000年。
《拳击家》，电影，1962年上映。
《拳击家》，电视剧，1955年播映。
《最好的朋友》，电视剧，改编自《三天大风》，1987年。
《突破点》，电影，华纳兄弟电影公司，1950年上映，改编自《有钱人和没钱人》。
《世界之都》，芭蕾舞剧，1953年上演。
《一个明净的地方》，电影，2002年上映。
《顶点》，电视系列剧，后名为《顶点神秘剧院》，《永别了，武器》被改编并收录其中，1954年。
《欧尼斯特·海明威音频集锦》，哈勃·科林斯出品，2001年。第一碟，《乞力马扎罗的雪》；第二、三碟，《老人与海》——由查尔顿·赫斯

[①] 选自 Charles M. Oliver, ed., "Critical Companion to Ernest Hemingway," *Facts on File*, 1999, 2007 和 Frank M. Laurence, *Hemingway and the Movies*, University Press of Mississippi, 1981.

顿朗读;第四碟,《欧尼斯特·海明威朗读》《诺贝尔文学奖获奖答谢词》,《给玛丽的第二首诗》,《在威尼斯的哈里酒吧》,《第五纵队》,《蒙大拿比林斯妓院的星期六之夜》)。

《欧尼斯特·海明威:重压下的体面》,纪录片,1986年上映。

《欧尼斯特·海明威的"年轻人"》,电影剧本,1955年撰稿,1962年以《欧尼斯特·海明威:一个年轻人的冒险》为名上映。

《永别了,武器》,电影,培拉蒙电影公司,[1],1932年上映。

《永别了,武器》,电影,20世纪-福克斯电影公司,[2],1958年上映。

《永别了,武器》,广播剧[1],1938年播出。

《永别了,武器》,广播剧[2],1942年播出。

《永别了,武器》,广播剧[3],1948年播出。

《永别了,武器》,广播剧[4],1949年播出。

《永别了,武器》,广播剧[5],1950年播出。

《永别了,武器》,舞台剧,1930年上演。

《永别了,武器》,电视剧,1955年播映。

《永别了,武器》,电视连续短剧,1966年播映。

《永别了,武器》,DVD,2000年。弗兰克·鲍沙茨DVD格式电影。

《第五纵队》,舞台剧,1940年上演。

《第五纵队》,舞台剧,1990年上演。

《第五纵队》,电视剧,1959年播映。

《五万元》,电视剧,1952年播映。

《五万元》,电视剧,1958年播映。

《丧钟为谁而鸣》,电影,培拉蒙电影公司,1943年上映。

《丧钟为谁而鸣》,广播剧[1],1945年播出。

《丧钟为谁而鸣》,广播剧[2],1949年播出。

《丧钟为谁而鸣》,电视剧[1],1959年播映。

《丧钟为谁而鸣》,电视剧[2],1965年播映。

《赌徒、修女和收音机》,电视剧,1959年播映。

《先生们,祝你们快乐》,电影,2005年上映。

《有钱人和没钱人》,电影,华纳兄弟电影公司,1944年上映。

《杀人者》,电影,环球电影公司,1946年上映。

《杀人者》,电影,环球电影公司,1964年上映。

《乞力马扎罗的雪》,电影,20世纪-福克斯电影公司,1952年上映。

《太阳照常升起》,电影,20世纪-福克斯电影公司,1957年上映。

《老人与海》,电影,华纳兄弟电影公司,1958年上映。

《湾流中的岛屿》,电影,培拉蒙电影公司,1977年上映。

《卖枪的人》,电影,艺术家联合电影公司,1958年上映。

《士兵之家》,电影,华纳兄弟电影公司,1960年上映。

《麦康伯艳事》,电影,艺术家联合电影公司,1947年上映。

(钱程 编译)

(四) 海明威研究主要参考书目

Alderman, Taylor, and Kenneth Rosen, eds. *Hemingway Notes*. Carlisle, Penn.: Dickinson College, 1971-74.

Aldridge, John W. *After the Lost Generation: A Critical Study of the Writers of Two Wars*. New York: McGraw, 1951.

Asselineau, Roger, ed. *The Literary Reputation of Hemingway in Europe*. Lettres Modernes, no. 5. Paris: Minard, 1965.

Astro, Richard, and Jackson J. Benson. *Hemingway in Our Time*. Corvallis: Oregon State University, 1974.

Atkins, Joho. *The Art of Ernest Hemingway: His Work and Personality*. London: Peter Nevill, 1952.

August, Jo, comp. *Catalog of the Ernest Hemingway Collection at the John F. Kennedy Library*. 2 vols. Boston: G. K. Hall, 1982.

Baker, Carlos. *Ernest Hemingway: A Life Story*. New York: Scribner's 1969.

——. *Hemingway: The Writer as Artist*. Princeton, N.J.: Princeton University Press, 1952.

Baker, Sheridan. *Ernest Hemingway: An Introduction and Interpretation*. New York: Holt, 1967.

Bakker, J. *Ernest Hemingway in Holland, 1925-1981: A Comparative Analysis of the Contemporary Dutch and American Critical Reception of His Work*. Amsterdam: Rodopi, 1986.

——. *Ernest Hemingway: The Artist as Man of Action*. Assen, Neth: Van Gorcum, 1972.

——. *Fiction as Survival Strategy: A Comparative Study of the Major Works of Ernest Hemingway and Saul Bellow*. Amsterdam: Costerus, 1983.

Baldwin, Marc D. *Reading "The Sun Also Rises:" Hemingway's Political Unconscious*. New York: Lang, 1997.

Beegel, Susan F. *Hemingway's Craft of Omission: Four Manuscript Examples*. Ann Arbor, Mich. : UMI, 1989.

——, ed. *Hemingway's Neglected Short Fiction: New Perspectives*, Ann Arbor, Mich: UMI Research Press, 1989.

Beach, Sylvia. *Shakespeare and Company*. New York: Harcourt, Brace, 1959.

Bellavance Johnson, Marsha. *Hemingway in Key West: A Guide*. Ketchum, Idaho: Computer Lab, 1987.

Benson, Jackson J. *New Critical Approaches to the Short Stories of Ernest Hemingway*. Durham, N. C: Duke University Press, 1990.

——. *The Writer's Art of Self Defense*. Minneapolis: University of Minnesota Press, 1969.

——. ed. *The Short Stories of Ernest Hemingway: Critical Essays*. Durham: Duke University Press, 1975.

Benson, Jackson J., and Richard Astro, eds. *Hemingway in Our Time*. Cornvallis: Oregon State University Press, 1974.

Bloom, Harold, ed. *Ernest Hemingway*. New York: Chelsea, 1985.

——, ed. *Ernest Hemingway's "A Farewell to Arms."* Broomall: Chelsea, 1996.

——, ed. *Ernest Hemingway's "The Old Man and the Sea."* Broomall: Chelsea, 1996.

——, ed. *Ernest Hemingway's "The Sun Also Rises."* Broomall: Chelsea, 1996.

Boker, Pamela A. *The Grief Taboo in American Literature: Loss and Pro-longed Adolescence in Twain, Melville, and Hemingway*. New York: New York University Press, 1996.

Brasch, James D. and Joseph Sigman. *Hemingway's Library: A Composite Record*. New York: Garland Publishing, 1981.

Brenner, Gerry. *Concealments in Hemingway's Works*. Columbus: Ohio State University Press, 1983.

Brian, Denis. *The True Gen*. New York: Grove, 1988.

Bridgman, Richard. *The Colloquial Style in America*. New York: Oxford University Press, 1966.

Broer, Lawrence R. *Hemingway's Spanish Tragedy*. Tuscaloosa: University of Alabama Press, 1973.

Bruccoli, Matthew J. *Fitzgerald and Hemingway: A Dangerous Friendship*. New York: Carroll & Graf, 1994.

——, ed. *Conversations with Ernest Hemingway*. Jackson: University Press of Missis-

sippi, 1986.
Buckley, Peter. *Ernest*. New York: Dial, 1978.
Burgess, Anthony. *Ernest Hemingway and His World*. London: Thames and Hudson, 1978.
Burrill, William. *Hemingway: The Toronto Years*. Toronto: Doubleday Canada, 1994.
Burwell, Rose Marie. *Hemingway: The Postwar Years and the Posthumous Novels*. Cambridge: Cambridge University Press, 1996.
Capellán, Angel. *Hemingway and the Hispanic World*. Ann Arbor, Mich.: UMI, 1985.
Castillo-Puche, Jose Luis, *Hemingway in Spain: A Personal Reminiscence of Hemingway's Years in Spain by His Friend*. Garden City: Doubleday& Company, Inc, 1974.
Civello, Paul. *American Literary Naturalism and Its Twentieth-Century Transformations: Frank Norris, Ernest Hemingway, and Don DeLillo*. Athens: University of Georgia Press, 1994.
Comley, Nancy R., and Robert Scholes. *Hemingway's Genders: Rereading the Hemingway Text*. New Haven: Yale University Press, 1994.
Conrad, Barnaby. *Hemingway's Spain*. San Francisco: Chronicle, 1989.
Cooper, Stephen. *The Politics of Ernest Hemingway*. Ann Arbor, Mich.: UMI, 1987.
De Falco, Joseph. *The Hero in Hemingway's Short Stories*. Pittsburgh: University of Pittsburgh Press, 1963.
De Koster, Katie, ed. *Readings on Ernest Hemingway*. San Diego: Greenhaven, 1996.
Donaldson, Scott. *By Force of Will: The Life and Art of Ernest Hemingway*. New York: Viking, 1977.
——, ed. *The Cambridge Companion to Hemingway*. Cambridge: Cambridge University Press, 1996.
——, ed. *New Essays on "A Farewell to Arms."* New York: Cambridge University Press, 1990.
Fellner, Harriet. *Hemingway as Playwright: The Fifth Column*. Ann Arbor, Mich.: UMI, 1986.
Fenton, Charles A. *The Apprenticeship of Ernest Hemingway: The Early Years*. New York: Farrar, 1954.
Ferrell, Keith. *Ernest Hemingway: The Search for Courage*. New York: Evans, 1984.
Fiedler, Leslie. *Love and Death in the American Novel*. New York: Stein and Day, 1959.
Fitch, Noel Riley. *Sylvia Beach and the Lost Generation: A History of Literary Paris in the Twenties Thirties*. New York: W. W. Norton, 1983.

Fleming, Robert E., ed. *Hemingway and the Natural World*. Boise: University of Idaho Press, 2003.

——, *The Face in the Mirror: Hemingway's Writers*. Tuscaloosa: University of Alabama Press, 1994.

Flora, Joseph M. *Ernest Hemingway: A Study of the Short Fiction*. Boston: Twayne, 1989.

——. *Hemingway's Nick Adams*. Baton Rouge: Louisiana State University Press, 1982.

Fuentes, Norberto. *Hemingway in Cuba*. Secaucus, N. Y: Lyle Stuart Inc, 1984.

Gaggin, John. *Hemingway and Nineteenth Century Aestheticism*. Ann Arbor, Mich.: UMI, 1988.

Gajdusek, Robert E. *Hemingway in His Own Country*. South Bend, Ind.: University of Notre Dame Press, 2002.

——, *Hemingway and Joyce: A Study in Debt and Repayment*. Corte Madera, Calif.: Square Circle, 1984.

Garcia, Wilma. *Mothers and Others: Myths of the Female in the Works of Melville, Twain, and Hemingway*. New York: Lang, 1984.

Giger, Romeo. *The Creative Void: Hemingway's Iceberg Theory*. Bern, Switz.: Francke, 1977.

Graham, John, ed. *Merrill Studies in "A Farewell to Arms."* Columbus, Ohio: Merrill, 1971.

Grebstein, Sheldon Norman. *Hemingway's Craft*. Carbondale: Southern Illinois University Press, 1973.

Griffin, Peter. *Along with Youth: Hemingway, the Early Years*. New York: Oxford University Press, 1985.

——. *Less Than a Treason: Hemingway in Paris*. New York: Oxford University Press 1990.

Grimes, Larry E. *The Religious Design of Hemingway's Early Fiction*. Ann Arbor, Mich.: UMI, 1985.

Gurko, Leo. *Ernest Hemingway and the Pursuit of Heroism*. New York: Crowell, 1968.

Hanneman, Audre. *Ernest Hemingway, the Early Years*. New York: Oxford University Press, 1985.

Hardy, Richard E., and John G. Cull. *Hemingway: A Psychological Portrait*. Sherman Oaks, Calif.: Banner, 1977. Rev. ed. New York: Irvington, 1988.

Harmon, Robert. *Understanding Ernest Hemingway: A Study and Research Guide*. Metuchen, N.J.: Scarecrow, 1977.

Hays, Peter, ed. *Teaching Hemingway's The Sun Also Rises*. Boise: University of Idaho Press, 2003.

Hemingway, Ernest. *By-Line: Ernest Hemingway, Selected Articles and Dispatches of*

Four Decades. edited by William White. New York: Scribner's, 1967.

——. *The Complete Short Stories of Ernest Hemingway: The Finca Vigia Edition*. New York: Scribner's, 1987

——. *Dateline: Toronto – The Complete Toronto "Star" Dispatches*, 1920 – 1924. ed. by William White. New York: Scribner's, 1985.

——. *Ernest Hemingway: Selected Letters*, 1917 – 1961. ed. by Carlos Baker. New York: Scribner's, 1981.

Hemingway, Hilary, and Carlene Brennen. *Hemingway in Cuba*. New York: Rugged Land Press, 2003.

Hemingway, Mary Welsh. *How It Was*. New York Alfred A. Knopf, 1976.

Hemingway, Valerie. *Running With the Bulls: My Years with the Hemingways*. New York: Ballantine Books, 2005.

Hotchner, A. E. *Hemingway and His World*. New York: Vendome, 1989.

——. *Papa Hemingway: A Personal Memoir*. New York: Random, 1966. Rev. ed.

——. *Papa Hemingway: The Ecstasy and Sorrow*. New York: Quill, 1983.

Howell, John M., ed. *Hemingway's African Stories: The Stories, Their Sources, Their Critics*. New York: Scribner's 1969.

Isabelle, Julanne. *Hemingway's Religious Experience*. New York: Vantage, 1964.

Johnston, Kenneth G. *The Tip of the Iceberg: Hemingway and the Short Story*. Greenwood, Fla. : Penkevill, 1987.

Josephs, Allen. *"For Whom the Bell Tolls:" Ernest Hemingway's Undiscovered Country*. New York: Twayne, 1994.

Joost, Nicholas. *Ernest Hemingway and the Little Magazines: The Paris Years*. Barre, Mass: Barre, Mass. : Barre Publishers, 1968.

Kert, Bernice. *The Hemingway Women: Those Who Loved Him—the Wives and Others*. New York: W. W. Norton, 1983. Rpt. Norton, 1998.

Killinger, John. *Hemingway and the Dead Gods: A Study in Existentialism*. Lexington: University of Kentucky Press, 1960.

Laurence, Frank M. *Hemingway and the Movies*. Jackson: University Press of Mississippi, 1981.

Lee, A. Robert, ed. *Ernest Hemingway: New Critical Essays*. Totowa, N.J. : Barnes & Noble, 1983.

Lewis, Robert W. *"A Farewell to Arms:" War of the Words*. Twayne's Masterwork Studies, No. 84. Boston: Twayne, 1991.

——. *Hemingway on Love*. Austin: University of Texas Press, 1965.

——, ed. *Hemingway in Italy and Other Essays*. New York: Praeger, 1990.

Lynn, Kenneth S. *Hemingway*: New York: Simon and Schuster, 1987.

Mandel, Miriam, ed. *A Companion to Hemingway's Death in the Afternoon*. Rochester, N. Y. : Camden House, 2004.

Mandel, Miriam. *Hemingway's Death in the Afternoon: The Complete Annotations*.

Lanham, Md.: Scarecrow Press, 2002.

Mandel, Miriam B. *Reading Hemingway: The Facts in the Fictions*. Metuchen, N.J.: Scarecrow Press, 1995.

Maziarka, Cynthia, and Donald Vogel, Jr., eds. *Hemingway at Oak Park High: The High School Writings of Ernest Hemingway, 1916 – 1917*. Oak Park, Ill.: Oak Park and River Forest High School, 1993.

McCaffery, John K. M., ed. *Ernest Hemingway: The Man and His Work*. Cleveland: World, 1950. Re-iss. New York: Cooper Square, 1969.

Mellow, James R. *Hemingway: A Life Without Consequences*. New York: Houghton Mifflin Company, 1992.

Meyers, Jeffrey. *Hemingway: A Biography*. New York: Harper& Row, 1985.

Nagel, James, ed. *Critical Essays on Ernest Hemingway's "The Sun Also Rises."* New York: Hall, 1995.

——, ed. *Ernest Hemingway: The Oak Park Legacy*. Tuscaloosa: University of Alabama Press, 1996.

——, ed. *Ernest Hemingway: The Writer in Context*. Madison: University of Wisconsin Press, 1984.

Nahal, Chaman. *The Narrative Pattern in Ernest Hemingway's Fiction*. Rutherford, N.J.: Faireigh Dickinson University Press, 1971.

Nelson, Gerald B., and Glory Jones. "Hemingway: Life and Works." New York: *Facts on File*, 1984.

Nelson, Raymond S. *Hemingway: Expressionist Artist*. Ames: Iowa State University Press, 1979.

Nobele, Donald R., ed. *Hemingway: A Revaluation*. Troy, N.Y.: Whitston, 1983.

Oldsey, Bernard. *Hemingway's Hidden Craft: The Writing of "A Farewell to Arms."* University Park: Pennsylvania State University Press, 1979.

Oliver, Charles M., ed. *A Moving Picture Feast: The Filmgoer's Hemingway*. New York: Praeger, 1989.

——, "Critical Companion to Ernest Hemingway", *Facts on File*, INC., 1999, 2007.

Phillips, Larry W., ed. *Ernest Hemingway On Writing*. New York: Charles Scribner's Sons, 1984.

Pizer, Donald. *American Expatriate Writing and the Paris Moment: Modernism and Place*. Baton Rouge: Louisiana State University Press, 1996.

Raeburn, John. *Fame Became of Him: Hemingway as Public Writer*. Bloomington: Indiana University Press, 1984.

Rao, E. Nageswara. *Ernest Hemingway: A Study of His Rhetoric*. New Delhi: Heinemann, 1983.

Rao, P. G. Rama. *Ernest Hemingway: A Study in Narrative Technique*. New Delhi: Chand, 1980.

Reynolds, Michael S. *Hemingway: The Young Hemingway*, Cambridge:

Blackwell, 1986.

——, *Hemingway: The Paris Years*, Blackwell, 1989.

——, *Hemingway: The Homecoming*, Blackwell, 1992.

——. *Hemingway: The 1930s*. New York: Norton, 1997.

——. *Hemingway: The Final Years*. New York: Norton, 1999.

——. *Hemingway's First War: The Making of "A Farewell to Arms."* Princeton: Princeton University Press, 1976.

——. *Hemingway's Reading, 1910 – 1940: An Inventory*. Princeton: Princeton University Press, 1981.

Rosen, Kenneth, ed. *Hemingway Repossessed*. Westport, Conn.: Praeger, 1994.

Ross, Lillian. *Portrait of Hemingway: The Celebrated Profile*. New York: Simon & Schuster, 1961.

Rovit, Earl and Arthur Waldhorn. *Hemingway and Faulkner in Their Time*. New York: Continuum Press, 2005.

Scafella, Frank, ed. *Hemingway: Essays of Reassessment*. New York: Oxford University Press, 1991.

Simmons, Marc et al. *Santiago: Saint of Two Worlds*. Albuquerque: University of New Mexico Press, 1991.

Smith, Paul. A *Reader's Guide to the Short Stories of Ernest Hemingway*. Boston: G. K. Hall, 1989.

Spilka, Mark. *Hemingway's Quarrel with Androgyny*. Lincoln: University of Nebraska Press, 1990.

Stanton, Edward F. *Hemingway and Spain: A Pursuit*. Seattle: University of Washington, 1989.

Stephens, O. Robert. ed. *Ernest Hemingway: The Critical Reception*. New York: Burt Franklin, 1977.

——. *Hemingway's Nonfiction: The Public Voice*. Chapel Hill: University of North Carolina Press, 1968.

Steward, Matthew C. *Modernism and Tradition in Ernest Hemingway's in Our Time: A Guide for Students and Readers*. Rochester, N.Y.: Camden House, 2004.

Tavernier Courbin, Jacqueline. *Ernest Hemingway's A Moveable Feast: The Making of a Myth*. Boston: Northeastern University Press, 1991.

Svoboda, Frederic Joseph, and Joseph J. Waldmeir, eds. *Hemingway: Up in Michigan Perspectives*. East Lansing: Michigan State University Press, 1995.

Tetlow, Wendolyn E. *Hemingway's "In Our Time." Lyrical Dimensions*. Lewisburg: Bucknell University Press, 1992.

Wagner-Martin, Linda, *Ernest Hemingway: A Reference Guide*. Boston: Hall, 1977.

——, ed. *Ernest Hemingway: Five Decades of Criticism*. East Lansing: Michigan State University Press, 1974.

——, ed. *Ernest Hemingway: Six Decades of Criticism*. East Lansing: Michigan State

University Press, 1987.

——, ed. *Ernest Hemingway: Seven Decades of Criticism*. East Lansing: Michigan State University Press, 1998.

——, ed. *Hemingway: Eight Decades of Criticism*, East Lansing: Michigan State University Press, 2009.

——, ed. *New Essays on "The Sun Also Rises."* Cambridge: Cambridge University Press, 1987.

——, ed. *A Historical Guide to Ernest Hemingway*. New York: Oxford University Press, 2000.

Waldhorn, Arthur. *A Reader's Guide to Ernest Hemingway*. New York: Farrar, 1972.

——. ed. *Ernest Hemingway: A Collection of Criticism*. New York: McGraw, 1973.

Watts, Emily Stipes. *Ernest Hemingway and the Arts*. Urbana: University of Illinois Press, 1971.

Weber, Ronald. *Hemingway's Art of Non-Fiction*. New York: St. Martin's, 1990.

Whitlow, Roger. *Cassandra's Daughters: The Women in Hemingway*. Westport, Conn.: Greenwood, 1984.

Williams, Wirt. *The Tragic Art of Ernest Hemingway*. Baton Rouge. Louisiana State University Press, 1981.

Wylder, Delbert E. *Hemingway's Heroes*. Albuquerque: University of New Mexico Press, 1969.

Yang, Renjing. *Hemingway in China*. Xiamen: Xiamen University Press, 1990, 2006.

Young, Philip. *Ernest Hemingway*. New York: Rinehart, 1952.

——. *Ernest Hemingway: A Reconsideration*. University Park: Pennsylvania State University Press, 1966.

（张淑芬 编选）

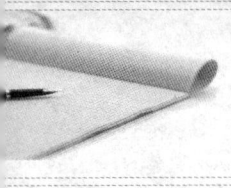

（五）海明威主要作品书目

一、小说：

《春潮》(Scribner, 1926)
《太阳照常升起》(Scribner, 1926)
《永别了,武器》(Scribner, 1929)
《有钱人和没钱人》(Scribner, 1929)
《丧钟为谁而鸣》(Scribner, 1940)
《过河入林》(Scribner, 1950)
《老人与海》(Scribner, 1952)
《湾流中的岛屿》(Scribner, 1970)
《伊甸园》(Scribner, 1986)
《曙光示真》(William Heinemann：London, 1999)
《在乞力曼扎罗山下》(The Kent State University Press, 2005)

二、非小说类：

《死在午后》(Scribner, 1932)
《非洲的青山》(Scribner, 1935)
《流动的盛宴》(Scribner, 1964)
《危险的夏天》(Simon & Schuster, 1985)

三、短篇小说集：

《三个短篇小说和十首诗》(Contact Publishing Co, 1923)
《在我们的时代》(Three Mountains Press, 1924)
《没有女人的男人》(Scribner, 1927)
《胜者无所得》(Scribner, 1933)
《第五纵队和首辑四十九篇短篇小说》(Scribner, 1938)
《第五纵队和四个西班牙内战短篇小说》(Scribner, 1969)
《海明威短篇小说全集》(Scribner/Macmillan, 1987)

四、短篇小说：

《暴风雨之后》
《非洲人的背叛》
《阿尔卑斯山牧歌》
《桦树树根的腱》
《陈腐的故事》
《大二心河》
《岔路口的黑驴》
《蝴蝶与坦克》
《美国太太的金丝雀》
《世界之都》
《雨中的猫》
《巴黎的圣诞节》
《一个明净的地方》
《越野滑雪》
《过密西西比河》
《岔路口感伤记》
《潜流》
《等了一整天》
《告发》
《神圣的姿态》
《医生夫妇》
《了却一段情》
《忠贞的公牛》
《两代父子》
《五万元》
《赌徒、修女和收音机》
《买只导盲犬》
《先生们，祝你们快乐》

《好狮子》
《大陆来的大喜讯》
《白象似的群山》
《向瑞士致敬》
《我猜这里的一切都会令你触景生情》
《在异乡》
《印第安人营地》
《印第安人搬走了》
《自然神的审判》
《杀人者》
《使者》
《激情匮乏》
《有人影的远景》
《最后一方净土》
《世界之光》
《人情世故》
《颜色问题》
《雇佣兵》
《一个同性恋者的母亲》
《艾略特夫妇》
《我的老头》
《一篇有关死者的博物学论著》
《决战前夕》
《不曾有人死去》
《意大利北部的圣诞节》
《我躺下》
《桥畔老人》
《读者来信》

《一次远行》
《在士麦那码头上》
《禁捕季节》
《巴黎,1922》
《搬运工》
《一个在爱河中的理想主义者的造像》
《追车比赛》
《革命党人》
《过海记》
《他们都是不朽的》
《一个非洲的故事》
《卧车列车员》
《大转变》
《祖国对你说什么》
《弗朗西斯·麦康伯短暂而幸福的生活》
《简单的调查》
《乞力马扎罗的雪》
《士兵之家》
《那片陌生的天地》

《度夏的人们》
《十个印第安人》
《十字路口》
《三天大风》
《三下枪声》
《今天是星期五》
《生意人的归来》
《搭火车记》
《打不败的人》
《山脊下》
《在密执安北部》
《小小说》
《你们决不会这样》
《拳击家》
《怀俄明的酒》
《两代父子》
《上岸前夕》
《新婚之日》

五、剧本：

《第五纵队》

六、文集：

马尔科姆·考利编的《袖珍本海明威文集》(1944)
威廉·怀特编的《海明威的副业:四十年新闻报道和文章选集》(1967)
马修·布拉科利编的《海明威:初出茅庐的新闻记者——"堪萨斯市之星"的新闻故事》(1970)
马修·布拉科利编的《欧尼斯特·海明威的学徒阶段:橡树园,1916年至1917年》(1971)
菲力普·扬编的《尼克·亚当斯的故事》(1972)
尼古拉斯·吉洛基安尼斯编的《海明威诗全集》(1979)
卡洛斯·贝克编的《海明威书信选:1917—1961》(1981)
威廉·怀特编的《海明威的新闻通讯:多伦多》(1985)
辛西娅·乌兹阿卡和唐纳德·伏格尔合编的《海明威在橡树园高中》(1993)

(萨晓丽 编译)

后记

今年春节前,我正在忙于修改书稿时,忽然接到全国哲学社会科学规划办公室发来的贺信。信中说:"2010年度,您主持完成的国家社会科学基金项目成果,经同行专家鉴定和我办审核,等级为优秀。您在项目研究过程中,学风端正,治学态度严谨,自觉带领课题组坚持正确导向,努力推出高质量的研究成果,体现了较高的责任感和使命感,为更好地推动哲学社会科学繁荣发展,更好地服务党和国家工作大局做出了贡献。"

这是对我和我的弟子们莫大的鼓励和鞭策。其实,我感到做得很不够,所以寒假中一直在核校和修改书稿,并按评审专家的建议不断加以充实。这里,我特别要感谢匿名评审的五位省内外专家对课题成果的肯定和鼓励,以及他们宝贵的意见。

同时,我要谢谢上海外语教育出版社社长庄智象教授和孙静编审的大力支持。我接受他们的建议,将项目原来的名称《美国文学批评视野中的海明威研究》出版时改为《海明威:美国文学批评八十年》,内容没有变化,只是目录略有更动,每章增加了概括性的结语。

去年初,在完成这本书稿后经过连续几个月的努力,我又写完《海明威学术史研究》专著和编了《译文集》两本书稿。这是中国社会科学院的重点课题,也是该院外国文学研究所所长陈众议研究员主持的"外国文学学术史研究工程·经典作家系列"项目的一部分。两部书稿已于去年11月中旬通过专家鉴定,级别优秀。在专著书稿中,我将国内外海明威研究中讨论的问题归纳为十大问题,比较集中地评价了学术界的相关论点。两本书不久将由译林出版社出版。本书如有言未尽意之处,读者可以参阅《海明威学术史研究》。

在本书付梓时,我要感谢我的博士王程辉、钱程、张淑芳和萨晓丽。他们在繁忙的教学和科研中挤时间帮助编译了相关重要文献资料,尤其是王程辉博士不辞劳苦地协助打印全部书稿,张淑芳博士抽空帮忙打印了书稿的修改和补充部分。没有他们的鼎力支持,本书是难于及早与读者见面的。我还要谢谢我院苏子惺书记、杨信彰院长和纪玉华系主任的热情关照和支持。

在撰写过程中,我在美国宾州印第安纳大学执教的女儿杨凌雁博士、女婿杨晓宇博士和在华盛顿工作的儿子杨钟宇博士、儿媳李选文博士多方协助收集和选购重要的参考书,使我顺利地写完此书。我的孙女杨怡婷、孙子杨益鑫、外孙女 Athena 和 Audrey 经常来电问候,令我十分欣慰。老伴许宝瑞关照左右,不辞劳苦,使我集中精力于写作。这里,谨向他们表示深切的谢意。

我还多次到北京国家图书馆参考资料指导中心查阅和打印资料,得到该中心张汉群先生的热情关照,在此谨致谢意。

本书先后引用了国内外许多专著和论文,特向有关作者表示感谢。由于篇幅限制,恕不一一列名。这些论著为本书阐释和解读海明威的作品提供了有益的参照。

《海明威:美国文学批评八十年》,指的是八十年来美国关于海明威的文学评论,大体涵盖了1929年10月初马尔科姆·考利评《永别了,武器》的文章至2009年底本书稿完稿之日。"八十年"是个比较笼统的概念,为了便于评述而设定。事实上,如果从艾德蒙·威尔逊1924年10月在《日晷》杂志上发表的文章《海明威的铜版画》或作家康拉德·艾肯1926年10月在《纽约先驱论坛报》评《太阳照常升起》一文算起,都大大地超过八十年了。不过2009年,原美国海明威学会主席林妲·威格纳-马丁出版了她编选的《海明威八十年评论集》大概也是以《永别了,武器》问世时的评论文章算起的。她这本书是一本论文选,与本书不同。我想,选择从《永别了,武器》的评论算起是有道理的。一方面是这部长篇小说完全奠定了海明威在美国文坛的小说家地位,意义非凡;另一方面是此书问世后,美国海明威评论渐渐地增多了,陆续从零星分散于报刊上的短文走向相对集中的专业评析。因此,我也采用了"美国文学批评八十年"的提法。为了评述的方便,我想适当联系《永别了,武器》发表前其他作品的评论也是可以的和必要的。

美国海明威批评的论著数以千计,让人应接不暇。本书只选了最重要的或最有代表性的观点,不可能包罗万象。幸好美国学术界向来重视海明威研究,将海明威当作研究核心人物之一。因此从1961年卡洛斯·贝克的《海明威和他的批评家们》问世至今,已先后出现了许多种研究论著的目录索引和重要论文选编。近些年来,光林姐·威格纳-马丁一个人就编选出版了《海明威五十年评论集》(1974)、《海明威六十年评论集》(1987)、《海明威七十年评论集》(1998)和《海明威八十年评论集》(2009)等四大卷,为中青年学者研究海明威提供了方便。这些重要资料的梳理和选编使我们大大受益。

尽管如此,本书的资料可能仍有疏漏之处,挂一漏万,在所难免。至于评述是否客观、公正又合理,欢迎专家和读者批评指正。热诚希望学界同仁和广大读者不吝赐教,以便进一步深化海明威研究。

2011年5月1日
于厦大西村书屋
2012年7月1日补正